張隆溪文集

張隆溪——著

韓晗——主編

第一卷

本卷含
《同工異曲：跨文化閱讀的啟示》、
《中西文化研究十論》兩書

超越差異，跨界求同

──張隆溪學術思想述評

韓晗

　　上個世紀四十年代出生於中國成都的張隆溪是目前國際學界較有代表的華裔人文社科學者之一，從上個世紀八十年代初至今，張隆溪涉獵於文學理論、文化哲學與比較文學等諸多學科，均取得了較具特點並受到了學界廣泛重視的成就。但目前漢語學界對於張隆溪學術思想得失的討論，却顯得尤其不足。藉《張隆溪文集》四卷本在臺灣出版之際，編者擬以張隆溪學術思想為核心，從其思想的變遷入手，試圖審理其得失並抛磚引玉提出若干問題，以作編者前言并希冀學界諸先進不吝賜教。

一

　　歷史地看，張隆溪的學術思想一共經歷了三個階段。

　　第一個階段自一九七八至一九八九年，期間張隆溪從北京大學到哈佛大學，並獲得了美國加州大學的教授職位。在這一過程中，他既完成了學業，也轉變了身份，逐漸從一名「中國的外國文學介紹者」發展為「海外的世界文學研究者」，在第一階段中，他的代表性著述就是由三聯書店於一九八六年出版的《二十世紀西方文論述評》（下文簡稱《述評》）。

　　上世紀八十年代初，中國大陸百廢待興，新批評、形式主義文論、現代主義思潮等在諸多在西方世界興盛多年的文學理論及其術語重新又以「先進文化」的姿態重返中國大陸。[1]

　　但事實上，一批早年負笈留洋並深諳理論的老一輩學者，不是在「文化大革命」（下文簡稱「文革」）中慘死，就是年事已高且身體抱恙，基本很難再與國際學界展開實質性的對話。因此，對這批理論的介紹重任就落到一批在上個世紀八十年代借助「改革開放」留學之風赴歐美留學[2]的年輕學子的身上——張隆溪便是其中之一。

　　《述評》是張隆溪當時在中國大陸知名人文期刊《讀書》雜誌上刊登文章的結集。該書系統地論述了從弗洛伊德的精神分析到伽達默爾的闡釋學的二十世紀歐美文論，顯示出了他豐富的外語閱讀、深厚的中文功底與對於新理論的好奇，亦反映了對當時中國大陸學界現狀的瞭解。不過坦誠地說，在那個特定的時代裏，一本小冊子很難將二十世紀西方文論悉數收入書中。關於這點，張隆溪自己也承認「要別人由這一塊磚見出樓臺庭院的全貌」[3]是一件很難的事情，因此他使用了「管窺蠡測」這個成語來作為該書前言的標題。

　　事實上，這並不妨礙這本書的學術價值及其在中國大陸學界廣泛而又深遠的影響。對於當時從事文藝理論研究的中國學人來說，由於官方長期

---

[1] 早在上個世紀二三十年代，張沅長、陳西瀅、邵洵美、楊昌溪與葉公超等一批留學生就開始將心理分析、現代主義、唯美主義與新批評等若干理論介紹到中國並加以評述，此時與西方學界是同步的。但由於抗戰、內戰與中國大陸頻繁的政治運動，導致西方現代哲學思想在中國的傳播被人為的「斷裂」了。及至上個世紀八十年代初期，趙毅衡、張隆溪等人再度以留學生的身份譯介述評西方現代哲學思想時，其時已是它們「二度傳入」中國。

[2] 歷史地看，二十世紀八十年代初中國大陸一批留學生的「出國熱」與清末民初的「留洋潮」在有著非常相似的特徵。在這兩個截然不同的歷史時代，留學與教育制度改革都為新思潮、新流派的引介提供了非常必要的後備支持，並且正是這些懂外語的大學生、留學生將西方的現代思潮帶入到了中國內地，形成了較為廣泛且深遠的影響。見氏著：《新文學檔案：一九七八－二〇〇八》[M]，北京：電子工業出版社，二〇一一年。

[3] 張隆溪：《二十世紀西方文論述評》[M]，北京：三聯書店，一九八六年。

對左傾保守主義路線的推行及其對意識形態的嚴重干擾，使得其中大多數人的英語能力都荒廢掉了。張隆溪的英語則是在茨達公社「下放」與在成都汽車運輸公司做工人時靠四處拜師與借閱資料自學的。「文革」結束之後，張隆溪以「老三屆」高中畢業生的身份，考入北京大學西語系攻讀碩士學位。[4]

在上個世紀七十年代末、八十年代初的中國大陸，像張隆溪這樣的學人只能算是極少數。在去哈佛攻讀博士學位之前的一九八三年，張隆溪雖然在北京大學西語系學習，但當時他基本上還是用中文寫作──除却一篇發表於《中國社會科學》英文版的文章是英語文稿之外，其餘發表於《外國戲劇》、《外國文學研究》與《讀書》等大陸知名刊物的論稿，皆用中文完成。

在張隆溪三十年的治學生涯中，雖一直未曾放棄中文寫作，但嚴格地說，幾乎完全、集中地用中文寫作的時間並不多，只有進入北大的一九七八年至一九八四年這短短七年。在這一段時間中，張隆溪主要的工作是用中文及其表述方式來介紹、評述西方文學理論。其中包括對比較文學學科發展的探討，以及對西方當代文藝思潮的系統性介紹等等，由於其全新的視野及中文寫作，這些成果均在中國大陸學界產生了較大的反響。

在哈佛攻讀博士學位期間，張隆溪則集中發表了一系列單篇英文著述，其中代表性作品當為一九八五年發表於英文期刊《批評探索》（*Critical Inquiry*）中的《道與邏各斯：關於德里達邏各斯中心主義批判的筆記》（*The Tao and the Logos: Notes on Derrida's Critique of Logocentrism*），這是張隆溪申請哈佛大學博士學位論文的一部分，也奠定了張隆溪其後很長一段時間的研究路數。

可以這樣說，從先前的「述評」到以比較文學的範式進行中西理論的比較性研究，體現了張隆溪學術思想的嬗變，他選擇中國傳統文化哲學中

---

[4] 見於筆者對張隆溪的訪談《張隆溪：願做東西方文化的擺渡者》[J]，中華英才，二〇一二‧十二。

的核心概念「道」與西方文化哲學中的核心概念「邏各斯」進行對比，並以一位東方學者的身份，對西方哲學巨擘德里達（J.Derrida）的「邏各斯中心主義」進行重評與修正，這在以前的西方學界是從未有過的。

在這篇文章之後，張隆溪開始將更多的精力投放到對於中西文化比較研究當中，我們必須要注意到的一點是，在先前張隆溪並未接受過嚴格意義上的中國傳統文學的高等教育，從某種程度上講，他對於傳統文化的理解並非來自於刻板的教科書，而是在長期自學的過程中所進行的個人感悟。

這有點像先前中國傳統士大夫對於文化哲學的學習。因此，他的傳統文化觀是由他自己生活的環境所決定的。在他人生中的前三十多年，一直生活在中國內地尤其是文化底蘊極其深厚的成都，這樣的環境決定了張隆溪對於中國傳統文化哲學的理解既具備四川人的靈性——成都與西安、南京和北京一樣，是中國傳統文化極其深厚的地方，這個地方從十九世紀末期開始，因為戰爭、災荒的移民與基督教在中國西南地區的傳播而呈現出了一種傳統與現代性的複雜交融，從而誕生了巴金、郭沫若、唐君毅與張大千等一批知名作家、藝術家與人文學者。

這種基於本土經驗的學術思考在張隆溪的研究中尤其顯得明顯，從一九八六年開始，張隆溪逐漸開始用中英雙語發表一些關於傳統文化的研究成果，其中包括《傳統：活的文化》（一九八七年）、《他者的神話：西方眼中的中國》（*The Myth of the Other: China in the Eyes of the West*，一九八八年）等等，在這些成果在當代中國與西方學界均產生了一定反響。但縱觀今日張隆溪的學術寫作，我們可以看到，在第一個階段中，張隆溪已經開始從「述評」轉向了專門領域研究，但事關這種研究的寫作依然是一種探索性的。一九八九年，張隆溪獲得了哈佛大學比較文學專業的博士學位之後，受聘於加州大學河濱分校，開啟了他學術寫作的第二個階段。

筆者淺識，張隆溪學術寫作的第二個階段是從一九八九年受聘於加州大學河濱分校開始，至二〇〇〇年出版《走出文化的封閉圈》結束。在這

一階段中，張隆溪延續了他博士論文的一貫風格與研究路徑，從中國傳統文化入手，力圖站在人文科學的整個高度來詮釋這種文化的差異性。

上個世紀九十年代，恰是中西文化碰撞最為激烈的十年。從一九八九年北京的「天安門事件」至二〇一一年的「九一一」事件，東方文化的代言人中國與西方文化的代言人美國曾發生過至少近十次的外交衝突與經濟波瀾，其中包括但不限於一九九九年的「誤炸中國南聯盟使館」、二〇〇一年初的「中美撞機」事件，以及臺灣地區國民黨的下野等等。在這段時間內，中國大陸的民粹民族主義、新自由主義與新左派思想風起雲湧，形成了頗具規模的思想爭鳴。投射到知識界，便是架構在「國家」與「文化」意識形態上的「後學」之爭。

張隆溪發表於一九九六年的文章《多元社會中的文化批評》（下文簡稱《文化批評》）可以看作是他對於「後學」這一特殊知識產物的集中看法，在此文中，對於「後學」的批評顯示了張隆溪的雙重身份性。一方面，他的本土經驗決定了他希望中國可以實現現代化與民主化，而「後學」恰因脫離中國的「本土經驗」並以其強調差異的本質屬性而淪為一種新興的保守主義障礙；另一方面，他以海外華裔學者的視角入手，力圖以超越左右之爭的視野，來對「後學」進行更加客觀的判斷。

雖然從表現上看似無關，但這篇《文化批評》卻從更深層次的角度反映了與《道與邏各斯》的邏輯聯繫，這也是張隆溪在第二階段進行學術寫作時最為鮮明的特徵，即嘗試從因身份、地域轉換而形成的背景來對自己先前既得的學術觀念進行梳理與概括，試圖在中西文化衝突的層面尋求破解之道。

《文化批評》所探討的核心是，西方話語作為一種「文化帝國主義」的霸權，在中國本土語境中究竟會產生何種變化？而《道與邏各斯》則是基於「文化求同」的思想，從闡釋學的角度出發，從認為邏各斯主義本無中西之辨，而是一種「思維方式的本身」。

縱觀張隆溪在第二階段學術寫作的脈絡，其開端以對錢鍾書（一九一〇－一九九八）的研究與評價為主。其代表著述包括《游刃於語言游戲中

的錢鍾書》（一九九一年）、《自成一家風骨：談錢鍾書著作的特點兼論系統與片斷思想的價值》（一九九二年）與《懷念錢鍾書先生》（一九九八年）等。但實際上由於二十世紀最後十年世界格局的斗轉星移，使得張隆溪的跨文化研究體現出了對錢鍾書「中西文化中共同存在著邏各斯中心主義」這一觀點的繼承與超越。

經歷了第二個階段的思考與積累，張隆溪開始從「闡釋學」的角度來詮釋中西文化，力圖以跨文化研究為範式，進入到一個全新的學術語境當中。這既得益於他對本土經驗的審辨，也是他基於國際視野這個大背景下的思考。

宏觀地看，張隆溪在第三個階段的主要學術思想，主要由《走出文化的封閉圈》到《中西文化研究十論》再到《同工異曲：跨文化閱讀的啟示》（下文簡稱《同工異曲》）這三部學術論集所串聯，充分反映了張隆溪在進入到新世紀以來尤其是「九一一」事件之後，對於東西方文化衝突的宏觀反思。

微觀地說，在第三個階段，張隆溪已然超越「中西」之間的文化差異，主張「求同」以尋找總體規律，這反映了他的學術思想已臻成熟。正如前文所述，在第一個階段，張隆溪的主要學術成就在於「向中國人介紹西方」；但在第二個階段，張隆溪則將主要精力放置於「中西文化比較研究」的重心中；而在第三個階段裏，張隆溪擯棄了對文化差異、衝突的關注與分析，轉而建構「求同」的大文明觀——在《西方闡釋學與跨文化研究》（二〇〇四）、《滄海月明珠有淚：跨文化閱讀的啟示》（二〇〇五）、《天與人：基於跨文化的視角》（*Heaven and Man: From a Cross-Cultural Perspective*，二〇〇九）、《世界文學時代的來臨》（二〇一〇）與《中西交匯與錢鍾書的治學方法》（二〇一〇）等篇章中，充分反映了張隆溪日漸成體系、成熟的跨文化研究學術思想。

從當年的「述評」到而今的跨文化研究，張隆溪的學術思想經歷了三十餘年的發展，早已自成一家，上述三個階段，既反映了張隆溪獨特的治

學經歷，其實也體現了一代中國學人在全球化語境下融入西方學界、艱辛開拓的真實寫照。

二

　　毋庸諱言，張隆溪學術思想的三個階段，實際上與世紀之交的東西方文化碰撞息息相關。上述三段也並非各自獨立，而是彼此之間有著難以詳細界定並相互影響的模糊性，作為發展的脈絡，它們共同構成了張隆溪的學術思想體系。一言以蔽之：這三個階段各自所呈現出的特徵，恰好構成了張隆溪學術思想的鮮明特點。

　　作為一位華裔學者，與其他非華裔學者相比最明顯之處在於：本土經驗會貫穿張隆溪學術思想的始終。無論是為中國人介紹西方理論，還是以國際視野做跨文化闡釋，抑或力圖為東西方文化衝突尋求破解之道，張隆溪所做的一切努力實際上都以本土經驗為基準點。除卻前文所述，本土經驗為張隆溪的學術思想提供研究立場與精神資源之外，它還在相當大的程度上決定了張隆溪的研究內容。

　　因此在張隆溪學術思想中，中國古典美學、傳統文化乃至中國民族性、國民性的研究一直占有很重要的分量。早在一九七九年，他的第一篇論文《也談湯顯祖與莎士比亞》除卻顯示出力圖進行跨文化、比較文學研究的獨特視野之外，更反映出了他非常好的國學功底。赴美之後的張隆溪，雖然將大量時間與精力致力於西方文論的研探索與述介中，但仍未曾放棄對中國傳統文論及其學科史的研究。不但先後撰寫了朱光潛、楊周翰與錢鍾書三位學者學術思想的研究論稿，亦將傳統詩學的若干觀點、傳統文本的重新解讀納入到了自己的研究範疇中，完成了如《文學理論與中國古典文學研究》（二○○七）、《中國古代的類比思想》（二○○六）等著述，形成了其學術思想中較為獨到且重要的一面。

　　本土經驗固然重要，但作為一種重要的方法論與尋求解決問題的入手點，國際視野構成了張隆溪學術思想中另一個顯著特徵。之於張隆溪而

言，這顯然不只是「旅美」之後的身份變化，而是一種長期、一以貫之的研究姿態。這是張隆溪明顯有別於中國大陸乃至香港、臺灣的華裔學者的一面。他的視角雖然受到本土經驗所決定，但開闊的國際視野仍然使得他能夠在全球化文化格局中尋求到中西文明衝突的解決之道。

這很容易讓人想到另外兩位華裔人文學者，趙毅衡與王德威。[5]他們與張隆溪屬於同齡人，出生在中華文化圈並受到傳統文化的侵染，高等教育的第一步都是外語，但最終憑藉自身良好的外語底子與中文功底，成為了西方文學領域中，立足中國文化並具有代表性的華裔學者。

但不容忽視的是，張隆溪的國際視野乃在他進入北京大學時就已有之，甚至更苛刻點說，早在上個世紀七十年代，張隆溪還未進入北京大學時，便在中國科學院四川分院從事科技翻譯工作並在一九八一年出版過一本名為《蛇類》的科普譯著。由此可知，當時他就已對海外世界有了一定的興趣與瞭解，儘管此時中國還處於較為封閉的狀態，但與其他同時代的同齡學者相比，張隆溪就已經有了先人一步的視野與基礎。

有學者將張隆溪與錢鍾書的學術思想做過對比，認為兩者雖在求學的路上截然不同，但在治學的路數上殊途而同歸，即打破了研究文本的國家、民族的既定身份差異，打破了自黑格爾（Georg Wilhelm Friedrich Hegel）到福柯（Michel Foucault）的「中西文明對立說」，以闡釋學為研究方法將自己的研究歸納於人類文明的旗幟之下。[6]而筆者則認為，張隆溪與錢鍾書相隔三十七歲，無疑屬於兩代學人，他們在治學的道路上雖然有薪火相傳的師承關係，但也體現出了相異的一面，尤其在「求同」的這

5　趙毅衡出生於一九四二年，於上個世紀六十年代畢業於南京大學外語系，在上個世紀八十年代獲得中國社會科學院文學碩士學位，並赴美國加州伯克利大學留學，後長期執教倫敦大學亞非學院。王德威出生於一九五四年，在上個世紀七十年代在臺灣大學外文系獲得學士學位，上個世紀八十年代留學美國，先後獲得美國威斯康辛大學的碩士、博士學位，先後執教於臺灣大學外文系、美國哥倫比亞大學東亞系與哈佛大學東亞系，他們不但與張隆溪的治學經歷相似，而且從年齡上看屬於同齡人。

6　蔣洪新：《博採中西，積力久入——漫談張隆溪與錢鍾書學問之道》[J]，東吳學術，二〇一二‧五。

個問題上更是如此。不容否認，錢鍾書的《管錐編》與張隆溪的《道與邏各斯》在研究路數上有著一定的共性，均是將不同時間、不同空間的中西方經典文學文本進行對比，力圖發現人類在闡釋問題上的相似之處，但錢鍾書的出發點是比較，即看重不同文本的比較過程，但張隆溪更傾向於結果，意圖在不同的中西方經典文本中，力圖找到相同、相通的共性。

　　實際上，這是在特定時代背景下跨文化研究必須承擔的歷史任務。西方甚囂塵上的「後現代」理論認為，整個世界的文明存在著差異性，「差異」構成了事物存在的前提。過分強調差異自然就會營造出不同的矛盾，甚至會將原本不會給人類帶來直接危害的文明衝突演變為經濟衝突、政治衝突乃至戰爭。縱觀冷戰格局解體以來，無論是海灣戰爭、南聯盟戰爭、伊拉克反恐戰爭還是阿富汗戰爭，抑或是巴以衝突、印巴衝突、敘利亞問題，以及亞太地區的釣魚島問題、朝鮮半島核問題等等，無一不是由文明衝突所直接或間接導致的，其中既包括基督教文明與伊斯蘭文明的衝突，也包括東方文明與西方文明之間的糾葛。在當下這個時代，文明之間的差異性已是必然，如何以「求同」的姿態儘量縮小這種差異性，成為了張隆溪從事跨文化研究的著眼點。

　　中國傳統文化中「君子和而不同」的理論恰構成了張隆溪跨「求同」學術思想的一個重要精神資源。因此也可看作是本土經驗對於張隆溪的影響。但張隆溪並未將其單純地作為一種抽象的理念或是具體的方法論來簡單對待，而是以國際視角，打破了國家、民族、歷史的分野，探索中西文明中所存在的共性，進而尋求人類文明的「和、同」之道。用他自己的話說就是「本書（《同工異曲》）討論的文本則超出西方範圍，在東西比較研究的背景上來展開討論」，並說明「有人甚至覺得東西文化完全不同，毫無可比之處，所以東西比較根本就不能成立。」[7]在書中，張隆溪舉例說明，「差異」是存在的，但並非中西文化所獨有，在中國傳統文化與西

---

[7]　張隆溪：《同工異曲：跨文化閱讀的啟示》[M]，南京：江蘇教育出版社，二〇〇六。

方文明中，各自也存在的不同的差異。在開篇他還援引了博爾赫斯的名言：「我們總愛過分強調我們之間那些微不足道的差別，我們的仇恨，那真是大錯特錯。如果人類想要得救，我們就必須著眼於我們的相通之處，我們和其他一切人的接觸點；我們必須盡可能地避免強化差異。」[8]

當然，張隆溪並不只是打破研究對象的疆野，他還橫向地打破了學科的邊界。他自己也承認「我所敬重的學界前輩，就都具有開闊的眼光和胸懷，決不以做某一學問的專家為滿足，而總是超越學科、語言、文化和傳統的局限，由精深而至於博大」，並進一步主張「這種跨文化和跨學科界限的閱讀也能使我們以寬廣的胸懷，接納各種寫作形式，而不一定局限在狹義的文學範圍之內。」[9][10]譬如，《道與邏各斯》一書從文學、歷史學、哲學與語言學等學科入手，既證明了中國文化中的「邏各斯中心主義」的存在，亦從「闡釋多元」的角度分析了西方文化與中國文化的相似相通之處；而《烏托邦：世俗理念與中國傳統》（一九九九）一文又從宗教哲學的角度審視了中西方文明中關於「烏托邦」這一符號的共通點，認為「中國文化傳統正是在政治理論和社會生活實踐中有許多具有烏托邦特點的因素。」[11]而《闡釋學與跨文化研究》一書也敏銳地指出「無論在希臘還是在中國，無論東方還是西方，人們都早已認識到在真與假之間，在外表和實質之間，在語言表達和意義之間，都有程度不同的差距和緊張關係」。[12]

如果將張隆溪學術思想中的三個特徵進行綜合比較，我們發現，本土經驗決定了張隆溪的表述立場，他始終立足於中國傳統文化，從學理的角度澄清了黑格爾、福柯等西方學者對於中國傳統文化的誤解，而國際視野則為張隆溪提供了更為寬廣的話語空間，他所面對的不只是以中國為代表的東亞學界，還包括以歐美為代表的西方世界，這使得張隆溪必須要與整

---

[8]　同上。

[9]　同上。

[10]　張隆溪：《走出文化的封閉圈》[M]，北京：生活·讀書·新知三聯書店，二〇〇四。

[11]　張隆溪：《烏托邦：世俗理念與中國傳統》[J]，二十一世紀，一九九九·二。

[12]　張隆溪：《闡釋學與跨文化研究》[J]，書城，二〇一二年第八期。

個世界相融合，而不是以觀察者的角度發言。無論是本土經驗，還是國際視野，作為精神資源與方法論共同推動了張隆溪主張「求同」的跨文化研究實踐。

三

從上個世紀八十年代至今，張隆溪的學術思想不但因其長期在海外執教、講學與著書立說而獲得國際聲譽，在中國內地、臺灣與香港等地亦有廣泛的反響，這既反映了張隆溪學術思想鮮明的時代性，也顯示出了其廣被接受的包容性。他所提出的「闡釋多元論」、「走出文化的封閉圈」與「文化求同」等學術思想，在學界影響深遠。筆者淺識，張隆溪的學術思想有如下幾點特徵可提供思考。

首先，張隆溪以自身的學術實踐與思想創建，在一定程度上改變了今後中國人文學術發展的走向。不但超越了比較文學、比較哲學的學科界限，還從更高的層面尋求人類文明的共性，為今後漢語學者在各個學科研究的研究方法與思路上提供了可資借鑒的資源。

文學是一種意識形態，政治、經濟、學術也都是意識形態的組成。因此，當馬克思早些年所預言的「一國文學將變成世界文學」之後，政治、經濟均在全球化的思想下廣泛迅速地流動，「一國學術」早已變成了「世界學術」。如後現代、結構主義、新馬克思主義等舶來名詞，在漢語學界早不陌生。

從方法上看，早在晚清時代，西方學術就已經借助傳教士與一批新式知識分子、洋務派官僚與買辦商人有系統地進入中國，形成了所謂的「西學東漸」。在其後的一百多年裏，西方憑藉著自己優渥的資源與對世界的霸權統治，使其學術也成為了世界學術體系中的「霸權者」。正如庫瑪（Amitava Kumar）所說，經濟主導著意識形態，世界文學正逐漸變為「世界銀行文學」，其實世界學術也正朝著「世界銀行學術」來轉變。以歐美為「正宗」的「西化」學術思想在中國內地的人文社科學界已經有了

三十餘年的發育、成長期，這使得漢語人文學界呈現出近似「失語症」
（aphasia）的空白焦慮。如何尋求破解之道，成為了擺在所有學者面前的
難題。

如果刻意強調中國古典學術體系的話語範式與邏輯而否定西方學術
思想，明顯又不通。因為這無形之中形成了對於差異性的強調，成為了
「後現代」理念支配的結果。對於這一問題，張隆溪超越了「民粹民族
主義」與「拿來主義」的非此即彼。他站在一個更高的高度進行「打破
邊界」的學術實踐，為此他曾藉紀廉（Claudio Guillén）之著來引用歌德
（Goethe）的名言，「沒有什麼愛國主義藝術，也沒有什麼愛國主義科
學」來闡釋，並認同於紀廉的「超民族」研究法。據此，張隆溪主張，
「比較文學必須擺脫這類不平等關係，才得以一方面避免狹隘民族主義，
另一方面避免毫無根基的世界主義。擺脫這兩個極端，我們才可以去探討
本土與普世、同一與多樣等一系列比較研究的重要課題，尤其在東西方比
較研究中，去探討涉及語言、文學、寫作與閱讀等一系列基本的理論問
題。」[13]

從思路上看，除却對文學學科有實際指導意義之外，在政治學、哲
學與法學等諸多學科，張隆溪的學術思想尤其是「求同」這一核心理念也
具備指導意義。辯證法認為，世界上的任何兩樣東西都是不同的，找出
「異」的一面理所當然，但是兩者或是多者之間的「同」却不是一眼能夠
看出。在政治學、哲學與法學中，「求同」尤其顯得重要。譬如任何政治
制度、法律體系與政策條例實際上都不具備普適性，強搬硬抄必然會引起
排異。但若積極引入「求同」的思想，積極尋求不同國家、民族之間的相
似之處，採取廣而容之的策略，就自然會消解掉許多潛在的矛盾。

其次，張隆溪的學術思想為當下漢語學界提出了新的要求與問題，有
利於讓全球化時代的傳統中國學術盡可能地融入國際語境，並開闊後來研
究者的眼界與思路。

---

[13] 張隆溪：《比較文學研究入門》[M]，上海：復旦大學出版社，二〇〇八。

　　眾所周知，由於分工明細化與意識形態、社會制度的差異性，中國內地（包括臺灣、香港）等地，不同的學科進入到國際範疇的程度都不同。如醫學、計算機與航空等技術工程學科，早已與國際學界有了非常深入的合作，並積累了相當堅實的基礎。與此同時，經濟、法律、傳媒與教育學等若干社會科學學科雖在這一方面不抵前者，但也在國際上有著一定的影響並開展了卓有成效的合作。但中文、中國哲學、中醫、戲曲、國畫、中國考古與民族音樂等傳統中國學術却很難在國際舞臺上找到實際的合作對象，因為這些學科的研究對象與基礎只在中國。

　　在一個全球化、世界性的時代，任何學科都不能只守著「民族性」的特徵，而縮減甚至失去與世界溝通的機會，傳統中國學術尤其是人文學科也不例外，尤其文學比較，更應該是一種跨學科、跨國界的合作性研究，但「跨」的視角又必須基於「求同」這個立足點。「文學之間的比較應在更大的文化背景中進行，考慮到文學與歷史、哲學、宗教、政治、心理學、語言學以及其它各門學科的聯繫。」[14]

　　在「本土經驗」與「國際視角」中尋求「跨學科」乃至「跨文化」研究之「同」，其實就是為傳統中國學術融入國際語境找到出路。且不說文學理論、中西哲學在許多方面有人類共通的「求同」之處，科技、藝術的傳播亦有著「異中有同」的一面：中醫的經絡之學與西醫的解剖理論、中國畫的散點透視理論與西洋油畫的空間構圖理論以及中國傳統戲曲的「場上之美」與西方戲劇的「表演心理學」的相似、相通之處，完全可以被歸納總結，進而形成強調普適性、弱化差異性的人類共同理論，使得中國傳統學術不但可以在全球化的維度下獲得更為廣闊的發展空間，而且可以被視作世界學術體系中的重要一環而不被孤立。

　　毋庸諱言，當下傳統中國學術無論是「走出去」還是「引進來」，其實仍然拘泥於對差異性的強調，在強調差異性之後，最終的結果並不是尋

---

[14] 張隆溪：《走出文化的封閉圈》[M]，北京：生活・讀書・新知三聯書店，二○○四。

求一個共同規律，而是不了了之。所以說，強調差異性不是目的，而是過程。從某種意義上說，「求同」也是尋求共同規律性的重要步驟。

因此，張隆溪基於「跨文化」的「求同」思想，為傳統中國學術在今後指明了一個重要的方向：如何在與西方學術碰撞、比較的過程中，尋求到普遍性的共同性並加以審理、總結，使其成為人類文明智慧的普適規律，並促使傳統中國學術迅速融入到世界語境當中，而不是刻意強調並放大「非此即彼」的差異性，造成文化傳播、人際交流中更大的溝壑。

再從人文的層面來講，我們一方面要立足自身的本土經驗，弘揚文化的個性，也要以國際視角尋求人類文明的普適規律，促使中國文化參與世界文化的構建。張隆溪的學術思想在這個層面上也為後來者提供了精神資源。

有學者認為，「二十一世紀，人類如果要過和平幸福的生活，就應該回到兩千五百年前中國的孔子那裏去尋找智慧。」[15]筆者認為這一說法似顯含糊。畢竟和諧、共榮與發展是「後冷戰」的世界主旋律，隨著人類彼此相互跨地域交流的頻繁、全球一體化進程的加劇，這一主旋律勢必在二十一世紀繼續獲得彰顯。而孔子主張的「仁愛」與墨子的「兼愛非攻」只是在一定程度上反映了這個主旋律的內在訴求。但我們也必須承認，西方早期哲學家柏拉圖、印度的先哲釋迦摩尼也都曾對這一問題做出過相關的闡釋，不獨為中國的先哲所專有。

因此，我們可以將中國先哲的這種思想與西方、印度乃至古巴比倫的哲學思想中對這類問題的闡釋進行「求同」比較，然後歸納出人類先哲對於這類問題的總的觀點，以使其在全球化的語境內獲得更為廣闊的認同。在這個過程中，我們發現，中國傳統文化實際上參與世界文化構建，並成為了人類思想的重要組成，而不是「東風壓倒西風」的一家之言。

---

[15] 高民：《許淵沖教授談加強大學生素質教育》[N]，光明日報，二○○四・九・三十。

　　從這個角度看，中國作家莫言獲得二〇一二年的諾貝爾文學獎其實也反映了「求同」這一思想被認同。長期以來我們認為，刻意強調民族、文化差異的文藝作品才可以吸引「他者」的眼光進而獲得世界的關注，因此「只有民族的，才是世界的」成為了許多藝術家與理論家的座右銘。但實際上，莫言的獲獎原因卻是因其「想像力翔越了人類存在的全部」，「有技巧的揭露了人類最陰暗的一面」、「很好的描繪了自然」並「讓所有的價值觀得到體現」。[16]

　　在一個差異林立、衝突不斷，每一個個體都標新立異的時代裏，莫言的獲獎與張隆溪所主張的「求同」在實質上證明了一點：中國文化的意義要想在全世界的範疇內獲得彰顯、認同，並以一種積極的角色參與到世界文化的構建當中，就不能再只強調自身的特色與差異，而必須要在立足「本土經驗」的特點上，與「人類」、「自然」、「所有的價值觀」等普適性原則相統一。

　　最後，張隆溪的學術思想是對差異的超越，而不是對差異的否定，而「求同」也不是刻意尋求一種認同，而是強調中國文化、傳統中國學術屬於世界文明重要組成的「身份歸屬」，簡而言之，從內在的邏輯看，「求同」是對歷史與空間的雙重建構。

　　長期以來，我們編寫「世界文學史」、「世界科技史」鮮有將「中國文學」或「中國科技」置入這一範疇中。尤其是「中國現代文學史」長期以來被當做是對中國古典文學傳統的否定與超越，卻少有學者認為這應是世界現代文學運動的重要一環。如施蟄存與卡夫卡（Franz Kafka）、里爾克（Rainer Maria Rilke）與李金發等等，彼此相差不過二十年左右，但之間許多共性卻被忽略掉了（或者說單純從微觀的某個共同點出發，忽視了他們在早期全球化語境下的共性），但實際上基於「求同」的視角完全可以看到中國文學參與世界文學現代化進程的功績與努力。張隆溪曾如是論述這一問題：

---

[16] 此處為諾貝爾文學獎評委會在二〇一二年為莫言頒獎詞，部分詞語為筆者自譯。

文、史、哲不僅要包括中國文化的內容，而且必須包括中國之外其他文化的內容。我們脫離世界範圍來孤立瞭解中國文化，就不能對中國文化的性質和特點有真正的瞭解，也不能對我們生活在其中的世界和時代有比較全面的認識。[17]

因此，張隆溪「求同」的學術思想另一個重要前提是「跨界」。除了前文所述跨文化、跨民族、跨學科、跨領域之外，還存在著「跨國界」眼光。當然，他這種「跨國界」並非是將多個「他國」進行總結性述評，而是基於中國的本土經驗這一空間屬性，力圖在人類大文明的文、史、哲範疇內使得中國文化化歸為世界文化的重要組成。

但值得一提的是，與錢鍾書相似，張隆溪雖然主張超越差異與各種邊界的「求同」，但他仍然不曾放棄立足於文本與細節的具體研究，學術思想主要從宏觀的角度出發，但在宏觀之下必須要有微觀的具體實踐，這樣才能構成一個完整、可操作的學術體系。在這個問題上，張隆溪與錢鍾書有著明顯的師承關係。張隆溪自己也認為，「（錢鍾書）總是超越中西語言和文化界限，絕不發抽象空疏的議論，却總在具體作品和文本的互相關聯中，見出同中之異，異中之同。」[18]並且，他還引用了錢鍾書的名言「東海西海，心理攸同；南學北學，道術未裂」[19]來表明自己基於歷史與時空的學術觀。

綜上所述，張隆溪的學術思想可以用「超越差異，跨界求同」來概括。這裏所謂差異，便是一種追求對立的相異性；而跨界，則是打破科技、文化與政治造成的各種人為邊界——如學科、民族、政治制度、國家與文化等等。宏觀地看，就是立足中華文化的本土經驗，以國際視角來尋

---

[17] 張隆溪：《中西文化與通識教育》（二〇〇六年十二月二日在「香港中國語文學會年會」上的演講大綱）

[18] 張隆溪：《走出文化的封閉圈》[M]，北京：生活・讀書・新知三聯書店，二〇〇四。

[19] 錢鍾書：《談藝錄》[M]，北京：生活・讀書・新知三聯書店，二〇〇八。

求不同知識體系中的相同之處，以便總結出人類文明的普世規律與價值，並努力促進中華文化與傳統中國學術融入全球化的語境，使其在未來的時日裏煥發出新的光彩，而這一切又寄予於對於具體文本、史料與材料等研究對象的微觀研究。

四

　　毋庸置疑，張隆溪的學術思想不只是針對中國（或漢語）學界有著指導性的意義，對於當下一切傳統文化、學術如何面向並融入世界，實際上都有著可資參考的價值。

　　當下時代所謂「全球化」，主要是西方中心主義，經濟發達的國家與地區因在世界上享有主導地位，在政治對話、經濟競爭乃至軍事制裁中都擁有主動權。進而使得一些歷史悠久尤其是地屬東方的傳統國家（或民族）因為經濟發展的落後，導致其文化、學術、藝術與哲學都受到了不同程度的邊緣化。如埃及、印度以及中東、東亞等國家或地區。其當地學者、藝術家或作家要麼選擇積極融入西方語境，放棄本民族（或本國）文化、哲學甚至語言，從而為自己在「他者」的世界裏獲得一席之地；要麼固守自己的傳統文化精神，雖然在短期內可以吸引西方的視線，但卻總與世界大環境產生一定的距離，時至日久，其被邊緣化乃是早晚之事。

　　在近年來的著述中，張隆溪用到最多的一個詞就是「東方」而不是「中華」或是「中國」。從詞彙本身的概念來講，「東方」明顯要包括比「中國」更為豐富的內涵，不只是中國，當然也包括印度、伊朗、埃及甚至南美等國家，這些國家實際上和中國一樣，正在面臨著自己的文化、學術與藝術如何融入世界這一歷史性課題。

　　因此，張隆溪在一定程度上為世界上這些傳統的學術、文化與藝術指明了一條發展路徑：如何在「跨界求同」的層面上，使得自身能夠以保全個性為前提並融入到世界語境當中。儘管張隆溪並未明確地分析這一問

題，但他對於「求同」這一思想的闡述，事實上完全可以為其他東方國家
的傳統文化、藝術與學術的發展指明方向。

而且，張隆溪反映了一代中國學人的治學精神。他的學術思想既反映
時代特徵，又蘊含民族精神。因此，今後對張隆溪的研究還應該深入，有
利於瞭解一個正在變化的中國。

我們看到，張隆溪從比較文學、闡釋學出發，發軔於「中國傳統文化
中的邏各斯主義」之上，主張「跨界求同」的學術思想，其精神根源還是
源自於講究「和合」、「大同」的傳統中國文化與現代中國學術──張隆
溪在著述中曾多次對西方經典學者如黑格爾、福柯與于連等人進行過不同
程度的批評，認為他們對中國文化明顯瞭解不夠。正因缺乏瞭解，所以才
會人云亦云地塑造出一個「對立」的異文化他者形象。

但是，若論及張隆溪學術思想與現代中國學術的淵源，除卻前文所
論的錢鍾書之外，還有兩位學者不得不提。一位是曾執教於北京大學的陳
源（西瀅，一八九六－一九七〇），另一位是清華大學的陳寅恪（一八九
〇－一九六九）。前者曾提出「跨中西文化」之壁壘，力圖以「雅俗之
辨」來區分世界文學的高下，而後者則認為「跨語際」研究基礎太薄弱，
關鍵要比較歷史觀念的源流。

張隆溪學術思想萌芽、成熟的年代，既與陳源、陳寅恪不同時，也與
錢鍾書著《談藝錄》、《管錐編》有著幾十年的時間差距。因此，張隆溪
對於世界問題的看法，既是對前人的繼承，也是對他們的超越。張隆溪繼
承了陳源「跨中西文化」的研究思想，但卻超越了作為新壁壘的「雅俗」
之辨；他賡續了陳寅恪對「歷史觀念」的源流的比較，並從中「求同」，
但對於「跨語際」的研究又從伽達默爾（Hans-Georg Gadamer）的闡釋學
的層面提出了自己新的見解。[20]

---

[20] 張隆溪在美國時曾與伽達默爾有過對談，但這並不完全意味著伽達默爾對於張
隆溪的影響開始於此。實際上，錢鍾書的「闡釋循環」與伽達默爾的「視域融
合」之觀點有著共同之處，且錢鍾書對於伽達默爾也有過較多的關注與研究，
甚至有學者稱錢鍾書為「中國的伽達默爾」。（見李洪岩、畢務芳：《論錢鍾

　　事實上，張隆溪的學術思想正是站在中西方當代文哲巨人的肩上而構建完成的，但同時也為時代所決定。從上個世紀七十年代末至今，東西方文化對立不斷、政治經濟衝突不絕。從中國到美國再走向世界的張隆溪，對於這種對立、衝突的感觸勢必要勝於他的前輩。在他學術思想三個階段中，我們還可以對比地發現：第一段與第二段的歷史分期，恰是蘇聯解體、冷戰結束的節點，而第二段與第三段的歷史分期，又基本與「九一一」恐怖事件相吻合。

　　所以張隆溪的學術思想雖看似是人文理論的智慧結晶，但却是與現實問題緊密相連的精神成果，當然更是一位中國學人在全球化下的實踐與思考，它從深層次反映了當代中國學術融入世界語境的過程。就目前而言，學界對張隆溪的研究還並不太夠。據此筆者認為，今後學界應該更加重視張隆溪的學術思想，並在廣度、深度上應對其有所挖掘、研究與總結。這不但可以豐富世界比較文學界、文化學界乃至整個人文社科界的研究成果，而且可以將其作為一個重要的個案，進行更加細緻的研究解讀。

　　我們充分地認識到，經歷了三個階段的張隆溪學術思想，已發展成熟，不但具備研究意義，亦對於學術、文化與藝術研究實踐有著重要的指導價值。這一問題前文已經有相當多的筆墨來闡釋，這裏不再贅述。但我們必須要考慮一個新問題是：今後張隆溪的學術思想，還會產生什麼樣的變化？

　　誰也不是預言家，但在人文社科領域裏，對於一位思想家的預測又變得如此重要。我們可以清楚地看到，無論是晚年牛頓，還是晚年馬克思或是晚年黑格爾，其思想都曾發生過「告別青春」甚至「否定自我」的嬗變。中國古人也有名言「吾年七十方知六十九歲之非」。因此，誰也無法否定今後張隆溪的學術思想是否會因為各種因素而發生轉向。

　書先生古典文學研究的特徵與貢獻》[J]，文學遺產，一九九〇年第二期），因此，伽達默爾對張隆溪的影響，最開始應以錢鍾書為媒介。

　　但基本上值得確定的是，張隆溪以「跨界」而「求同」的學術理念應不會有本質性改變。「跨界」，實際上是對於全球化語境的認同與響應，打消壁壘、填實溝壑、廢除對立、拆解保守，在多元中消解矛盾並以開放性的姿態尋求共性，乃是人類文明今後發展的大趨勢。雖然現在這一趨勢在發展的過程中存在著一定的波折與反覆，我們必須承認，作為一個總的趨勢，任何人或事既不能也無法改變。

　　因此筆者認為，張隆溪學術思想在今後抑或還會被繼續充實、修正，但不會被顛覆。整體地看，他用前瞻性的眼光描摹了世界潮流，並力圖給中華文化以一個新的定位的方式，這是其學術思想的核心組成。從這個角度來講，在今後的研究中，張隆溪或許還會對一些新的現象提出新的觀點、新的問題並作出新的闡釋，但這種闡釋勢必還會基於「跨界求同」的基本核心。

　　「超越差異」是「跨界求同」的前提，「跨界求同」是「超越差異」的結果，兩者共同構成了思考、分析與解決問題的過程。我們可以看到，張隆溪的學術思想正在潛移默化或者直接地影響著更多的後學者，並為其思考新的問題、解決新的課題打開了新的視野並提供了新的思路。

目　次

同工異曲

——跨文化閱讀的啓示

謹以此小書獻給

亦師亦友的錢鍾書先生（一九一○一一九九八）

序

> 我們總愛過分強調我們之間那些微不足道的差別，我們的仇恨，那真
> 是大錯特錯。如果人類想要得救，我們就必須著眼於我們的相通之
> 處，我們和其他一切人的接觸點；我們必須盡可能地避免強化差異。
>
> ──博爾赫斯[1]

　　這本小書的內容是我在二〇〇五年二月二十八日和三月一、二、三日
於加拿大多倫多大學所做的四次亞歷山大演講，整理成書時對原講稿只稍
做了一些修改。除增加幾個例子，在論證方面稍作擴充之外，我儘量保留
演講原貌，希望讀來仍然有口頭說出來那種感覺。英文版原書於二〇〇七
年初由多倫多大學出版社在加拿大出版，中文稿是按英文原稿重新寫出，
使本書與英文版大致同步發行。

　　在內容方面，本書與亞歷山大演講系列叢書中以前諸種都有所不同，
因為傳統上亞歷山大演講乃注重西方文學、尤其是英國文學。相比之下，本
書討論的文本則超出西方範圍，在東西比較研究的背景上來展開討論。不過
這也就構成一相當嚴峻的挑戰，因為一般人對東西方比較研究往往持懷疑
態度，有人甚至覺得東西文化完全不同，毫無可比之處，所以東西比較根本
就不能成立。在今日的學術環境裡，知識的發展已分門別類到相當細微的程

---

[1] Jorge Luis Borges,「Facing the Year 1983」, *Twenty-Four Conversations with Borges, Including a Selection of Poems*, trans. Nicomedes Suárez Araúz et al. (Housatonic: Lascaux Publishers, 1984), p. 12.

度，不同門類的知識領域之間又各立門戶，壁壘森嚴，結果是學者們都不能不成為專治一門學問的專家，眼光盯住自己專業那一塊狹小的地盤，不願意放眼看出去。專家們往往眼裡只有門前草地上那一兩棵樹，卻看不到大森林的宏大氣魄和美，反而對森林抱著狐疑，投以不信任的眼光。然而除專家們對範圍廣闊的比較普遍表示懷疑之外，東西方比較研究還面臨著一個更大的挑戰，那就是有許多人，包括許多學者，都常常習慣於把東方、西方或東方人、西方人當成建構思想的概念積木塊，粗糙籠統地累積起來思考，好像東方和西方、東方人和西方人這類概念，都是些根本不同而且互不相容的東西。強調文化差異非此即彼，不僅在思想上似乎對稱而具吸引力（更不用說區分優劣高下而具吸引力），而且可以讓人節省腦力，很容易針對一個異己的他者來確立自我，而不必費心去調查個案，去仔細審視東西方不同文化傳統在觀念、意象、主題和表現方式上的對應、交匯甚至重合之處。

習慣於用籠統粗糙的概念積木塊來思考的人，一定覺得做這種認真細緻的調查研究相當不舒服，因為這類調查必然會模糊各種定義的界限，使整個畫面變得十分複雜。也許就因為如此，尤其在西方，仍然很少有分量的東西方比較研究的著作，而簡單化、臉譜化的文化差異常常被充做文化傳統最重要的特徵。此書之作，就正是針對這樣一種背景提出另一種意見，強調東西方文化和文學在各方面的契合與類同，而不是專注於極端的區別或根本的差異。

不同語言和文化當然存在差異，可是差異不僅存在於不同文化之間，也存在於同一文化範圍之內。在中國，儒家文化強調倫理政治方面的禮樂制度和行為規範，就迥異於道家主張無為與順應自然，也不同於佛家信仰因果和來世，希求脫離人世眾劫輪迴之苦而達於涅槃至境。對研究中國古典文學的人說來，唐詩雖然格律謹嚴，卻直接抒發性情，自然天成，就不同於宋詩中一些大講性理、空發議論之作；而杜甫之凝重沉鬱，關心民間疾苦，也不同於李白之恣意豪放，馳騁想像而肯定自我。在西方也是一樣，天主教的信仰不同於新教；法國戲劇家拉辛和高乃伊的古典主義也不同於莎士比亞之注重自然；或者借用喬治・斯坦納的話來說：「瓦爾特・

斯各特所體驗的中世紀,有別於前拉斐爾派所摹仿的中世紀。……文藝復興時代的柏拉圖主義不同於雪萊的柏拉圖主義,荷爾德林筆下的伊底帕斯既非佛洛依德的普遍個人,也不同於列維-斯特勞斯所理解那個瘸腿的巫師」。[2]不僅在不同文化傳統之間存在差異,在同一傳統、甚至同一時代的詩人和作家們之間,確實也有各種差異。文化的完全同一和文化的絕然對立,都實在是騙人的假像。

在差異之上,當然也還有令人驚訝的交匯與類同。然而這本小書的目的不僅只於展示東西方在觀念和主題表現上的契合,而且還要提出一個更強的觀點,即只有從東西方比較研究跨文化的視角,才可能獲得某些批評的洞見。如果不超越單一文學傳統有限的視野,我們就不可能有開闊的眼光,來綜覽人類創造力的各種表現和無窮的可能性;而我們一旦跨越文化差異的鴻溝,有了開闊的眼光,再回過去反觀許多文學作品,就會發現有些東西我們過去竟然沒有留意到,也毫無批評的意識。我希望本書範圍較廣的舉證,可以證實這一說法,而獲取眼界開闊的批評見解,又可以證明本書所做的東西方比較研究自有其價值。

本書以我所做亞歷山大講座為基礎,在修訂成書時,我要感謝邀請我在二〇〇五年做此講座的多倫多大學之大學學院院長保羅・佩龍(Paul Perron)教授以及多倫多大學人文研究中心主任阿米卡利・雅努契(Amilcare Iannucci)教授。他們的邀請使我深感榮幸,也深覺謙卑,因為我完全瞭解,這是自一九二八年亞歷山大講座設立以來,第一次邀請一位來自東方的學者做此頗有聲望的系列演講。但我絕不認為自己是在許許多多西方著名學者之後,作為東方的代表來做此演講。事實上,本書一個主要的論點正是要暴露集體式代表觀念的謬誤,那是一個相當常見的錯誤,即完全抹煞個人的種種差別,把具體的個人都歸納在東方和西方、東方人和西方人這類粗鄙的概念積木塊之下。

---

[2] George Steiner, *After Babel: Aspects of Language and Translation* (Oxford: Oxford University Press, 1975), p. 29.

　　由於本書是亞歷山大演講系列中第一次從東西比較的角度，討論範圍較廣之各類文本，開篇第一章就要為這種廣闊範圍的比較研究奠定基礎，所以便對文化不相通的觀念，即以東西方為南轅北轍，毫無共同之處的觀念提出批判。本書第一章通過論證這種不相通論的內在困難，指出在東西兩方都有人提出這同樣的論述，對這一論述本身構成反諷，由此證明我們需要範圍廣闊的視角，來理解和鑒賞不同的文學和文化傳統。後面三章就在此基礎之上，通過討論個別主題和文本的具體細節，進一步展示跨文化理解的合理性和意義。第二章首先考察以手指月以及人生為旅途的比喻，然後討論文學中珍珠的意象；第三章論述幾篇中文作品中以及《羅密歐與茱麗葉》中毒藥與良藥的辯證關係；最後第四章探究圓圈和圓球的意象，考察在各種宗教、哲學和文學的文本中展現出來那種周而復始、反而復歸的循環運動概念。全書各章通過意象和觀念互相關聯，勾畫出文本的碰撞和主題相似的輪廓，展示東西方文學和文化在概念構想和表現上的相似點，那種不期然的契合和同工異曲之妙。

　　我要感謝邀請我的主人和許多朋友，他們使我在多倫多度過十分愉快的一段時間。我特別要感謝約翰・塔克（John Tulk）博士和阿列克斯・吉辛（Alex Kisin）先生，感謝他們的熱情支持和友誼。我曾和幾個朋友討論過書中的一些想法，其中我要感謝蘇源熙（Haun Saussy）教授給我有益的評論，我尤其要對我的老朋友唐納德・斯通（Donald Stone）教授表示由衷的謝意，他讀過全書初稿，給我很多鼓勵，並提出有益的意見。本書中有很多想法，都是受錢鍾書先生著作典範的啟迪，而我二十多年前有幸在北京與他相見，不時聆教，在我將是永遠的鞭策和鼓勵。我謹以此書紀念錢鍾書先生，以此表示我對亦師亦友的錢先生的景仰和懷念，感謝他為後輩學子在尋求東西方跨文化理解的努力中，樹立了最有感召力的典範。

張隆溪
序於香港九龍瑰麗新村寓所

中文版附記：本書中文稿除第一章外，均曾在上海《文景》雜誌發表。第二章曾在二〇〇四年十二月三日，作為「法鼓人文講座」在臺灣大學公開演講。

第一章　文化對立批判

　　七十多年前，長期在印度服役、並擔任吉普林學會第一屆會長的英國陸軍少將萊昂利・查理・鄧斯威爾，曾在倫敦吉普林學會宣讀一篇論文，並隨後將此論文發表在一九三三年六月出版的《吉普林學志》（*Kipling Journal*）上。鄧斯威爾在那篇文章裡評論帝國詩人吉普林對印度以及東方的看法，他自豪地將吉普林引為同道，並對他的聽眾宣稱說，吉普林「是我們姑且稱之為帝國主義的毫不動搖的代言人」。[1]對於吉普林和鄧斯威爾說來，帝國主義並不是個令人難堪的字眼，卻代表了大英帝國的榮耀，使他們感到自豪。吉普林曾有一著名詩句說：「啊，東即是東，西即是西，這兩者永不會相遇」（Oh, East is East, and West is West, and never the twain shall meet），儘管吉普林這首《東西方歌謠》受到英國和尤其是印度一些批評家的指責和抗議，他們堅持認為吉普林錯了，東西方早已相遇了，鄧斯威爾卻認為這詩句雄辯地證明了帝國主義即英國殖民主義完全合理，因為這首詩明確以西方為統治者，東方為被統治者，肯定了二者全然不同。

　　對那些批評家們，鄧斯威爾完全嗤之以鼻，認為不屑一顧，他又把吉普林那句詩直截了當解讀為強調東西方之間根本的差異，儘管他這樣解讀忽略了吉普林本人緊接著下面說的話：

---

[1]　Lionel Charles Dunsterville, "'Stalky' on 'Kipling's India' (1933)", in *Rudyard Kipling: The Critical Heritage,* ed. Roger Lancelyn Green (London: Routledge, 1997 [1971]), p. 372.

可是沒有東，也沒有西，沒有邊界、種族和出生的差異，

只有來自天各一方的兩位強者相持不下，面對面站立。

　　英國人既然到了印度，當然就證明東西方早已相遇，可是鄧斯威爾特別強調說，那相遇的性質是決然的對立。他提醒各位聽眾說，相遇可以有各種不同的方式。「你們可以在並肩跑步中相遇，那就不會產生任何摩擦，但你們也可以是頭頂頭，在碰撞中相遇。東西方恰好就是這樣相遇的。東方人的每一個想法、每一絲一毫的傳統都是——而且也應該是——與西方人的思想觀念和傳統恰恰相反」。正由於這樣絕對相反，鄧斯威爾堅決反對把憲法引入印度。他說，東方人的思維方式與西方人的思維方式完全不同，「這當中有根本的差異，而且永遠也不會改變。我們的政客們要把那僅適應於純粹不列顛和島國發展的政府形式，拿來強加給印度，就完全忽略了思想和性格那永不會改變的根基」。接著他又說：「我很懷疑constitution（憲法）這個詞怎麼翻譯成烏爾都語」。[2]鄧斯威爾顯然認為，要把表現歐洲思想精粹的一個概念和術語翻譯成東方語言，實在是荒唐可笑之極。的確，用烏爾都語說得出constitution（憲法）這個詞嗎？我們也同樣可以問，用中文漢語說得出constitution（憲法）這個詞嗎？

　　對於跨文化理解和溝通而言，那的確是一個根本的問題。今天的讀者大概不會讚許吉普林藉東西方的對立，來證明帝國主義和殖民主義合理，可是認為東西方有根本差異，西方的思想觀念不宜引入東方，文化之間不僅語言上不可譯，而且在概念上就不可譯，所有這些看法在我們當前的學術環境中，在學術界有關亞洲的討論中，在涉及東方的比較研究中，都是相當常見的。數年以前，作為美國《亞洲研究學刊》主編的大衛‧巴克就說過，文化相對主義是大多數亞洲研究者奉行的基本原則，他們懷疑「有任何概念上的工具，可以用跨越不同主體而有效的方式，來理解和解釋人

---

[2] 同上，頁三七三。

的行為和意義」。[3]鄧斯威爾並沒有使用相對主義這個術語，可是他七十多年前說的一番話，卻頗接近於至少對文化相對主義的一種理解，因為他說：「東西方之間的根本差異是永遠不會改變的，誰也不能說我們西方的文化就高於東方的文化──相反的兩者之間根本沒有比較的可能」。[4]這樣說來，關鍵就並不在東西方相遇或是不相遇，因為二者也許已經以碰撞的形式相遇了，關鍵在於東西方之間有根本差異，完全沒有共同基礎，也就沒有做任何有意義的比較之可能。東西文化之間沒有任何共通之處──這才是鄧斯威爾藉解讀吉普林詩句，想要傳達給聽眾的資訊。

　　可是，難道我們今天還要奉吉普林的話為真理嗎？東西方之間真的沒有比較的可能嗎？這就正是我在本書第一章裡，要回答的問題。不首先正面接受文化不相通論的挑戰，就不可能在後面的幾章裡，從跨文化的角度去討論各種文學的主題內容。文化不相通論是一種絕對和囊括一切的理論，認為東西方完全沒有任何比較的可能。為了檢驗這一理論是否正確，我將考察東西方一些具體的文本，看其間有沒有任何可比之處，看這些文本在觀念、主題或其他方面是否有某種程度的融合。所以在回應文化不相通論的挑戰時，我提出要以東西方文學作品的具體例證，來說明二者之間的聯繫，那是以觀念上的類似和主題上的接近為基礎的聯繫。我想借用哲學家維特根斯坦說過的一句話，這句話就是：「命題可以顯示出它所要說的意思」。[5]這就是說，我們不能只是申說東西方跨文化理解可行，而必須把這種可行性顯示出來，我們不能僅僅抽象地宣稱，而必須通過具體的例子和引文來顯示，以文本的證據來支援這一可行性。

　　這也許就是博爾赫斯想像中的文學批評，即由批評家發明他們所討論的作者以及作者之間的關係：「他們選取兩個不同的作品──例如《道

[3]　David D. Buck, "Forum on Universalism and Relativism in Asian Studies: Editor's Introduction", *The Journal of Asian Studies*, vol. 50, no. 1 (Feb. 1991), p. 30.

[4]　Dunsterville, "'Stalky' on 'Kipling's India' (1933)", in Rudyard Kipling: The Critical Heritage, p. 373.

[5]　Ludwig Wittgenstein, *Tractatus Logico-Philosophicus*, 4.461, trans. C. K. Ogden (London: Routledge & Kegan Paul, 1981), p. 97.

德經》和《天方夜談》——把它們歸屬於同一位作者，然後極認真細緻
地探索這位有趣的文人的心理世界」。[6]如果說《道德經》和《天方夜
談》還都是東方的作品，那麼博爾赫斯還有另一篇文章，其中毫不含糊
地把中國唐代大文豪韓愈與古希臘的芝諾（Zeno）、近代的克爾凱郭爾
（Kierkegaard）和白朗寧（Robert Browning）聯繫起來，都說成是卡夫卡
的先驅。[7]像博爾赫斯這樣隨意找出來的聯繫，似乎有點異想天開，但這
背後卻完全是嚴肅認真的想法，因為把不同作品歸屬於同一位作家的天才
創造，說成是一個有驚人創造力的文人的著作，或者說把不同文學和文化
傳統的作品理解為世界各地人類創造力的表現，就的確提供了與文化相對
主義完全不同的角度，使我們可以跨越語言文化的隔閡來研究文學。

　　其實，文學研究中這樣廣闊的視野，也受到曾在多倫多大學任教的
一位加拿大著名學者的啟發，那就是諾斯洛普・弗萊，因為弗萊提倡的原
型批評，目的正在於把文學作品視為有系統地聯繫起來的整體，而不是相
互隔絕、各自孤立的片斷。雖然弗萊為學嚴謹，在著作中很少提到東方文
學，但他的批評理論毫無疑問有一個全球的視野，理應包括東方的文學和
文化。[8]我就希望按照博爾赫斯想像那種文學批評的精神，並以弗萊提供
那種百科全書式極為廣闊的眼光，把具體的文本細節組織起來，由此來顯
示東西方文學的聯繫。東西文化的相遇，將在很不相同的作品和文本中顯
示出來；的確，文化的相遇將在文本的相遇中顯現，而且正是作為文本的
相遇來顯現。

---

[6] Jorge Luis Borges, "Tlön, Uqbar, Orbis Tertius", trans. James E. Irby, in *Labyrinths: Selected Stories and Other Writings*, eds. Donald A. Yates and James E. Irby (New York: Modern Library, 1983), p. 13.

[7] See Borges, "Kafka and His Precursors", trans. J. E. Irby, ibid., pp. 199-200.

[8] 參見Robert D. Denham, "Frye and the East: Buddhist and Hindu Translations", pp. 3-18 in *Northrop Frye: Eastern and Western Perspectives*, eds. Jean O'Grady and Wang Ning (Toronto: University of Toronto Press, 2003). 此文作者說，「弗萊從未全面浸潤到」東方文學之中，但他「涉入東方的程度卻又遠比他公開發表的文章所表露出來的要深得多」（頁四）。

　　可是，我們將如何對待鄧斯威爾所謂「相反的兩者之間根本沒有比較的可能」這句話呢？我將會證明這種文化不相通論，恰好是東方和西方都有的共同說法，於是這共同性本身就駁斥了東西方沒有共同性這一說法。在西方，文化對立的觀念往往追溯到希羅多德《歷史》中所描述的古代希臘人與波斯人的衝突，可是希羅多德自己就說，他之所以寫這部歷史，目的是要確保「時間不會使人們的所作所為黯淡失色，希臘人和野蠻人展現出來那些驚人成就和豐功偉績，不至於無人記敘而淹沒不聞」。[9]作為希臘的史家，希羅多德既能記敘希臘人的歷史，又能記敘波斯人的歷史，那是因為他「確信人的思想感情有一個共同核心，彼此相差不遠」，而且他堅信，「人類的心智雖然在時空上有距離，表面上各不相同，但無論在邏輯或非邏輯方面，其思想和感情的結構都是一樣的」。[10]希羅多德當然站在希臘人一邊反對波斯人，但他並不認為這兩邊互不相通，彼此不能理解。在古代世界裡，彼此對立往往是由於種族的自傲，而不是文化的互不相通。希臘人認為只有自己是文明人，外族都是野蠻人，可是這類種族中心主義的偏見，也表現在中國古代的華夷對立觀念中，即以中國人為文明，而外國人都是野蠻。當然，文化對立也可能來自尋求另一種生活方式的烏托邦式的意願，即凡是不同和生疏的東西都對人有特別的吸引力，也就是法國詩人謝閣蘭所謂異國情調，那種多樣的美感。[11]文化互不相通的觀念，的確往往就是這類意願產生出來的結果，是尋求差異的意願僵化成為一條對比原則，是浪漫主義的異國情調觀念經過哲理化而成為後浪漫主義和後現代主義的理論。

---

[9] Herodotus, *The History*, trans. David Grene (Chicago: University of Chicago Press, 1987), p. 33.

[10] David Grene, introduction to Herodotus, The History, pp. 11, 12.

[11] 參見Victor Segalen, *Essai sur l'exotisme: une esthétique du diver*, (Paris: Fata Morgana, 1978), pp.23. 謝閣蘭說：「異國情調的感覺不是別的，就是對差異有一點概念，感覺得出多樣性，認識到有和自己不同的東西；異國情調的力量就是認識他者的能力」。

在當代理論中，不相通觀念（incommensurability）與托瑪斯・庫恩影響深遠的著作《科學革命的結構》有密切關係，他在那本書裡說，在不同理論範式下工作的科學家們，說的根本就不是同一種語言，其間的變化如此之大，以至於「經過革命之後，科學家們在完全不同的另一個世界裡工作」。[12]可是托勒密派和哥白尼派的天文學家們意見不同，互相爭辯，卻恰好是因為他們大致相互瞭解對方的語言。如果互相之間完全不能理解，一方的語言在另一方完全沒有意義，那麼就如唐納德・大衛森所說，「我們就無從判斷別人和我們在觀念和信念上極不相同。……因為我們找不到一個合理的依據，可以據此說兩邊的架構完全不同」。[13]這確實正是文化相對主義者的危難和困境：「不同觀點的確有意義，但只有在一個共同協調系統的基礎上，它們才可能有意義；可是有共同系統存在，就已經證明戲劇性的不相通觀念之錯誤」。[14]所以在鄧斯威爾宣稱「相反的兩者之間根本沒有比較的可能」時，他這句話不僅言過其實，而且首先在邏輯上就不能自圓其說，因為在認識到兩個東西互相對立的時候，你早已有一個共同的前提，而且正是在那個前提之下，你才可能通過比較，認識到二者相互對立的性質。

庫恩在他晚期的著作裡，從《結構》一書激進的提法後退到溫和得多的另一個提法，即他所謂「局部的不相通性」。庫恩這「局部的不相通性」不是彼此完全不能理解，而只是說兩種不同的理論相遇時，大部分語言和大多數術語都基本相同，只是在某些術語的理解上有差異：「只有小部分次級的（通常在定義上彼此相關的）術語以及包含這些術語的句子，才產生不可譯的問題」。於是不相通性局部化而成為一個語言問題，「一

---

[12] Thomas S. Kuhn, *The Structure of Scientific Revolutions*, 2nd ed. (Chicago: University of Chicago Press, 1970), p. 135.

[13] Donald Davidson, "On the Very Idea of a Conceptual Scheme", *Inquiries into Truth and Interpretation*, 2nd ed. (Oxford: Clarendon Press, 2001), pp. 197, 198.

[14] 同上，頁一八四。

個關於語言、關於意義變化的問題」。[15]但庫恩認為術語語意的變化會非常之大，老術語和新術語之間是無法翻譯的。「不相通性於是成為不可譯性」，庫恩由此把不相通性「局部化為兩套詞語分類完全不同的某個領域」。[16]但這和文化不相通性那種全盤的提法比較起來，和文化與思維方式絕對的對立比較起來，可就完全是另一回事了。雖然在這比較溫和的「局部不相通性」概念裡，庫恩仍然堅持術語的不可譯性，但正如哈佛大學的哲學教授希拉蕊‧普特南所說，翻譯的困難「並不意味著沒有一種『共同』的語言，用這語言我們就可以說出，這兩種理論的理論術語所指涉的是什麼」。[17]作為文學研究者，我們都很知道語義如何會隨時間而發生微妙的變化，作為比較文學研究者，我們更隨時面對不同語言及其差異，可是那卻從未構成對理解、解釋和翻譯說來無法克服的困難。

　　庫恩提出不相通概念，本來目的是想解釋科學史上的不同規範，然而不幸的是，不相通性一旦成為一個理論術語在一般學術語言中流傳開來，就很快而且遠遠超出了庫恩本來目的的範圍。當它從科學轉入當代文化和政治時，不相通性就經常被用來證明不同集團和群體互相分離是合理的，甚至「為重新出現的部落主義提供依據」。[18]正如琳賽水所說，這廣為傳播的概念成了「不相通性概念的完全扭曲」，成了「證明身份政治（identity politics）合理的一個關鍵概念，而這種身份政治堅持認為，人們不可能跨越團體來思考」。在其最具鬥爭性的激進形式裡，「不相通性在為一種狹隘、絕對而反對多元的相對主義辯護」。[19]在我們進一步跨文化地來討論文學之前，我們首先必須面對而且克服的，就正是這樣的相對主義。

---

[15] Thomas S. Kuhn, "Commensurability, Comparability, Communicability", *The Road since Structure: Philosophical Essays, 1970-1993, with an Autobiographical Interview*, eds. James Conant and John Haugeland (Chicago: University Press, 2000), p. 36.

[16] Kuhn, "The Road since *Structure*", ibid., p. 93.

[17] Hilary Putnam, "The Craving for Objectivity", *Realism with a Human Face*, ed. James Conant (Cambridge, Mass.: Harvard University Press, 1990), p. 127.

[18] Lindsay Waters, ''The Age of Incommensurability'', *Boundary 2* 28:2 (Summer 2001): 144.

[19] 同上，頁145。

　　文化相對主義即文化互不相通的觀念，在辯論中往往表現為東西方對立，不管東方是由印度、阿拉伯或是中國所代表，東方常常成為一般認為的西方一個反面的鏡中之象。在很多人看來，中國在地理和文化上都離西方最遠，與西方最不相同，最具異國情調，是完全在希臘羅馬影響範圍之外發展起來的文明。中國和尤其是中國的語言，那大致以非拼音書寫的中國漢字，按龐德（Ezra Pound）的看法不是一個邏輯的語言系統，而更是一種詩性的視角，德里達則認為那代表極端的「差異」（différance），而福柯則名之為「異托邦」（heterotopia）。[20]在一本討論西方的中國觀的書裡，史景遷曾說，建立起一整套「互相支持印證的形象和感覺」來描述一個異國情調式的中國，「好像是法國人特別擅長」，雖然那種異國情調主義絕不僅僅是法國人所獨具的。[21]既然如此，那就讓我引用一位法國學者弗朗索瓦・于連的著作，來做這種異國情調式中國觀的典型例子，因為于連反覆把中國與希臘相對立，而在這種對立之中，中國總是代表他所謂「文化間的相異性」，成為反襯西方的文化上的他者。

　　于連明確說，研究中國的意義在於「回歸自我」，為歐洲人的自我提供一個不同的視角，「以便重新審視我們自己的問題、傳統和動機」。[22]他認為，由於中西語言、歷史、文化都極不相同，所以「中國提供了一個案例，研究這個案例就可以讓我們從外部來反觀西方的思想」。[23]于連二〇〇〇年出版的一本書題為《從外部（中國）來思考》，在那本書裡，中國為西方學者提供了一個從外部來思考的機緣，使他們可以避開從古希臘

---

[20] 參見Jacques Derrida, *Of Grammatology*, trans. Gayatri Chakravorty Spivak (Baltimore: Johns Hopkins University Press, 1974), p. 90; and Michel Foucault, *The Order of Things: An Archaeology of the Human Sciences* (New York: Vintage, 1973), p. xix.

[21] Jonathan D. Spence, *The Chan's Great Continent: China in Western Minds* (W. W. Norton, 1998), p. 145.

[22] François Jullien, *La valeur allusive: Des catégories originales de l'interprétation poétique dans la tradition chinoise (Contribution à une réflexion sur l'altérité interculturelle)* (Paris: École française d'Extrême-Orient, 1985), p. 8; see also pp. 11-12.

[23] François Jullien, *Detour and Access: Strategies of Meaning in China and Greece*, trans. Sophie Hawkes (New York: Zone Books, 2000), p. 9.

到近代歐洲的老路而另闢蹊徑。于連說，「如果要『擺脫希臘框架』，如果要尋找適當的支援和角度，那麼除了常言所謂『走向中國』之外，我真看不到還有什麼別的路可走。簡單說來，這是有詳細文字記載，而其語言和歷史的演變與歐洲又完全不同的唯一一種文明」。在福柯以中國為異托邦的概念裡，于連找到了他的理論依據。福柯曾論述「非歐洲」在結構上的差異，但在于連看來，福柯的「非歐洲」仍然太籠統，「太模糊不清，因為它包括了整個遠東」。于連把這個概念進一步縮小，然後宣稱說：「嚴格說來，『非歐洲』就是中國，而不可能是任何別的東西」。[24]

　　于連不斷把中國作為一面魔鏡，讓歐洲的自我在裡面看到自己的反面，這當中常用的手法，就是在希臘與中國的對立中，設立起一系列彼此相反的範疇。例如他把希臘哲學及其對真理的追求，拿來和中國逐一比照，說中國人講求智慧而對真理問題毫不關注。于連說，希臘真理的概念和存在的觀念互相關聯，而在中國，「由於不曾構想過存在的意義（在中國的文言裡，甚至根本就沒有此意義上的『存在』這個字），所以也就沒有真理的概念」。[25]又如于連認為，道的觀念在西方引向真理或超越性的本源，可是在中國，「智慧所宣導的道卻引向無。其終點既不是神啟的真理，也不是發現的真理」。[26]此外，于連還把另一些範疇做了類似的反面比較，而且總是用同一個對比模式：即希臘有某種觀念，而在中國，那種觀念據說根本就不存在。於是于連把歐洲與中國作一連串的對比：存在與變動、注意因果與講求勢態、個人性與集體關係、形上與自然、自由與隨機應變、熱衷於思想觀念與對思想觀念毫無興趣、歷史哲學與沒有歷史的智慧等等，不一而足。[27]在這一系列的反面比較中，對比模式始終如一，於是正如蘇源熙所評論那樣，于連的中國變成「他心目中歐洲的反面意

---

[24] François Jullien with Thierry Marchaisse, *Penser d'un Dehors (la Chine): Entretiens d'Extrême-Occident* (Paris: Éditions du Seuil, 2000), p. 39.

[25] François Jullien, "Did Philosophers Have to Become Fixated on Truth?" trans. Janet Lloyd, *Critical Inquiry* 28:4 (Summer 2002): 810.

[26] 同上，頁八二〇。

[27] 參見同上，頁八二三－八二四。

象，用列威納斯的話來說，就是『我所不是的』——可是那（恰恰）不是列威納斯的意思」。[28]蘇源熙提醒我們注意于連的循環論述，而那種論述之所以循環，是因為論述的目的早已預先決定了論述最後的結論。因此，無論于連關於中國做什麼樣的論述，無論說中國沒有「存在」、「真理」或者別的什麼概念範疇，他都並沒有描述中國思想狀況的實際情形，而只是從他那個希臘與中國對立的框架中，產生出一些完全是意料之中的結論。蘇源熙進一步說，如果不擺脫這個對比模式，「那麼于連的方法產生的結果越多，他那個對比閱讀的原則就越站不住。不斷製造規範的、相互對應的對立，就把『他者』轉變成了『我們的他者』，也就是說，轉變成一幅我們自己（或對自己的某種理解）的反面肖像。在這一轉變中，本來是未知事物的魅力，就有可能變成一種扭曲形式的自戀」。[29]

　　頗有諷刺意味的是，在中國，那些把西方視為東方反面形象的人，同樣論說東西方的根本差異。在一八四〇年代，中國在鴉片戰爭失敗之後，中西文化性質的論辯在思想和政治論述中變得十分重要，而且常常是在中國爭取自強和中國民族主義的訴求中展開。在二十世紀初，許多知識份子都把中國文化視為西方文化的對立面，有人把它視為必須拋棄的沉重包袱，也有人把它視為復興中國之精神價值的資源。介入這些論辯的人看法極不相同，他們甚至在政治上和意識形態上互相對峙，但在東西方對立這一點上，他們卻往往看法一致。

　　例如五四新文化運動的領袖人物陳獨秀就曾說：「東西洋民族不同，而根本思想亦各成一系，若南北之不相並，水火之不相容也」。在東西方之間，他又揀出一個特別的差異說：「西洋民族以戰爭為本位，東洋民族以安息為本位」。[30]陳獨秀是思想激進的革命黨人，他的用意是想喚醒中

---

[28] Haun Saussy, *Great Walls of Discourse and Other Adventures in Cultural China* (Cambridge, Mass.: Harvard University Asia Center, 2001), p. 111.

[29] 同上，頁一一二。

[30] 陳獨秀，「東西民族根本思想之差異」，陳崧編《五四前後東西文化問題論戰文選》（北京：中國社會科學出版社，一九八五），頁一二。

國人，不要只圖安穩靜息，而應該學習西方。和他論戰的對手杜亞泉反對陳獨秀對傳統文化的激烈批判，可是一說到東西方對立，他和陳獨秀卻完全一致，視西方為「動的文明」，而東方則為「靜的文明」。不過在杜亞泉看來，主動進取而好鬥爭勝的西方給自然和人類社會都造成了極大的破壞，因為西方是以「戰爭為常態」，而中國則以「和平其常態」，所以中國正好可以對症下藥，給西方文明過度的破壞性開一個調治的良方。杜亞泉說：「西洋文明與吾國固有之文明，乃性質之異，而非程度之差；而吾國固有之文明，正足以救西洋文明之弊，濟西洋文明之窮者」。[31]與杜亞泉立場不同的還有北大教授、激進的知識份子和共產黨員李大釗，可是在認為東西文明相互對立這一點上，他卻完全同意杜亞泉的看法，認為「東西文明有根本不同之點，即東洋文明主靜，西洋文明主動是也」。[32]李大釗甚至更進一步，列舉出東西文明之間一長串對立之點，不免使人想起于連所做那些類似的對比。李大釗甚至引用吉普林的詩句來支持東西方相反的意見，足見文化對立的觀念在當時中國影響是如何之巨。[33]

　　以西方為動的文明，好鬥爭勝，常處於戰爭狀態，這樣的西方形象無疑是由第一次世界大戰的災難所形成的，當時大戰結束不久，在人們的頭腦中尚記憶猶新，而另一方面，那也是西方帝國主義列強毫不掩飾靠軍事強力來稱霸的結果。這一形象還和「西方物質主義」的神話密切相關，這種神話把西方說成只有發達的技術，卻完全沒有道德，於是一些亞洲知識份子常常用這類形象和神話來激勵民族自豪感，以道德高尚自居。梁漱溟在一九二一年出版《東西文化及其哲學》，不僅再次肯定東西方的根本差異，而且宣告了西方文明的沒落和中國文明的復興，預言全世界的人都要改變人生態度，都要走「中國的路，孔家的路」。[34]這種思想近年隨著

---

[31] 傖父（杜亞泉），「靜的文明與動的文明」，同上書，頁一七、二〇。

[32] 李大釗，「東西文明根本之異點」，同上書，頁五七。

[33] 同上書，頁六三。

[34] 梁漱溟，《東西文化及其哲學》，載《梁漱溟全集》第一卷（濟南：山東人民，一九八九），頁五〇四。

民族主義情緒的高漲，又重新浮現出來，而且與文化不相容的觀念互相配合。例如有人說，東西方「最基本的差異的根源」乃在「思維方式之不同」。又進一步說：「東方主綜合，西方主分析，倘若仔細推究，這種差異在在有所表現，不論是在人文社會科學中，還是在理工學科中」。[35]這種思路認為好鬥爭勝、暴烈索取的西方思維方式給自然界和人類世界都造成了極大破壞，唯一的挽救辦法就是「要按照中國人、東方人的哲學思維，其中最主要的就是『天人合一』的思想，同大自然交朋友，徹底改惡向善，徹底改弦更張。只有這樣，人類才能繼續幸福地生存下去」。[36]以上這些具體文本的例子都清楚地證明，文化不相通論的觀念不僅西方有，東方也有，而亞洲學者們提出的文化對立觀念，和來自西方的文化相對主義一樣，都不利於東西方跨文化的理解。

實際上，差異和類同普遍存在，但它們不僅存在於不同文化之間，也存在於同一文化之內。雖然理解不同文化往往很困難，而且很不完善，但在人類的相互交往中，理解總是有機會產生的。我們由此只能得出結論說，文化不是也不可能是完全不相通或完全不可譯的。文化不相通的全盤性概略論述，往往是言過其實的誇張說法。例如于連說真理是希臘和西方專有的概念，而中國則「沒有真理的概念」，就顯然是言過其實。[37]首先我們要問：希臘人有一個統一的真理概念嗎？根據羅介爵士在一本近著裡所說，我們至少可以「把希臘關於真理的立場分為三大類，近代我們在真理問題上的辯論，多多少少都起源於這些不同立場的爭論。這三類就是客觀論、相對論和懷疑論的立場」。[38]如果我們暫時忽略巴門尼德斯、柏拉圖和亞里斯多德等人的差異，就可以說他們代表了客觀論的立場，提

---

[35] 季羨林，「《東方文化集成》總序」，季羨林等編《東西方文化議論集》（北京：經濟日報出版社，一九九七），上冊，頁六。

[36] 季羨林，「『天人合一』新解」，同上書，頁八四。

[37] François Jullien, "Did Philosophers Have to Become Fixated on Truth?", *Critical Inquiry* (Summer 2002), p. 810.

[38] G. E. R. Lloyd, *Ancient Worlds, Modern Civilizations: Philosophical Perspectives on Greek and Chinese Science and Culture* (Oxford: Oxford University Press, 2004), p. 53.

出「人乃是萬物之尺度」的普羅塔戈拉斯，就代表了主觀論或相對論的立場。不僅皮洛派懷疑論者在希臘化時代代表了第三種立場，而且早在這之前，哥吉亞斯在西元前五世紀就已提出了很明確的懷疑論。正如羅介所說，「並沒有一個統一的希臘人關於真理的概念。希臘人不僅在問題的答案上意見不一致，而且在問題本身就意見不一致」。[39]宣稱希臘人有一個統一的真理概念，而且認為那是獨特的西方概念，就不過是抹煞希臘和西方思想內部的各種差異，然後提出一個簡單化的文化本質的觀念。這一類的概略說法，實際上不可能是真確的。

在中國這一面，關於真理、現實、客觀性、可靠性等等，也同樣有各種不同的立場。孔子提出過語言與實際切合的「正名」，那是先秦思想中一個重要的問題。儒家荀子《正名篇》指出名辭都是「約定俗成」，然而一旦約定，就不可以混亂；《修身篇》認定是非有別，「是是非非謂之知，非是是非謂之愚」；然而道家的莊子在《齊物論》裡則說，天下的名辭是非都是相對於某一觀點而言，「是亦彼也，彼亦是也。彼亦一是非，此亦一是非」。既然各人都有自己的是非，他於是懷疑「果且有彼是乎哉？果且無彼是乎哉？」在《齊物論》結尾，有莊周夢為蝴蝶一段有名的故事，他說「不知周之夢為蝴蝶與？蝴蝶之夢為周與？」所以我們可以說，荀子的看法近似「亞里斯多德關於什麼是真理的意見」，而與之相反的莊子的看法，則「甚至比普羅塔戈拉斯的相對主義還走得更遠」。[40]要言之，真理和與之相關的問題在中國和希臘都有種種討論，沒有哪一種文明可以壟斷真理和與真理相關的問題。

現在讓我舉一個文學的例子，來結束關於真理的討論。陶淵明的名詩《飲酒》第五首描繪他在鄉間簡樸的生活和觀照自然的樂趣，他覺得自然在他似乎有一種真的意義，自然之美似乎就是真之顯現。在日落時分安然靜謐的氛圍中，夕陽的餘輝映照在南山上，眾鳥成群地飛回林中棲息之

---

[39] 同上書，頁五四、五五。

[40] 同上書，頁五九。

地，這時他似乎突然意識到一種真意的存在，但他又感到，他本能地在頭腦中把握到那種真理，卻不是用言語可以表達出來的東西。於是便有此詩結尾那有名的兩句：「此中有真意，欲辯已忘言」。末句「忘言」當然是用莊子《外物》結尾那段著名論斷的典故，即所謂「筌者所以在魚，得魚而忘筌。……言者所以在意，得意而忘言」。莊子認為道的真意或真實存在是超乎語言的，所以他以沉默為高於語言，在《知北遊》中說：「辯不若默，道不可聞」。這一神秘宗的姿態為詩人之「欲辯忘言」提供了一個哲學的背景。不過在忘言這否定性的一刻之前，詩人曾明確宣稱「此中有真意」，所以先有肯定性的一刻，確定了他所感知的自然之中，有真理的存在。正如德國哲學家伽達默所說，詩和藝術中所體現的真理，當然不同於科學的真理，但毫無疑問也是真理。伽達默問道：「藝術中難道沒有認識嗎？藝術經驗難道不能給人以真理的認識嗎？這種真肯定不同於科學的真，但同樣肯定的是，也絕不比科學之真低一等」。他又說：「藝術經驗（Erfahrung）是一種獨特的認知方式，……但仍然是認知，也就是傳達真理」。[41]

柏拉圖曾說具體的事物「只是幻象」，感覺得到的真的實在「只有心靈才看得見」。[42]如果陶淵明覺得真意只能在頭腦中把握，卻無法用語言來表達，那豈不是近於柏拉圖的意思嗎？詩人知道在自然之美中有真意，但那真意卻不可言傳。我當然不是說，柏拉圖和莊子或陶淵明之間沒有區別，但他們確實有一個共同的看法，即認為語言不足以表達事物之真理。他們各有自己的表述方式，而這些方式都植根於各自思想和歷史的環境裡，所以也就各不相同，但這又只是程度的不同，並非類別之差異，而我們絕不可忽視在不同和差異之上，那些思想和想像的契合。

Hans-Georg Gadamer, *Truth and Method*, 2nd revised ed., translation revised by Joel Weinsheimer and Donald G. Marshall (New York: Crossroad, 1991), pp. 97-98.

[42] Plato, *Republic* VI.510e, trans. Paul Shorey, in *The Collected Dialogues of Plato, including the Letters*, eds. Edith Hamilton and Huntington Cairns (Princeton: Princeton University Press, 1961), p. 746.

在文學批評中，差異在文本細節的層次上最為突出，因為在這一層次上，每一首詩、每一出劇本或每一部小說都是獨特的，我們要「後退」幾步，拉開一定距離，才可能在不同作品之間見出主題或結構上相似的輪廓。正如弗萊所說，「在觀畫的時候，我們可以站得很近來分析筆觸和調色刀的效果。這大概可以相當於文學中新批評派的修辭分析」。可是要觀看整幅畫，我們就需要從畫布後退一定的距離。弗萊說：「在文學批評中，我們往往也需要從一首詩『後退』幾步，才看得出其原型的組織」。[43]當我們後退到足夠距離時，就可以看出在文本的細微差異之上，把不同文學作品聯繫起來那些主題和原型。

　　除了後退幾步那個比喻之外，我想用另一個類似的比喻來說明我心目中那種主題比較，這就是維特根斯坦在《邏輯哲學論》裡也曾用過的爬樓梯的比喻。維特根斯坦說，一旦讀者明白了他書中那些命題，就應該忘記那些命題，就好像「爬完了樓梯之後，就該把梯子扔掉一樣」。[44]在文學研究中，隨著我們在樓梯上爬得更高，我們就逐漸離開文本的細節，把文本視為更大一幅畫的局部，而當我們達到足夠的距離或者高度時，主題的輪廓和不同作品之間的契合，也就隨之變得清晰可見了。不過我們不會像哲學家告誡那樣把梯子扔掉；在文學批評中，那架梯子和每一步梯級都不能扔，這不僅因為這梯子使我們得以登高望遠，獲得批評的洞見，而且這些洞見都有賴於文學作品和文學語言豐富的細節，而正是這類細節構成了這比喻中梯子的每一梯級。美國學者瑪嘉莉・佩洛夫說得好：「在爬上這語言的樓梯當中，每一步梯級都表現出內在的奇特」，於是我們可以由此獲得新的見解。[45]我們爬到高處之後，眼界也就更高，可以飽覽的景色也遠比文化相對主義那條小胡同裡所見要開闊浩大得多。

---

[43] Northrop Frye, *Anatomy of Criticism: Four Essays* (Princeton: Princeton University Press, 1957), p. 140.

[44] Wittgenstein, *Tractatus Logico-Philosophicus*, 6.54, p. 189.

[45] Marjorie Perloff, *Wittgenstein's Ladder: Poetic Language and the Strangeness of the Ordinary* (Chicago: University of Chicago Press, 1996), p. xv.

因此，與文化不相通論針鋒相對，我極力主張的是從畫布後退幾步之後，或爬上樓梯之後獲得的眼界和視野，以那樣的眼光看出去，就可以見到東西方文學極為豐富的寶藏，見到多種多樣的形式、體裁、修辭手法和表現方式，而這多樣又並非沒有一定的契合與秩序，這多元的範疇又並非沒有可見的模式、明確清晰的輪廓和形狀。這樣的眼光可以使我們擺脫文化對立論那種短淺目光，超越種族中心主義和狹隘民族主義那些偏狹的看法。對於我們時代的文學研究說來，我認為這才是合適的眼光，也即博爾赫斯想像那種具創意的批評，這種批評把全部文學作為人類創造力的表現納入視野，並且教會我們打破語言、文化和各種各樣其他的分界，去欣賞世界各國文學中天才的創造。

我一開始提到英國詩人吉普林的詩句：「啊，東即是東，西即是西，這兩者永不會相遇」，陸軍少將鄧斯威爾把這詩句理解為表現東西方絕對的對立，而且最終說明英帝國主義之合理。但那只是對東西方關係的一種看法，而且在我看來是充滿偏見、誤導別人、極為謬誤的看法。且讓我引用另外幾行詩來結束本章，這是德國大詩人歌德著名的詩句，他的《東西方歌集》表現了自萊布尼茲以來追求東西方相互理解和密切聯繫的夢想：

> *Wer sich selbst und andre kennt,*
> *Wird auch hier erkennen:*
> *Orient und Okzident*
> *Sind nicht mehr zu trennen.*

> 自知而能知人者
> 在此就可以明白：
> 東方和西方
> 將永不會再分開。

第二章　「滄海月明珠有淚」：
　　　　　跨文化閱讀的啓示

　　在本書第一章我試圖證明，按照文化不相通論，東西方在思想觀念和提出的各種命題上，都應該是根本不同、彼此正相反對的，而在東西兩方，又恰好有人提出同樣的文化不相通論，所以便陷入了彼此互相矛盾。我的目的是為東西方比較研究清除障礙，而障礙一旦清除，我就想進入跨東西方文學主題的討論，通過具體的例證來考察文本的遇合與文化的遇合。

　　我舉的第一個例子來自我剛開始從事教學工作時的個人經驗，那時我在哈佛教一門主修文學的二年級學生的必修課，給學生們選了一段《莊子》，讓他們把那一段和柏拉圖哲學書簡中的一段共同研讀。我那些學生都是主修西方文學，對中國傳統知道得很少。柏拉圖書簡那一段主要表現哲學家對語言的懷疑，尤其是對書寫文字的懷疑。柏拉圖舉圓圈為例，說圓圈有五種不同範疇，首先是圓圈之名，然後有圓圈的描述、形象、概念，最後還有作為純粹觀念的圓圈，而那才是柏拉圖所謂「認知的真正對象，即真正的實在」，而他認為任何語言都不可能描述或表達那個真正的實在。於是柏拉圖說：「任何明智的人都不會魯莽到把自己用理性思考過的東西，用語言表述出來，尤其不會用固定不變的形式來表達，而那正是文字符號的情形」。[1]柏拉圖把圓圈分為五個範疇，作嚴密的邏輯推論，

---

[1] Plato, *Letter* vii, trans. L. A. Post, in Edith Hamilton and Huntington Cairns (eds.), *The Collected Dialogues of Plato, including the Letters* (Princeton: Princeton University Press, 1963), 342b, 342e, pp. 1589, 1590.

這種論述方式對我那些學生們說來並不生疏，而我認為柏拉圖在哲學書簡這一段中對語言的批判，以及他在《理想國》第十卷裡對詩的批判，學文學的學生都應該明白，也才知道怎樣去回應。

我選《莊子・天道》那一段，雖然恰好也是講一個圓圈，或者更準確地說，是講一個圓的車輪，但我那些學生們卻完全不熟悉。其實莊子講的話，用意和柏拉圖十分接近。他說：「世之所貴道者，書也；書不過語，語有所貴也。語之所貴者，意也，意有所隨。意之所隨者，不可以言傳也」。這就很明確地說，語言文字都不足以傳達意義。莊子又說：「視而可見者。形與色也。聽而可聞者，名與聲也。悲夫，世人以形色名聲為足以得彼之情！夫形色名聲果不足以得彼之情，則知者不言，言者不知，而世豈識之哉！」和柏拉圖一樣，莊子也認為可聞可見的外在形式不足以傳達真正的實在，但他並沒有把這些形式作不同範疇的細緻分類，也沒有用推理的論證方式，卻講了一個故事，說桓公正坐在堂上讀書，造車的工匠輪扁恰好在堂下做一個車輪，看見桓公在讀書，於是「釋椎鑿而上，問桓公曰：『敢問，公之所讀者何言邪？』公曰：『聖人之言也。』曰：『聖人在乎？』公曰：『已死矣。』曰：『然則君之所讀者，古人之糟魄已夫！』」桓公聽了這話，頗有些生氣，就要輪扁說個明白。輪扁回答道，不要說古人聖賢的智慧，就連造車輪這樣簡單的一件事情，他也只能「得之於手而應於心，口不能言，有數存焉於其間。臣不能以喻臣之子，臣之子亦不能受之於臣，是以行年七十而老斲輪。古之人與其不可傳也死矣，然則君之所讀者，古人之糟魄已夫！」莊子的文章有許多這類巧妙的寓言，其寓意通過解釋和疏導，我的學生們也並不覺得難懂，可是莊子的論證方式卻與柏拉圖的方式很不相同，有一個學生實在感到困惑，就忍不住問我說：「你真的說這就是哲學嗎」？

這當然正是跨文化閱讀，或者說跨越不同文化和文學界限來閱讀，所要達到的效果之一。我從來相信，擴大我們的眼界和認知範圍，學會欣賞不同的表達形式，使這些不同形式互相對話，共同討論一些有趣而又重要的問題，從而認識一些共同的主題，共同關懷的議題，對我們大家說來都

既重要，又有益。我那位學生提問，並不是懷疑莊子的文章是否夠資格算是哲學，反倒是質疑我們通常所謂哲學這一觀念，即什麼才該算是哲學。我毫不懷疑，在語言的哲學批判這一議題下，學生們讀過了莊子和柏拉圖，必定會從這種跨文化閱讀中獲得新的視野，拓開新的眼界，頭腦也會更加開放，對某一文學主題或題材在世界文學的豐富寶藏中，可以表現為各種不同的形式，也必然更能夠認識而且欣賞。

　　莊子和柏拉圖都說事物的真理難以形之於語言文字，文字不過是不得已而用之的標記，指點你去認識那超越語言的實在。佛經裡有一個著名的比喻，把語言和實在喻為手指和所指的月亮。例如《楞嚴經》卷二載阿難聽講佛法而不能領會，佛告訴他說：「汝等尚以緣心聽法。此法亦緣，非得法性。如人以手指月示人，彼人因指，當應看月。若復觀指以為月體，此人豈唯亡失月輪，亦亡其指。何以故？以所標指為明月故。豈唯亡指，亦復不識明之與暗」。《坐禪三昧經》卷下也有這樣一個比喻：「如月初生，一日二日，其生時甚微。有明眼人能見，指示不見人。此不見人但視其指，而迷於月。明者語言：癡人，何以但視我指？指為月緣，指非彼月。汝亦如是，言音非實相，但假言表實理。」《喻林》引《大智度論》卷九，也有類似比喻：「如人以指指月，以示惑者。惑者視指而不視月。人語之言：我以指指月，令汝知之。汝何看指而不視月？」由此看來，以手指月，但見指而不見月，可以說是典型佛教禪宗的比喻，用以比況世人的無知，他們只看見事物的表像和表面的區分，卻不能認識世間萬物渾沌本朴的原初之狀。

　　可是，在全然不同的語境裡，同樣這個比喻用來說明如何解讀基督教《聖經》，就完全帶上西方的色彩。在《論基督教義》這本小書的開頭，聖奧古斯丁聲明在先，說他雖然會儘量解釋閱讀《聖經》的方法，但有些讀者一定還是不懂，而這些讀者的無知，不應該由他來負責。奧古斯丁說，讀者不能理解《聖經》，不能責怪他：

　　正如我用手指為他們指點他們想看的滿月或者新月，或者一些很小的星座，可是他們目力不逮，連我的手指都看不見，卻不能因此就遷怒於我。有些人認真學習了教義，但仍然不能理解神聖經文奧秘難解之處，他們以為看得見我的手指，卻看不見我所指的星月。然而這兩種人都不應該責怪我，而應該祈求上帝賜給他們識力。雖然我可以舉起手指，為他們指點，但我卻無法給他們識力，而只有識力才使他們看得見我的手勢，也看得見我以手指出的東西。[2]

　　這比喻的巧合的確令人驚訝，因為奧古斯丁使用這個比喻和佛經裡使用這一比喻，二者並沒有任何聯繫。然而這一巧合也不完全出於偶然，因為以手指月之喻在於強調參禪或宗教沉思的目標是內在精神，而不是外在事物，而這當然是宗教家們都會強調的一點，無論佛教或基督教，在這一點上都完全一致。不過就我們的目的而論，我想給這個有趣的比喻或意象提供一種新的解讀。純粹從東方典籍的傳統中來理解這一意象，就會認為以手指月是具有佛教禪宗特色的比喻，而在西方傳統中來理解聖奧古斯丁使用這同一個意象，又會以為那是基督教的獨特比喻。但是，從跨文化閱讀更為廣闊的視野看來，這兩種看法都顯得太局限而缺乏識力，兩者都好像只看到了指頭，而不知道那根指頭只是局部而有限度的理解，而輝映在那兩根指頭和世間所有指頭之上的明月，其映照的範圍要廣闊得多，應該使我們舉頭望遠，看清人類的心智想像可以自由馳騁，認識到人類的創造力無限廣闊。

　　能夠超越狹隘眼光的局限，獲得更廣的見識，本身便是有價值的一件快事，而且能使我們的頭腦更開放，認識到不同文學形式有各種各樣的可能，同時又能展示人的心智和想像各種巧合的姻緣。這種跨文化和跨學科界限的閱讀也能使我們以寬廣的胸懷，接納各種寫作形式，而不一定局

2　St. Augustine, *On Christian Doctrine*, trans. D. W. Robertson, Jr. (Indianapolis: Bobbs-Merrill, 1958), Prologue, pp. 3-4.

限在狹義的文學範圍之內。我上面所引柏拉圖、莊子、佛經和聖奧古斯丁，都是宗教和哲學著作，不是文學作品，可是引這些著作或者是因為它們質疑語言的效力，或者是因為它們使用了某個特別的比喻，而這都是我們談起文學時，常常需要考慮的核心問題。我上面引用那些哲學和宗教著作都有一定的文學性，而且我們要理解許多文學作品，這些著作都是重要的文化背景。當然，所謂「文學性」是個很難確切定義的概念，但我們可以說文學性就是文字寫作優良的品質，這類寫作善於使用比喻和其它修辭手法，由於邏輯推理嚴密而說服人，或由於情感真摯而打動人，或者兼具邏輯和情感，因而有特別強大的感染力。這樣的寫作品質不一定局限在狹義的文學作品裡，不一定是詩歌、小說或戲劇作品的專利，但偉大的文學作品，尤其是偉大的詩篇，又的確最具代表性，最能表現什麼是寫作的優良品質。英國維多利亞時代著名的批評家佩特曾經說過，雖然每一種藝術都各有自己特殊的表現形式，但是「一切藝術都總是力求接近音樂的狀態」。[3]這句話的意思並不是說藝術要完全擺脫思想和主題，而是說形式和內容應該統一，兩者完全融合起來，「在『想像的理性』面前呈現出統一的效果，而這是一種複雜的能力，其每一種思想和情感都不是孤立存在，而是同時具有感性的模擬或象徵」。[4]如果說形式和內容的完美融合就是藝術的品質，也是寫作的優良品質，那麼我們就可以說，一切形式的寫作，哪怕不一定是狹義的詩或者文學，都總是力求接近詩的狀態。

　　在這個意義上說來，哲學、宗教、歷史和文學並不互相排斥，而文學本來就把人生的各個方面作為自己表現的內容。法國畫家德伽（Edgar Degas）很想寫詩，可是抱怨說找不到適合寫詩的題材和思想，詩人馬拉美（Mallarmé）對他說：「親愛的德伽，寫詩要的不是思想，而是文字。」[5]馬拉美的話也許並不錯，但德伽也未必就沒有道理，其實馬拉美自己的詩

---

[3]　Walter Pater, "The School of Giorgione", in *The Renaissance: Studies in Art and Poetry* (London: Macmillan & Co., 1925), p. 135.

[4]　同上書，頁一三八。

[5]　Paul Valéry, "Poésie et pensée abstraite," in *Variété V* (Paris: Gallimard, 1945), p. 141.

就絕非沒有思想的胡話。在世界文學的層次上，文學作品中的主題或思想
就顯得特別重要，因為正如大衛・丹姆洛什所說，一部作品一旦成為世界
文學作品，就必不可免會脫離其本來的局部環境，「超脫其語言和文化的
發源地，在一個更廣闊的世界範圍內去流通」。[6]這就是說，無論讀者是
直接領會原文，還是通過翻譯在不同程度上去理解，一部世界文學作品能
夠吸引讀者的，並不僅是純粹語言上的技巧，而是使人深感興趣的主題內
容，是以恰到好處的語言和精緻的詩意的形式完美表現出來的思想。

　　以手指月的比喻之所以使人覺得有趣，就因為一個宗教和哲學的觀
念表現在一個簡單優美的形象裡，而那觀念和比喻，內容和形式，或者說
思想和語言，都結合得十分緊密，一定要區分二者可以說已經沒有什麼意
義。在研究比喻的一本很有影響的書裡，喬治・拉柯夫和馬克・泰納認
為「比喻不僅在文字裡，更在思想裡」。[7]手指和月亮的比喻是他們所謂
「『理解即為看見』的基本比喻：從比喻上說來，使你能看見也就是使你
能理解」。[8]他們又說，這類基本比喻「是同一文化的成員共有的概念結
構之一部分」。[9]然而以手指月這個比喻之所以特別，就恰恰在於它不僅
在一個文化裡，而且跨越文化，存在於互不相同的東西方作品之中。

　　有人認為東西方不僅在地理上處於地球相對的兩端，在文化上也完全
相反，如果真是如此，那麼在語言表現上的巧合，即主題內容和表現形式
上都出其不意的類似，也許就最能提供例證，說明什麼是真正的「世界」
文學。或許正由於這個原因，克勞德・紀廉才如此熱烈地主張發展東西方
研究，將之視為比較文學將來可能大有作為的一個領域，儘管有巨大的文
化差異，或不如說正因為有巨大的文化差異，兩相比較才越能夠激發人的
興趣。正如紀廉所說，「恰恰因為互相之間沒有聯繫，沒有相互影響，才

---

[6]　David Damrosch, *What Is World Literature?* (Princeton: Princeton University Press, 2003), p. 6.

[7]　George Lakoff and Mark Turner, *More than Cool Reason: A Field Guide to Poetic Metaphor* (Chicago: University of Chicago Press, 1989), p. 2.

[8]　同上書，頁九四。

[9]　同上書，頁五一。

產生出一系列實際和理論上極為有趣的問題」。[10]因此,跨越東西方文化差異來閱讀文學,並不只是為了超越歐洲中心主義,或只是用非西方的經典來取代西方經典。跨文化閱讀的要點在於獲得真正全球性的視野,理解人類的創造力量,而只有從這樣一個廣闊的視野看出去,我們才可能充分鑒賞各種不同形式的文學作品,文學作品也才不會顯得好像是互不相干的孤立存在,而是儘管表現在不同語言和文化裡,卻在主題和思想上有深層的聯繫。

　　為了用文學的例子來說明這一點,讓我們看看把人生比為旅途這樣一個基本的概念性比喻,拉柯夫和泰納在西方文學的範圍內也曾經討論過這一比喻。這個比喻最著名的一個例子是但丁《神曲》的開頭:

> 正當我走到人生旅程的中途,
> 我發現自己走進一片幽暗的森林,
> 完全迷失了前面正確的道路。

　　因為在途中轉錯一個彎,人就迷失在「一個幽暗的森林」裡,這是但丁用比喻的方式告訴我們,人生當中有許多危險的誘惑,很容易把人引入歧途;在這部長詩的開頭,在這幽暗的森林裡擋在途中的三隻怪獸,就象徵這些危險的誘惑。其實整部《神曲》就是一個長途旅行的結構,既是肉體的,也是精神意義上的旅行,從地獄走到煉獄,再走向天堂。很多重要的敘事文學,尤其是以尋求為原型主題的文學作品,往往都以旅程作為基本的結構性比喻。在西方傳統中,有許多寫精神追求的故事,在形式上都表現為一個具體的旅程,如奧古斯丁的《懺悔錄》,約翰·班楊的《天路歷程》,關於尋找聖杯的傳說等,都是例子。此外,還有諾斯洛普·弗萊在《聖經》中看出的兩重尋求主題的神話,第一層是亞當喪失了伊甸樂

---

[10] Claudio Guillén, *The Challenge of Comparative Literature*, trans. Cola Franzen (Cambridge, Mass.: Harvard University Press, 1993), p. 16.

園，徘徊在「人類歷史的迷津之中」，最後終於由救世主而復歸樂園；第
二層則是以色列喪失了自由，徘徊在「埃及和巴比倫奴役的迷津之中」，
最後終於復歸「上帝許諾的樂土」。[11]這樣一來，《聖經》中象徵的和歷
史的敘述都被理解為尋求式的主題，一個從奴役走向自由的旅程，而歷史
本身也和人生一樣，可以比喻成一個漫長的旅途。也許正是人們意識深處
這樣一個基本的概念性比喻，使彌爾頓《失樂園》結尾的詩句顯得特別悽
楚動人，他描繪亞當和夏娃被驅逐出伊甸園，踏上前程渺茫、充滿艱辛的
旅途，面對的是死亡和失落人生的挑戰：

> 整個世界橫在他們面前，他們要去選擇
> 安息之處，以天意做他們的指點：
> 兩個人手拉著手，以緩慢徘徊的步伐
> 穿過伊甸，踏上他們那孤獨的路程。

　　然而不僅但丁和彌爾頓把人生比為旅程，其它文學傳統裡的作家和詩
人們，也常常使用這一比喻。在中國文學中，《西遊記》就是一個著名的
例子，這部小說字面上描寫的是唐三藏由三個徒弟伴隨著去西天取經的歷
程，而在比喻或象徵的意義上，這部小說講述的則是一個引人入勝的精神
追求的故事，是以佛教故事、神話傳說的語言講述的尋求領悟和智慧的故
事。余國藩就曾把《西遊記》與但丁《神曲》作為宗教意義的旅程相比，
認為《西遊記》「至少可以在三個層次上來閱讀，即讀為實際旅行和冒險
的故事，讀為表現因果報應和修成善果的佛教故事，讀為自我修煉和覺悟
的諷寓故事」。[12]人生為旅程確實是一個基本的概念性比喻，在世界各國
文學傳統中都可以找到。

---

[11] Northrop Frye, *Anatomy of Criticism: Four Essays* (Princeton: Princeton University Press, 1957), p. 191.

[12] Anthony C. Yu, "Two Literary Examples of Religious Pilgrimage: The *Commedia* and *The Journey to the West*", *History of Religion* 22 (February 1983): 216.

　　從人生為旅程這一基本的比喻，可以逐漸發展出許多相關的觀念，擴大比喻的範圍。例如我們可以把出生設想成開始走上旅途，死亡就是抵達旅途的終點，而生命過程本身也可以被想成暫時寄住在路邊一個客棧裡。下面是波斯詩人奧瑪・卡亞姆（Omar Khayyám）一首著名的詩，其中詩人用路邊客棧的比喻來生動地表現人生之短促，因為生命只是短暫一刻的停留，路人一旦離開，就一去而不復返：

> 雄雞已鳴，客棧前人們
> 大聲呼喊：「快快開門！
> 我們逗留的時間不多，
> 一旦離去，就再無歸程」。

　　英國詩人德萊頓（John Dryden）在《帕拉蒙與阿塞特》（*Palamon and Arcite*）第三部中，也在人生為旅程的比喻中，使用了暫住的客棧或旅店的意象：

> 我們像朝聖者走向預定的去處，
> 世界是客棧，死亡乃旅程的歸宿。

　　我們可以把李白《擬古十二首》之九的詩句來相比較：「生者為過客，死者為歸人。天地一逆旅，同悲萬古塵。」雖然這兩首詩之間毫無聯繫，可是兩者在表現人生的取譬上卻非常接近。李白的詩和許多中國古典文學作品一樣，有許多取自前人的典故，詩的意象和比喻都頗有來歷。「生者為過客，死者為歸人」這兩句就化用了《列子・天瑞篇》的話：「古者謂死人為歸人。夫言死人為歸人，則生人為行人矣。」「天地一逆旅」則用了漢代《古詩十九首》的意象，其中第三首有這樣的句子：「人生天地間，忽如遠行客。」其十三也有類似比喻：「浩浩陰陽移，年命如朝露。人生忽如寄，壽無金石固。」

　　李白《春夜宴從弟桃花園序》說：「夫天地者，萬物之逆旅也；光陰者，百代之過客也。而浮生若夢，為歡幾何？古人秉燭夜遊，良有以也」。這最後一句話就用了《古詩十九首》之十五的意象，那首詩由意識到生命的短促而引發及時行樂的強烈願望。詩裡說：「生年不滿百，常懷千歲憂。晝短苦夜長，何不秉燭遊？」這詩句裡表現的遊樂歡快的思想，就完全不同於一些帶有強烈宗教色彩的作品，那些作品把人生表現得充滿痛苦，受盡煎熬，只有期待上帝來贖救，才可能快快脫離苦海。例如英國詩人亨利・沃恩（Henry Vaughan）有一首《朝聖者》，其中那個旅人就在客棧中輾轉反側，徹夜不眠，求上帝支撐他熬到生命的終點：

> 啊，請給我食糧！因為我還要
> 熬過很多個白天，很多個夜晚，
> 上帝啊，使我堅強罷，這樣
> 我才可能最終走到你的身邊

　　像這類強烈的宗教感情，在中國古典文學裡就很難找到，中國詩人往往以平和的心境看待生死，而無須訴諸上帝神明。陶淵明詩中也使用了人生為旅途的基本比喻，就可以作為例證。《榮木》詩有這樣的句子：「人生若寄，憔悴有時」。這平淡中見優雅的語言，把人生比為暫居一處，人的榮枯有一定時辰，而詩人坦然接受這一事實，認為生命的脆弱本來就是人生經驗中的一部分。在另一首詩裡，詩人把人生為旅程的比喻更作發揮，而且以死亡為旅途的終點。《雜詩十二首》之七有句說：「家為逆旅舍，我如當去客。去去欲何之，南山有舊宅。」這裡的「逆旅舍」乃是化用《列子・仲尼篇》的話：「處吾之家，如逆旅之舍」。陶淵明在《自祭文》中說：「陶子將辭逆旅之館，永歸於本宅」。由此可見，南山舊宅是指墳塋，是人死後最終的安息之處。於是家成了暫住的客棧，墳墓才是安息的老家。詩人的語氣十分平和安穩，面對死亡卻毫無畏懼或怨艾，而且無須宗教信仰的幫助，便達到了這樣一種澄澈清明的境界。這首詩裡表現

面對死亡的泰然自若，使我們想起莎士比亞《辛白林》四幕二場裡那首著名的歌：

> 再不用怕烈日的煎熬，
> 也不用怕寒冬的狂怒；
> 世間的工作已一了百了，
> 領了報償，回到自家圍圃。
> 哪怕金童玉女，也有如
> 那掃煙囪的孩子，盡歸塵土。
>
> 再不用怕權貴的冷眼怒目
> 暴君的鞭笞也無奈於你；
> 在你看來，蘆葦一如橡樹，
> 管他有權，博學，體格強固，
> 全部無一例外，盡歸塵土。

　　如此看來，人生如旅程的基本比喻可以有形形色色的表現形式，每一種都或多或少和其它的形式不同，也就有自己的一點獨特之處。然而這些不同和差異，又並不是按東西方的分野或文化認同的界限來分配的。其實，同屬一種文化的人很可能各自看法不同而互相爭論，而有時候生活在很不相同的文化和社會環境裡的人，互相距離遙遠或者根本是異代而不同時，卻可能互相認同，意見一致。有時候，我們可能發現莎士比亞在精神上和中國詩人陶淵明十分接近，和他那位基督教宗教精神極強的英國同胞沃恩，反而倒離得遠些。我們認識到東西方詩人使用比喻有相似之處，並不是要忽略文化的差異，但跨文化閱讀的確會使我們抱著同情理解的態度和儘量寬容的精神，去欣賞不同的世界文學，以開闊的眼光，跨越語言文化的鴻溝去注意文學想像呈現出的模式和形狀。

　　跨文化視野有時可能改變我們閱讀文本的方式，說明我們更好地鑒賞不同的文學主題和詩的意象。且讓我們用一個具體的意象，即文學中珍珠的意象，來進一步討論這一點。在英國詩人中，濟慈（John Keats）似乎格外喜歡這個意象，只要稍微比較幾位詩人的作品集，就可以知道他比同時代其它詩人更常用珍珠的意象。在濟慈詩裡，珍珠常常是比喻的用法，因為他詩中的珍珠大多不是指珠寶，而是用來比喻眼淚或露珠。下面是引自《卡里多：斷片》（Calidore: A Fragment）的一個例子：

> 無論是憂傷的眼淚，
> 或是傍晚的露滴像珍珠綴在長髮上，
> 他感到面頰上一片潤濕。

　　在引自《恩迪米昂》（Endymion）的另一個例子裡，詩人也是採用珍珠的意象，把露珠比為愛的眼淚：

> 那最像珍珠的露滴
> 從五月的原野帶來清晨的輕煙，
> 也比不上像星星般的淚滴
> 閃爍在那充滿愛意的眼裡，——那是
> 姊妹之情的家園和居處。

在後來的另一個片斷裡，我們又發現珍珠比為眼淚的意象，不過在這裡，那是幸福的眼淚：

> 說來也許奇怪，但親愛的姑娘，
> 當你以為我快樂的時候，卻沒有珍珠
> 會沿著那面頰緩緩滾下。

當然，用珍珠取譬的詩人，絕不只濟茲一人。採用這一意象的作品中，還有許多令人印象深刻的例子，如莎士比亞《仲夏夜之夢》第二幕第一場，小精靈潑克唱的歌裡，就有這樣的詩句：

> 我必須在這裡尋找幾滴朝露，
> 在每朵立金花的耳朵裡掛一顆珍珠。

　　說來湊巧，中國文學裡也常用珍珠這一意象，不少詩人都把珠淚兩字連用，尤其用以描繪離情和閨怨。李白《學古思邊》描寫一個婦人思念戍邊的丈夫，他遠在天涯，連來鴻去雁也無法為他們傳遞資訊。詩中寫道：「相思杳如夢，珠淚濕羅衣」。

　　有情人相思卻不能相見，自然不免珠淚漣漣。白居易《啄木曲》寫情人的相思淚，卻把珠淚的意象做了一點巧妙的變化。詩中以女子口吻說：「莫染紅絲線，徒誇好顏色。我有雙淚珠，知君穿不得」。用絲線來穿淚珠是頗為新奇的構想，這就使這詩句有一點特別的新意。

　　不過這些詩中用珍珠意象取譬的例子，儘管優美而且豐富，卻相對而言比較簡單。把珍珠比為淚珠或露珠，畢竟不是那麼奇特瑰麗，相比的基礎都是一些顯而易見的特點，諸如圓的形狀、晶瑩柔潤的外表、表面的光彩色澤等等。珍珠的意象在詩中實在很常見，所以無論研究濟茲或一般討論意象和比喻的學術著作，都不大注意到它。孤立起來看，上面這些例子好像都並不怎麼獨特，不過我們暫且不要因為這個比喻太尋常、太明顯，就把它拋開。讓我們先再看一下晚唐詩人李商隱用了珍珠和眼淚意象的名句，這就是《錦瑟》詩裡的一聯：「滄海月明珠有淚，藍田日暖玉生煙」。這一聯裡色彩和形象都很豐富，但我們還是集中注意珍珠的意象。宋本的李商隱詩集把《錦瑟》列在卷首，所以自宋以來，許多批評家都把這首詩視為詩人自評其詩，幾乎是一篇詩的序言。這一看法頗為有趣，而沿著這一思路，我們就可以把這裡珍珠的意象理解為詩的象徵，是詩的自我指涉的比喻，而意象和比喻本來就是詩的成分。錢鍾書《談藝錄》討論

這首詩的一段，可以說為我們的理解提供了最好的指南。錢鍾書說，李商隱「不曰『珠是淚』，而曰『珠有淚』，以見雖凝珠圓，仍含熱淚，已成珍飾，尚帶酸辛，具實質而不失人氣」。這分明是在以比喻的方式，來闡說詩的特性，因為在這裡，珍珠的意象「喻詩雖琢磨光致，仍須真情流露，生氣蓬勃，異於雕繪汩性靈、工巧傷氣韻之作」。[13]按照這樣一種比喻的方式來讀這首詩，「滄海月明珠有淚」就講出了一條詩學的原理，說明理想的詩應該是一個什麼樣子。

錢鍾書指出，唐代詩人常用珠玉來比擬詩。這顯然是珍珠意象一種新的比喻用法，因為珍珠不再是用來比喻淚珠或露珠。可以舉出許多例證來說明這一點。例如大詩人杜甫《奉和賈至舍人早朝大明宮》就有這樣的句子：「朝罷香煙攜滿袖，詩成珠玉在揮毫」。揮毫寫詩，一個個字像珠玉那樣滾滾而來，於是珍珠的意象成為詩本身的象徵。白居易《想東遊五十韻》有句：「珠玉傳新什，鴒鶯念故儔」。這是描繪朋友寄來新的詩作，由此引出對舊日朋友的思念之情。傳統的文人往往互寄詩文，白居易有一首《廣府胡尚書頻寄詩因答絕句》，就描寫常常寄詩來的一位朋友，說他「唯向詩中得珠玉，時時寄到帝鄉來」。

從唐詩裡引來這些例子，證明「珠玉」已成為一個常用詞語，一個象徵詩本身的詩的比喻。然而用珍珠的意象來比喻詩，卻並非中國文學獨有。錢鍾書引奧地利詩人霍夫曼斯塔爾（Hugo von Hofmannsthal）作品，說他「稱海涅詩較珠更燦爛耐久，卻不失為活物體，蘊輝含濕。（unverweslicher als Perlen / Und leuchtender, zuweilen ein Gebilde: / Das target am lebendigen Leib, und nie / Verliert es seinen inner feuchten Glanz）」。在意象和用意上，霍夫曼斯塔爾都和李商隱的詩句相當接近。所以錢鍾書引霍夫曼斯塔爾詩句後問道：「非珠明有淚歟」？[14]他又引法國詩人繆賽（Alfred de Musset），說他「譬詩於『凝淚成珠』（Faire une perle d'une

---

[13] 錢鍾書《談藝錄》補訂本（北京：中華書局，一九八四），頁四三七。
[14] 同上。

larme），指一時悲歡，發之文字，始可以流傳而不致澌滅（éterniser un rêve et fixer la pensée）」。[15]我們一旦意識到珍珠的意象可以用來比擬詩，我們就不僅能讀懂李商隱那些以含蓄難解著名的詩句，而且對以珍珠比喻詩這一意象，也能夠有新的理解。總而言之，我們可以由此而獲得新的眼光，對於珍珠的意象可以用作詩的象徵，產生一種新的敏感。

　　然而這一比喻在觀念上如何產生呢？珍珠在什麼意義上可以和詩相比呢？這和用珍珠比淚珠或比露珠的情形不同，這裡的比喻關係並不是那麼顯而易見，因為二者能夠相比，並不是因為詩和珍珠都有價值或都很珍貴。要回答這個問題，我們可以在中國古代典籍中得到一些啟示。《淮南子・說林訓》有這樣一句話：「明月之珠，蚌之病而我之利也」。這句話很有意思，讓我們換一個角度看問題，所見就很不同。從人的觀點看來，珍珠是貴重的珠寶，但是對於螺蚌而言，珍珠卻是病痛的結果，因為有沙礫或者別的異物進入體內，可憐的螺蚌不得不分泌沾液將之包裹起來，才產生了珍珠。這一觀念被劉勰吸收，用來講文學，認為動人的作品都來自作者痛苦的人生經驗，於是《文心雕龍・才略》講到馮衍，就說「敬通雅好辭說，而坎壈盛世，《顯志》自序，亦蚌病成珠矣」。由此我們可以看出，珍珠和詩的比喻關係不在產生的結果，而在產生的過程本身，也就是說，正如螺蚌由於病痛而產生光潔明亮的珍珠，詩人也由人生痛苦的經驗產生優美動人的文學作品。

　　美國作家愛默生（Ralph Waldo Emerson）有《論補償》一文，其中對同樣的思想觀念作了十分有力的闡述。愛默生說：「人類工作的一切形式，從削尖一根木樁到構造一首史詩或建造一個城市，都無不在為宇宙間的完美補償作例證」。從壞事當中，總會有好事發生。和上面引用過的中國詩人一樣，愛默生也用珍珠和螺蚌的意象來表達自然平衡的類似觀念。詩人或許會遭受痛苦，但愛默生說，「他會像受傷的牡蠣，用珍珠來修

---

[15] 同上書，頁一一四。

補他的外殼」。[16]悲劇似乎比喜劇更能贏得讀者和觀眾，訴說痛苦和憂傷的詩也比慶賀歡樂的歌更能打動人的心靈。或者如英國詩人雪萊在其名詩《雲雀頌》裡所說：「傾訴我們最憂傷思想的才是我們最甜美的歌。」

　　不過我們必須承認，錢鍾書由《論語・陽貨》「詩可以怨」一語出發展開的精彩評論，才真正是對這一觀念最透徹的闡述。錢鍾書說，在中國古代，認為最好的詩都來自痛苦哀傷的人生經驗，「不但是詩文理論裡的常談，而且成為寫作實踐裡的套板」。[17]他從中西文學中引用大量具體例證，極有力地證明在世界各國文學中，這一觀念都相當普遍，而對我們的討論說來最有趣的是，他聚集了好幾種不同文學的例子，都是用珍珠的意象來表達這一觀念。除了劉勰《文心雕龍》「蚌病成珠」這句話以外，錢鍾書還引用了劉晝《劉子・激通》裡連用的四個比喻，都是說明窮仄艱苦最能激發作者的才情：「梗枏郁蹙以成縟錦之瘤，蚌蛤結痾而銜明月之珠，鳥激則能翔青雲之際，矢驚則能踰白雪之嶺，斯皆仍瘁以成明文之珍，因激以致高遠之勢。」錢鍾書接下去說：

　　西洋人談起文學創作，取譬巧合得很。格里巴爾澤（Franz Grillparzer）說詩好比害病不作聲的貝殼動物所產生的珠子（die Perle, das Erzeugnis des kranken stillen Muscheltieres）；福樓拜以為珠子是牡蠣生病所結成（la perle est une maladie de l'huître），作者的文筆（le style）卻是更深沉的痛苦的流露（l'écoulement d'une douleur plus profonde）。海涅發問：詩之於人，是否像珠子之於可憐的牡蠣，是使它苦痛的病料（wie die Perle, die Krankheitsstoff, woran das arme Austertier leidet）。豪斯門（A. E. Housman）說詩是一種分泌（a secretion），不管是自然的（natural）分泌，像松杉的樹脂（like the turpentine in the fir），還是病態的（morbid）分泌，像牡蠣的珠子

---

[16] Ralph Waldo Emerson, "Compensation", *Essays and Letters*, ed. Joel Porte (New York: Library of America, 1983), p. 296.

[17] 錢鍾書〈詩可以怨〉，《七綴集》（上海：上海古籍，一九八五），頁一〇二。

（like the pearl in the oyster）。看來這個比喻很通行。大家不約而同
地採用它，正因為它非常貼切「詩可以怨」、「發憤所為作」。[18]

　　我們對珍珠作為詩的象徵有了這樣一種理解，就可以再回過來以新的
敏感和更高的鑒賞力，重新去看濟慈的詩，看他詩中使用的珍珠意象。
我們現在讀詩人呼喚月亮的詩句，似乎能感到詩人把哀傷加以創造轉化的
能力：

> 你對於可憐的牡蠣
> 是一種慰藉，它正沉睡在
> 含著珍珠的屋子裡。

當我們讀到這些詩句時，很可能就會在心目中把「可憐的牡蠣」和「含著
珍珠的屋子」與詩人和他的詩作聯繫起來。我們也會欣賞雪萊所作濟慈挽
詩中的意象，雪萊把濟慈創造的美夢擬人化，想像成一隊天使，飛來哀悼
死去的詩人，雪萊描繪其中一位說，她

> 剪下一縷美髮，縮成花環
> 向他投去，就像一頂桂冠，
> 用凝結的淚，而不用珍珠來妝點。

既然這些天使般的美夢都是詩人自己的創造，那麼她們用來代替珍珠「妝
點」詩人頭上桂冠的「凝結的淚」，也就都是詩人的創造。在雪萊的想像
中，濟慈自己的詩作化為天使，流下如珠的眼淚來哀悼死去的詩人，而詩
人也的確將在自己的詩作中獲得永生。在這裡，我們通過雪萊詩中的描
寫，可以再次看到珍珠的意象與濟慈自己詩作的聯繫。

---

[18] 同上書，頁一〇四。

　　在一首悼亡詩哀怨的音調裡，珍珠的意象之所以能夠成為詩的象徵，其基礎乃在人生與藝術的關係給人一種悲劇感，於是這就使我們對詩的淨化作用能夠有所體會。詩人和他在生活中遭受的痛苦，在死中變得更豐富、更美麗，我們不禁會想起莎士比亞《暴風雨》第一幕第二場阿麗兒（Ariel）唱的一首歌：

> 那些珍珠曾是他的眼睛，
> 他身上消失的一切
> 無不經過海中的變異，
> 變得更富麗、更神奇。

　　由痛苦的人生經驗產生出來的詩，是能夠扣人心弦的最好、最有感染力的詩，正如可憐的牡蠣由病痛產生出最明亮的珍珠，這個意思比珍珠比擬眼淚或露滴，確實是更有趣、也更複雜的一個比喻。更重要的是，只有當我們從跨文化比較的角度，把中國和西方文學中一些特定的具體例子放在一處時，我們對珍珠意象重要的象徵意義，才可能達到這樣全面的理解。錢鍾書對中國傳統文論中一個突出思想、即孔子所謂「詩可以怨」，加以精闢的闡發，我們依據他的論證，才把從李商隱、劉勰和其它中國詩人作家的作品，與愛默生、霍夫曼斯塔爾、繆賽、格里巴爾澤、福樓拜、海涅、豪斯門等西方詩人作家的作品聯繫起來，討論這些具體文字中珍珠的意象。

　　加拿大著名批評家弗萊主張大處著眼的原型批評，他曾把批評比為觀畫，認為我們看畫必須從畫布後退幾步，才看得出整幅畫的構圖和佈局，文學批評也應該如此，「我們往往也需要從一首詩『後退』幾步，才看得出其原型的組織」。[19]維特根斯坦也有一個著名比喻，說讀者讀完他的論著，理解了他要說的意思之後，就應該忘掉他所說的話，就好像「爬完了

---

[19] Frye, *Anatomy of Criticism: Four Essays*, p. 140.

樓梯之後，就該把梯子扔掉」。[20]我想借用這兩個比喻來說明，我們只有後退幾步或者爬到高處，與孤立的單部作品及其文字細節取得一定距離之後，才可能達於更好的理解。而與此同時，我們在一定的批評距離獲得的理解，又可以讓我們重新回到單部作品，以新的眼光來看這些作品，對它們有更敏銳的感覺、更高的鑒識力。在這個意義上說來，跨文化閱讀可以讓我們見出文學作品之間的聯繫，以一種令人興奮的新發現的感覺，去探討詩的意象和文學主題，就好像我們是第一次去閱讀和理解一些文學名著，而如果我們把自己封閉在單一文化認同的狹隘心胸裡，局限在自己團體偏頗的眼光裡，就根本達不到那樣一種境界。確實，跨文化閱讀可以使我們成為更高明的讀者。

---

[20] Wittgenstein, *Tractatus Logico-Philosophicus*, 6.54, p. 189.

第三章　「這柔弱的一朵小花細皮嬌嫩」：
藥與毒的變化之理

　　有時候跨文化閱讀的樂趣在於一種新發現：本來毫不相干的不同文本，轉瞬之間在思想和表達方面卻不期而遇，發生意外的契合。文本越是不同，那種契合給人帶來的滿足感也就越大。這就好像我們讓不同文本和不同思想互相碰撞，然後看這種互動究竟會產生出什麼樣的結果。東西方的文本當然很不相同，分別受各自傳統中哲學、社會和政治環境等多方面的影響，可是無論兩者有多大差異，一切文本都像彌爾頓筆下的大天使拉斐爾論及天下萬物時所說那樣，「只是程度不同，在類別上卻是一樣」（《失樂園》V.四九〇）。文本細節各不相同，那是程度的問題，而文學主題可以相通，則是類別的問題。

　　我在這一章要探討的主題，是文字表現人的身體以及身體的醫治，是在比喻和諷喻意義上理解的良藥和毒藥。不過我一開始要討論的並不是文學的文本，而是一部彙集觀察、回憶等各方面內容的筆記，作者一條條委婉道來，像是退處蟄居的獨白，那就是北宋博學多識的沈括所著《夢溪筆談》。研究中國古代科技史的著名學者李約瑟曾稱讚沈括，說他是「中國歷代產生的對各方面知識興趣最廣的科學頭腦之一」。[1]《夢溪筆談》共有六百餘條筆記，所記者凡傳聞軼事、世風民情、象數樂律、醫藥技藝、

---

[1]　Joseph Needham, *Science and Civilization in China*, vol. 2 (Cambridge: Cambridge University Press, 1956), p. 267.

神奇異事，無所不包。沈括在自序裡說，他退處林下，深居簡出，沒有人來往，「所與談者，唯筆硯而已，謂之筆談」。[2]

此書卷二十四「雜誌一」有十分有趣的一條記載，說作者一位表兄曾和幾個朋友煉朱砂為丹，「經歲餘，因沐砂再入鼎，誤遺下一塊，其徒丸服之，遂發懵冒，一夕而斃」。對這一不幸事件，沈括評論說：「朱砂至良藥，初生嬰子可服，因火力所變，遂能殺人」。他接下去思索這藥物可變之性，意識到朱砂既有為人治病之效，又有殺人致命之力，於是總結說：「以變化相對言之，既能變而為大毒，豈不能變而為大善；既能變而殺人，則宜有能生人之理」。[3]這短短一條筆記告訴我們，生與死、藥與毒，不過是同一物相反並存之兩面，二者之間距離之近薄如隔紙，只須小小一步，就可以從一邊跨到另一邊。

沈括另有一則故事，其要義也在說明同一物可以有相反功用互為表裡，既可為藥，亦可為毒，既能治病，亦能致命。不過這一回卻是一個喜劇性故事，有個皆大歡喜的結局。沈括說：「漳州界有一水，號烏腳溪，涉者足皆如墨。數十里間，水皆不可飲，飲皆病瘴，行人皆載水自隨」。有一位文士在當地做官，必須過那條可怕的河，而他素來體弱多病，很擔心瘴癘為害。接下去一段寫得相當有趣，說此人到烏腳溪時，「使數人肩荷之，以物蒙身，恐為毒水所沾。兢惕過甚，睢盱驚燦，忽墜水中，至於沒頂，乃出之，舉體黑如昆侖，自謂必死，然自此宿病盡除，頓覺康健，無復昔之羸瘵。又不知何也」。[4]這裡發生的事又是完全出人意料，陰陽反轉。如果說在前面那個故事裡，至良的朱砂變為致命的毒藥，在這個故事裡，對健康者有毒的溪水，對一個通身有病的人，反倒有神奇的療效。在這兩則故事裡，正相反對的藥與毒、善與惡，都並存在同一物裡。

---

[2] 沈括撰、胡道靜校注《新校正夢溪筆談》（香港：中華書局，一九七五），頁一九。

[3] 同上書，頁二三八。

[4] 同上書，頁二四四。

　　「烏腳溪」故事之所以有趣，並不止於良藥與毒藥的轉化，而且特別從跨文化研究的角度來看，這故事還有某種寓意或諷寓（allegory）的含義。在一部研究諷寓的專著裡，安古斯・弗萊切爾說：「感染是基督教諷寓主要的象徵，因為那種諷寓往往涉及罪與救贖」。[5] 沈括所講「烏腳溪」故事固然並沒有宗教寓意，故事中那人是身體有病，而不是精神或道德上虛弱，但這個故事又確實和基督教諷寓一樣，有污染、感染和最終得救這類象徵性意象。那人墜入毒水之中，反而「宿病盡除」，全身得到淨化。由此可見，「烏腳溪」故事雖然用意和基督教諷寓完全不同，卻又有點類似基督教諷喻寓中的煉獄，因為二者都是描述通過折磨和痛苦而最終得到淨化。西方又有所謂同類療法（homoeopathy），即以毒攻毒，用引起疾病的有毒物品來治療同種疾病，與此也頗有相通之處。

　　弗萊切爾引用另一位學者的話，說「拉丁文的『感染』（infectio）這個字，原義是染上顏色或弄髒」，而「這個字詞根inficere的意義，則是放進或浸入某種液汁裡，尤其是某種毒藥裡；也就是沾污，使某物變髒、有污點或腐敗」。[6] 這些話聽起來豈不正像在描繪「烏腳溪」對正常人所起的作用，即染上顏色、弄髒、沾污、感染嗎？沈括說，人們一到烏腳溪，「涉者足皆如墨」，而且「數十里間，水皆不可飲，飲皆病瘴」，就是說這裡的毒水會使人染上疾病。不過這故事在結尾突然一轉，有毒的溪水對一個通身有病的人，想不到卻有神奇的療效。但是沈括這個故事如果說有什麼道德或諷寓的含意，卻並未在文中點出，而致命與治病之辯證關係，也沒有作任何發揮。然而在中國文化傳統中，對這一辯證關係卻早已有所認識，沈括寫毒藥與良藥之轉換，卻也並非是前無古人的首創。

　　比沈括早大概兩百多年，唐代著名詩人和作者劉禹錫有短文《因論七篇》，其中一篇題為《鑒藥》。此篇以劉子自述的口吻，寫他得了病，食慾不振，頭暈目眩，全身發熱，「血氣交胗，煬然焚如」。有朋友介紹

---

[5] Angus Fletcher, *Allegory: The Theory of a Symbolic Mode* (Ithaca: Cornell University Press, 1964), p. 199.

[6] 同上，頁二〇〇注。

他看一位醫生，這醫生給他把脈，察看舌苔顏色，聽他的聲音，然後告訴他說，他是由生活起居失調，飲食不當而引發疾病，他的腸胃已經不能消化食物，內臟器官已經不能產生能量，所以整個身軀就像一個皮囊，裝了一袋子病。醫生拿出一小塊藥丸，說服用之後，可以消除他的病痛，但又說：「然中有毒，須其疾瘳而止，過當則傷合，是以微其劑也」。就是說這藥有毒，只能少量服用，而且病一好就必須立即停藥，吃過量會傷害身體。劉子按照醫生指點服藥，很快病情好轉，一個月就痊癒了。

　　就在這時，有人來對他說，醫生治病總要留一手，以顯得自己醫術精深，而且故意會留一點病不完全治好，以便向病人多收取錢財。劉子被這一番話誤導，沒有遵醫囑停藥，反而繼續服用，但五天之後，果然又病倒了。他這才意識到自己服藥過量，中了藥裡的毒，便立即去看醫生。醫生責怪了他，但也給了他解毒的藥，終於使他渡過險關。劉子深為感慨，不禁歎道：「善哉醫乎！用毒以攻疹，用和以安神，易則兩躓，明矣。苟循往以禦變，昧於節宣，奚獨吾儕小人理身之弊而已！」[7]他終於明白，用有毒的藥治病，用解毒的藥安神，兩者不可改易，否則就會出問題。他由此還悟出一個道理，即在變動的環境中如果固守老一套路子，不懂得順應變化和一張一弛的道理，最後帶來的危害就不僅止於一個人身體的病痛了。在《鑒藥》這篇文章裡，突出的又是毒藥和良藥辯證之理，同一物既可治病，又可傷人，一切全在如何小心取捨和平衡。

　　劉禹錫此文從藥物相反功能的變化引出一個道理，而那道理顯然遠遠超出「吾儕小人理身之弊」的範圍。在中國古代政治思想中，「理身」常常可比「治國」，劉禹錫要人懂得一張一弛的道理，不要「循往以禦變，昧於節宣」，就顯然想到了這一點。劉禹錫文中點到即止的這一比喻，在三百多年之後李綱的著作裡，就得到了明確的表現。李綱是宋時人，他出生時沈括已經五十多歲。金兵入侵時，李綱主戰而受貶謫，後來高宗南

7　劉禹錫，《因論七篇‧鑒藥》，《劉禹錫集》，全二冊（北京：中華書局，一九九〇），第一冊，頁戚戚。

渡，召他為相。他整軍經武，懷者收復失地的抱負，可是南宋小朝廷一意偏安，他又受到主和派的排擠，終於抱恨而去。他有一篇文章題為《論治天下如治病》，其中就把人體、國家、藥物等作為比喻來加以發揮，討論他當時面臨的政治問題。李綱首先肯定說：「膏粱以養氣體，藥石以攻疾病」。然後發揮治天下如治病的比喻，認為「仁恩教化者，膏粱也。干戈斧鉞者，藥石也」，管理善良的臣民需要文治，「則膏粱用焉」，剷除強暴、鎮壓禍亂又需要武力，「則藥石施焉。二者各有所宜，時有所用，而不可以偏廢者也」。[8]

李綱還有一篇《醫國說》，也是把治國和治病相聯繫。此文一開頭就說：「古人有言：『上醫醫國，其次醫疾』」，然後把國家政體比喻成人體，而國家面臨的各種問題也就像人體各部器官遇到的疾病。他說：

> 天下雖大，一人之身是也。內之王室，其腹心也。外之四方，其四肢也。綱紀法度，其榮衛血脈也。善醫疾者，不視其人之肥瘠，而視其榮衛血脈之何如。善醫國者，不視其國之強弱，而視其綱紀法度之何如。故四肢有疾，湯劑可攻，針石可達，善醫者能治之。猶之國也，病在四方，則諸侯之強大，藩鎮之跋扈，善醫國者亦能治之。[9]

李綱乃一代名相，他之所論當然是中國傳統政治思想中對治國的一種比喻，可是以人的身體器官來描述國家政體，而且把人體和政體與醫生治病相關聯，就不能不令人聯想起西方關於大宇宙和小宇宙互相感應（correspondence）的觀念，還有西方關於政治軀體（body politic）的比喻，而這觀念和比喻從中世紀到文藝復興，乃至到現代，在西方傳統中都

8　李綱，《論治天下如治病》，《梁溪集》卷一百五十，《四庫全書》影印本（上海：上海古籍，一九八七），第一一二六冊，頁六四八a。

9　李綱，《醫國說》，《梁溪集》卷一百五十七，同上書，頁六八三b─六八四a。

隨處可見。[10]事實上，西方關於政體的觀念可以一直追溯到柏拉圖，他曾「把一個治理得當的國家與人體相比，其各部分器官可以感覺到愉快，也可以感覺到痛苦。」[11]十二世紀著名政治哲學家薩里斯伯利的約翰（John of Salisbury，一一二○－一一八○）比沈括晚生九十餘年，比李綱晚四十餘年，他曾概述古羅馬史家普魯塔克（Plutarch）的著作，說君主是「國家的頭腦」，元老院是心臟，「各行省的法官和總督」則擔負起「耳、目和喉舌的任務」，軍官和士兵是手臂，君主的助手們則「可以比為身體的兩側」。他接下去把管理錢財銀庫的官員比為肚子和腸胃，強調這是最容易腐敗感染的器官。他說：

> 司庫和簿記官（我說的不是監獄裡管囚犯的小吏，而是管理國庫的財政官員）好像肚子和內臟。他們如果貪得無厭，又處心積慮聚斂收刮起來的脂膏，就會生出各種各樣無法治癒的疾病來，而且會感染全身，導致整個軀體的毀壞。[12]

　　西方關於政體比喻這一經典表述，和李綱治國如治病的比喻相當近似，兩者都把社會政治問題比為人身上有待醫生治理的疾病。由此可見，在中國和西方思想傳統中，都各自獨立地形成類似比喻，即以人體和人的疾病來比方國家及其腐敗。

---

[10] 弗萊切爾在論及人體和政體的比喻時說，法國作家加繆（Albert Camus）的現代諷喻小說《鼠疫》（*La Peste*）就是「以老鼠傳播的疫疾來比喻侵略者軍事佔領（即納粹佔領奧蘭）的瘟疫以及聯帶的政治疾病」。參見Fletcher, *Allegory*，頁七一。關於大宇宙和小宇宙的感應觀念，尤其這種觀念在十六至十七世紀英國文學中的表現，蒂利亞德著《伊莉莎白時代的世界圖像》（E. M. W. Tillyard, *Elizabethan World Picture* [New York: Macmillan, 1944]）仍然是很有參考價值的一本小書。

[11] Plato, *Republic* V.464b, *The Collected Dialogues,* p. 703.

[12] John of Salisbury, *Policraticus: Of the Frivolities of Courtiers and the Footprints of Philosophers*, 5:2, in Cary J. Nederman and Kate Langdon Forhan (eds.), *Medieval Political Theory: A Reader: The Quest for the Body Politic, 1100-1400* (London: Routledge, 1993), pp. 38-39.

　　薩里斯伯利的約翰對肚子和腸胃的評論，認為那是容易腐化的器官，說明疾病不止有外因，而且有自我引發的內因。在西方，肚子和身體其他器官爭吵是一個有名的寓言，最早見於古希臘伊索寓言，中世紀時由法蘭西的瑪麗（Marie de France）複述而廣為流傳，一六〇五年由威廉・坎頓（William Camden）印在《餘談》（*Remains*）一書裡，在莎士比亞《科利奧蘭納斯》一劇的開頭（I.i.96），更有十分精彩的變化和應用。「有一次，人身上各種器官對肚子群起而攻之」，控訴肚子「終日懶惰，無所事事」，卻無功受祿，吞沒所有的食物。總而言之，大家都指責肚子貪得無厭，聚斂脂膏。肚子不僅以各有所司、各盡所能的觀念作答，而且特別強調社會等級各有次序，而且說這對於秩序和統一至為重要。「我是全身的儲藏室和店鋪」，莎士比亞筆下的肚子不無自傲地宣佈（I.i.133）：

> 我把一切都通過你們血脈的河流
> 送到心臟的宮廷，頭腦的寶座，
> 最強健的神經和最細微的血管
> 都由人身上大大小小的宮室管道，
> 從我那裡取得氣血精神，
> 才得以存活。

　　在這個寓言原來的版本裡，手腳等器官不願餵養肚子，拒絕工作，但整個身體也很快就垮掉了。於是政治的軀體顯出是不同器官的統一體，一旦其等級秩序被打亂，遭到破壞，這個有機體也就會變得虛弱，產生疾病。莎士比亞《特羅伊洛斯與克瑞茜達》中尤裡西斯關於「等級」那段著名的話，就相當巧妙地利用了這一觀念，也利用了疾病和藥物十分鮮明的意象。尤裡西斯把太陽描繪成眾星球之王，「其有神奇療效的眼睛可以矯正災星的病變」（I.iii.91）。「一旦動搖了等級」，尤裡西斯繼續使用醫療的比喻說，「全部偉業就會病入膏肓」（I.iii.101）。要治療政體的疾病，毒藥和良藥都各有用處。《兩親相爭》（*The Two Noble Kinsmen*）公

認為莎士比亞所寫的一節中，阿塞特對戰神祈禱，把戰神描繪成一個用暴烈手段來治病的醫生。阿塞特呼喚戰神說（V.i.62）：

> 啊，矯正時代錯亂的大神，
> 你撼動腐敗的大國，決定
> 古老家族的盛衰，用鮮血
> 治癒患病的大地，清除世間
> 過多的人口！

正如前面李綱說過的，「干戈斧鉞者，藥石也」，為治理一個有病的國家，就必須「聚毒藥，治針砭」。西方的政體有病，治療起來也是採用暴烈的方法。阿塞特呼喚戰神，就把戰爭比為放血，而那是中世紀以來治療許多疾病的辦法。在那種原始的治療過程中，讓人流血恰恰成了予人治病的手段。莎士比亞悲劇《雅典的泰門》結尾，阿昔畢亞迪斯帶領軍隊向腐敗的城市推進時，最後所說那段話也正是這樣的意思（V.iv.82）：

> 我要把橄欖枝和刀劍並用：
> 以戰爭帶來和平，讓和平遏制戰爭，
> 使它們成為彼此治病的醫生。

這裡又是以醫療的語言和意象來取譬，戰爭與和平像醫生開的處方，可以互相治療彼此的疾病。於是我們在此又看到，致命與治病、毒藥與良藥、殺戮與治癒等相反覆又相成，無論治國還是治人，這些都是同一治理過程使用的兩種互相聯繫而又互相衝突的手段。

有趣的是，在中國古代，《周禮·天官》為醫生所下的定義早已經包含了這樣相反的兩個觀念，說是「醫師掌醫之政令，聚毒藥以共醫事」。

鄭玄注說：「藥之物恆多毒」。[13]在一定意義上，中國古代這個定義已涵蓋了現代醫學的基本原理，因為正如邁克爾・羅伯茨所說，現代醫學把治療理解為「一種控制性的施毒，其中有療效的物品都有不可忽視的內在毒性」。[14]從這一觀點出發，我們就很能理解，沈括所記軼事中的朱砂何以會變質，劉禹錫所講故事中過量的藥，又何以會對人產生毒害。羅伯茨還說，現代治療學基本上接受了「威廉・惠塞林（William Withering）一七八九年發表的權威性意見，即『小劑量的毒品是最佳的藥；而有用的藥物劑量過大，也會變得有毒』」。羅伯茨又重述「帕拉切爾索斯（Paracelsus）的學說，認為『物皆有毒，天下就沒有無毒的物品；只有劑量才使物品沒有毒性』」。[15]由此可見，東西方這些極不相同的文本說的都是同一個道理，這也就透露了中西文化傳統在理解治療學的性質上，在認識良藥與毒藥之相對而又相輔相成的辯證關係上，有令人驚異的相通之處。

　　西方醫藥界正式承認的職業標誌，是一條棍棒上面繞著兩條蛇，這也暗示毒藥和醫療之間密切的關係。那是希臘神話中大神的信使赫爾墨斯（Hermes）手中所執具有神力的魔仗，古羅馬詩人維吉爾曾在詩中描繪此仗，說它能夠喚起

　　　地獄中蒼白的鬼魂，或將其打入深淵，
　　　讓人睡去或者醒來，開啟死者已閉的雙眼。[16]

---

[13] 《周禮注疏》，阮元，《十三經注疏》，全二冊（北京：中華書局，一九八〇），第一冊，頁六六六。

[14] Michael Roberts, *Nothing Is Without Poison: Understanding Drugs* (Hong Kong: The Chinese University Press, 2002), p. 8.

[15] 同上書，頁一三。

[16] Virgil, *The Aeneid*, IV, trans. Rolfe Humphries (New York: Charles Scribner's Sons, 1951), p. 95.

　　論者對此仗上兩條蛇的寓意，曾有各種不同的解釋，但這兩條兇猛的蛇顯然與治癒疾病的力量有關聯。赫爾墨斯手執此仗，把死者的亡魂引入冥界，但他也能夠讓死者復活（「開啟死者已閉的雙眼」），帶他們重返人間，這又指出生與死、致命和治病這樣的二重性。希臘神話中的醫藥之神阿斯勒丕烏斯（Asclepius），也是手執一根木仗，上面纏繞著一條蛇。唐人段成式《酉陽雜俎》多記載一些怪異之事，其中就有一種「蘭蛇，首有大毒，尾能解毒，出梧州陳家洞。南人以首合毒藥，謂之蘭藥，藥人立死。取尾為臘，反解毒藥」。[17]從科學的觀點看來，這很難說是準確的觀察，可是蛇能產生毒藥，又能產生解毒藥，卻的確已為現代科學研究所證實。一位研究蛇蛋白的專家安德列‧米內茲就認為，蛇毒很可能成為「有效對抗各種疾病的多種藥物之來源」。[18]有趣的是，米內茲借用中國古代的一個觀念來解釋他所做醫學研究的原理。他說：「陰陽，古代中國這一種二元理論完全適用於解釋毒藥。最初一眼看來，毒品對人有危害。然而毒物及所含成分卻可能是一個金礦，從中可以開採出新的藥來」。[19]

　　毒性和藥性這一內在的二元性，在希臘文的pharmakon這個字裡也表現得很明確，因為這個字既表示醫藥，又表示毒藥。德里達在解構柏拉圖對話的文章裡，在批評他所謂「柏拉圖的藥房」時，就拿這個希臘字的二元性來借題發揮。德里達說：「pharmakon這個字完全陷於表意的鏈條之中」。[20]他又說：「這個pharmakon，這個『藥』字，既是藥又是毒藥這一

---

[17] 段成式，《酉陽雜俎》（北京：中華書局，一九八一），頁一七〇。

[18] André Ménez, *The Subtle Beast: Snakes, from Myth to Medicine* (London: Taylor & Francis, 2003), p. 17.

[19] 同上書，頁一三九。最近，《紐約時報》報導說，澳洲墨爾本大學的生物學家布萊恩‧弗萊（Bryan Fry）博士發現，蛇毒在醫學上很有價值。他說：「如果你把蛇都殺死，你很可能就殺掉了即將發現的極具效力的良藥。」見《紐約時報》2005年四月五日F1版（Carl Zimmer, "Open Wide: Decoding the Secrets of Venom", *New York Times*, April 5, 2005, p. F1）。

[20] Jacques Derrida, "Plato's Pharmacy", in Dissemination, trans. Barbara Johnson (Chicago University of Chicago Press, 1981), p. 95.

藥劑，已經帶著它所有模棱兩可的含混，進入話語的軀體之中」。[21]德里達之所以對這基本而內在的含混感興趣，是因為這種含混有助於破壞意義的穩定，可以完全超出柏拉圖作為作者本人的意圖，也超出柏拉圖作為作者對文本的控制。所以在pharmakon這個字被譯成「藥物」時，儘管在特定上下文的語境裡完全合理，德里達也堅持說，那種翻譯完全忽略了「實實在在而且能動地指向希臘文中這個字的別的用法」，也因此而破壞了「柏拉圖字形變動的書寫」。德里達極力強調的是柏拉圖文本中語言本身內在的含混性，他堅持認為「pharmakon這個字哪怕意思是『藥物』時，也暗示，而且一再暗示，這同一個字在別的地方和在另一個層面上，又有『毒藥』的意思」。[22]對柏拉圖的對話，德里達做了一次典型的、頗為冗長的解構式細讀，力求打亂柏拉圖對正反兩方面的區別，並且動搖柏拉圖對同一個字相反二義的控制。德里達說柏拉圖極力防止「藥轉為醫藥，毒品轉為解毒品」，但是「在可以作出任何決定之前」，pharmakon這個字早已包含了那根本的含混性。德里達最後總結說：「pharmakon的『本質』就在於沒有固定的本質，沒有『本來』的特點，因此在任何意義上（無論玄學、物理、化學或煉金術的意義上），它都不是一種『物質』。」[23]

　　我們在前面討論過的各種中西方文本，當然都處處在證明藥物沒有一個固定不變的本性，只不過這些文本不像高談理論的文章那樣，把語言文字弄得那麼玄之又玄，晦澀難解。德里達的目的在於動搖任何物質的穩定性，但對我們前面討論過的其他作者說來，恰好是事物一時相對穩定的性質會形成治療或致命的效力。對於像pharmakon這樣有相反含義的字，在語言的實際運用中，在人生的現實境況中，都往往需要作出明確區分，一

---

[21] 同上書，頁七〇。

[22] 同上書，頁九八。

[23] 同上書，頁一二五—一二六。雖然德里達討論pharmakon揭示出這個希臘字和概念的二重性，但他卻並沒有在他論莎士比亞《羅密歐與茱麗葉》的文章裡，發揮他關於二重性的見解，因為他討論此劇注重在命名和格言的問題。參見Jacques Derrida, "Aphorism Countertime", in *Acts of Literature*, ed. Derek Attridge (New York: Routledge, 1992), pp. 414-33.

且決斷，就無可反悔，而正是這樣的後果會構成人生以及藝術當中的悲劇性（或喜劇性）。

我們討論了中國和西方關於人體、良藥和毒藥以及醫術等等的比喻，從中悟出一點道理，得出一些見解，就可以幫助我們從跨文化的角度來解讀莎士比亞，尤其是讀《羅密歐與茱麗葉》，因為我認為在這個劇中，政治軀體的觀念以及良藥和毒藥的辯證關係，都是構成劇情並推進劇情發展的關鍵和主題。在這個悲劇行動的核心，有一連串迅速發生的事件：羅密歐被放逐，勞倫斯神父給茱麗葉一劑藥，使她偽裝死去，勞倫斯神父給羅密歐的信突然受阻，未能送到，最後是悲劇性結局，羅密歐服毒而死，茱麗葉用匕首自殺。藥劑和毒藥、神父和賣藥者、愛與恨，我們在劇中到處發現這樣的對立力量，正是它們使此悲劇得以一步步發展。悲劇的背景是蒙塔古和卡普勒兩個家族的世仇，這世仇就好像維洛那城患的一場疾病，最終要犧牲兩個戀人才能治癒。於是羅密歐與茱麗葉的愛，就不只是兩個年輕戀人的私事，而是治癒一個有病的城邦和社群的手段，是給維洛那止血去痛的良藥。勞倫斯神父同意為羅密歐與茱麗葉秘密主持婚禮，就正是看到了這一點，所以他說：「在有一點上，我願意幫助你們，／因為這一結合也許有幸／把你們兩家的仇恨轉變為相親」（II.iii.86）。後來事情果然如此，但卻不是按照神父本來的意願那樣進行。羅密歐與茱麗葉的愛不僅有悲劇性，而且具有拯救的性質；如果那只是兩個年輕人的愛，沒有救贖和化解世仇的重要社會價值，也就不成其為悲劇。因此，他們的愛是治療兩家世仇的一劑良藥，但對兩位情人而言，那又卻是致命的藥，而與此同時，對於維洛那城說來，那藥又證明很有療效。在此劇結尾，他們的愛情和犧牲的社會性質得到了公眾的承認，因為在維洛那城，將「用純金」鑄造這兩位情人的雕像，象徵和睦和仇恨的化解，意味著城邦終將恢復和平與秩序。

現在讓我們考察一下此劇文本的細節。此劇開場，就有合唱隊在劇前的引子裡告訴我們說，這悲劇發生「在美麗的維洛那，我們的場景，……公民的血使公民的手沾污不淨（Where civil blood makes civil

hands unclean）」。蒙塔古和卡普勒兩家的血仇使維洛那城流血不止，所
以政治軀體的觀念在此為全劇的行動提供了一個帶普遍性的背景。這裡
重複兩次的civil一詞，特別有反諷的意味，因為維洛那城流「公民的血」
那場世仇，一點也不civil（「公民的」、「文明的」、「有禮貌的」）。
正如吉爾‧烈文森所說，「在這裡，這個重複的詞就為維洛那城的各
種矛盾定了基調，產生出概念的反對，一種詞語的反轉（synoeciosis or
oxymoron）」。[24]我們在良藥和毒藥相反而相成的關係中看到的，當然正
是矛盾和反轉。這裡提到維洛那或特定的義大利背景，也自有特別意義，
因為在伊莉莎白時代和詹姆斯王時代的英國，由於長期以來與羅馬天主教
會為敵，也由於誤解馬基雅弗裡的著作，在一般英國人想像中和英國戲劇
表演的套子裡，都把義大利與放毒和陰險的計謀緊密相連。十六世紀一個
與莎士比亞同時代的作家費恩斯‧莫里遜就說：「義大利人善於製造和使
用毒藥，早已得到證明，不少國王和皇帝都從那混合著我們救世主珍貴聖
血的杯子裡飲下毒藥而亡。」他還說：「在我們這個時代，施毒的技藝在
義大利據說連君主們也會嘗試使用。」[25]這裡說的好像正是《羅密歐與茱
麗葉》中的維洛那，那是一個相當陰暗的地方，而正是在那個背景之上，
特別由茱麗葉所代表的光明的意象，才顯得那麼格外地突出。然而，在服
用勞倫斯神父為她準備的藥劑之前，甚至連茱麗葉也有過那麼短暫一刻的
疑慮，懷疑「萬一那是神父調製的一劑毒藥，要我在服用之後死去」（IV.
iii.24）。當然，茱麗葉很快就下定決心，與其被迫第二次結婚，因而背棄
與羅密歐的婚姻，倒不如相信神父可以解救她脫離困境。然而神父的藥劑

---

[24] Jill L. Levenson, "Shakespeare's *Romeo and Juliet*: The Places of Invention", *Shakespeare Survey* 49, ed. Stanley Wells (Cambridge: Cambridge University Press, 1996), p. 51.

[25] Fynes Moryson, *Shakespeare's Europe*, ed. Charles Hughes (London: Benjamin Blom, 1903), p. 406; quoted in Mariangela Tempera, "The rhetoric of poison in John Webster's Italianate plays", in Michele Marrapodi, A. J. Hoenselaars, Marcello Cappuzzo and L. Falzon Santucci (eds.), *Shakespeare's Italy: Functions of Italian Locations in Renaissance Drama* (Manchester: Manchester University Press, 1997), p. 231.

並未能幫她逃出困境，反而出乎意料，最終造成兩位情人悲劇性之死。因
此最終說來，神父希望能救人的藥劑，和最後毒死羅密歐的毒藥並沒有什
麼兩樣。

讓我們重新回顧一下，古代中國為醫師下的定義是「聚百毒以共醫
事」。莎士比亞同時代劇作家約翰·韋伯斯特（John Webster）在其描寫
陰謀與復仇的著名悲劇《白魔》（*The White Devil*）裡，對醫生的描述也恰
好如此：「醫師們治病，總是以毒攻毒」（III.iii.64-5）。有論者評論此言
說：「以這句話，弗拉密諾便把醫師的職業與施毒者的勾當，放在同一個
陰暗的角落裡」。[26]在《羅密歐與茱麗葉》中，醫師和施毒者之間界限模
糊，正是一個重要的主題，而羅密歐在曼都亞一間破舊不堪的藥鋪買了劇
毒的藥劑之後說的一段話，更特別點出了這個主題。他對賣藥人說：

> 把你的錢拿去——在這令人厭倦的世界上，
> 比起那些禁止你出售的可憐的藥劑，
> 這才是害人靈魂更壞的毒藥，殺人更多，
> 是我賣了毒藥給你，你並沒有賣藥給我。
>
> （V.i.80）

羅密歐用這幾句話，就顛倒了金錢與毒藥的功用，也顛倒了賣毒的人和付
錢買毒藥的顧客之間的關係。

羅密歐的語言始終充滿矛盾和詞語轉換，上面所引那幾句話，不過是
許多例子當中的一例而已。在此劇開頭，羅密歐還沒有上場，老蒙塔古已
經把兒子的失戀描述成一種病，說「他這樣幽暗陰鬱絕不是什麼好兆頭，
／除非良言相勸可以除掉他心病的根由」（I.i.139）。羅密歐一上場第一
番臺詞，就是矛盾和反語的典型，幾乎把相反的詞語推到了極點：

---

[26] Mariangela Tempera, "The rhetoric of poison in John Webster's Italianate plays", in *Shakespeare's Italy*, p. 237.

啊，互相爭鬥的愛，互相親愛的恨，

啊，無中可以生有的神秘！

啊，沉重的輕鬆，認真的空虛，

看似整齊，實則畸形的一片混亂，

鉛重的羽毛，明亮的濃煙，冰冷的火，有病的強健，

永遠清醒的沉睡，似非而是，似是而非！

我感覺到愛，卻又沒有愛在這當中。

（I.i.174）

　　正如弗蘭克‧凱莫德所說，「這裡真是相反詞語的家園」。[27]所以，雖然這些誇張而自相矛盾的話表現羅密歐還沒有遇見茱麗葉之前，自以為愛上羅莎琳而又失戀時混亂的情緒，我們卻不應該把這些精心建構起來的矛盾詞語輕輕放過，以為這不過是表露年輕人對愛情的迷戀，缺乏感情的深度。羅密歐的語言後來也確實有所改變，更具有詩意的抒情性。凱莫德指出，羅密歐放逐曼都亞，向賣藥人購買毒藥之前，在語言上更有值得注意的變化：「他不再有關於愛情精心雕琢的比喻，也不再有關於憂鬱的奇特幻想，卻直接面對問題；他對僕人說：『你知道我的住處，給我準備好紙和墨，雇幾匹快馬；我今晚就要出發』。」（V.i.25）[28]可是我們在前面已看到，在這之後不久，羅密歐對賣藥人講話，就顛倒了賣毒和買毒之間的關係。所以哪怕他說的話變得更直截了當，但在他的語言中，卻自始至終貫穿著矛盾和對立面互相轉換的辯證關係。

　　修辭和文本的細節在改變，但在全劇中，愛與死、良藥和毒藥相反而又相成的二元性主題，卻始終沒有改變。對立的兩面不僅相反，而且是辯證的，可以相互轉換。正如弗萊所說：「我們通過語言，通過語言中使用的意象，才真正理解羅密歐與茱麗葉的*Liebestod*，即他們熱烈的愛與悲劇

---

[27] Frank Kermode, *Shakespeare's Language* (London: Penguin, 2000), p. 54.

[28] 同上書，頁五八。

性的死如何密不可分地聯在一起，成為同一事物的兩面」。[29]在這個意義上說來，勞倫斯神父為茱麗葉調製的藥劑與羅密歐在曼都亞購買的毒藥，就並非彼此相反，卻是「密不可分地聯在一起，成為同一事物的兩面」，和我們在前面討論過的中國古代文本一樣，都說明同一藥物既有治病的療效，又有致命的毒性。

在《羅密歐與茱麗葉》中，勞倫斯神父出場時有一大段獨白（II.iii.1-26），最清楚詳細地講明瞭世間萬物相反覆又相成，良藥與毒藥可以互換轉化的道理。他一大早起來，一面在園子裡散步，採集「毒草和靈葩」放進手挎的籃子裡，一面思索事物辯證轉化之理，感歎大地既是生育萬物的母胎，又是埋葬萬物的墳墓，善與惡在事物中總是密切聯在一起，稍有不慎，就會打破二者的平衡：「運用不當，美德也會造成罪過，／而行動及時，惡反而會帶來善果」（II.iii.17）。他接下去又說：

> 這柔弱的一朵小花細皮嬌嫩，
>
> 卻既有藥力，又含毒性：
>
> 撲鼻的馨香令人舒暢，沁人心脾，
>
> 但吃進口中，卻讓人一命歸西。
>
> 人心和草木都好像有兩軍對壘，
>
> 既有強悍的意志，又有善良慈悲；
>
> 一旦邪惡的一面爭鬥獲勝，
>
> 死就會像潰瘍，迅速擴散到全身。
>
> （II.iii.19）

神父在這裡提到「這柔弱的一朵小花」，令人想起沈括所講軼事中的朱砂和劉禹錫自敘故事中的藥丸，因為它們都共同具有同一物質的二元

---

[29] Northrop Frye, "Romeo and Juliet", in Harold Bloom (ed.), *Modern Critical Interpretations: Shakespeare's Romeo and Juliet* (Philadelphia: Chelsea House Publishers, 2000), p. 161.

性，都既是良藥，又是毒藥，既有治病的功效，又有毒殺人的相反效力。
這些都不僅僅是相反的性質，而且是可以互換的性質，而有趣的是，英國
皇家莎士比亞劇團扮演勞倫斯神父極為成功的演員朱利安‧格羅斐，正是
借助於中國陰陽互補的觀念，來理解神父那一長段獨白，揣摩他如何思考
自然及世間萬物相反力量的微妙平衡。在談到勞倫斯神父的性格時，格羅
斐認為在那段長長的獨白裡，神父在讚歎「萬物的多樣性」，並且試圖
「用『柔弱的一朵小花』既有藥力，又含毒性這樣一個極小的例子，來說
明那宏大的主題：即陰陽互補，任何事物都包含完全相反的性質，所以世
間才有平衡」。[30]在一定意義上，我們可以說《羅密歐與茱麗葉》這整個
悲劇都是建立在這個「宏大的主題」之基礎上，即一切事物都內在地具有
相反性質，而且會互相轉換，良藥和毒藥的轉化就是最令人驚懼的例證。
我在前面已經說過，勞倫斯神父為茱麗葉準備了一劑藥，他派人給羅密歐
送信，卻半途受阻而未能送達，這些都是關鍵，最終造成悲劇災難性的後
果。所以神父在花園裡的獨白，就帶有悲劇預言那種不祥的暗示意味，可
是那預言的意義神父自己在當時也不可能知道，而且完全超乎他一心想做
好事的本意。由於事情的進展陰差陽錯，完全無法預料，神父最後竟然成
了自己所講那一通道理的反面例證，即他所謂「運用不當，美德也會造成
罪過」。

　　然而莎士比亞的讀者們、觀眾們和批評家們，都並不總能充分理解
和欣賞良藥和毒藥之二元性這一中心主題。喬安‧荷爾莫就說過，現代讀
者往往不假思索，就認為勞倫斯神父那一長段獨白不過是老生常談，不值
得深思，可是這樣一來，他們就忽略了「莎士比亞設計這段話當中的獨創
性」。[31]甚至阿登版莎士比亞《羅密歐與茱麗葉》的編者布萊安‧吉朋斯

[30] Julian Glover, "Friar Lawrence in *Romeo and Juliet*",in Robert Smallwood (ed.), *Players of Shakespeare 4: Further Essays in Shakespearian Performance by Players with the Royal Shakespeare Company* (Cambridge: Cambridge University Press, 1998), p. 167.

[31] Joan Ozark Holmer, "The Poetics of Paradox: Shakespeare's versus Zeffirelli's Cultures of Vilence", *Shakespeare Survey* 49 (Cambridge: Cambridge University Press, 1996), p. 165.

在論及神父的語言時，也貶之為「格式化的說教，毫無創意而依賴一些陳
詞濫調刻板的套子」。[32]可是把莎士比亞劇本和此劇所直接依據的作品，
即亞瑟‧布魯克的長詩《羅密烏斯與茱麗葉》比較起來，莎劇裡神父的形
象顯然擴展了很多，而他那段獨白裡表露出來的哲理，也為我們理解這齣
悲劇的行動和意義提供了最重要的線索。正如朱利安‧格羅斐認識到的，
「柔弱的一朵小花」那極小的例子，可以說明陰陽互補的「宏大主題」，
良藥與毒藥微妙的平衡；在更普遍的意義上，這個例子也暗示出由幸運轉
向不幸，由善良的意願導致災難性結果的悲劇性結構。

　　亞里斯多德早已指出過，轉化和認識是「悲劇打動人最重要的因
素」。[33]在《羅密歐與茱麗葉》一劇中，轉化不僅是戲劇行動關鍵的一
刻，而且在戲劇語言中，在隨處可見的詞語矛盾中，在令人揮之不去的預
示性意象中，都一直有某種暗示。神父準備為羅密歐與茱麗葉主持婚禮這
一「聖潔行動」時，他曾警告他們說：「這樣暴烈的快樂會有暴烈的結
果，／就好像火接觸火藥，一接吻／就化為灰燼」（II.vi.9）。這又像是
具悲劇意味的讖語，因為這兩位戀人最後都以身殉情，在臨死前說的話裡
都回應著「接吻」一詞。羅密歐在飲下毒藥之前，對茱麗葉說：「這是為
我的愛乾杯！賣藥人啊，／你說的果然是實話，你的藥真快。我就在這一
吻中死去」（V.iii.119）。茱麗葉醒來後想服毒自盡，說話時也重複了這
一個意象：「我要吻你的嘴唇。／也許上面還留下一點毒液，／好讓我死
去而重新與你會合」（V.iii.164）。當然，轉化還顯露在聰明又一心想做
好事的神父身上。他曾警告羅密歐：「做事要慢而審慎；跑得太快反而會
跌倒」（II.iii.90）。可是到最後，正是他很快跑去墳地而跌倒：「聖芳
濟保佑！今夜我這雙老腿／怎麼老在墳地裡跌跌撞撞」（V.iii.121）。因
此，從整個悲劇的結構到具體文本的細節，世間萬物的二元性和對立面的

---

[32] Brian Gibbons, Intro. To the Arden Edition of *Romeo and Juliet* (London: Methuen, 1980), p. 66.

[33] Aristotle, *Poetics* 50a, trans. Richard Janko (Indianapolis: Hackett, 1987), p. 9.

轉化都是《羅密歐與茱麗葉》一劇的核心，而勞倫斯神父對「這柔弱的一朵小花」所包含的毒性與藥力的思考，最明確地揭示了這一核心的意義。

　　勞倫斯神父固然博學多識，深明哲理，可是卻無法預見自己計謀策劃和行動的後果，然而到最後，眾人卻只能靠他來解釋悲劇為什麼會發生，如何發生。神父在結尾的講述並非只是重複觀眾已經知道的情節，因為在劇中所有的人物裡，在那時刻他是唯一的知情人。他說的話又充滿了詞語的矛盾：

> 我雖然年老體衰，卻有最大嫌疑，
> 因為時間和地點都於我不利，好像
> 我最可能犯下這恐怖的殺人罪。
> 我站在這裡，既要控告我自己，
> 也要為自己洗刷清白，證明無罪。
> 　　　　　　（V.iii.222）

　　神父不能預見自己計畫和行為的後果，其實正是產生悲劇的一個條件，因為這正顯出人類必有的悲劇性的局限，而他最後認識到這類局限也非常關鍵，因為他由此而表現出悲劇中另一個重要因素，即認識。亞里斯多德說：「認識，正如這個詞本身意義指明的，是由不知轉為知」。[34] 茱麗葉在墳墓裡醒來時，神父力勸她離開這個「違反自然的昏睡、且充滿瘴氣的死之巢穴」，在那個時刻，他已經認識到「我們無法違抗的一種更大的力量／已經阻礙了我們的計畫」（V.iii.151）。我們現代人的頭腦總希望尋求一個符合理性的解釋，所以神父這句話很可能沒有什麼說服力，有些批評家也因此責怪勞倫斯神父，甚至責怪莎士比亞，認為他們太過分地用偶然機緣來解釋悲劇的發生。然而對於古典的和莎士比亞的悲劇觀念而言，恰恰是「我們無法違抗的一種更大的力量」把悲劇行動推向命運的

---

[34] 同上書，五二b，頁一四。

轉折，造成一連串陰差陽錯的事件，而這些事件「按照或然律或必然律」發展，[35]自有其邏輯線索可循。和索福克勒斯（Sophocles）偉大悲劇中的伊底帕斯（Oedipus）一樣，悲劇主角為逃避厄運所做的每一件事情，都恰恰把他推向那似乎命中註定的厄運，引向必不可免的悲劇性結局。無論你怎樣誠心做好事，你總是無法預知自己行為的後果，也無法控制這些後果。神父在思考平衡與轉換、善與惡、良藥與毒藥之相反相成時，豈不正是講的這樣一個道理嗎？

　　《羅密歐與茱麗葉》成為莎士比亞最讓人喜愛、最受歡迎的劇作之一，當然是由於年輕戀人的愛與死，由於詩劇語言之美，由於強烈的感情表現在令人印象深刻的意象和比喻裡。不過我要指出的是，對立面的相反相成，尤其是良藥與毒藥的含混與辯證關係，構成整個的中心主題，使悲劇才成其為悲劇，而在劇中，是勞倫斯神父把這個中心主題作了最令人難忘的表述。兩個年輕戀人遇到困難，總是找神父出主意，所以神父的一舉一動，對劇情的發展都有決定性影響。如果沒有神父的祝福，羅密歐與茱麗葉就不可能成婚，沒有神父調製的藥劑，茱麗葉就無法逃脫強加給她的第二次婚姻，但另一方面，悲劇也就不可能像劇中那樣發生。所以從戲劇的觀點看來，勞倫斯神父實在是處於戲劇行動的中心位置，他所起的作用，也遠比人們一般承認的要重大得多。

　　我想要再強調的一點是，我們是從跨文化閱讀的角度，才得以更好地理解和欣賞這一中心主題，因為我們把《羅密歐與茱麗葉》和沈括、劉禹錫、李綱等中國文人的著作一起閱讀，才開始看出毒藥與良藥辯證關係的重要，才最明確地理解陰陽互補那「宏大的主題」，即同一事物中相反性質的共存和轉換。讓我們再看看沈括對朱砂既能殺人，又能治人之變化的本性所做的評論：「以變化相對言之，既能變而為大毒，豈不能變而為大善；既能變而殺人，則宜有能生人之理」。這裡突出的觀念當然是藥物既能治病、又能毒殺人的二重性。我們可以把這幾句話與勞倫斯神父的話並

---

[35] 同上書，五二a，頁一四。

列起來，神父所說是關於人與自然中相反力量的平衡，關於對立面的辯證
關係：

　　這柔弱的一朵小花細皮嬌嫩，

　　卻既有藥力，又含毒性：

　　撲鼻的馨香令人舒暢，沁人心脾，

　　但吃進口中，卻讓人一命歸西。

　　人心和草木都好像有兩軍對壘，

　　既有強悍的意志，又有善良慈悲。

　　文本這樣相遇就明顯地證明，在很不相同的文學和文化傳統中，有思
想和表達方式上出奇的共同性。我們要深入理解不同的文本，固然需要把
它們放進各自不同的獨特環境裡，但超乎它們的差異之上，主題的模式將
逐漸呈現出來，把差異放在它們適當的位置上，並且顯露人們的頭腦在運
作當中令人驚訝的相似，揭示人類在想像和創造當中的契合。良藥與毒藥
的含混可以代表相反性質的辯證關係，而這種辯證關係也許正是自然和人
類世界活動中最基本的模式之一，即事物的發展有推向其反面的趨勢，而
反轉又很可能是一種復歸。

第四章　「反者道之動」：
　　　　圓、循環與復歸的辯證意義

　　在前面一章的結尾，我提到相反性質的辯證轉化是自然和人類活動中最基本的模式之一，而事物發展推向其反面又很可能是一種復歸。在這一章裡，我將繼續探討這一主題，看它在東西方不同的文本裡如何展現。我想引美國詩人艾米麗·狄金森的幾句詩，用一個文學的例子來開始探討這個主題，在這首詩裡，詩人描寫「單獨一隻鳥」飛到空中，逐漸用「謹慎的旋律」充滿天穹，直到鳥與天空融而為一，直到——

> *Element*
> *Nor implement was seen,*
> *And place was where the presence was,*
> *Circumference between.*

> 　　元素
> 或實行皆不可見，
> 在即為其所在，
> 只有圓周在於其間。

這些詩句描繪一隻鳥向上高飛，消失在空中，似乎和英國詩人雪萊的《致雲雀》（To a Skylark）互相呼應，因為雪萊也在詩裡描寫雲雀融入傍晚的天空：

那淡紫色的夜空

　融化在你周遭，隨你飛行；

像白日映照之中

　天上的一顆明星，

我看不見你，卻聽見你歡快的長鳴。

　　雪萊詩中還有這樣一句：「從你之所在，降下旋律之雨」，但除此之外，這兩首詩就各不相同了，雪萊呼喚那「歡快的精神」來激勵詩人，教給他「和諧的瘋狂」和歌唱的快樂，而狄金森詩中那隻鳥卻似乎是詩人自己精神的延伸，那隻鳥的飛翔也是以象徵的形式來表現詩人自己的精神追求。阿伯特・蓋爾彼討論狄金森的詩，認為「詩人要把自己的情感客觀化，就無可避免地只能把情感體現為感性的形象和比喻。於是意識用外在世界來確定內在，又用內在世界來確定外在，圍繞處於中心的自我劃出各種各樣的大圓弧來」。[1]這就是說，詩人的精神或意識總是活動於內在與外在世界之間，而狄金森很喜歡使用的「圓周」這個詞，就是描述精神的循環活動，圍繞處於中心的自我那個想像中的圓弧。正如蓋爾彼所說，圓周是狄金森「最常用來表示歡快的比喻」，「是活動中精神的象徵」。[2]我要說的是，這首詩描繪的是活動中狄金森自己的精神，而且是用不同的時刻來點明（即詩中的「在三點半」，「在四點半」和「在七點半」）。詩人的精神在想像中飛到宇宙的高處，而她自己卻一點也沒有動，因為詩人的意識完全穩定在此時此地，在她自己的居處。我認為她詩中難解的最後一句：「只有圓周在於其間」，就是這個意思，也就是說，在於她意識的自我和她的精神所達到的高度之間，而那看不見的鳥就象徵著她的精神所達到的高度。換言之，詩中描寫的活動是想像中的活動，是心靈或精神的活動，而不是身體實在的活動。

---

[1] Albert Gelpi, *Emily Dickinson: The Mind of the Poet* (Cambridge, Mass.: Harvard University Press, 1965), p. 102.

[2] 同上書，頁一二〇。

　　艾米麗・狄金森像一個隱士，一輩子都住在麻省安姆赫斯特的老家裡，可是她的詩卻證明她有極強的精神力量，她的精神可以超越一個極大圓周的外在界限而翱翔，追求無限與永恆。她的生活平凡，很少到別處走動，對比之下，她的理智和想像的創造力卻在永不怠倦地探索意識生命的意義，即她那有名的所謂「圓周的事業」（business of Circumference）。當然，誠如哈樂德・布魯姆所說，讀大詩人的作品時，「我們會面臨真正理智上的困難」；尤其讀狄金森的作品時，我們更會「遭遇最真確的認識方面的困難」。[3]因此我絕不自以為已經解決了那些困難，確切知道狄金森在這首詩裡要說的是什麼，但我又覺得，我們似乎也並非沒有理由認為，詩人在這裡是用一個完美的圓來描述精神的旅程，描繪一個包含一切活動的圓周，而這活動是精神而非身體的，是產生無盡反轉和復歸的活動。這樣解讀這首詩，就可以把狄金森的作品和我在本章要討論的其他一些文本聯繫起來，而這一章要討論的主題，我在前面已經說過，是心靈的想像活動之表現，是以圓為形狀的精神的追求。

　　在十九世紀美國文學的範圍裡看來，自我及其精神追求的主題好像特別在一些重要作家那裡引起反響，如愛默生、梭羅、惠特曼和艾米麗・狄金森等人。圓周和圓圈的意象非常重要。愛默生在《論圓》這篇著名文章裡說：「眼睛是第一個圓；眼睛形成的視野是第二個」。圓或循環運動因此成為「首要的形狀」，成為「世界符號中最高的圖像。聖奧古斯丁把上帝的性質描述成一個圓，這圓的中心無所不在，其周邊卻無處可尋。我們一生都在解讀這一首要形式極為豐富的含義」。[4]以此觀點看來，圓乃是一切形狀中第一首要的形狀，我們不僅要在自然和人類世界中，而且要在人類生活與自然環境的關係中，去解讀其暗含的豐富意義。愛默生接著又說：「人的一生就是一個自我發展的圓，從一個極為細小的圓環開始，

───────────

[3] Harold Bloom, Intro. to *Modern Critical View: Emily Dickinson*, ed. Harold Bloom (New York: Chelsea House Publishers, 1985), p. 1.

[4] Ralph Waldo Emerson, "Circles", *Essays and Letters*, p. 403.

在各個方向無窮盡地向外擴展為更新更大的圓」。[5]正如勞倫斯・布林所說，「《論圓》在愛默生所有文章中，最明確地闡明了創造能量不斷超越自己的思想」，也就是說，精神追求不斷超越自我局限的思想。[6]這樣專注於自我，或這種依靠自我（self-reliance）的精神，也就是哈樂德・布魯姆所謂「美國宗教」的精神，而愛默生就是這一宗教的大預言家。布魯姆說：「愛默生的心靈就是美國的心靈，那心靈最關切的便是美國宗教，而其最令人難忘的名字就是『依靠自我』」。[7]按照這一觀點看來，重視自我和依靠自我就成了獨特的美國精神。

如果我們在愛默生、狄金森以及十九世紀美國其他詩人、作家和宗教家的特殊範圍內，來理解依靠自我以及圓和圓周的意象，依靠自我就的確好像是美國所獨具的特色。可是我對這種美國特色的觀念並不感興趣，因為依靠自我和個人的精神追求絕不是文藝和哲學中美國獨具的主題。要展開那個主題，我們只須把上面所引愛默生文中重要一段提到聖奧古斯丁的地方略加考察，把它擺放到適當的環境裡去就可以了。說上帝即神之存在乃是「一個圓，其中心無所不在，其周邊卻無處可尋」，聖奧古斯丁既不是第一人，也不是最後一人。十五世紀時，庫薩的尼古拉認為人的知識都是相對而且有限的，而認識到這種局限便是獲得他所謂「關於無知的智慧」（docta ignorantia）。他解釋說，每個人都從自己所站的位置來觀察事物，都自以為「處在幾乎不動的中心」，而且「一定會相對於自己來判定（這一運動的）兩極」。由於每人都各有不同位置，各自假定不同的中心，「於是世界的機制（machina mundi）就幾乎有一個無所不在的中心，又有無處可尋的周邊，因為中心和周邊乃是上帝，而上帝既無所不在，也無處可尋」。[8]在追尋這句話的出處時，亞歷山大・柯瓦耶說：「把上帝

---

[5] 同上書，頁四〇四。

[6] Lawrence Buell, *Emerson* (Cambridge, Mass.: Harvard University Press, 2003), p. 123.

[7] Harold Bloom, "Emerson: The American Religion", in *Modern Critical Views: Ralph Waldo Emerson*, ed. Harold Bloom (New York: Chelsea House Publishers, 1985), p. 97.

[8] Nicolas of Cusa, *De docta ignorantia*, I.ii. chap.12; quoted in Alexandre Koyré, *From the Closed World to the Infinite Universe* (Baltimore: Johns Hopkins University Press,

描繪為一個圓，其中心無所不在，其周邊無處可尋（*sphaera cuius centrum ubique, circumferentia nullibi*），第一次以這樣的形式出現是在十二世紀的《二十四哲人書》，那是一部無名氏所輯的偽煉金術著作」。[9]

由此可見，自十二世紀以來，這句話顯然已成為常用的熟語，用得幾乎像諺語那樣廣泛，而且可以隨便使用，不必說明來源。湯瑪斯·布朗爵士在十七世紀時寫道：「三聖大法師（Trismegistus）之圓，中心無所不在，周邊無處可尋，絕非誇大之言」。[10]十七世紀法國思想家帕斯卡在講到自然之無窮時，用語也完全一樣，說自然乃「一無限之圓，其中心無所不在，其周邊無處可尋（*une sphère infinie dont le centre est partout, et la circonférence nulle part*）」。[11]然而以自然或宇宙為一完美的圓這一觀念，可以追溯到柏拉圖，甚至到蘇格拉底之前的希臘哲學家。柏拉圖說：造物者「把世界造成一個在圓圈中轉動的圓圈」。[12]他認為「宇宙的形狀是一個圓球」，其中心與不是中心的地方距離相等。「因為世界的中心不能說在上或者在下，它只是中心而不可能是別的任何東西，而周邊不是中心，其中任何一處與中心的關係，都不可能異於其他各處與中心的關係」。[13]如果說柏拉圖認為中心既非上，亦非下，既不在此，亦不在彼，而且周邊上的每一點與中心的關係都是一樣，那麼我們就可以說，中心無所不在，周邊無處可尋。

完美的圓、中心和圓圈的意象，也常常在詩人的作品中出現。例如亨利·沃恩的《世界》，在精神和意象方面就都是柏拉圖式的：

1968), p. 17.

[9] 同上書，頁二七九，注一九。

[10] Sir Thomas Browne, *Christian Morals*, Part III, section ii, in *Religio Medici and Other Works*, ed. L. C. Martin (Oxford: Oxford University Press, 1964), p. 229.

[11] Blaise Pascal, *Pensées*, trans. A. J. Krailsheimer (Harmondsworth: Penguin, 1966), p. 89.

[12] Plato, *Timaeus*, trans. Benjamin Jowett, in *The Collected Dialogues of Plato*, 34b, p. 1165.

[13] 同上書，六三e，頁一一八七。

　　　我在那一夜見到了永恆，

　　　像一個光環，純粹而明淨，

　　　　　輝煌而且安寧，

　　　在它下面，被眾星球追趕

　　　　　是一天天、一年年逃逸的時間，

　　　像一大片移動的陰影，在其中

　　　整個世界都失落了，變得無影無蹤。

　　在寫給貝德福伯爵夫人的一首詩裡，約翰・唐恩（John Donne）說慎重和聰慧都不可能與宗教分開，因為它們都一樣是完美的圓形：

　　　在上帝那些較弱的類型（圓圈）中，

　　　宗教的類型個個圓融，

　　　向那完美的中心飄動。

在評注這些詩句時，赫伯特・格里爾生說：「用圓圈來做無限的表徵是古已有之的」，而他認為是聖博納汶圖拉（St. Bonaventura）把上帝描繪成「一個圓圈，其中心無所不在，其周邊卻無處可尋」。[14]可見不同學者把這句名言追溯到不同的來源出處，這就更說明這一觀念流傳很廣，而且常被人採用。

　　然而我們還可以把圓或宇宙循環的觀念追溯得更遠，一直到蘇格拉底之前的哲學家們。有人認為這句話是西元前五世紀時，希臘哲學家恩佩多克勒斯最早說出來的，而他確實認為世界的四大根本即四大元素——水、火、土和空氣——永遠在循環運動：

---

[14] John Donne, "To the Countess of Bedford", in *The Poems of John Donne*, ed. Herbert J. C. Grierson, 2 vols. (Oxford: Oxford University Press, 1912), 1:220, with spelling modernized; Grierson's commentary appears in 2:176.

　　因為有時候它們從眾多

　　化為一，有時又從一分為多。

　　因此世界的運動是一個由一到多，又由多到一這樣反覆轉換的過程，由愛的力量達到統一，又由爭鬥的力量而分裂這樣不斷的循環。在這永遠的反轉過程之中，恩佩多克勒斯說四大元素「在循環中總保持不變」。[15] 另一位哲學家畢達哥拉斯在四季的循環中，在生死交替和靈魂轉世中，同樣見出事物的永恆。羅馬詩人奧維德在《變形記》中描述說，畢達哥拉斯相信：

　　　　我們所謂生

　　只是一個差異的開始，

　　如此而已，而死不過是

　　前此之終結。各個部分可變，

　　從這裡到那裡，或此或彼，

　　或返回原狀，但萬物之總和卻是永恆。[16]

因此，從畢達哥拉斯和恩佩多克勒斯這樣的蘇格拉底之前的哲學家到柏拉圖，再到聖奧古斯丁，到庫薩的尼古拉，到湯瑪斯・布朗和帕斯卡，到英國玄學派詩人，再到愛默生和艾米麗・狄金森，哲學思想和詩的想像都常常努力界定自我在宇宙中的位置，都把精神理解為在宇宙之圓一個無限巨大的周邊之內不斷運轉。

　　那麼從跨文化的角度看來，這一主題在不同文化傳統裡又如何展現呢？在東方，圓或圓球是否也是完美的表徵呢？錢鍾書先生在一段極有開

---

[15] *The Poem of Empedocles*, trans. Brad Inwood (Toronto: University of Toronto Press, 1992), p. 217.

[16] Ovid, *Metamorphoses*, ll. 253-58, trans. Rolfe Humphries (Bloomington: Indiana University Press, 1955), p. 373.

創意義、論說圓這一概念性比喻的文字裡，引用了上面提到的許多例子，並把它們和中國傳統中類似的說法做很有啟發性的比較。他寫道：

> 吾國先哲言道體道妙，亦以圓為象。《易》曰：「著之德，圓而神。」皇侃《論語義疏・敘》說《論語》名曰：「倫者，輪也。言此書義旨周備，圓轉無窮，如車之輪也」；又曰：「蔡公為此書，為圓通之喻曰：物有大而不普，小而兼通者；譬如巨鏡百尋，所照必偏，明珠一寸，鑒包六合。《論語》小而圓通，有如明珠。」……陳希夷、周元公《太極圖》以圓象道體；朱子《太極圖說解》曰：「〇者，無極而太極也。」[17]

在此我們可以回顧一下，我在第二章開頭，曾提到柏拉圖的圓圈和莊子的車輪，在第二章還討論了珍珠的意象。在佛家常用的意象裡，圓環和車輪也非常重要。有趣的是，在一部比較基督教和佛教意象的研究著作裡，羅伯特・埃里諾引用了那同一句名言，說上帝乃是「智慧之圓，其中心無所不在，其周邊卻無處可尋」，但這一次追溯到的源頭，卻是里爾的阿蘭（Alan of Lille）所著《神學箴言集》第七卷。[18]然後他把這個圓的意象與東方的曼陀羅和典型佛教的表像法輪相比較，並解釋在佛說法的手勢中，法輪的重要性——「佛的手指捲曲起來，構成轉法輪的形象」。[19]我們在上面的引文裡已經看到，皇侃也正是用象徵完美的車輪這一意象，來讚美《論語》「義旨周備，圓轉無窮」。

在但丁的名著《神曲》結尾，當他描寫經過漫長的旅途，終於到達天堂最高一層純淨天的時候，他所見到的光是以三個圓圈的形象出現：

---

[17] 錢鍾書《談藝錄》補訂本，頁一一一。

[18] Robert Elinor, *Buddha and Christ: Images of Wholeness* (New York: Weatherhill, 2000), p. 111.

[19] 同上書，頁一二〇。

從極高光芒那深厚燦爛之處，

　　三個光圈出現在我跟前，

　　三種色彩，但同樣大小的維度。

人的智力無法充分理解這些光圈的意義，詩人卻告訴我們說：

　　但那推動太陽和其他星球的愛

　　已經推動我的願望和意志，

有如轉動的車輪，周而復始，圓滿無礙。

正如批評家蒂多林達・巴羅裡尼所說，但丁用轉動的車輪這一意象，道出他的信仰說「是上帝賦予他靈感，給了他真實的洞察力」。[20]由此可見，東方和西方都廣泛使用圓的意象——車輪、圓圈或球體——來象徵圓滿和完美，東方的哲人、宗教思想家和詩人們使用這類意象，和柏拉圖以及其他西方哲人和詩人們有很多相似之處。其實在中國古典傳統中，詩人和批評家都常用圓這一意象來比況詩文的完美，喻其構思和用語圓熟如珠如輪。[21]

　　和古希臘的恩佩多克勒斯一樣，老子也認為世間事物永遠在循環運轉。《老子》十六章說：「夫物芸芸，各復歸其根。歸根曰靜，靜曰覆命」。我們在前面狄金森的詩裡已經看到，精神在一個圓周內運行，「圍繞處於中心的自我劃出各種各樣的大圓弧來」。我們從愛默生那裡知道，圓乃是「首要的形狀」，而生命就是「一個自我發展的圓」。老子對自我循環運轉的理解歸在「靜」的觀念上，而靜即無為，因為他很有名的一句話是「道常無為而無不為」（三十七章）。然而老子所謂無為，並不是被

---

[20] Teodolinda Barolini, "Dante's Ulysses: Narrative and Transgression", in Amilcare A. Iannucci (ed.), *Dante: Contemporary Perspectives* (Toronto: University of Toronto Press, 1997), p. 117.

[21] 參見錢鍾書《談藝錄》，頁一一二－一一四。

動而無所作為，卻是順應事物的自然發展。在無為虛靜之中，道家的聖人無所不知，無所不能。所以老子宣稱：

> 不出戶，知天下；不窺牖，見天道。
> 其出彌遠，其知彌少。
> 是以聖人不知而行，不見而明，不為而成。
>
> （四十七章）

　　在一定意義上，對虛靜無為的強調使人想起狄金森的詩句，因為我在前面說過，那些詩句表現的是精神的飛翔，而非身體的活動。老子的語言以反語為其典型，所以他說靜止不動可以知天下，有所行動反而知之彌少。這話聽起來當然不合常理，因為在正常情況下我們可以假定，求知是一個循序漸進的過程，其出彌遠，應該是其知彌夥。老子所說卻恰好與此相反，但那又並不奇怪，因為熟悉老子語言的人都知道，他最喜歡說的就是反話。他的思想觀念和道家哲學，都很典型地以反語的方式來表達，顛覆我們尋常的假設觀念。老子自己就說：「正言若反」（七十八章）。正反兩面的互動就形成思維的辯證方式，而老子表述自己的思想，就常常運用正反兩面的辯證互動，在文體風格上，反語和對語就成為他的文字最明顯的特徵。

　　例如他說：「知者不言，言者不知」（五十六章）；「禍兮，福之所倚，福兮，禍之所伏」（五十八章）。他又說：「信言不美，美言不信。善者不辯，辯者不善」（八十一章）。所有這些都是用對偶句形式表現的發人深省的雋語，後半句以反轉的形式進一步加強前半句的意思。老子以大道為「玄牝」（六章），他構想的道家聖人也與一般人所設想的相反，因為他好像把聖人描繪成柔弱無知者，「如嬰兒之未孩」，頭腦「昏昏」、「悶悶」，有一顆「愚人之心」（二十章）。所有這些當然都是在講虛靜之潛力，而在典型的辯證轉化之中，柔弱無知者將勝過剛強聰明者。所以老子說柔弱勝剛強，「天下之至柔，弛騁天下之至堅」（四十三

者）。辯證轉化既是如此，那麼我們應該怎樣理解老子所謂靜能致知，動反而不能呢？我們如何理解「其出彌遠，其知彌少」這句話呢？

　　錢鍾書在他的評論中指出，老子在這裡講的不是一般意義上的知，不是從書本或者經驗中可以得到的知識。[22]事實上，老子認為對於求道而言，這樣的知識無益有害，所以他說：「為學日益，為道日損」（四十八章）。這樣看來，通過學習得到關於外部世界的知識，對於道之充分的內在實現是一種障礙。老子在這裡所說的知，正是這種內在實現，是關於道的真知，而這不是從讀書或外部世界的經驗中可以獲得的。因此求道是一種靜默沉思的內在追求，不是在自己心靈之外可以獲得的東西。也許我們可以將之與柏拉圖認為真知不是得之於外界，而是自己內在靈魂的「回憶」這一神秘觀念相比較。[23]在這樣一個語境裡看來，「其出彌遠，其知彌少」就很合理了。這樣看來，精神的追求就成為一個返回心靈去的旅程，所以老子說：「反者道之動」（四十章）。也就是說，道之運行以及我們認知道的過程，都是一個圓，到達終點即是返回到開始的起點。在這裡，我們又可以想起前面談到愛默生和狄金森著作時，討論過的圓圈和圓周。

　　返回起點或回家的觀念，在幾種宗教傳統裡當然都是表現精神追求常用的比喻。浪子回家的寓言（見《路加福音》十五章十一－三十二節）在《聖經》裡是最有名的寓言之一，在這裡，迷失的靈魂通過信奉基督而得救，就是用一個浪子返回故鄉重見父親的故事來表現的。奧古斯丁在《懺悔錄》第四部結尾處，顯然是暗用這一寓言，他在那裡呼喚上帝說：「我們的善永遠在您那裡，我們只要離開它，就會趨向惡。主啊，我們害

---

[22] 參見錢鍾書《管錐編》第二版（北京：中華書局，一九八六），第二冊，頁四五〇及以下數頁。我曾以英文撰文詳細討論錢鍾書對《老子》的評論，見Zhang Longxi, "Qian Zhongshu on the Philosophical and Mystical Paradoxes in the *Laozi*", in *Religious and Philosophical Aspects of the Laozi*, ed. Mark Csikszentmihalyi and Philip Ivanhoe (Albany: State University of New York Press, 1999), pp. 97-126.

[23] Plato, *Phaedo* 75e, trans. Hugh Tredennick, in *The Collected Dialogues of Plato*, p. 59.

怕迷路，讓我們回家，回到您身邊吧」。[24]奧古斯丁懺悔說，他在外面四處尋找上帝，都白白走錯了地方，最後終於在自己的記憶裡找到了上帝，那自然也是用浪子回家的典故。「主啊，看我如何搜遍了我記憶的遼闊原野去找您！我卻沒有在外面找到您。您一直就在我心中，而我卻在身外的世界裡。」[25]於是尋找上帝的精神追求表現為一種內心的搜索，一個不該走到外面世界去的旅程，而最後的發現是轉回去，轉而向內，是由浪子回家的寓言所象徵的復歸。旅行、旅程、行路和朝聖之行，這些都是基督教極常用的比喻。正如羅伯特・奧康奈爾所說，「沒有任何一個主題可以更有力地總括奧古斯丁對人生的看法：我們都是路人（*peregrini*），是行旅（*peregrinatio*）之中的靈魂」。[26]不僅如此，而且最後抵達上帝之家是回返，「這行旅，無論是個人靈魂的還是整個人類的，都完全是循環的，都是從父親的家出發，最終又（理想地）回到那裡」。[27]正像在艾米麗・狄金森的詩句中，在愛默生的文章和老子的哲理中我們已經討論過的，精神的追求是一個圓，先會走出去，最後又會返回來。

　　離開父親的家浪遊在外，最後終於痛改前非，懷著謙卑和徹底悔改之心返回故里，這樣的寓言在佛經裡也可以找到。在《妙法蓮花經・信解品》和《楞嚴經》裡，都有相類的浪子回家、被父親認出接納的故事。正如蘇舍爾在介紹英譯《蓮花經》時所說，這個佛教寓言教人說，「我們也都曾浪遊在外，未能脫離低賤之物，歷盡世間劫苦，但現在我們得見佛性，知道我們皆為佛子」。[28]就我們在本章的目的而言，重要的是浪子回家、父子團圓的意象。在這個寓言裡，家成為心靈的象徵，是凝神默想之

---

[24] St. Augustine, *Confessions,* IV.16, trans. R. S. Pine-Coffin (Harmondsworth: Penguin, 1961), pp. 89-90.

[25] 同上書，X二四、二七，頁二三〇、二三一。

[26] Robert J. O'Connell, S.J., *Soundings in St. Augustine's Imagination* (New York: Fordham University Press, 1994), p. 72.

[27] 同上書，頁一四九。

[28] W. E. Soothill, introduction to *The Lotus of the Wonderful Law*, trans. W. E. Soothill (London: Curzon Press, 1975), p. 43.

處，是產生宗教經驗的內在空間，而外在世界則代表著誘惑的危險，代表對肉欲、物質和低賤事物的迷戀。

　　普羅泰納斯在論及追求智性之美時，也採用了回家與父親重逢的意象，強調那是復歸起始，轉向內在精神，而非外在和物質的觀念。普羅泰納斯說：「誰有力量，就讓他起來，退回自身，拋棄憑眼睛認知的一切，永遠離開曾經使他快樂的物質之美」。就像荷馬史詩中的奧德修斯逃離巫女瑟爾斯（Circe）和卡麗普索（Calypso）誘人的魔法一樣，追求智性之美的人也必須放棄「眼前可見的一切美色和消磨他時日的一切官能的享受」，回到父親的家園。「對我們說來，父親的家園就是我們來自的地方，我們的父就在那裡」。於是歸家之路便是一個精神的旅程，最後抵達的地方不是奧德修斯在伊薩卡的宮殿，而是一個內在的心境。普羅泰納斯說：「那不是用腳走的路程，腳只能把我們從一處帶到另一處；你也無須想舟車載你行動；你必須拋開這一類東西，拒絕看它們：你必須閉上雙眼，喚醒心中另一種視力，那是一切人與生俱有的視力，但卻很少有人去使用。」[29]我們可以回想老子所說聖人「不出戶，知天下；不窺牖，見天道」的話。奧古斯丁強調精神而忽視具體的物質經驗，就很可能想到了普羅泰納斯。他在《懺悔錄》中說：「那條引我們離開您、又帶我們回到您身邊的路，不是可以數腳步或者里程來丈量的。《聖經》裡那個浪子去到遠方，把離家時父親給他的財富揮霍得一乾二淨。但他到那裡去卻既沒有雇馬和馬車，也沒有雇船；他既沒有插上真的翅膀飛上天，也沒有把一隻腳擺到另一隻前面。」[30]用老子風格的話說來，也許我們可以說，動者為神，靜者為身。

　　新柏拉圖派玄學思想認為，萬物都從絕對的一當中流出，最終又復歸於一；很多人都已評論過這種思想中圓和球體的重要性。普羅泰納斯說：「由於最初的事物都存在於心象之中，其他一切事物也都必然爭取達

---

[29] Plotinus, *The Enneads*, trans. Stephen MacKenna, 2nd ed. rev. by B. S. Page (London: Faber and Faber, 1956), I.6.8, p. 63.

[30] St. Augustine, *Confessions*, I.18, p. 38.

到同樣的狀態；所以出發點也就是普天下事物的目標」。因此，正如瓦利斯所說，反轉或回轉的概念「對新柏拉圖主義及其神秘信仰都很重要。首先，一切存在都力求返回自己的原由；其次，由於這是通過內省來實現的，返回自己的原由也同時就是一個反躬自省的過程」。[31]羅伯特·麥克馬洪也認為，「返回本源」是新柏拉圖主義一個基本的觀念，同時「在奧古斯丁思想中也是基本觀念」，這在《懺悔錄》的結構上，表現得尤其明顯。[32]M·H·亞布拉姆斯在《自然的超自然主義》一書中，仔細研究了尤其在新柏拉圖主義影響之下他所謂「迂迴的旅程」或「大圓」。這個概念就是：「一切事物的進程都是一個圓形，其終點即是其起點，其運行是從一逐漸分化為多，然後又復歸於一，而此過程中之分而又合，同時也被視為是由善墮落為惡，又復歸於善」。[33]亞布拉姆斯指出，這種圓形運轉最後是復歸於自我，其象徵是「吞食自己的蛇那樣一種圖像」。[34]在浪漫主義時代，康德之後的哲學和許多具哲學頭腦的詩人們的作品，都「可以視為新柏拉圖主義模式高度複雜化的演變，其基本模式就是初始的善與同一，然後分為雜多，其實也就是墮落為惡與痛苦，然後又復歸於善與同一」。[35]復歸的概念在此與內省的概念結合在一起，因此從普羅泰納斯到柏拉圖和奧古斯丁，再到康德之後的哲學家和浪漫派詩人，都有點接近老子關於道以及認識道之循環運行的觀念，這是一個內向的過程，不是其出彌遠，而是愈行愈近。

在中國傳統裡，不僅道家和佛教強調認知的內省之路，就是儒家在說到他們所理解的道這個概念時，也是如此。《論語·述而》載孔子說：「仁遠乎哉？我欲仁，斯仁至矣」。那意思就是說仁，儒家最重要的一個

---

[31] R. T. Wallis, *Neoplatonism* (London: Duckworth, 1972), pp. 65-66.

[32] Robert McMahon, *Augustine's Prayerful Ascent: An Essay on the Literary Form of the Confessions* (Athens: University of Georgia Press, 1989), p. 119.

[33] M. H. Abrams, *Natural Supernaturalism: Tradition and Revolution in Romantic Literature* (New York: W. W. Norton, 1971), p. 150.

[34] 同上書，頁一六二。

[35] 同上書，頁一六九。

觀念，就在自身而無須遠求。《孟子·離婁章句上》載孟子說：「道在邇
而求諸遠，事在易而求諸難」，這話是批評那些不就近從自己做起，卻想
去求道的人。《孟子·離婁章句下》進一步說：「君子深造之以道，欲其
自得之也。自得之，……則取之左右逢其原，故君子欲其自得之也」。
《盡心章句上》有孟子很有名的一段話，他說：「萬物皆備於我矣。反身
而誠，樂莫大焉」。這就是說，求仁得道最佳的途經是反身而求諸己，是
吸取自己內在的力量和資源。當然，儒家、道家、佛家和新柏拉圖主義者
們所追求的東西在很多方面都各不相同，然而求道、求仁、尋找上帝和追
求智性之美的表達，又的確有驚人的相似之處，因為它們都表現一種反轉
即為復歸的觀念，把精神追求的旅程表現為返回心靈去的內在經驗。

　　反轉即為復歸可以說也總括了基督教關於時間和歷史的觀念。《聖
經》是從創始萬物的一刻開始，而在最後終結的預告、即末世的啟示錄中
結束。於是全部的時間和歷史都包含在神的視野之中。上帝在《啟示錄》
中對約翰宣告：「我是阿拉法、我是俄梅戛、我是首先的、我是末後的、
我是初、我是終。」（二十二章十三節，參見一章八、十七節）這也正是
彌爾頓《失樂園》中，大天使拉斐爾對亞當講的話：「啊，亞當，全能的
神乃是一，萬物／都來自於他，也向上回到他那裡。」（V.469）時間在
上帝創世中開始，在基督的第二次降臨中結束，那時，彌爾頓寫道：「時
間凝止不動。」（XII.555）這種對歷史絕對目的論的看法，同時也是以歷
史為循環，以反轉為復歸的觀念。亞布拉姆斯說：

　　　《啟示錄》所暗示之歷史的形狀是一個圓環，這圓環如卡爾·勞維
　　特（Karl Löwith）所說，是「繞一個大圈，最後回到起點」。「坐
　　在寶座上的王者說：看哪，我使萬物又新」。但這新乃是重新，最
　　後時刻（*Endzeit*）乃是最初時刻（*Urzeit*）的恢復。[36]

---

[36] M. H. Abrams, "Apocalypse: Theme and Variations", in *The Apocalypse in English Renaissance Thought and Literature*, ed. C. A. Patrides and Joseph Wittreich (Ithaca: Cornell University Press, 1984), p. 346.

已經喪失的樂園之重新恢復，即基督教所謂人之墮落的反轉，也是精神的更新，是超驗王國的內在化。我們可以再舉彌爾頓的詩為例證，在《失樂園》的結尾，大天使邁克爾告訴亞當說，雖然亞當和夏娃會被逐出樂園，立即面對失落和艱苦的未來，但只要他們懺悔而且遵守德行：

> 你就不會因為離開
> 這個樂園而痛苦，卻將會得到
> 你心中的樂園，遠更幸福。（XII.585）

就精神追求的內化而言，也許沒有別的語言可以比彌爾頓的詩表達得更好，因為失而復得的樂園不是在外部世界去尋求，而是「你心中」的精神樂園，更重要的是，這是比原來那個伊甸園「遠更幸福」的樂園。因此更新不是簡單的恢復，而是進一步改善。亞布拉姆斯論述說，更新即是改善，這一觀念後來變成典型浪漫時代螺旋式發展的概念，即認為「所有進程都從一個未分化的原初統一漸次自我分化，然後又到一種有機的統一，而有機統一比原初的統一地位更高，因為它包含了仲介階段所有的分化和對立面。後來霍夫曼斯塔爾這樣概括了浪漫主義的觀念：『每一發展都沿著一條螺旋線演進，後面不會留下任何東西，而會在更高的層次上返回到同一點』。」[37]

在這個意義上說來，復歸的觀念就不單是回家或恢復原狀，而同時也是反轉或原初狀態之否定。在這裡，我們可以見出從謝林到黑格爾德國超驗唯心主義哲學發展出來那種螺旋式辯證轉化概念的形狀。謝林論述自己關於認知過程和歷史發展過程的螺旋式觀念，就直接使用了《啟示錄》的語言：「我以上帝為初、為終，為阿拉法、為俄梅戛，但為阿拉法之神並不同於為俄梅戛之神」。在最初時，他只是「潛在之神」（*Deus implicitus*），只有「為俄梅戛時，他才是充分顯現之神（*Deus*

---

[37] 同上書，頁三四七。

explicitus）」。[38]黑格爾的辯證三段論，即正題、反題、合題的三段式發展，無論所論為形而上學、邏輯學、歷史、宗教、法律或藝術，大概都是這種螺旋式發展觀念最為人熟知的表現形式。在辯證過程中，否定並非前一階段的簡單毀滅，而既是其消除，又同時是其保存，這就是黑格爾著名的揚棄（*Aufhebung*）概念。就其在更高階段保存了原來的狀態而言，否定，正如黑格爾所說，「本身就是肯定——而且實在是絕對的肯定」。[39]所以黑格爾說，哲學「顯現為一個回到自身的圓圈」，其「獨特的意圖、行動和目的」就是「到達其觀念之觀念，從而復歸於自身，達到圓滿」。[40]黑格爾在《哲學百科全書》的結尾說：「哲學的概念就是真理認知自己，理念思考自己，精神實踐自己的思想。」[41]在思考和認知自己的過程中，哲學呈現為反轉，即向自身概念的復歸。

老子所謂「反者道之動」，可以說正是講辯證轉化呈現為圓形。錢鍾書先生就指出，老子此言足與黑格爾之「奧伏赫變」即揚棄「齊功比美」。他指出老子此句中「反」字有二義，「於反為違反，於正為回反（返）；黑格爾所謂『否定之否定』（*Das zweite Negative, das Negative des Negation, ist jenes Aufheben des Widerspruchs*），理無二致也」。他又說，此言中「『反』字兼『反』意與『返』亦反之反意，一語中包賅反正之動為反與夫反反之動而合於正為返。竊謂吾國古籍中《老子》此言約辯證之理」；雖然老子的話簡短，黑格爾哲學則是系統的長篇大論，但其「數十百言均《老子》一句之衍義」。[42]換言之，東方和西方的哲學家們都認識到了辯證的轉化。

---

[38] F. W. J. von Schelling, *Denkmal der Schrift . . . der Herrn F. H. Jacobi*, *Sämtliche Werke*, Pt. I, vol.VIII, p. 81; quoted in Abrams, ibid., p. 348.

[39] G. W. F. Hegel, *The Encyclopaedia Logic (with the Zusätze)*, trans. T. F. Geraets, W. A. Suchting, and H. S. Harris (Indianapolis: Hackett, 1991), section 87, p. 140.

[40] 同上書，十七節，頁四一。

[41] Hegel, *Encyclopedia of Philosophy*, trans. Gustav Emil Mueller (New York: Philosophical Library, 1959), section 474, p. 285.

[42] 錢鍾書《管錐編》，第二冊，頁四四六。

　　認識到對立面的辯證轉換，見出事物的發展是一個反轉和復歸的進程，卻並不僅只是哲學家的獨特發現。正如錢鍾書所說，此乃「人生閱歷所證，固非神秘家言所得而私矣」。[43]作家和詩人常常採用感性的形象和比喻，以令人喜聞樂見的形式，賦予這一深刻洞見以具體入微的表現。他們的作品觀察細緻，描繪生動而有意味，使我們意識到日常生活中看來平凡、尋常，甚至瑣碎細小的東西，卻往往可能給我們知識，為我們揭示哲學的智慧。錢鍾書在他書中舉例頗多，其中很有啟發意義的是引自《鶴林玉露》一首尼姑寫的詩：「盡日尋春不見春，芒鞋踏破隴頭雲；歸來拈把梅花嗅，春在枝頭已十分。」[44]在這首詩裡，春並不在遠處，尋春的人到處走遍，從田間野外歸來之後，無意之間卻在家裡找到了春。我們讀這首簡樸的詩，或許有一種似曾相識的熟悉感，好像我們都有四處搜尋，卻在無意間發現的類似經驗。所以這首詩在字面意義上，使我們都有所感；然而像浪子回家的寓言一樣，此詩也還可能另有很不相同的比喻或諷寓的意義。既然此詩為宋代一個尼姑所作，就更是可能有精神追求的比喻或諷寓的意義。在亨利・沃恩的《尋求》這樣明顯的宗教詩裡，字面意義本身就是精神的意義。詩中說話的人在《聖經》上提到過的各處去尋找基督，卻並沒有找到，這時候他聽見有一個聲音告訴他說：

> 把遊蕩的想法扔掉吧，扔掉；
> 　　誰老是出門
> 　　　探視，
> 　　　　搜尋，
> 　　他在門裡
> 就什麼也看不到。

---

[43] 同上書，頁四五三。
[44] 同上書，頁四五二。

在這裡，尋找基督又表現為一種內在的經驗，而不是實際的旅程，因為「老是出門」到外面去尋找的人，在門內「就什麼也看不到」。詩人最後結論說：「搜尋另一個世界吧；耽於此世者／不過走在虛空，在沒有神恩的地方尋求。」在另一首詩《復活與不朽》裡，沃恩把靈魂的復活設想成其本質的更新：

> 沒有什麼會化為虛無，卻永遠
> 　　會巧妙地具有形體變幻，
> 然後回來，從萬物的母體
> 　　取來實物奇器，
> 　　　　就像鳳凰一樣重新
> 　　　　恢復生命和青春。

詩裡「像鳳凰一樣」重生，就把精神的進程描繪成反轉，即靈魂返回到自身。現代詩人愛略特（T. S. Eliot）也在《四重奏》裡說：「家是我們出發之地」，在他的詩句「我的終結也就是我的開始」中，也顯然可以見到鳳凰重生的意象。

　　喬伊絲的《藝術家青年時代肖像》可以提供小說裡的一個例子，小說主人公年輕敏感的史蒂芬・戴達洛斯本能地意識到，他所追求的不是可以刻意在外部世界去尋找的東西。喬伊絲寫道：戴達洛斯「想在真實的世界裡，去和他的靈魂時常看到那個飄渺的形象相遇。他不知道在哪裡去找它，怎樣去找它：但他一直有的一種預感告訴他，無須他做任何明顯的努力，這個形象有一天會和他相遇」。[45]那相遇就完全是一種內在經驗，是突然醒悟的一刻，在那一刻戴達洛斯忽然覺得「野的天使出現在他面前」，他感覺到「地球巨大的旋轉運行」。[46]從但丁的《神曲》到約翰・

---

[45] James Joyce, *The Portrait of the Artist as a Young Man* (Harmondsworth: Penguin, 1964), p. 65.
[46] 同上書，頁一七二。

班楊的《天路歷程》和尋求主題的很多現代變奏，許許多多表現追尋和旅行的故事都通過對物質世界寫實逼真的描述，來傳遞一個精神的象徵意義。這類故事很多是以夢為敘述的框架，而其象徵意義要與作者和讀者的生命有任何關聯，從夢中返回到清醒的自我就是必要的因素。

中國文學中表現尋求主題一個有名的例子，便是寫唐僧去印度取經的小說《西遊記》。在小說中，唐三藏由孫悟空等三個徒弟保護著踏上艱險的道路，去西天取經，整本一百回小說都是講述他們一路上如何歷盡艱辛，戰勝各種妖魔鬼怪的故事。有趣的是，到最後終於到達目的地時，他們不遠萬里從中國到印度來的目的，也就是他們從佛那裡得到的經書，卻是紙上空無一字的白卷。後來他們把這些無字白卷換來了有字的佛經，但讀者意識到，那只是因為這些東方來的和尚悟性尚低，不會讀無字真經，不得已而只能取寫成文字的經卷。這就意味著他們所尋求或者應該尋求的，是內在化的佛家智慧，而不是取外在形式而寫成文字的東西。余國藩在討論此點時指出，在描寫宗教朝聖之旅的文學作品裡，內在化是最重要的一個方面：

> 小說字面意義上的行動以玄奘取經的歷史事件為背景，也受制於這一歷史事件，其直線推進的最後解決，只能是朝聖者抵達地理意義上的目的地，可是小說敘述的諷寓成分卻貫穿始終，一直在嘲諷和譏刺盲目相信實際距離和外在世界。神聖的空間，朝聖者最終能夠得益的根源，卻是在本身，是完全內在化的。[47]

由此可見，辯證轉換普遍存在於我們的生活和生活經驗之中，宗教、哲學和文學都在以不同方式，教給我們認識到這一點的智慧。精神或心靈的圓周運行也就指出了萬事萬物的循環，就像愛默生所說：「我們一生都

---

[47] Anthony C. Yu, "Two Literary Examples of Religious Pilgrimage: The *Commedia* and the *Journey to the West*", *History of Religions* 22 (February 1983): 226.

在解讀這一首要形式極為豐富的含義」。反轉和復歸，走出去，然後再走回來，就是基本的形式。圓或轉動的圓球的形式不僅在自然運行中很重要，在文化或自我的教養，即德國人所謂Bildung的觀念中，也非常重要。伽達默在《真理與方法》中解釋說，作為形成和教養自我的Bildung這一觀念，首先意味著要異化，然後是在更豐富的形式中復歸自我。伽達默說：「在別人那裡認識到自己的東西，而且在那裡變得自在，便是精神基本的活動，其本質乃在從別人返回到自己」。歸根結蒂，返回才是目的，因為「Bildung的本質顯然不在異化本身，而是復歸自我，而復歸則須以異化為前提」。[48]宗教和哲學確實都教給我們辯證轉化的智慧，但是我們也許可以說，宗教和哲學是以神秘或抽象的方式教人，但文學不是用晦澀的說教，而是用具體例證傳播類似的思想，文學作品「把普遍觀念與特殊的例子相結合」，由此而展現出「一幅完美的圖畫」。正如非力普・錫德尼以極為幽雅的語言所說那樣，詩人「給心靈的力量能夠提供一個形象的地方，哲學家只能做一個冗贅的描述」。[49]我們一旦認識到，文學具體、物質的形式可以傳達哲學家和宗教神秘主義者用抽象晦澀的語言極力想要表述的內容，我們或許就會意識到，正是物質引導我們達於精神，即便是對於知識的內化，對於復歸內在的自我和心靈，我們畢竟還是需要關於外部世界的知識。不首先走出去，就不可能返回，不繞一段彎路，也就不可能有反轉和復歸。這才真是辯證的本質。在獲得知識的一刻，在自我和他者的融合之中，對立面得到調和，新而更豐富的自我於是得以形成。

　　現在讓我們再回到我在開頭引用過艾米麗・狄金森的詩句。我們可能會認識到，當詩人說元素和實行、肉體和精神已經不再有什麼分別時，也許其用意正是在於內在和外在、自我和他者的融合。讀到這似乎有呼喚力量的詩句，還有融入天空中那隻飛鳥的意象，我們便終於達到對立面的調

---

[48] Gadamer, *Truth and Method*, p. 14.

[49] Sir Philip Sidney, *An Apology for Poetry*, ed. Forrest G. Robinson (Indianapolis: Bobbs-Merrill, 1970), p. 27.

和，見證了內在和外在世界的融匯，於是我們或許也就能欣賞此詩，即想像中圍繞自我那個弧形的圓所表達的完美之感：

> 在即為其所在，
> 只有圓周在於其間。

中西文化研究十論

第一章　非我的神話：
論東西方跨文化理解問題

　　在西方，蜜雪兒·福柯（Michel Foucault）著《言與物》被普遍認為是法國人在二十世紀對哲學所作的最重要貢獻之一。福柯在此書序言裡說，他之所以寫這本書，最初靈感完全來自讀阿根廷作家博爾赫斯（Jorge Luis Borges）的一段話，那是博爾赫斯引用所謂「中國百科全書」的一段，講的是如何把動物分門別類，而那分類法實在是天底下最奇怪不過的：

　　　動物可分為：（a）屬皇帝所有的，（b）塗過香油的，（c）馴良的，
　　（d）乳豬，（e）賽棱海妖，（f）傳說中的，（g）迷路的野狗，
　　（h）本分類法中所包括的，（i）發瘋的，（j）多得數不清的，（k）
　　用極細的駝毛筆劃出來的，（l）等等，（m）剛打破了水罐子的，
　　（n）從遠處看像蒼蠅。[1]

　　這段話裡奇怪的分類法全然無理路可循，而且這種胡話就算有什麼規矩或方法，那方法也完全不可理喻。人們對這一片胡言亂語除了大笑之外，還能有別的什麼反應呢？唯有一笑置之，才可以既指出其言之荒唐無理，又把這荒唐無理輕輕拂去，不了了之。

---

[1]　Michel Foucault, *The Order of Thing: An Archaeology of the Human Sciences* (New York: Vintage, 1973), p. xv.

於是福柯發為一笑，可是在這笑聲裡，他又感到不安乃至懊惱，因為那無奇不有的荒唐可以產生破壞性的結果，摧毀尋常的思維和用語言命名的範疇。福柯認為那段瘋話威脅著要「瓦解我們自古以來對同和異的區別」，要產生出「另一種思維系統具異國情調的魅力」，同時又顯出「我們自己系統的局限性，顯出我們全然不可能像那樣來思考」。[2]

人們很難想像，在怎樣的空間裡可以找到上面所引「中國百科全書」那種分類法，可以把全然不同、彼此毫無關聯的東西放進同一序列裡。哪怕在空想的「烏托邦」裡，這也是不可思議，無法理解的。於是福柯新造一詞，說這種奇怪的分類法只能屬於所謂「異托邦」（heterotopia），即一片不可理喻、根本無法用語言來描述的空間。福柯說，那分類法之所在，只能是地點錯亂和語言錯亂，即地與名完全對不上號之所在。不過博爾赫斯竟把中國說成是這奇怪分類法之來源，又實在出人意料，因為據福柯的意見，「中國」這個名詞總是立即讓人想像一片井然有序的國土，對西方說來，「中國」這個名字就已經包藏著無數的烏托邦：

在我們夢想的世界裡，難道中國不正是這理想空間的所在嗎？在我們傳統的形象裡，中國文化乃是最講究細節、最嚴守清規戒律、最不顧時間的變動、最注意純粹空間輪廓的。我們想到中國，便是橫陳在永恆天空下面一種溝渠堤壩的文明，我們看見它展開在整整一片大陸的表面，寬廣而凝固，四圍都是城牆。甚至它的文字也不是以平行橫寫再現聲音的起伏逃逸，卻以垂直豎寫樹立起靜止的、尚可辨認出來的事物本身的形象。這情形使得博爾赫斯引用那部中國百科全書及其分類法，把人引向一種沒有空間的思維，引向全然缺少生命和地點的詞彙和範疇，卻又生根在一片儀節的空間裡，到處滿是複雜的圖形、交錯的路徑、奇怪的地點、秘密的通道和意想不到的交通來往。如此看來，在我們所居住這個地球的另一個極端，

---

[2] 同上。

似乎有一種文化完全專注於空間次序的安排，但卻不是把一切事物歸於我們所能命名、能說、能想的任何範疇裡。[3]

對西方說來，遠東的中國便成為傳統上代表非我異己的形象。福柯當然無意支持這一傳統形象，他只是藉非我的形象來表明，人的認識總以一定系統為條件，很難跳出歷史先驗成分的限定，擺脫西方文化的認識基素（epistemes）或基本符碼。可是福柯卻把博爾赫斯那段話當了真，說它並不符合西方傳統中通常所想像的中國。福柯心目中的中國如果說與傳統形象有什麼不同，那就是中國不再和井然有序的空間相聯繫，卻系於一個毫無連貫條理的空間，一個完全談不到什麼邏輯次序的「異托邦」。福柯沒有絲毫暗示，表明「中國百科全書」那段讓人摸不著頭腦的話有可能是虛構，有可能代表西方關於非我的幻想，而且那段話裡毫無邏輯的動物分類法，不僅和西方人，而且和中國人的頭腦也會格格不入。

第一節　博爾赫斯作品裡的中國

其實，那種怪異的非理性及其對西方思維的破壞，中國作為非我的象徵那陌生而異己的空間，以及那摧毀秩序和邏輯範疇的威脅，這一切原來正是不折不扣的西方人的虛構。不過那虛構之產生卻是為適應一種真實的需要，即為福柯所謂「知識考古學」建立一個框架，使他得以把自我區別於異己的非我，勾勒出西方文化作為一自足系統的輪廓。的確，還有什麼比虛構的中國這一空間更能標誌非我呢？還有什麼更能為西方包藏它的夢想、幻象和烏托邦呢？

福柯引用那段話的原文，見於博爾赫斯論約翰‧威爾金斯的文章。威爾金斯是十七世紀一位英國學者，曼徹斯特地方的主教，他的頭腦裡常有

---

[3] 同上，頁xix。

些「稀奇古怪的妙想」，其中包括「世界通用語言的可能性及其原理」。[4]
博爾赫斯在文章裡說得明白，基於數位或符號的嚴格邏輯系統來建造精確
的人工語言，這想法最初發源於笛卡爾，也就是說，發源於西方哲學傳統
內部把世間萬物分門別類那種欲望。建造這種宇宙語言的努力最後都落了
空，把宇宙分門別類的各種理論也都不可避免是武斷的。正是威爾金斯系
統裡的「含混、重複和缺陷」使博爾赫斯想起「弗朗茲・庫恩博士認為是
出自《天朝仁學廣覽》那部中國百科全書」裡類似的荒唐言。不過應該指
出，在博爾赫斯的文章裡，「中國百科全書」的荒唐並不代表一種無法理
解的異已思維模式，因為他同時一口氣提到「威爾金斯、那佚名（或不足
憑信的）中國百科全書作者，以及布魯塞爾書目研究院的武斷」，他們都
徒勞地想把天下萬物分類，想一字不漏地記錄「上帝的玄秘辭典中全部的
詞彙、定義、詞源和同義語」。[5]人類固然能力有限而且常受挫折，但卻
極力想要識破上帝在宇宙間的安排，對這勇敢大膽的努力，博爾赫斯表示
極為讚賞。那「中國百科全書」正是那種努力的一部分，企圖探索上帝的
秘密固然最終無望，然而卻表現出人類的英勇。雖然博爾赫斯提出他的依
據是德國漢學家和中國文學翻譯家弗朗茲・庫恩博士，甚至指明了「中國
百科全書」的標題，但是那部《天朝仁學廣覽》卻是子虛烏有，只存在於
他頭腦的想像之中。其實，寫文章真真假假，真名實姓和完全虛構的名物
混雜不分，正是博爾赫斯一貫的風格。

　　在博爾赫斯最長、頭緒最多的一篇故事《議會》中，讀者又可以見
到一部中國百科全書，這次是在議會的參考書圖書館裡，這部子虛烏有的
書和《大英百科全書》、法國《拉露斯》、德國《勃洛克豪斯》等「真
的」百科全書放在一起。故事中的敘事者說：「我記得我懷著多麼崇敬的
心情，撫弄一部綢面精裝的中國百科全書，書裡細細的毛筆字在我看來，

4　Jorge Luis Borges, "The Analytical Language of John Wilkins", *Other Inquisitions, 1937-1952*, trans. Ruth Simms (Austin: University of Texas Press,), p. 101.

5　同上，頁一〇三、一〇四。

好像比豹皮上的斑紋還要神秘。」[6]和論威爾金斯的文章一樣，《議會》也是在描述人類希望安排天下萬物、從混亂中創造秩序這種雄心勃勃的理性的努力。它也戲劇性地描繪了這一努力的失敗，最後是議會成員收集起來的書全被焚毀，包括那部中國百科全書。事實上，百科全書是博爾赫斯作品中反覆出現的形象，強烈暗示理性的力量要在宇宙的迷宮之間，用語言創造自己系統而理想的世界。人工語言系統之產生，就是為了滿足把秩序加在混亂的宇宙之上這種欲望，而百科全書正可以代表整理萬事萬物最好的形式。博爾赫斯最好的魔幻故事之一是《特隆‧烏克巴》，那個奇異的理想事物之國烏克巴就只存在於一部百科全書裡，並且很特殊地存在於《英美百科》第四十六卷裡，而那部書據敘事人說，是「一九○二年版《大英百科全書》一字不差而又有紕漏的翻版。」可就是在那部書裡，也找不到烏克巴這個條目，因為它只在拜依‧卡薩列斯（Bioy Casares）「在某處」購得的那一本書裡才有，那本書奇跡般地多出四頁來，載有那個條目。[7]換言之，那百科全書只存在於博爾赫斯小說的虛構裡，不過他開玩笑式地提到真正存在的《大英百科全書》和真有其人的拜依‧卡薩列斯，這就給他虛構的世界抹上了一點真實可信的色彩。在另一篇故事《歧路園》裡，一個為德國人做間諜的中國人余村博士，在一位英國漢學家的書房裡發現了「幾卷黃絲精裝的輯佚百科全書，那是明代第三位皇帝編定而從未刊印過的」。[8]和博爾赫斯別的故事一樣，這個故事裡的百科全書也是象徵整理雜亂無章的宇宙這巨大而終無成就的努力，百科全書本是獲得秩序的手段，但這部中國百科全書卻失落在外國一個偏遠小鎮裡，而且那裡即將發生一件殺人案，這就更加強了諷刺的意味。

---

[6]　Borges, "The Congress", *The Book of Sand*, trans. Norman Thomas di Giovanni (New York: E. P. Dutton, 1977), p. 37.

[7]　Borges, "Tlön, Uqbar, Orbis Tertius", trans. James E. Irby, *Labyrinths: Selected Stories and Other Writings*, ed. Donald A. Yates and J. E. Irby (New York: Modern Library, 1983), pp. 3, 4.

[8]　Borges, "The Garden of Forking Paths", trans. Yates, ibid., p. 24.

博爾赫斯把世界視為一個迷宮，其中有無數通道、迴廊、曲折的小路和死胡同，那個迷宮即便自有神秘的秩序，那秩序也非人力可解。所以中國百科全書那徒勞的分類，就和威爾金斯的人造語言一樣，都象徵人類所處的荒誕狀態，即人類的頭腦受到認識的局限和語言不能完全達意的障礙，毫無希望地處理迷宮般巨大混亂的世界。另一方面，博爾赫斯把文學創作也視為創造一種迷宮。博爾赫斯把一位真的漢學家和一部虛構的書聯在一起，在文章裡造成一個迷陣，使他的讀者感到困惑難辨。不少批評家都提到博爾赫斯「博學而深奧」，他固然真的博學，但其深奧常常只是他開玩笑般把學問和虛構相雜，打破真與假的界限，也混淆論文和故事的界限，使人摸不清底細。博爾赫斯不僅和讀者開玩笑，使讀者喜歡他魔幻式的風格，他還愛捉弄批評家們，讓他們去追溯他往往十分冷僻的出處。所以我們須認定那中國百科全書的作者，其實就是博爾赫斯這位神話創造者和魔幻故事作家，認識到福柯引用那段讓人莫名其妙的話，不過是博爾赫斯開的一個不大不小的玩笑，是他以虛構來表現虛構的寫作本身。

但是我們沒有理由懷疑，博爾赫斯虛構出中國百科全書，是為了代表一種異國情調的文化，因為在博爾赫斯，中國這兩個字並不相當於非我。不僅如此，他還回憶說，在寫《書的保存者》這首詩時，他甚至假想自己是一個中國人：他「儘量做一個中國人，就像亞瑟・威利的好學生應當做的那樣」。[9]博爾赫斯力求超越時空的局限，把握不同文化和歷史階段的本質，所以他強調突出的總是一切人的共同性，而非其差異。他說：「我們總喜歡過分強調相互間小小的差異，即我們的仇恨，而那是錯誤的。人類若想得救，我們就必集中注意我們的相同之處，我們和一切人的共同點。我們必須盡一切辦法避免擴大我們的差異。」[10]博爾赫斯對非我的問

---

[9] Borges, *Borges on Writing*, ed. Giovanni, Daniel Halpern and Frank MacShane (New York: E. P. Dutton, 1973), p. 86.

[10] Borges, "Facing the Year 1983", *Twenty-Four Conversations with Borges, Including a Selection of Poems*, trans. Nicomedes Suárez Araúz et al. (Housatonic: Lascaux Publishers, 1984), p. 12.

題尤其敏感，他的作品裡貫穿著雙重身分的主題，而在他的作品裡，初看像是異己的非我者，到頭來往往不是別人，卻正是自己的自我。[11]

第二節　「非我」的哲學探討

我們實在不必遠遠地到處去搜尋非我。要確定我們自身的存在，要明白我們自己及我們周圍世界的特性，也就是說，要獲得關於我們自己和我們的文化的任何知識，都總須通過辨別彼此和他我才得以實現。斯賓諾莎曾這樣提出一條定理：「任何個別事物，即任何限定和有條件存在的事物，若非有自身之外的原因使其有條件存在和行動，便不可能存在或在一定條件下行動。」這當然是一條基本的邏輯原理，即「同」總是和「異」互相關聯，任何事物都不可能由自身和在自身確定，而必須靠區別於不同於自身者來確定，即如斯賓諾莎所說，「一切確定也同時就是否定」。[12]自索緒爾以來，我們都很熟悉思維和語言中二項對立的結構原則，知道語言這個系統是由互相差異中得到確定的各項組成。我們如果有多種事物，如果能把一事物區別於其它事物，我們所能辨認區分的就正是各事物之間的差異。柏拉圖有一篇很難懂的對話《巴門尼德斯》，其中起碼這一點是講得很明白的：「如果我們談到非我，那麼非我的事物必然是不同的，『非我』和『不同』乃是同物而異名。」[13]

在我們力求理解不同文化，尤其像東方和西方這樣差異很大的兩種文化時，關於非我的哲學探討顯然有助於解決我們必然面臨的問題。英國詩

---

[11] See Borges, "The Other", *The Book of Sand*, pp. 11-20; "Borges and I", *Labyrinths*, pp. 246-47.

[12] Benedict de Spinoza, *The Chief Works of Benedict de Spinoza*, trans. R. H. M. Elwes, 2 vols. (New York: Dover Publications, 1951), 2:67, 370.

[13] Plato, *Parmenides* 164c, trans. F. M. Cornford, *The Collected Dialogues of Plato, Including the Letters,* ed. Edith Hamilton and Huntington Cairns (Princeton: Princeton University Press, 1963), p. 954.

人吉卜林曾說：「啊，東方是東方，西方是西方，這兩者永不會相遇。」[14]
但是從邏輯上講來，詩人知道東西方可以分辨為二，便表明這兩者不僅已
經相遇，而且各各認識到了對方之非我的性質。東方代表著非我，相對於
這非我，西方才得以確定自己之為自己，所以東方乃是西方在理解自己的
過程中，在概念上必有的給定因素。事實上，東方正和西方一樣，都是在
那過程中產生出來的形象。於是柏拉圖和斯賓諾莎那個哲學的非我概念，
又具有了文化概念的性質，成為文化的虛構，用以代表任何不同於西方傳
統價值觀念的東西。

　　然而非我的問題還無可避免有道德責任的一面，因為在跨文化理解中
的非我並不是一個抽象概念，而是在社會歷史現實中具體存在的活生生的
人，去理解這些人也就與他們形成一定關係，也就必然對他們具有道德的
責任。在此我們應該記住，「非我的他者就是他人」，而且正如哲學家列
維納斯所說，「離開自我也就是走向自己的鄰居」。[15]一旦把非我的他者
真切實在地理解為自己的鄰居，自我與非我也就擺正了關係，在差異和特
殊性之外，也就有了一定的共同點，自我就不可能完全否認作為鄰居的非
我也具有人性，他者的價值對我也可能有同樣的價值。從這一類比我們可
以得出結論，文化之間的關係本來應當如此，因為沒有實際存在的人和他
們的價值，文化這個概念就沒有意義，文化之間的關係本應該是鄰居之間
的關係，只是規模更大而已。正像我不能用自己想當然的虛構來代替我鄰
居的實在，我也不能把別的文化僅僅視為絕對的差異，完全從反面將其理
解成與自我相對的東西。那不僅從認識的角度說來沒有道理，而且從道德
的角度看來更值得懷疑。然而不幸的是，在文化觀念史上，那恰好是屢見
不鮮的情形。正如愛德華・賽義德所說，西方文化中所構想的東方，可以
說是歐洲的發明：

---

[14] Rudyard Kipling, "The Ballad of East and West", *Collected Verse of Rudyard Kipling*
(New York: Doubleday, Page & Co., 1907), p. 136.

[15] Emmanuel Levinas, "Ideology and Idealism", *The Levinas Reader*, ed. Seán Hand
(Oxford: Basil Blackwell, 1989), p. 246.

我們必須認真看待維柯偉大的發現，即人們創造自己的歷史，人們
能認識的也正是他們自己所創造的；我們必須把這發現擴大到地理
概念上去：作為地理的和文化的實體──更不要說作為歷史的實體
──「東方」和「西方」這樣的地域觀念都是人造的。因此正和西
方本身一樣，東方正是在西方並且為了西方才成為現實存在的一個
概念，有它自己的歷史，有它自己的思想、形象和語彙的傳統。[16]

賽義德所謂東方是指中東，但他所說的話也完全適用於遠東，尤其適
用於作為非我的地域象徵之中國。維柯提出著名的「創造即是真理」的原
則，認為人所創造的即是真實的，二者可以互相轉換，這一觀念成為他驗
證真理的標準，從而把人文學科提到高於自然科學的地位，因為在維柯看
來，自然的秘密只有造物主上帝可以知道，而「人類社會的世界無疑是人
創造的，因此它的原理也就可以在人類心智的變化中去尋找」。[17]人都是
希臘文原義上的「詩人」即創造者；他們不僅創造自己生存的世界，不僅
創造神話來解釋自己生存在世界之中的經驗，而且在此當中「創造他們自
己」。[18]依維柯的理論，人只能認識自己經驗過的事物，只能理解適合人類
心靈形式的事物，而人的心靈不斷把自己的形式加到周圍世界及我們對世
界的經驗之上。維柯的認識論主要研究人類心智由形象思維到邏輯思維的
種種變化。他充分承認神話和神話思維在初民社會中的認識價值，而不承
認笛卡爾的唯理主義是唯一標準，可以普遍應用於一切時代和一切文化。

這樣看來，維柯似乎為一種善意的文化相對主義和歷史相對主義開闢
了一條新路，不僅承認每一種文化或歷史時期自有其價值，而且依據這一
文化或歷史時期自己的標準來判定其價值。這種相對主義似乎打開了認識
歷史的新的眼界，埃利希·奧爾巴赫熱情地認為，十九世紀初以來西方審

---

[16] Edward W. Said, *Orientalism* (London: Routledge and Kegan Paul, 1978), pp. 4-5.

[17] Giambattista Vico, *The New Science*, ed. and trans. Thomas Godard Bergin and Max Harold Fisch (Ithaca: Cornell University Press, 1968), p. 96.

[18] 同上，頁一一二。

美視野的擴大，就應該歸功於這一新的眼界。奧爾巴赫宣稱說，由於維柯的功績，我們現在可以承認古代文明和異國文明的獨立價值，培養真正寬廣的審美趣味和判斷力。他把維柯的《新科學》視為歷史研究中「哥白尼式的發現」，並且認為在《新科學》的影響之下，「誰也不會因為哥特式大教堂或中國式廟宇不符合古典美的模式而說它們醜，誰也不會認為《羅蘭之歌》野蠻粗疏，不值得和伏爾泰精緻完美的《昂利亞德》相提並論。我們須從歷史上去感覺和判斷的思想已經如此深入人心，甚至到了習而相忘的程度。我們以樂於理解的一視同仁的態度，去欣賞不同時代的音樂、詩和藝術」。[19]

有福柯關於非我的那段話做比照，奧爾巴赫單單挑出中國式廟宇來代表一種不同的美，也就沒有什麼值得驚奇的了。可是在十八世紀，有人厭倦了當時流行的所謂中國風氣，卻常常把哥特式和中國式相提並論，同視為奇特怪異的代表。下面引自羅伯特・勞依德的幾行諷刺詩就很能證明這一點：

> 現在這班木匠和泥瓦匠人
> 和一批中國工匠和設計師們，
> 實施他們改建的方針，
> 務必要將花樣翻新。
> 過往行人不禁大為驚歎，
> 只見一座哥特式或中國式神殿，
> 掛滿鈴鐺和雜色布條，
> 頂上還有一條蛟龍盤繞。[20]

---

[19] Erich Auerbach, "Vico's Contribution to Literary Criticism", in *Studia Philologica et Litteraria in Honorem L. Spitzer*, eds. A. G. Hatcher and K. L. Selig (Bern: Franke, 1958) p. 33.

[20] Robert Lloyd, "Cit's Country Box", *Poems by Robert Lloyd* (London: Printed for the author by Dryden Leach, 1762), pp. 43ff.; quoted in Ch'ien Chung-shu, "China in

　　既然中國長期以來成了一種神話，象徵著差異，能欣賞中國廟宇的美也似乎就能顯示世界主義的真精神，雄辯地證明審美歷史主義的勝利。的確，克服教條式的清規和狹隘觀念，培養歷史的共同感，使人真有興趣去瞭解人類創造的全部經驗，一視同仁地接受和欣賞古代和外國文化中的藝術成就，這一切都可以是維柯理論邏輯發展的結果，但是能夠認識中國建築和全部中國藝術的審美價值，與其說是奧爾巴赫衷心讚賞那位那不勒斯大哲學家的成就，不如說是有賴於奧爾巴赫本人的眼光。因為在《新科學》裡，維柯講到中國和中國人，都依然是按著傳統的套子，把中國看成抗拒任何時間發展變化的一片空間。他說中國人「正像埃及人那樣，使用象形文字來書寫」，他們「由於和其它民族沒有來往，孤陋寡聞，沒有真正的時間觀念，所以吹噓自己有千萬年之古久」。維柯把孔子的哲學和「埃及人的祭司典籍」相比，認為是同樣的「粗糙笨拙」，幾乎全是講究「凡俗的道德」。中國畫在他看來也「極為粗糙」，因為中國人「還不知道如何在繪畫中投影，如何襯出高光」。他甚至連中國瓷器也不喜歡，認為中國人「在燒製方面和埃及人一樣缺乏技巧」。[21]維柯一再把中國人和埃及人相提並論，表明在西方人傳統的理解當中，中國和埃及正代表著完全陌生的文明，全沒有歷史進步的觀念，死氣沉沉，沒有時間變化，處在一片廣漠寂然的凝固狀態之中。但具諷刺意味的是，正是這關於中國的傳統形象本身顯得凝固而無時間變化，因為我們在福柯以及當代別的一些思想家的著作裡，發現這形象依然如故。儘管漢學的進步可以為西方學者提供更多的瞭解認識，但很多人對中國的理解仍然和兩百多年以前的維柯大同小異，仍然把中國看成「橫陳在永恆天空下面一種溝渠堤壩的文明；……完全專注於安排空間的次序，但卻不是把一切事物歸於我們所能命名、能說、能想的任何範疇裡」。

the English Literature of the Eighteenth Century (I)'', *Quarterly Bulletin of Chinese Bibliography* 2 (June 1941): 31.

[21] Vico, *The New Science*, pp. 32, 45, 33, 51.

第三節　理想化的中國

　　然而維柯的看法並不能完全代表他那個時代西方人心目中想像的中國。正如阿道夫‧賴希文所說，十八世紀是中國和西方最早有深入接觸的時代，當時西方對中國的看法，總的說來相當不錯。賴希文認為羅可哥（rococo）藝術的時代浸潤著一種近於中國文化的精神，即表現在進口的精美中國貨物裡那種精神：「在精緻的瓷器那微妙的色調裡，在顫動的中國絲綢那飛揚的光澤裡，十八世紀優雅的歐洲社會見到一種幸福生活的夢境，正和他們自己的樂觀精神早已夢想過的一樣。」[22]的確，在詩人蒲柏描寫貴族客廳裡的風波那部滑稽英雄體名作《鬈髮劫》裡，我們可以看出瓷器象徵著羅可哥時代的嬌媚，那種十八世紀貴族社會的纖弱，從而在詩裡顯得十分重要。詩中主要情節的高潮是美女貝林達的一束鬈髮被人偷偷剪掉，而這高潮的到來總是用「脆弱的中國瓷瓶」的破裂來作預示的前兆。[23]瓷器、絲綢、生漆、糊牆紙，中國園林和中國皮影戲，這一切在十八世紀的歐洲引起了一陣中國熱，即流行於十八世紀的所謂中國風（chinoiserie）。但正如休‧昂納在他研究此風的專著裡所說，十八世紀歐洲的中國風與中國或中國事物甚少關聯，應該把它「定義為歐洲人對中國的觀念之表現」。[24]

　　不少十八世紀的歐洲哲學家們根據耶穌會傳教士多為揄揚的報導以及傳教士翻譯的某些中國經典，根據門多薩和勒‧孔德頗具影響的著作，尤其根據杜‧哈爾德著名的《中華帝國錄》，就產生出一種理想，以為在中

---

[22] Adolf Reichwein, *China and Europe: Intellectual and Artistic Contacts in the Eighteenth Century*, trans. J. C. Powell (New York: A. A. Knopf, 1925), pp. 25-26.

[23] Alexander Pope, *The Rape of the Lock*, II106, III 159-160, IV163, *Selected Poetry and Prose*, ed. William K. Wimsatt (New York: Holt, Rinehart and Winston, 1972), pp. 105, 110.

[24] Hugh Honour, *Chinoiserie: The Vision of Cathay* (New York: E. P. Dutton, 1961), pp. 7-8.

國和中國人那裡，可以看到依理性和善行組織起來的理性國家的典型。孟德斯鳩的《波斯人信札》發表之後，有不少仿作出現，都藉一個外國人之口來品評當時的歐洲社會，其中也包括幾部「中國人信札」。這種體裁的英文著作，有高爾斯密的《世界公民》，他藉一位「中國哲人」之口，痛快淋漓地譏諷了當時英國社會的種種弊病。在法國，十六世紀的蒙田已經提到中國是偉大的國家，中國的歷史使他認識到「世界比古人和今人所知的還要廣大豐富得多」。[25]正如唐納德‧拉奇所說，蒙田「利用東方來支持他自己的信念，即認識是不可靠的，世界是無限豐富的，道德的教訓是普遍適用的」；蒙田把中國看成「歐洲的典範，那是他在世界別的地方從未見到過的典範」。[26]在蒙田那裡，就像在高爾斯密的作品中一樣，使用中國這一形象，其目的顯然主要不在中國本身，而在理解西方的自我。

在十七世紀末和十八世紀初，萊布尼茲熱烈宣揚東西方的相互瞭解，並在中國看到在歐洲之外一種偉大文明的可能，可以為他那個時代歐洲的許多道德和社會問題，提供解決的方案。萊布尼茲說：「我們這裡似乎每下愈況，愈來愈陷入更可怕的腐敗，所以正像我們給中國人派去傳教士，教給他們啟示的神學，我們也需要中國人給我們派來傳教士，教給我們如何實際應用自然宗教。」[27]在萊布尼茲看來，中國和歐洲在地球相對的兩端發展出如此不同而又同樣偉大的文明，簡直是上帝有意的安排，「所以在最文明而又相距遙遠的民族彼此伸出手來的時候，他們就可以把處在他們之間的別的民族，引導向更好的生活」。[28]這就是說，萊布尼茲幻想世界各民族可以組成一個和睦相處的大家庭，而中國為他提供了一點希望。

[25] Michel de Montaigne, "Of Experience", III:13, *The Complete Essays of Montaigne*, trans. Donald Frame (Stanford: Stanford University Press, 1958), p. 820.

[26] Donald F. Lach, *Asia in the Making of Europe*, 2 vols. (Chicago: University of Chicago Press, 1965-77), 2:297.

[27] Gottfried Wilhelm Leibniz, "Preface to the *Novissima Sinica*", *Writings on China*, trans. Daniel J. Cook and Henry Rosemont, Jr. (Chicago: Open Court, 1994), p. 51.

[28] 同上，頁四五。

　　在十八世紀，中國風不僅僅是日常生活中的一種風尚而已。法國的大畫家華多（Antoine Watteau）和布歇（François Boucher）不僅用自己的作品為中國風的法國羅可哥藝術作出貢獻，而且為後來的藝術家們提供了典範。布歇在這方面尤其成績卓著，「從油畫和掛毯設計到舞臺裝置和版畫，僅憑他這些作品的數量就足足相當於一個一般畫家一生事業的成就」。[29]布歇在充滿幻想的背景上描繪他的中國人形象，周圍有諸如大象、駱駝、棕櫚樹之類具異國情調的動物和植物，可是總的說來，他那些中國人形象都顯然看得出是上層社會的巴黎人，是他們想像自己穿上中國式的奇裝異服的樣子。正如一位研究布歇的專家所說，「這個幻想中的中國樂園，絕非任何真實的中國繪畫的仿製品」，卻完全是「布歇本人的發明」。[30]布歇在繪畫、素描和掛毯中所表現的，自然是他所想像的中國人的生活：快樂，寧靜，和諧，同時又很奇特，一片色彩豔麗而且點綴了許多細節的樂土，每一點都以布歇所特有的那種輕快愉悅的筆觸描繪出來，別具一格。然而並不僅止於此。如昂納所說，「在法國羅可哥中國風作品那些精巧優雅的背後，還有一條嚴肅的哲理」。[31]伏爾泰就認為，中國是「天下最合理的帝國」。[32]他承認中國人並不精於機械和物理，就像古希臘羅馬人或兩百年前的法國人一樣，「但是他們達到了道德的完美，那才是一切學問之首」。他極力讚揚孔子宣揚美德而不講亂離怪神，教人「以純粹的格言，而沒有任何廢話，沒有可笑的諷寓」。[33]啟蒙時代的哲學家們激烈批判歐洲的一切現存制度，努力把基督教道德和教會的教條區別開來，正是在這種情形下，他們接觸到孔子，於是發現在中國，那個在市場

---

[29] Alastair Laing, "Catalogue of Paintings", *François Boucher, 1702-1770* (New York: The Metropolitan Museum of Art, 1986), p. 202.

[30] 同上，頁二〇七。

[31] Honour, *Chinoiserie*, p. 101.

[32] Voltaire, *Essai sur les moeurs et l'esprit des nations et sur les principaux faits de l'histoire depuis Charlemagne jusqu'à Louis XIII*, ed. René Pomeau, 2 vols. (Paris: Editions Garnier Frères, 1963), 1:224.

[33] 同上，頁六八、七〇。

上早已用物質產品贏得一般人讚揚的中國，孔子已經在古代宣傳了以倫理和政治的良知為基礎的國家學說。他們更認識到，許多世紀以來，中國文明發展的原則不同於西方，而且往往優於西方。於是如賴希文所說，「孔子成了十八世紀啟蒙運動的聖人。只是通過他，啟蒙運動才得以找到與中國的聯繫」。[34]

　　賴希文宣稱，隨著一七六〇年伏爾泰《論風俗》（*Essai sur les moeurs*）的發表，歐洲對中國的讚美達到了極致。可是錢鍾書仔細研究了十七、十八世紀英國文學裡的中國之後，作出不同結論，認為英國的情形很不一樣，中國熱在十七世紀達到高潮，到十八世紀卻已退了下來，在文學裡表現得尤為顯著。[35]他的研究提供了很多例證，說明關於中國的事實和虛構如何混雜在英國人的頭腦裡，當時關於中國實在是傳聞多於實錄，英國的文人尚可以輕鬆隨便地談論中國，而非學究式的考證或實際利益的盤算，卻更多帶著人文精神的興趣。那時的論者固然難免道聽塗說，有不少奇怪的想法和流行的錯誤觀念，但卻非常有趣，因為他們正是把中國作為非我來談論，用各種幻想、哲學的推斷和烏托邦式的理想，來填充這個異國的陌生輪廓。

　　他們關於中國語言文字的談論最為有趣。培根大概依據門多薩的著作，提到中國人「書寫實體的方塊字，這些字既不表現一般的詞，也不表現字母，卻表現事物或概念」。培根在這裡是討論作為「傳統的器官」的語言，他依據亞里士多德，界定詞為「思想的形象」，字母為「詞的形象」。但是詞不是唯一的表意媒介，因為「我們看見語言互不相通的野蠻人交往，還有聾啞人的交往，都可以用手勢表意，雖不精確，卻也勉強可

---

[34] Reichwein, *China and Europe*, p. 77.

[35] 參見錢鍾書的英文論文，Ch'ien Chung-shu, "China in the English Literature of the Seventeenth Century", *Quarterly Bulletin of Chinese Bibliography* 1 (Dec. 1940): 351-84; "China in the English Literature of the Eighteenth Century (I)", pp. 7-48; "China in the English Literature of the Eighteenth Century (II)", *Quarterly Bulletin of Chinese Bibliography* 2 (Dec. 1941):113-52.

以敷衍過去」。[36]正是在這種背景上，培根提到中國人用方塊字來交往，而他們的口頭語言往往互不相通。如果說那就是「野蠻」的表現，如果中文字既不表現詞，也不表現字母，即不能表現思想的形象及其在拼音文字中的傳達，那麼結論顯然就是，中文是一種原始的語言。我們將會看到，那恰好是當時許多作者力圖證明的一點。但是他們極力尋找的所謂「原始」語言，其含義是指最早最純潔的語言，也就是聖經上講的大洪水未發之前、尚未因人類建造巴別塔而受上帝詛咒的語言。

許多耶穌會教士宣傳說，中國人是諾亞的後代，由諾亞教給他們自然宗教的原理，所以已經完全有條件接受基督教啟示的開導。在這種觀點影響之下，瓦爾特·羅利在他所著《世界史》（一六一四）裡說，諾亞方舟最後是在東方的印度和中國之間登陸；托瑪斯·布朗在論語言的文章裡也說，「居住在地球邊緣的中國人……大概能說明一種非常古老的語言」，他們尚能「利用早於基督好幾百年的先哲孔子的著作，而且他們的歷史記敘可以一直追溯到盤古王，而盤古正是諾亞」。[37]然而對這個題目討論得最有趣，而且在西方是第一次廣泛論述中國語言的著作，是約翰·韋布一部八開本的小書，書的主旨在標題上已經講得清清楚楚：《論中華帝國之語言可能即為原初語言之歷史論文》。書前有韋布致英王查理二世的信，日期是一六六八年五月二十九日，他在信中表示要「促進發現那自古以來掩埋在原初語言裡的學識的金礦」。他解釋說，他的目的「並不是爭辯在可能性上不能成立的，而是爭辯在蓋然性上有可能成立的最早語言」。[38]韋布始終依據《聖經》的權威和在十七世紀認為是「可靠的歷史記載」來

---

[36] Francis Bacon, *Of the Proficience and Advancement of Learning, Human and Divine*, *The Works of Francis Bacon*, 10 vols. (London: Baynes and Son, 1824), 1:146-47.

[37] Thomas Browne, "Of Languages, and Particularly of the Saxon Tongue", *The Prose of Sir Thomas Browne*, ed. Norman Endicott (Garden City: Anchor Books, 1967), p. 427.

[38] John Webb, *An Historical Essay Endeavoring a Probability that the Language of the Empire of China is the Primitive Language* (London: Printed for Nath. Brook, 1669), pp. ii, iii.

立論，其論證雖然簡單，但在當時的讀者看來，在邏輯上一定相當有力。因為這本小書頗不易得，我們不妨徵引得略為詳細一些。韋布說：

> 聖經教導說，直到建造巴別塔的謀亂之前，全世界都通用同一種語言；歷史又告訴我們，當初世界通用同一種語言，巴別塔尚未建造之時，中國就已有人居住。聖經教導說，語言混亂的判決只是加在造巴別塔的民族身上；歷史又告訴我們，中國人早在這之前已經定居下來，並未到巴別塔去。不僅如此，不管參考希伯萊文或是希臘文的記載，都可以知道中國人在巴別塔的混亂之前早已使用的語言文字，一直到今天他們仍然在使用。[39]

　　韋布本人並不懂中文，可是他依據當時可以找到的重要著述，竟能論證「在大洪水之後，諾亞本人或者賽姆的兒子們，在移到西納爾去之前，最先是在中國安置下來」，所以「很有可能肯定，中華帝國的語言便是原初語言，是大洪水之前全世界通用的語言」。[40]他還費了不少力氣追溯讀音和拼寫法的變遷，頗為自得地證明了中國古帝Yaus或Jaus（顯然指堯）就是羅馬人的神Janus，而許多著名權威學者早已指出過，Janus就是Noah（諾亞）！韋布最後指出發現原初語言的「六條主要指標」，即古遠、單純、概括、節制、實用、簡略，此外可以再加一條，即，學者的贊同。[41]由於他發現中文充分符合這些標準，所以他毫不猶豫地肯定，中文就是原初的即上帝所造最早的語言。

　　韋布的書通篇顯出對中國文明的熱情讚賞。他藉羅利的話提醒讀者說：「關於一切事物的知識最早都來自東方，世界的東部是最早有文明的，有諾亞本人做導師，乃至今天也是愈往東去愈文明，越往西走越野蠻。」不過韋布對中國的讚賞也顯然是用西方的價值為基礎：在他眼裡，

---

[39] 同上，頁iii-iv。
[40] 同上，頁三一一三二、四四。
[41] 同上，頁一九一及以下各頁。

中國人乃是「de civitate Dei，即來自上帝之城」；「他們的國王可以說都
是哲學家，而他們的哲學家可以說都是國王」。[42]他讚揚中國詩人，因為
他們並不往作品裡塞進「在詩人的狂熱過去之後，連自己也不懂的寓言、
虛構和諷寓之類」。他說中國詩裡有教導人的「英雄體詩」，有寫自然山
水的詩，也有寫愛情的詩，「但不像我們的愛情詩那樣輕佻，卻使用極純
潔的語言，在他們的詩裡，連最講究貞潔的耳朵也聽不出一個猥褻而不堪
入耳的字」。最有意思的是，韋布告訴讀者說，中國人「沒有表示Privy
parts（按即陰部）的字，在他們所有的書裡也找不到這樣的字眼」，而究
其原因，則最終是由於「諾亞發現自己赤身露體時所生的羞愧感」。[43]

　　韋布和比他晚一個世紀的伏爾泰一樣，認為中國人達到道德的完美，
那是純粹、未腐化的自然宗教產生的結果，值得最高的揄揚。正如錢鍾書
所評那樣，韋布的書代表著當時所能達到的對中國最好的認識，書中強調
的是「中國文化的各方面，而不是津津樂道中國風氣的大雜燴」，它注重
的是「中國哲學、中國的政府制度和中國的語言，而不是中國的雜貨和火
炮」。[44]我們可以不誇張地說，在韋布和其它一些作家的著作裡，英國人
對中國和中國文化的熱情讚美在十七世紀達到了極致。

第四節　醜化的中國

　　在一段入迷的眷戀之後，必然會有熱情的冷卻和情緒的變化。在十八
世紀的英國文學裡，我們的確就發現很不相同的另一幅圖畫，而這當然和
當時英國社會在更大規模上的變化是同步的。十七世紀對中國的理想化至
少部分可以歸因於宗教的興趣，正是這種興趣使耶穌會教士去到中國，並
且研究中國的文化。然而，這種傳佈福音的精神卻不是所謂理性時代的特
點，在英國文學裡，到中國去的小說人物不是一位傳教士，卻是狄福筆下

---

[42] 同上，頁二一、三二、九三。
[43] 同上，頁九八、九九。
[44] Ch'ien Chung-shu, "China in the English Literature of the Seventeenth Century", p.371.

講求實際的冒險家魯濱遜，而這個人物正如昂納所說，是「一個狂暴而毫無道理的恐中國狂」。[45]在這小說的第二部裡，魯濱遜‧克魯梭一面在中國城市裡旅行，一面隨口作出評論，而他那極端負面的印象幾乎完全推翻前一世紀英國文學裡對中國較好的看法。這位「實在」的虛構人物隨時把他所見中國的「實際情形」和歐洲的情形相比，每一比較都不利於中國，而且每一比較都顯示出大英帝國時代那種典型的軍事殖民主義特色：

> 他們的建築與歐洲的宮殿和皇室建築相比，又算得了什麼？他們的
> 貿易又哪能與英國、荷蘭、法國和西班牙的全球貿易相比？他們的
> 城市和我們的城市相比，哪有那樣富強，哪有那麼鮮豔的服飾、富
> 麗的擺設和無窮多樣的選擇？他們的港口不過有幾隻破船和舢板，
> 哪裡比得上我們的海上交通，我們的商船隊和我們強大的海軍？我
> 們倫敦城裡做的生意，比他們整個帝國的貿易還要多。一艘有八十
> 門炮的英國、荷蘭或者法國軍艦，便足夠打敗並且摧毀中國所有的
> 戰船。[46]

如果韋布說中國人「來自上帝之城」，那麼克魯梭就恰恰相反，認為中國人都是「野蠻的異教徒，比野人好不了多少」。他簡直不能理解，為什麼英國人「會那樣讚頌中國人的力量、富足、榮耀、高尚和他們的貿易，因為我親眼看見，知道他們只是一群可鄙、無知而下賤的奴僕，屈服於只配統治這樣一個民族的政府」。[47]如果說中國人有聰明的名聲，那也只是「在蠢人中顯聰明」；中國人的宗教「都總結在孔子的格言裡……其實不過是精緻的異教」；而中國人的政府只是「絕對的專制」。[48]

---

[45] Honour, *Chinoiserie*, p. 83.

[46] Daniel Defoe, *The Life and Strange Adventure of Robinson Crusoe*, *The Works of Daniel Defoe*, 8 vols., 16 pts. (Boston: David Nickerson, 1903), 1:256-57.

[47] 同上，頁一：二：二五七、二五八。

[48] Defoe, *Serious Reflections during the Life and Strange Adventures of Robinson Crusoe with His Vision of the Angelic World*, *The Works of Daniel Defoe*, 2:3:123,127.

　　這種尖銳的批判態度和十七世紀對中國的熱情形成鮮明對比，可是狄福並不是唯一無二者。約翰生博士雖曾「對參觀中國的長城很熱心」，卻又說中國人「野蠻」，認為「他們沒有拼音字母。他們未能形成其它一切民族都有的字母表」，可見其「粗野」。[49]約翰生用「粗野」二字來概括說明他何以不喜歡中國，頗使人想起維柯，不過他在這裡也和在他別的許多談話裡一樣，也許是為爭辯而爭辯，因為鮑斯韋爾說中國的好處，他就故意要表示相反的觀點。另一個例子是他為威廉‧錢伯斯《中國建築》一書所寫的小序。約翰生喜愛這本書，但在序裡他卻宣稱，自己不願意「加入那些過分揄揚中國的人。」和狄福一樣，他相信別人過分誇獎中國，都是出於「新奇」，而他則力圖從反面去平衡「對中國學術、政治和技藝過度的頌揚」。[50]由此看來，在法國哲學家高度讚揚孔子和中國文明的時候，同時代的英國人顯然滿懷狐疑，有不少的保留。

　　當然，賴希文描繪的十八世紀歐洲眼裡的中國，也不全是一幅美好的圖畫。他提到有人反對伏爾泰過分讚美中國，提到弗雷德力克大帝的漠然態度，盧梭、孟德斯鳩、弗列德利－墨爾希瓦、格林和費涅倫等人的懷疑、不滿和明確的批判態度，但是他把這些執反對態度的人都一句話帶過，說他們「局限在一個武斷的系統裡」。他又另舉出歌德說過的幾句關於中國的話，作為他全書光彩的結束。賴希文認為歌德的《中德年日誌》這部作品，表明歌德晚年熱烈接受中國文明的境界。他說：「凡屬這一境界的東西，在歌德看來都好像十分輕妙，簡直渺若空靈，事物的關係都十分清楚明白，內在和外在的生命都清朗而無騷動，好像配合到了爐火純青的地步，沒有一點笨拙失誤之處。」但在歌德之後，耶穌會教士的影響逐漸減弱，注重實際利害的商業觀點占了上風，於是有關中國的概念在十九世紀的歐洲發生了激劇改變。結果是中國對於西方說來失去了精神的意義，「公眾輿論唯一關注的，漸漸只是作為第一流世界市場的中國這個概

---

[49] James Boswell, *Life of Johnson*, ed. R. W. Chapman (Oxford: Oxford University Press, 1980), pp. 929, 984-85.

[50] 同上，頁一二一一注二。

念了。」[51]哲學家和歷史家們都助長了許多錯誤觀念，尤其是像黑格爾和蘭克，他們所描繪的中國乃是處於永恆靜止狀態的一個國家，而這一觀念很快成為西方人眼裡的傳統中國形象之一部分。

美國在文化上深深植根於大洋彼岸的歐洲，所以美國觀念和態度的變化往往依據歐洲思想文化的同類範型。哈樂德‧以撒斯採訪了很多對形成美國公眾關於中國和印度的觀念很起作用的人物，最後得出結論認為，事實上「亞洲在美國人頭腦裡有各種各樣的印象」，都是多多少少有些歪曲的形象和觀念，但又有一些「共同性，即都顯得遙遠，生疏、怪異、奇特、陌生，而且直到最近都與生活中顯然重要的事情毫無聯繫」。[52]一九四二年在珍珠港事件發生之後四個月，一份全國性的普查報告發現，百分之六十的美國人在世界地圖上找不到中國和印度。但在第二次世界大戰接近尾聲時，由於中國是共同抗日的同盟國，美國人關於中國的認識才稍有增長。美國人顯然有兩套印象，一上一下，此起彼伏，其變化與當時的社會和政治氣氛正相配合。他們眼裡的中國既是靜止的，又是不停騷動的，中國人既聰明又蒙昧，既強大又柔弱，既誠實又狡詐，如此等等，不一而足。反映在流行的好萊塢電影裡，就既有出名的惡棍博傅滿初（Fu Manchu），又有「精靈鬼」偵探查理‧陳（Charlie Chan）。扮演這些中國角色的演員都不是中國人，這就足以說明問題了。正如以撒斯所說：「如果考察一下我們心目中的中國人和印度人形象，我們固然可以對中國人和印度人有不少瞭解，可是更多還是瞭解我們自己。」[53]

透過非我這面鏡子，現出來的卻往往是自我的形象。歐洲人和美國人的情形如此，中國人又何嘗不是如此。不過這當中也許有這樣一個重要的區別：如果說西方人往往把中國人看得基本上和自己不同，那麼中國人

---

[51] Reichwein, *China and Europe*, pp. 94, 145, 150.關於十九世紀西方有關中國的觀念，可參見Mary Gertrude Mason, *Western Concepts of China and the Chinese, 1840-1876* (Westport: Hyperion, 1939).

[52] Harold Isaacs, *Scratches On Our Mind: American Images of China and India* (New York: John Day Co., 1958), p. 40.

[53] 同上，頁三八一。

有時候則會以為西洋人急於文明歸化，變得和中國人一樣。《紅樓夢》第五十二回就提到一個西洋「真真國的女孩子」，她「通中國的詩書，會講《五經》，能做詩填詞」，而且這女孩子的詩做得連寶玉和大觀園裡的眾姐妹們都齊聲說好。受過舊式傳統教育的中國人把做詩看成有教養的基本標誌，所以這外國女子能做好詩，實在是很有象徵意義的舉動，外國人憑藉這一行動就可以進入文明的境界，而在這裡，文明當然只可能是中國文明，非我似乎根本不具文明的意義。這樣一種自我中心的態度在實際處理與非我的他者之關係時，往往會造成極壞的惡果。在東西方剛剛開始接觸的時候，中國的皇帝大臣們根本不懂什麼國際關係，卻一味妄自稱大，以為中國的皇上是天子，外國國王要來和天朝有接觸或做買賣，就得稱臣納貢，派使者來磕頭進見。中國乃文明的唯一中心，一切外洋人非蠻即夷。我們在這幅描繪非我的完全不成樣子的圖畫裡，見到的只是中國統治者的無知和傲慢。一七九三年乾隆皇帝致英王喬治三世的信，就把這種態度表露得很明白，乾隆在《已卯賜英吉利國王敕書》裡寫道：「天朝德威遠被，萬國來王。種種貴重之物，梯航畢集，無所不有，爾之正使等所親見。然從不貴奇巧，並無更需爾國制辦對象。」[54]難怪以這樣無知傲慢為基礎制定的對外政策，無法應對變化的世界局勢，也給中國帶來災難性的後果。在近代歷史痛苦的經歷中，中國人，尤其是中國知識份子，深切認識到西方列強存在的意義。也許可以毫不誇張地說，一部中國近代史就是東方文化和西方文化、傳統和現代互相衝突的記錄，而中國的未來就取決於對兩方面成功的協調。可是要有那樣的成功，就絕對需要更好地瞭解對方。這就可以說明：為什麼瞭解西方的願望可以說是近代中國知識階層的特點。不過從中國知識份子的角度看來，瞭解西方，學習西方，都不僅止是出於好奇的一個認識問題，而首先是民族生存與自強的手段，因而是一種歷史使命和社會責任。

---

[54] 見《東華續錄》，乾隆卷一一八。

　　然而在西方，對中國和中國文明的瞭解仍然只限於少數漢學家。雷蒙·道生在一九六三年編輯一部關於中國的論文集，作為聲譽極高的《希臘的遺產》這部書的姊妹篇。他當時感到「就在一代人之前，要編一部關於中國的論文集而夠得上在這套叢書出色的第一卷旁邊占一席地位，是根本不可想像的事情」。[55]而且就在這時，他仍然認為閱讀有關中國的任何論文，都有必要持一種「健康的懷疑態度。」道生說：「關於中國文明的錯誤觀念由來已久，很難消除，因為我們的歷史信念有一定的惰性，哪怕已經過時了好幾百年，在抱獨創見解的人沒有認真提出疑問之前，它們一直會依然存在。」[56]

　　的確，儘管關於中國的知識不斷改進，可是關於中國語言一個錯誤的老觀念卻仍然常常出現，那就是以為中文是一種圖畫式文字。我們知道培根和維柯有這樣的觀念，當福柯以不同的書寫文字概念來談論東西方差異時，他也表現出了這種觀念。福柯認為在西方文化中，書寫文字「不是指向事物，而是指向口頭語言，」因此「書寫文字中存在著被重複的口頭語言，我們所謂語言作品具有本體的性質，而在某些文化中，書寫的行動直接表示事物，表示那全然不顧時間變化的事物本身的形體，所以那些文化也就根本不知道書寫文字的本體性質。」[57]福柯在這裡所說的，顯然是埃及象形文字或中國漢字這樣的書寫文字，並認為這類文字是事物透明的符號，也就是說，不是為本身存在的符號，因此也就沒有本體的意義。但是，在福柯描繪十六世紀歐洲書寫文字的本體狀態，描繪「西方賦予書寫文字的根本地位」和「絕對特權」時，又引維吉涅爾（Blaise de Vigenère）和杜列（Claude Duret）的話，說當時書寫文字佔據首要地位，口頭語言「被剝奪了一切權利」，人們強調「在建巴別塔之前，在大洪水

[55] Raymond Dawson, "Introduction", *The Legacy of China*, ed. Dawson (Oxford: Oxford University Press, 1964), p. xiii.

[56] Dawson, "Western Conceptions of Chinese Civilization", ibid., p. 4.

[57] Foucault, "Language to Infinity", *Language, Counter-Memory, Practice: Selected Essays and Interviews*, ed. Donald F. Bouchard, trans. Bouchard and Sherry Simon (Ithaca: Cornell University Press, 1977), p. 56.

之前，早已有一種由自然跡象本身構成的書寫形式」。[58]這句話很自然地使我們想起韋布認為中文是大洪水之前的原初語言那種觀點，不過十六世紀到中國去傳教的利馬竇論及中文時說過的一句話，顯得更合理，也更準確。利馬竇在日記裡寫道：「自古以來，中國人主要注重的是書寫文字的發展，而不大注意口頭語言。直到如今，中國人的辯才都表現在寫作之中，而不在口頭上。」[59]如果本體狀態如福柯所說意味著「特權」和「根本地位，」那麼在中國文化環境中，我們就完全可以說中文具有本體性質。由於中文是非拼音文字，基本上可以獨立於口頭語言而存在，所以具有真正的本體性質。

然而和一般流行的謬見相反，中文並非圖畫式的語言，因為中文是關於事物的概念之符號，而非事物本身的符號。十九世紀法國漢學家柯迪厄（Henri Cordier）描述漢字系統時說得很對：「由於這書寫系統不是象形文字的，不是象徵性的，不是分音節的，不是拼字母的，也不是詞與符號對應的，卻是形音義同時並存的（ideophonographic），所以為避免誤解並能簡明扼要，我們不妨稱之為sinograms（漢字）。」[60]柯迪厄造這樣一個字，顯然是為把中文既區別於西方的拼音文字，又區別於埃及那種形象文字。更近一些則有喬治·斯坦納稱漢字為「邏輯象形字」（logographic）。[61]不過威廉·波茨在研究中國文字的一部近著裡指出，早在柯迪厄和斯坦納之前，在一八三八年由美國哲學學會在費城出版的《論中國文字的性質及特點》一書裡，彼得·杜·龐梭（Peter Du Ponceau）已經提出，漢字是作為語言中的詞彙來表意，漢字與語音的關係和英語中一組字母與語音的關係一樣，漢字是「一個邏輯象形的

---

[58] Foucault, *The Order of Things*, pp. 38-39.

[59] Matteo Ricci, *China in the Sixteenth Century: The Journals of Matthew Ricci, 1583-1610*, trans. Louis J. Gallagher (New York: Random House, 1953), p. 28.

[60] Henri Cordier, "Chinese Language and Literature", in Alexander Wylie, *Chinese Researches* (Shanghai, 1897), p. 195.

[61] George Steiner, *After Babel: Aspects of Language and Translation* (Oxford: Oxford University Press, 1975), p. 357.

書寫系統」。[62]書寫系統可以在不同方式和層次上表示口頭語言，在拼音文字系統中，大多數字母是一個符號代表一個語音，但是一個符號也可以代表一個音節或一個詞。波茨說：「一個符號表示一個音節，就叫做『音節符』（syllabograph），一個符號表示一個詞，就叫做『意符』（logograph），或者叫『詞符』（lexigraph）。」漢字的書寫系統就屬於後面這種情形，其與西方拼音文字的區別在於，漢字「把整個詞的發音變為可見的形式，而字母系統（即典型的語音文字系統）則基本上是以單個的音來表示單個的音。」[63]

　　然而，把中文視為天下事物的微形圖畫，以為漢字與口頭語言的發音沒有關係，卻是西方一個極難消除的錯誤觀念。不僅如此，費諾羅薩和龐德以對中文字的創造性誤解為基礎，建立起一套極有影響力的「表意」（ideogrammic）詩歌理論，使這個錯誤觀念在近代顯得更為生機勃勃。雅克・德里達受到費諾羅薩和龐德的影響，認為「非拼音的」中國語言「為在邏各斯中心主義之外發展起來的文明，提供了強有力的證據。」[64]於是中文漢字再次成為與西方文化全然不同的非我之象徵，代表與西方文化的差異。可是，難道中國，中國的語言和文化都應該作為西方的反面來理解嗎？如果非我只被看成西方自我形象的對立面，那又怎麼可能建立起真正跨文化的理解？現在已經是消除這類錯誤觀念及其文化對立基本前提的時候了，中國絕不僅僅是西方自我理解的反面，中國自有其文化和歷史，自有其現實的存在。

---

[62] William Boltz, *The Origin and Early Development of the Chinese Writing System* (New Haven: American Oriental Society, 1994), p. 6.

[63] 同上，頁六、九。

[64] Jacques Derrida, *Of Grammatology*, trans. Gayatri Chakravorty Spivak (Baltimore: Johns Hopkins University Press, 1976), p. 90.

第五節　自我與他者的融合

　　問題在於，我們有沒有可能把非我作為真正的非我來認識？我們與福柯爭辯，與別的一些把中國視為非我而帶偏見的人爭辯，可是爭辯到最後，卻發現我們不是證明福柯錯誤，卻恰恰證明他是對的，因為我們證明了他的見解的正確，即要跳出文化系統的認識基素或基本符碼，要擺脫歷史先驗成分的限制，幾乎是不可能的事情。我們今日發現的關於中國的錯誤觀念，顯然是長期積存在西方傳統中的文化概念之一部分，在西方歷史和意識形態中有很深的根源。我們的討論可以說明，西方眼裡中國的形象是在歷史上逐漸形成的，往往代表與西方不同的價值觀念。在不同的歷史時期，中國、印度、非洲和阿拉伯世界的中東，都代表過西方的反面，被西方人視為理想化的烏托邦，具有異國情調而且如夢幻般誘人的樂土，或者恰恰相反，被視為永遠僵化、蒙昧無知而且沒有精神價值的地方。在理解非我當中，我們無論有怎樣的改變和進步，我們的理解也總是通過語言才可能實現的，而語言本身是歷史的產物，並不能超然於歷史之外。誠如道生所說，「歐洲和亞洲、西方和東方之間的對立，是我們藉以思考這個世界和調整我們對世界的認識之重要範疇之一，所以毫無疑問，哪怕對東方研究有特殊興趣的人，也難免在思想上受其影響」。[65]我們除了自己的語言和思維方式而外，別無其它語言和思維方式可用，除了與自我相比照而外，也別無其它辦法來理解非我，所以完全不受歷史和意識形態條件影響、純「客觀」或「正確」的理解，大概是沒有的。然而，這是否意味著我們的思想和語言是一種牢房，我們永遠不可能從中間逃脫出來呢？在道生談到影響廣泛的各種錯誤觀念時，他不僅作為比一般人更瞭解中國的一位漢學家在說話，而且是以學者和編者的身份在說話，深信他編著的書將為讀者提供可靠的知識，驅除各種似是而非的混亂觀念，並幫助讀者瞭解

---

[65] Dawson, "Western Conceptions of Chinese Civilization", p. 22.

中國豐富的文化遺產。換句話說，他認為不僅有必要，而且有可能暴露和矯正文化理解上的錯誤觀念。

　　當然，在一定程度上，我們的思想和知識都必然取決於我們所生長於其中的文化環境，我們也確實只能在我們自己語言界定的範圍之內去命名、說話和思考。理解總是要在歷史所限定的一套範疇中開始，這就是海德格爾所謂理解的先結構，而認知的過程也似乎總是在一個闡釋循環的範圍內運行。海德格爾說，我們所理解的任何東西都只有通過解釋才可以構想出來，而解釋已經「植根於我們預先已有的東西，即先有（fore-having）之中」。[66]但是理解的先結構並非凝固下來的各種先入之見，並非永遠不受挑戰，也並非永遠不會改變。它只是理解過程必然而且暫時的開端，其進一步的發展將取決於我們在闡釋過程中必將遇到的事物和事件。海德格爾說：「我們最先、最後和隨時要完成的任務，就是決不容許我們的先有、先見和先構概念呈現為虛幻和普遍性的成見，而是要依據事物本身來整理這些先結構，從而達到科學的認識」。[67]因此在海德格爾的闡釋理論中，儘管先入之見得到充分承認，可是理解的先結構並不排除接受挑戰的可能，反而應該儘量接受「事物本身」的挑戰，並「依據事物本身」作出調整和變化。這一點正是海德格爾所強調的。在發揮海德格爾這段話的意義時，伽達默指出：「海德格爾闡釋理論的要點並不是證明有闡釋的循環，而在於指明這一循環在本體意義上有正面的作用。」[68]理解非我固然是從預先設定的闡釋前提開始，即從某一文化系統的基本符碼和認識基素開始，但隨著闡釋過程的進展，這些預先設定的因素就會受到挑戰而改變。正如伽達默所說，在海德格爾所設想的闡釋過程中，「解釋由先構概念開始，而逐漸代之以更合適的概念」，而且「注意到理解的方法問題，

---

[66] Martin Heidegger, *Being and Time*, trans. John Macquarrie and Edward Robinson (New York: Harper & Row, 1962), p. 191.

[67] 同上，頁一九五。

[68] Gadamer, *Truth and Method*, 2nd rev, ed., trans. Rev. Joel Weinsheimer and Donald G. Marshall (New York: Crossroad, 1989), p. 266.

就不僅會關注預期觀念的形成，而且要使這些觀念進入意識層面以便檢驗它們，從而由事物本身獲取確切的理解」。[69]所以，我們固然應該記住，我們的語言在相當程度上決定了我們如何談論非我的他者，但我們也絕不可忘記，他者也自有其聲音，能夠針對各種誤解申明自己的真理。許多錯誤觀念正是通過忘記甚至壓制他者聲音的手段，才得以自詡為他人文化的代表，只求在他人文化中尋求能擺脫自己文化和社會的另一類選擇的人，也才有心思耽於對非我的各種虛構幻想。在這種自我的投射和虛構的幻想中，失去的是對非我的他人的真切關懷，即列維納斯一再強調過的對於他人的道德責任。當他者的聲音被遺忘或受到壓制時，關於非我的討論就變成一陣空話，更有甚者，他者的社會和政治現實就被完全歪曲，關於非我的西方理論就取代了具體的現實，而全然意識不到這種理論在他人文化環境中可能產生什麼樣的影響。因此，重要的是隨時注意他者的利益，傾聽他者的聲音，並隨時意識到我們自己的偏見和局限，同時意識到在文化上對立的東方和西方，實際上不過是文化的構想物，與它們所應當代表的實際上的東方和西方有極大的差別。

國民性格的形象，那種十分流行的、漫畫式的概括，就往往是表現系統本身產生出來的。英國作家王爾德在一八八九年就以俏皮的語言說，現實和表現之間可以有很大的差異。就拿日本來說，「真住在日本的人和一般英國人並沒有什麼不同；也就是說，他們也極為尋常，沒有什麼特別新奇的地方。事實上，整個日本只是純粹的虛構」。[70]尤金尼奧・多納托認為，王爾德宣稱文藝作品中表現的日本是一種神話和虛構，實際上就摧毀了寫實主義的幻象，揭示了「我們在德里達之後已經懂得的道理」，即「表現的遊戲」。[71]但更重要的是，王爾德摧毀了非我的神話，明確認識

---

[69] 同上，頁二六七、二六九。

[70] Oscar Wilde, "The Decay of Lying: An Observation", *Intentions* (New York: Bretano's, 1905), pp. 46-47.

[71] Eugenio Donato, "Historical Imagination and the Idioms of Criticism", *Boundary 2* 8 (Fall 1979):52.

到日本人和一般英國人同樣尋常這一實際情形。作為一個典型唯美派的作家，王爾德憎惡平凡的現實，他肯定會寧可要藝術創造的神話，然而他關於「表現的遊戲」的深刻見解，恰恰指出了文化上虛構出來的神話之虛假性質。也許正因為如此，一貫言過其實來出語驚人的王爾德，顯得比我們當代的許多學者說話更清醒，因為儘管現在關於中國和日本的語言文化已經有了許多認識，這些學者們卻對這些知識視而不見，聽而不聞，不是拿神話來代替現實，就是根本拒絕承認這二者之間有什麼區別。

法國文評家羅蘭・巴爾特關於日本的玄想，把日本作為一個有意識「發明出來的名字」和一個「虛構的國家」，就可以做一個有趣的例子。和王爾德一樣，巴爾特也意識到自己著作中出現那個「符號的王國」日本，並不是一個真實的國家。他說：「我並沒有愛撫地凝視著一個東方的本質──東方在我是無足輕重的，它不過提供一套特色，而控制這一套特色──構想它們互相的作用──就使我得以『設想』一種聞所未聞的象徵系統，一種和我們自己全然不同的系統。」巴爾特知道，希望利用非我的語言來揭示「我們自己的語言不可能做到的」這一願望，即福柯表達過的同樣願望，只能是一種「夢想」。[72]巴爾特預先告訴他的讀者，他所寫的日本都只是在製造神話，可是他又沉湎在一個完全與西方自我不同的夢幻之中，並且製造出一些關於日本的神話。譬如他斷言「筷子是我們的餐刀（及其掠食時的替代品叉子）的反面」，於是把東方和西方又放在一個基本對立的框架之中。[73]幾乎在美國的每一家中國餐館都有所謂「算命餅乾」（fortune cookies），這是在中國從來沒有的，要是讓這些現代的夢幻者們去闡發一下「算命餅乾」的象徵意義，去推想真假參半而且有聲有色的關於唐人街的神話，還真不知道會產生一些怎樣奇妙的結果出來呢。

巴爾特的確寫過一篇關於中國的短文，但他筆下的中國卻絕無半點色彩。那是文革期間的中國，是中國近年歷史上充滿政治騷亂和自我毀滅

---

[72] Roland Barthes, *Empire of Signs*, trans. Richard Howard (New York: Hill and Wang, 1982), pp. 3, 6.

[73] 同上，頁一八。

一段痛苦而且災難性的時期。巴爾特雖然是一位符號學家和政治上左翼的知識份子，卻完全未能閱讀中國這個文本，完全未能理解中國的社會、人民和中國的政治。事實上巴爾特在他這篇短文裡要論證的一點，正是中國的無可理解，即他在中國的經驗沒有任何意義。他說，一群法國知識份子在訪問了紅色中國之後，回國時卻「沒有帶回任何東西。」他描述中國廣闊的國土，用的竟是「乏味」、「平淡」、「沒有顏色」和「沒有畫意」這類字眼。[74]他又說：「在中國，意義被消除了，在我們西方人通常會去尋求意義的地方，都找不到意義，可是它又在我們最討厭的地方屹立著，全副武裝，大聲大氣，咄咄逼人，那就是在中國的政治裡。」[75]可是巴爾特自陷於東西方對立的觀念中，把中國僅僅看作一切西方價值的反面，就根本不可能解讀他所謂中國政治中的意義。例如，他在「目前的批林批孔運動中」所能發現的，竟然是「一種輕快的遊戲性」。他甚至說，批林批孔這四個字的聲音「聽起來就像雪橇上悅耳的鈴聲，而整個運動又分為幾個新發明的遊戲」。[76]在文革無數的政治運動中，有那麼多毫無道理的殘忍，有那麼多人被迫害，受到肉體上的折磨和殘害，甚至死於非命，巴爾特卻把那些運動描述為「輕快」、「悅耳」、「新發明的遊戲」等等，聽來簡直像是極不負責的惡作劇式的玩笑。他當然不是有意這樣做，而且他也根本不知道如何依據「事物本身」來解讀中國政治。正如西蒙・萊斯略為譏諷的評論所說，巴爾特在此所做的，不過是典型巴黎式優雅的清談，是「給那種老式的、遭人鄙棄的瑣碎閒談增添一種新的光彩」，繼續讓「那一細股半熱半涼的溫水輕輕地一點點滴下來」。[77]麗莎・羅（Lisa Lowe）對巴爾特這篇短文有非常精到的評論，同時還批評了克利斯蒂瓦（Julia Kristeva）關於所謂「前俄底普斯母系制」中國文化一套怪誕的、

---

[74] Roland Barthes, "Well, and China?", trans. Lee Hildreth, *Discourse* 8 (Fall-Winter 1986-87): 116, 117.

[75] 同上，頁一一八。

[76] 同上，頁一一九。

[77] Simon Leys, "Footnote to a Barthesian Opuscule", *Broken Images: Essays on Chinese Culture and Politics*, trans. Steve Cox (New York: St. Martin's, 1979), p. 89.

心理語言學式的胡言亂語，也批評了法國*Tel quel*派知識份子的毛主義政治拜物教。她認為在所有這些例子裡，「一個具有顛覆性的中國都是按照對立的邏輯被呼喚出來的；這個中國總是被描述為可以抵制解讀的意志，而描述這個中國也總是以更徹底地細論西方觀察者的闡釋意願為目的」。[78]在這裡，法國知識份子的左派政治立場並不就能保證對東方的普通人抱和善的態度。其實巴爾特早已明確承認，「東方在我是無足輕重的」，只是寫作的一個藉口。麗莎・羅把這稱為巴爾特「逃避的詩學」，與老牌東方主義者欣賞中國的異國情調驚人地相似。她說：

> 頗有諷刺意味的是，巴爾特力圖擺脫二項邏輯的控制而批判西方的意識形態，結果他所取的形式卻與傳統的東方主義沒有什麼兩樣：巴爾特通過呼喚一個烏托邦式的東方，以求造成一個想像中第三者的立場。這想像中的東方作為對西方的批判，就成了他的「逃避的詩學」的符號，代表了想超越符號學與能指和所指的意識形態的意願，即發明一個立場來超出二項結構的意願。[79]

在巴爾特對中國和日本的思考中，恰恰是二項對立的結構得到了進一步加強。「超越符號學與能指和所指的意識形態的意願」把自己投射在一個完全空白的、想像中的東方之上，虛構出一個平淡的、「消除了意義」的東方。於是巴爾特把中國視為「闡釋學的終結」。[80]他確實把日本稱為符號的帝國，但立即就加以修正說：「符號的帝國？是的，不過必須明白這些符號是空的，祭禮是沒有神靈的。」這就是說，這些東方的符號不是供解讀的，因為這裡「沒有任何東西值得把握」。[81]於是這種東方的空的

---

[78] Lisa Lowe, *Critical Terrains: French and British Orientalism* (Ithaca: Cornell University Press, 1991), p. 163.

[79] 同上，頁一五四。

[80] Barthes, "Well, and China?", p. 117.

[81] Barthes, *Empire of Signs*, pp. 108, 110.

闡釋學真的是空空如也，其唯一的意義就是沒有意義，是為西方關於意義與深度的闡釋學提供一個對立面。

不用說，只要東方被理解為表示與西方的差異，被界定為西方的非我，西方人眼裡看到的就只是一個文化的神話。但是西方人一旦認識到中國或日本真的不同，也就是說，不是作為西方想像中的非我，而是作為一個有自己的歷史的國家，而且一旦西方有瞭解非我的真誠意願，即擴展西方自己的認識水準的意願，那麼非我的神話就必須破除。當然，傳統中非我的形象有一種神秘的光輝，有奇特的美，有謝閣蘭（Victor Segalen）所謂「多樣化的審美價值」。謝閣蘭是法國詩人，對中國情有獨鍾，他發展出帶有強烈個人色彩的一套關於他者的理論，讚美一切在時間或地點上遙遠的東西，而把他這套理論稱為 l'Exotisme，即「異國情調論」。對他說來，中國與其說是一個真實的國家，毋寧說更是一個神話，是激發他寫作《石碑集》（Stèles）等詩文著作的靈感；在他看來，破除神話就必將把詩的魅力也一併摧毀，因為異國情調的美不是別的，就是「構想他者的能力」。[82]隨著東西方交往日益加強，他為異國情調的逐漸消失而深感懊惱。「世界上異國情調的張力正在減弱。異國情調，即心理、審美或物理能量的來源（我固然不想混淆這些層次），也正在減弱。」這位詩人對此大為哀歎，他問道：「神秘在哪裡？距離又在哪裡？」[83]

然而神秘固然可能產生魅力，卻也可能產生恐懼，而保持距離也必定以犧牲真正的理解為代價。破除非我的神話當然不是不承認他者與自我的距離，否認其陌生性或詩性的魅力，而是要認識其真正的而非想當然的差異。若不暴露形形色色的錯誤觀念，消除東方和西方虛假的對立，就不可能真正欣賞差異的美，認識非我的審美價值。美或趣味的審美判斷當然不是一個用邏輯推理或科學方法可以解決的問題。正如伽達默所說，「審美判斷的合理性不是來自某種普遍原則，也不可能用普遍原則來證明。誰

---

[82] Victor Segalen, *Essai sur l'Exotisme: Une esthétique du divers (notes)* (Montpellier: Editions Fata Morgana, 1978), p. 19.

[83] 同上，頁七六、七七。

也不會以為趣味的問題可以由推理和論證來決定」。但與此同時，他又說「趣味的觀念本來不止是審美的，而更是一個道德的觀念」，而且趣味可以通過「教養」來培育和提高。[84]美和審美趣味問題的辯證法就在於，一方面是不可忽略的個別性，另一方面又有建立社會規範和普遍標準的可能。因此，雖然我認為有必要破除非我的神話，我卻並不是要提出什麼奇妙的辦法來瞭解非我真正的美，只是想減少以不負責任的態度構想出來的文化差異之幻象。我希望強調的是道德而非審美的方面，是在欣賞他者之差異時趣味的培養。所謂「道德」方面就是首先要承認，他者作為活生生的人存在，要知道他們的意願和利益，要防止以主觀意測壓制了他者的聲音，使其意願變得無足輕重。消除非我的神話以獲取更準確的理解，並不意味著完全採取他人的價值觀念而消除自我，而是在獲得可貴的經驗之後，最終返回到自我。在這點上，伽達默在其論著中發揮過的另一個重要概念，即「教養」（Bildung）的概念，也許會對我們有很大幫助。

　　黑格爾在討論「教養」這一理論概念時，認為首先有自我的異化：「理論概念的教養引導人超越直接知識和直接經驗。其內涵是使人學會認識與自己不同的東西，並找到普遍性的觀點，從而可以把握事物，不受自我利益影響地去把握『自由存在的客觀事物本身』。」然而精神的基本運動是傾向於從他人復歸於自我；因此「構成教養本質的顯然並非異化，而是自我的復歸」。[85]但教養並不是如黑格爾所認為那樣，只在達成普遍性，即完美而絕對的哲學認識。伽達默強調的是整個過程的開放性，是「讓自己隨時對他人的——即其它的、更帶普遍性的觀點，保持開放的態度」。在他看來，普遍性的觀點並不是絕對的，「並不是可以應用的固定尺碼，而是……可能的他者的觀點」。[86]這就是說，瞭解非我是一個教養的過程，一個學習和自我培養的過程，既不是把自我投射到非我之上，也不是用非我的他性來抹去自我。恰恰相反，這是自我與非我相遇合的一

---

[84] Gadamer, Truth and Method, pp. 42, 35.

[85] 同上，頁一四。

[86] 同上，頁一七。

刻，在此刻兩者達到伽達默所謂「眼界的融和」（fusion of horizons），兩者都發生變化而變得更豐富。這融合的一刻會取消自我和非我、或東方和西方孤立的眼界，而突出兩者正面的互動關係。在兩者眼界的融合之中，我們可以超越語言和文化的界限，不再有孤立的東方或西方，也不再有異國情調的、神秘莫測的非我，只有可以學習和吸收的東西，可以將其化為我們自己知識和經驗的一部分。於是在消除非我的神話之後，神話雖然消失了，美卻會依然存在，因為東西方真正的差別會得到充分認識，中國與西方真正的差異會顯出我們世界的豐富多彩，也就對我們可以驕傲地稱之為人類文化遺產的總體，作出有價值的貢獻。

附記：這篇文章初稿寫於一九八七年，是為在美國普林斯頓大學舉行的第二次中美比較文學討論會提交的論文，原文用英文寫成，同時又按會議要求交了一份中文譯稿。英文稿經過很大修改，發表在一九八八年秋季的《批評探索》（*Critical Inquiry*）上。北京大學出版社一九九七年出版了美國耶魯大學史景遷教授的《文化類同與文化利用》，是「北大學術演講叢書」第五種，該書把我一九八七年提交給普林斯頓討論會的中文稿作為附錄，附印在史景遷教授的演講稿後面。此事我事先並不知道，那中文稿也未經我修訂。一九九八年底，斯坦福大學出版社出了我的一本書，題為 *Mighty Opposites: From Dichotomies to Differences in the Comparative Study of China*，我把發表在《批評探索》上的英文稿再加修訂，作為那本書的第一章。二〇〇二年美國出版的一本《全球化時代的比較政治文化論文集》（*Comparative Political Culture in the Age of Globalization: An Introductory Anthology, ed. Hwa Yol Jung, Lanham, Md.: Lexington Books, 2002*），也收了這篇文章。這一次的中文稿就根據斯坦福大學出版社所出書裡的英文本改寫，與八七年的中文稿相比，有不少增刪，尤其結尾部分很不相同，此為改定稿。此文曾發表在《文景》二〇〇四年八月號。

第二章　文化對立批判：
論德里達及其影響

　　在當代的西方文學和文化批判理論中，也許解構理論（deconstruction），尤其是差異（*différance*）這個術語，是最著名的。[1]對差異的強調成為普遍風氣，無論討論語言、文學、宗教、哲學、民俗或其它的文化形式，尋求差異似乎成為預定的目標，在未研究討論之前就已懸為應當肯定和追求的價值。這或許正是後現代主義或後現代文化的特點，但正如史蒂芬・康納所說，普遍強調差異恰好消除了差異：「據說後現代主義理論使人注意文化差異和多元的世界，但在為這差異和多元世界命名的同時，後現代主義理論恰好又使之封閉起來。」[2]如果所有的研究都強調差異，差異的追求本身豈不就恰好變成普遍性而消除了差異？對我們說來，更重要的問題是，從東方或從中國文化的角度，或者說從東西方文化比較研究的角度看來，西方當代理論對差異的強調有怎樣的意義和影響呢？

---

[1] 關於這個術語，可參見Jacques Derrida, "Différance", in *Margins of Philosophy*, trans. Alan Bass (Chicago: University of Chicago Press, 1982), pp. 1-27.

[2] Steven Conner, *Postmodernist Culture: An Introduction to Theories of the Contemporary* (Oxford: Basil Blackwell, 1989), p. 9.

第一節　黑格爾與東西文化的對立

　　黑格爾似乎是西方古典哲學傳統最後的代表人物,因為他畢生致力於思辯哲學的形而上學,而在黑格爾之後,有影響的哲學家如尼采、海德格爾等,都以打破超驗思辯的形而上學傳統為務。當代西方哲學中激烈批判傳統的一派,更由尼采、海德格爾破除偶像的精神,發展到幾乎全盤否定傳統哲學思想的程度。法國哲學家雅克·德里達(Jacques Derrida)無疑就是最能代表這種否定精神的思想家之一,他的解構理論和對邏各斯中心主義(logocentrism)的批判在西方,尤其在美國,產生了極大影響。在各種哲學流派彼此競爭演成的思想界喜劇中,解構主義者往往讓人想起《浮士德》中默菲斯特菲勒斯(Mephistopheles)的自白:「Ich bin der Geist, der stets verneint!」(我乃否定一切之精靈)。從黑格爾的辯證法到德里達的解構論,西方哲學確實可以說有了重大轉折,可是就思維的發展而言,哲學傳統歷來以批判性思考為契機,後浪推前浪,在反思和批判中推出新的思想和理論體系。在這個意義上說來,哲學或思辯精神本身又頗似《奧塞羅》中亞果(Iago)的自白,所謂「nothing if not critical」(不批評就什麼也不是)。以此觀之,則德里達的解構不過是這種批判思考較新近的表現,而並非完全擺脫西方哲學思辯傳統的所謂「斷裂」。儘管傑姆遜把「斷裂」視為從建築、文藝到批判理論等後現代文化諸方面共同的時代特徵,「斷裂」卻不是也不可能是絕對的。[3]在一篇討論黑格爾哲學的論文裡,湯姆·羅克莫就說,「德里達依海德格爾理論出發那條線對黑格爾所作的批判,不說含糊不清,也至少內在決定了是不明確的」。黑格爾哲學並不是本體意義上的形而上學,所以德里達用「在場的形而上學」(metaphysics of presence)批判黑格爾,幾乎是無的放矢。這位論者還

---

[3] Fredric Jameson, *Postmodernism or, the Cultural Logic of Late Capitalism* (Durham: Duke University Press, 1991), p. 26 et passim.

說，哲學上宣告與過去的傳統斷裂也不是什麼新姿態，因為至少從笛卡爾以來，「宣告哲學的終結就已成為一種傳統的主題，在許多作者的著述中以形形色色的方式不斷出現」。[4]不過我在此關心的，並不是從西方哲學傳統本身來看，德里達與黑格爾可能有什麼聯繫，而是從東西方文化比較研究的角度，看他們在涉及東西文化的異同時有怎樣的看法，並進一步探討這些看法在東西文化的對話和相互瞭解中，又會產生怎樣的影響。

黑格爾哲學帶有十九世紀典型的歐洲中心論色彩。在《歷史哲學》中，他對歷史作了一番地緣的分析，用頗有文采的筆調寫道：

> 世界的歷史從東方走到西方，因為歐洲絕對是歷史的終結，而亞洲是歷史的開端。世界歷史以東方為開端，儘管東方這個詞完全是相對而言，因為地球雖是一個圓球，歷史卻並不是環繞它在轉圈，相反，歷史有一個固定的東方，即亞洲。外在的物質的太陽在這裡升起，在西方落下，而在西方則升起自我意識的太陽，發放出更加燦爛的光輝。[5]

在黑格爾看來，亞洲和歐洲分別代表了物質和精神，而在這東西地理的分別之中，也就建立起了東西文化的分別和對立。作為一個唯理主義哲學家，黑格爾當然以精神高於物質，而在他看來，正如東方只有物質的太陽一樣，東方也只有物質的、感性的認識，不可能達於精神的、抽象的認識，也就不可能有自我意識和哲學的思辨。易經八卦及陰陽觀念，在黑格爾看來只是一種簡單的數學抽象，而正如德里達所說：「數，或凡是無須記錄語音即可成立的符號，都絕對與黑格爾所理解的概念不合。說得準確

---

[4] Tom Rockmore, "Hegel's Metaphysics, or the Categorial Approach to Knowledge of Experience", in H. Tristram Engelhardt, Jr. and Terry Pinkard (eds.), *Hegel Reconsidered: Beyond Metaphysics and the Authoritarian State* (Dordrecht: Kluwer Academic Publishers, 1994), pp. 52, 53.

[5] Georg W. F. Hegel, *The Philosophy of History*, trans. J. Sibree (New York: Willey, 1944), pp. 103-04.

些，甚至與概念恰恰相反。」[6]於是中國的陰陽象數與西方的哲學概念完全對立，這種文化的對立思想貫穿在黑格爾哲學體系的各方面，當然也在語言上表現出來，成為東西文化最有象徵意味的差別。在黑格爾看來，德文和其它西方的拼音文字完全記錄說話的聲音，也就是記錄內在的語言，因而是合理的書寫形式，但中文卻沒有發展到記錄聲音的程度，它「不像我們的文字那樣表示個別的音，不是把口說的詞語呈現在眼前，卻用符號來代表觀念本身」。[7]在《邏輯學》第二版序言裡，黑格爾讚揚德語有「極豐富的邏輯表達方式」，甚至認為德語「有超出其它現代語言的許多長處；德語的某些詞甚至有更為特出的一點，即具有不僅不同、而且相反的意義」。與此同時，他又宣稱中國語言「被認為並未發展到這一階段，或僅止於十分粗淺的程度」。[8]這就是說，在黑格爾眼裡，中文這種非拼音符號是純粹外在的書寫形式，與內在的語言即由聲音直接表現的思想完全隔絕，不能像西方拼音文字那樣接近於作為內在語言的思想，以及這內在語言在口頭所說的話中直接的表現。

　　如果東西文化之間要作任何比較，要有任何瞭解的可能，那就首先得回應黑格爾的挑戰。我們如果接受黑格爾的看法，中文與西方拼音文字絕對不同，西方哲學中討論的問題只存在於西方，那麼任何跨越東西文化界限的比較和瞭解的嘗試就都失去意義。正是在這個背景之上，我們可以明白何以錢鍾書先生在《管錐編》開篇「論易之三名」，首先就力駁黑格爾「嘗鄙薄吾國語文，以為不宜思辯」的謬誤。[9]黑格爾舉*Aufhebung*一字為最能體現辯證法精妙，因為此字（過去中文採用譯音「奧伏赫變」，現在通譯「揚棄」）含義為「保存」亦為「消除」，為「發生」亦為「終

---

[6] Jacques Derrida, ''The Pit and the Pyramid: Introduction to Hegel's Semiology'', in *Margins of Philosophy*, p. 105.

[7] Hegel, *The Philosophy of History*, p.135.

[8] G. W. F. Hegel, *Science of Logic*, trans. A. V. Miller (New York: Humanities Press, 1976), p. 32.

[9] 錢鍾書，《管錐編》第二版（北京：中華書局，一九八六），頁一。

止」，乃「同一字而具相反意義」者。[10]然而同一字具相反二義，並非德文所獨有。語言學家史蒂芬・烏爾曼就曾指出，「同名而具相悖二義」是「雙義詞中的特例」，如拉丁文sacer與法文sacré一字，就既有「神聖」又有「被詛咒」之義。[11]佛洛德評論卡爾・阿貝《論原始詞語中的反義》一書，也注意到在埃及的象形文字中，「我們可以找到許多雙義詞，其中一義與另一義剛好相反」。[12]錢鍾書從「易一名而含三義」出發，說明同一字而含相反意義在中文裡可以舉出許多例證，而且總結出這種情形可分兩類：「一曰並行分訓，……兩義不同而亦不倍」，「二曰背出或歧出分訓，……古人所謂『反訓』，兩義相違而亦相仇。」至於黑格爾，錢鍾書說：「其不知漢語，不必責也；無知而掉以輕心，發為高論，又老師鉅子之常態慣技，無足怪也；然而遂使東西海之名理同者如南北海之馬牛風，則不得不為承學之士惜之。」[13]所謂「東西海之名理同者」，即錢鍾書《談藝錄》序所說：「東海西海，心理攸同；南學北學，道術未裂。」[14]不同語言文化之間當然有各種差異，但這並不意味著在差異之外，人類各民族就沒有任何共同之處，沒有相互溝通和理解的可能。相信東西方文化「心理攸同」，也並不等於忽視文化之間必然存在的差異，而只是反對把文化截然對立，把文化差異誇大到極端，尤其反對像黑格爾那樣，在把東西文化截然對立的同時，為歐洲中心主義偏見提供理論的依據。

第二節　邏各斯中心主義批判

　　黑格爾以拼音文字為最佳書寫形式，而德里達對此作出了尖銳的批判。在德里達看來，這種偏見不僅來自無孔不入的種族中心主義（ethnocentrism），

[10] Hegel, *Science of Logic*, p. 107.

[11] Stephen Ullman, *Principles of Semantics* (Oxford: Basil Blackwell, 1963), p. 120.

[12] Sigmund Freud, "The Antithetical Sense of Primal Words", trans. M. N. Searl, in *Collected Papers*, 5 vols. (New York: Basic Books, 1959), 4:185.

[13] 錢鍾書，《管錐編》，頁一一二。

[14] 錢鍾書，《談藝錄》補訂本（北京：中華書局，一九八六），頁一。

而且是西方哲學傳統歷來的偏見，即他所謂「**邏各斯中心主義：拼音文字
的形而上學**」。[15]希臘字邏各斯（logos）既是理性或思想，又是理性或思
想在口頭說出的話中的表現，也即聲音與意義的統一。德里達所謂邏各斯
中心主義，就是指以口頭語言優於書寫文字、以拼音文字為活的聲音之忠
實記錄這種偏見。德里達說，邏各斯中心主義將語言的真實意義視為「音
與義在音素中達到的明確統一。相對於這種統一，書寫文字就總是衍生
的、偶然的、個別的、外在的，是能指的重複：即拼音書寫的。如亞里斯
多德、盧梭和黑格爾所說，書寫是『符號的符號』」。[16]從這句話可以看
出，德里達把黑格爾放在西方哲學的全部發展史中，認為邏各斯中心主義
滲透了西方的思辯傳統。事實上，德里達認為整個的西方哲學史，「不僅
從柏拉圖到黑格爾（甚至包括萊布尼茲），而且超出這些顯而易見的界
限，從蘇格拉底之前諸家到海德格爾，一般都把真理之源歸於邏各斯：真
理的歷史，真理之真理的歷史，從來就是貶低書寫文字，是在『圓滿的』
口頭語言之外壓抑書寫文字的歷史」。[17]德里達所謂邏各斯中心主義或
「形而上學的等級秩序」（metaphysical hierarchy），是以口頭語言接近
內在思維而高於書寫文字這樣一種觀念，而他對這種等級秩序的批判和解
構，毫無疑問打破了對拼音文字的迷信，有助於消除黑格爾那種貶低中國
語文的歐洲中心主義偏見。

　　不過德里達雖然批判黑格爾所代表的邏各斯中心主義和語音中心主
義，卻並沒有解構黑格爾哲學建造起來的東西文化的對立。德里達主要著
作《論文字學》的英譯者斯皮瓦克就在譯者序裡指出，雖然德里達一開始
就把邏各斯中心主義與種族中心主義相提並論，但「幾乎出於一種相反方
向的種族中心主義，德里達堅持認為邏各斯中心主義是**西方**的特產。這種
看法在他書中隨處可見，無須舉例。儘管第一部分約略提到西方的中國偏

---

[15] Jacques Derrida, *Of Grammatology*, trans. Gayatri Chakravorty Spivak (Baltimore:
　　Johns Hopkins University Press, 1976), p. 3.
[16] 同上，頁二九。
[17] 同上，頁三。

見，但德里達的書卻始終沒有認真研究和解構過**東方**」。[18]所謂「西方的中國偏見」，是指十七世紀末和十八世紀西方某些思想家，尤其以萊布尼茲為代表，由於受在中國傳教的耶穌會士影響，以為中國文字完全不受不同發音的口頭語言限制，可以成為建立人類普遍語言和普遍符號的模式。德里達批評了萊布尼茲這種偏見，認為那只是「一種歐洲人的幻覺」，而且這幻覺「與其說來自無知，毋寧說來自誤解。儘管當時對中國文字所知有限，但已有一些確切認識，而這卻並沒有妨礙這種幻覺的產生」。[19]由此看來，對於在東方的中國去尋求西方文化的對立面和另一種選擇，對於像萊布尼茲那樣把中國的非拼音文字浪漫化、理想化，德里達似乎有十分清醒的認識。

　　然而德里達自己在稍後論及東方語言文字時，不僅「沒有認真研究和解構」東方，而且把東方和尤其是中國的書寫文字，視為解構西方邏各斯中心主義的武器和工具。他指出以非拼音符號為主的中文字也包括一些語音成分，但在結構上卻是以表意而非以語音為主，他於是得出結論，說這「就是在全部邏各斯中心主義之外發展出來的一種強大文明的證明」。[20]不僅如此，當他在西方文化內部去尋找對邏各斯中心主義的突破時，他找到的恰好又是費諾羅薩和龐德基於對中文的誤讀而建立的意象派詩學理論。他說：「這就是費諾羅薩著作的意義所在，他對龐德及其詩學的影響是眾所周知的，這樣一種徹底以圖像為基本的詩學，和馬拉美的詩學一起，是最牢固的西方傳統中第一次的突破。龐德迷醉於中文的表意文字，其歷史的意義也就正在於此。」[21]萊布尼茲對中文的誤解，德里達明確認定只是「歐洲人的幻覺」，但費諾羅薩和龐德對中文的誤解，又何嘗不是「歐洲人的幻覺」呢？以誤解中文為基礎的意象派詩學，何以就成為「最牢固的西方傳統中第一次的突破」呢？

---

[18] Gayatri Chakravorty Spivak, Translator's Preface, 同上，頁lxxxii。

[19] Derrida, *Of Grammatology*, p. 80.

[20] 同上，頁九〇。

[21] 同上，頁九二。

　　德里達說：「費諾羅薩使我們注意到，中國詩基本上就是一個文字。」[22]這當然來自費諾羅薩論中國文字那本小冊子，即認為中文字是「自然行動速記式的圖畫。」[23]費諾羅薩認為，用這種表意文字寫的中國詩儘量發揮漢字的圖畫性能，每一行都是一連串的圖畫或意象，而這就是龐德意象派詩學的基礎。龐德對漢字的圖畫性質的確很入迷，就把漢字一個個拆開，發掘其中的意象。例如《論語》開頭孔子那句有名的話：「學而時習之，不亦說乎？」龐德把「習」分解為「白」、「羽」兩個字，頗有詩意地譯成「Study with the seasons winging past, is not this pleasant?」（再譯回中文則是：「隨著四季扇動著翅膀飛去而學習，這不是很愉快嗎？」然而原文裡學習兩字連用，習是溫故，學是知新，跟白色的羽毛毫無關係。所以漢學家喬治・甘迺迪譏諷地說：「學習兩字重複強調的意思是，只有學識而不去實踐中溫習是不會有什麼成果的。龐德為了有四季扇動著翅膀飛去這樣一種田園詩，便犧牲了這個相當重要的訓誡。這無疑是好的詩，但也無疑是壞的翻譯。龐德有實踐，可是卻沒有學識。他作為詩人值得人稱道，作為譯者則並不可取。」[24]喬治・斯泰納在專門討論語言和翻譯的一本書裡也說，龐德的《中華集》（Cathay）有那樣的魅力，是因為他正好迎合了西方人眼裡所想見的中國之形象。他的詩之所以成功，「並非他或他的讀者們知道得那麼多，而恰恰是他和他們都一樣知道得那麼少」。[25]就中文的理解而言，費諾羅薩和龐德把漢字視為超越語音的速記式圖畫，當然是一種誤解，因為中國詩並非如費諾羅薩設想的那樣是一連串用眼睛看的意象和圖畫，而首先是口頭吟詠、講究韻律的歌謠。但正如拉茲洛・格芬所說，費諾羅薩和龐德對中文字這一誤解，「也許是英國

---

[22] 同上，頁三三四，注四四。

[23] Ernest Fenollosa, *The Chinese Written Character as a Medium for Poetry*, ed. Ezra Pound (San Francisco: City Lights Books, 1969), p. 8.

[24] George A. Kennedy, "Fenollosa, Pound, and the Chinese Character", *Selected Works of George A. Kennedy*, ed. Tien-yi Li (New Haven: Yale University Press, 1964), p. 462.

[25] George Steiner, *After Babel: Aspects of Language and Translation* (Oxford: Oxford University Press, 1975), p. 359.

文學中最具成果的誤解」。[26]龐德誤讀漢字產生出來的一套詩學理論，在現代詩中有很大影響，我並不想否認這種誤解帶來的成果，更無意指責費諾羅薩和龐德漢語知識的膚淺。但在此我要指出的是，無論費諾羅薩或龐德都並沒有擺脫德里達批評萊布尼茲時所謂「西方的中國偏見」，他們對中文的誤讀不僅出於他們的一知半解，也更由於他們將自己的意願投射到中國的語言文字上，到異國文化中去獵取新奇，為突破自家傳統尋找幫手和模式。德里達依據費諾羅薩和龐德對中文的誤讀來批判西方拼音文字的語音中心主義，宣稱中國文字「就是在全部邏各斯中心主義之外發展出來的一種強大文明的證明」，也就缺乏任何說服力。

第三節　道與邏各斯

如果我們從中國文化本身來看德里達所謂邏各斯中心主義，就可以發現他所批判那種從內在思想到口頭語言再到書面文字的「形而上學的等級秩序」，絕不僅是西方哲學傳統所獨有。叔本華曾引西塞羅的話，說明希臘文邏各斯兼理性（*ratio*）與言說（*oratio*）二義。[27]烏爾曼也說邏各斯一詞多義，對哲學思維頗有影響，而它「主要有二義，其一相當於拉丁文*oratio*，即『言語或內在思想賴以表達者』，其二相當於拉丁文*ratio*，即『內在思想』本身」。[28]伽達默則說邏各斯往往譯為理性或思想，但其本義實為語言，所以「人是理性的動物」這句話，其實是「人是有語言的動物」。[29]值得注意的是，漢語裡的「道」字也恰好兼道理與說話二義。

---

[26] Laszlo Géfin, *Ideogram: History of a Poetic Method* (Austin: University of Texas Press, 1982), p. 31.

[27] Arthur Schopenhauer, *On the Fourfold Root of the Principle of Sufficient Reason*, trans. E. F. J. Payne (La Salle, Ill.: Open Court, 1974), pp. 163-64.

[28] Stephen Ullman, *Semantics: An Introduction to the Science of Meaning* (New York: Barnes & Noble, 1964), p. 173.

[29] Hans-Georg Gadamer, "Man and Language", in *Philosophical Hermeneutics*, ed. and trans. David. E. Linge (Berkeley: University of California Press, 1977), pp. 59, 60.

《老子》首章「道可道，非常道。名可名，非常名」。錢鍾書就評論說：「第一、三兩『道』字為道理之『道』，第二『道』字為道白之『道』，如《詩·牆有茨》『不可道也』之『道』，即文字語言。古希臘文『道』（logos）兼『理』（ratio）與『言』（oratio）兩義，可以相參，近世且有謂『人乃具理性之動物』本意為『人乃能言語之動物』。」[30]此處不僅「道」字類似邏各斯兼有理與言二義，而且老子以至理常道超脫語言而不可以言語道出，著書五千言其實都不能表達他的真意，就更與德里達所謂邏各斯中心主義的等級秩序若合符節。魏源《老子本義》在評論老子這句話時，就把這一點講得很清楚：「道固未可以言語顯而名跡求者也。及迫關尹之請，不得已著書，故鄭重於發言之首，曰道至難言也。使可擬議而指名，則有一定之義，而非無往不在之真常矣。」[31]《莊子·知北遊》也說：「道不可聞，聞而非也。道不可見，見而非也。道不可言，言而非也。」《周易》繫辭上有「書不盡言，言不盡意」的話。這句話表達的正是意、言、書三者之間的等級秩序，亦即內在思想、口頭語言、書面文字之間的等級關係，在中國傳統裡，可以說這最接近於德里達所謂「形而上學的等級秩序」。說「書」比「言」離「意」更遠，正是像德里達所批判的西方邏各斯中心主義那樣，把書寫文字視為「符號的符號」，因而在達意方面最為局限。

在中國文化傳統裡，懷疑語言能充分達意，尤其貶低書寫文字的功能，實在屢見不鮮。《莊子·天道》篇輪扁與桓公的一段對話，就是一個好例子。桓公正在讀書，輪扁問他「所讀者何言？」桓公答道：「聖人之言也。」輪扁又問：「聖人在乎？」公曰：「已死矣。」於是輪扁說：「然則公之所讀者，古人之糟魄已夫！」顯然莊子是個語言應用上的懷疑論者，〈外物〉篇結尾有一段著名的話：「筌者所以在魚，得魚而忘筌。蹄者所以在兔，得兔而忘蹄。言者所以在意，得意而忘言。吾安得夫忘言

---

[30] 錢鍾書，《管錐編》，頁四○八。
[31] 魏源，《老子本義》，《諸子集成》第三冊（北京：中華書局，一九五四），頁一。

之人而與之言哉？」莊子認為只有能忘記他所說話的人，才值得去跟他說話。這個思想對後來道家有影響，對佛教禪宗所謂「不立文字，教外別傳」的主張也有影響。然而對語言局限的認識，卻並不僅止於道、釋兩家，據《論語·陽貨》記載，孔子也曾對他的弟子說「予欲無言。」子貢反問道：「子如無言，則小子何述焉？」孔子答道：「天何言哉？四時行焉，百物生焉，天何言哉？」這說明孔子也認為，無須借助語言而達到傳道授業的目的，應當是最理想的，不過他明白這不大可能做得到，於是注重實際的孔子並不對語言過分期待，也就不大抱怨語言的局限。《論語·衛靈公》記載孔子的意見，是主張「辭達而已矣。」從得意忘言的主張到意在言外的觀念，在中國文化中，尤其在文藝批評的傳統中，從對語言局限性的認識發展到對語言含蓄性的強調和欣賞，可以說有相當豐富的內容，其中有許多地方可以而且值得與西方文化和批評傳統中相近或相類之處作比較研究。[32]

　　當然，漢字雖含有表音的成分，但就整個文字系統的構成而言，中文的書寫與西方拼音文字確實有很大差別，因此貶低文字那種形而上學的等級秩序的偏見，在中國或許就沒有像在西方那樣穩固。莊子在懷疑語言達意能力的同時，又大量使用最具文采的語言，據《莊子·天下》篇的記載，莊子自謂「以謬悠之說，荒唐之言，無端崖之辭，時恣縱而不儻。」在〈外物〉篇裡，惠子指出他的矛盾說：「子言無用。」他就回答說：「知無用而始可與言用矣。」莊子對用與無用的辯證理解，最可以體現對世間萬物靈活應對的態度，這對於超脫形而上學等級秩序的偏見，糾正把言、意僵化對立的死板看法，也最能給我們啟迪，為我們指引道路。

---

[32] 對此較詳盡的討論，可參見拙著*The Tao and the Logos: Literary Hermeneutics, East and West* (Duke University Press, 1992)。此書有韓國延世大學鄭晉培教授主持翻譯的韓文譯文（1997）和馮川先生的中譯本（《道與邏各斯》，成都：四川人民出版社，一九九八）。

第四節　文化之間的異與同

　　德里達對西方哲學傳統裡邏各斯中心主義和語音中心主義的批判，確實有助於打破狹隘的歐洲中心主義偏見，這正是他的解構論在當代的激進意義。然而與黑格爾比較起來，德里達對中文書寫文字的看法並沒有什麼改變。黑格爾認為中文是非拼音的，缺乏邏輯性而不宜於哲學的思辨；德里達則認為正由於同樣的原因，中文的書寫文字證明在邏各斯中心主義之外，可以有完全不同於西方的另一種文明，而且可以為突破西方傳統提供新的範例。德里達欣賞費諾羅薩和龐德，原因就在於此。其實他未必不知道費諾羅薩和龐德並不是漢學權威，並不能為理解中國語言和文化提供最可靠的知識。換言之，黑格爾和德里達雖然極不相同，但他們對中國語言文字的看法卻並無二致，唯一區別只是黑格爾站在西方傳統之內，挾歐洲中心論的偏見而貶低中文，而德里達則由批判西方的歐洲中心論，從西方傳統內部批判西方傳統而抬高中文。兩者一褒一貶，態度固然相反，但對中文本身的認識則又殊途同歸，基本一致，即都把中國的語言文化與西方的語言文化絕對對立起來，以為二者代表了不同的傳統、不同的思維方式。

　　正如錢鍾書先生在《管錐編》一開始就批駁黑格爾的無知和偏見一樣，為了消除把東西文化機械對立的觀念，我們也不能不對德里達的理論提出不同看法。人類各民族文化本來就既有相同之處，也有不同程度的差別。脫離具體討論的環境，抽象地問我們在比較研究中應當強調同還是強調異，可以說是一個毫無意義的問題。要對不同文化有比較全面而接近真實的理解，就既要看到同中之異，也要看到異中之同。不過我們也須注意，從黑格爾到德里達，甚至從更早時期以來，在西方可以說就有一個相當深厚的傳統觀念，即把東方和中國視為西方文化的對立面，視為西方的他者。在德里達的解構論具有很大影響的當前，對差異的強調更形成一種普遍的文化氛圍，成為許多人討論問題的前提，甚至是預設的結論。差

異成為文化相對主義的旗號，在文化研究中成為多數人遵從的理論範式（paradigm），對西方學者影響極大。[33]

　　一個很能說明問題的例子，是已故的劉若愚先生有關中國語言文字論述的變化。六十年代初，他曾用英文寫過一本介紹中國詩的小書，一開頭就批評費諾羅薩，說他那本分解漢字的書完全引人走入歧途，是極大的「謬誤。」[34]可是到八十年代末，在他最後的一本英文著作裡，劉若愚卻完全改變了看法，轉過來稱讚費諾羅薩和龐德，說他們「直覺地意識到，中國文字提供了不同於西方邏各斯中心主義的另一種選擇。」他當然知道自己有一個一百八十度的大轉彎，但卻堅持說他這一看法與他早期的觀點「並不矛盾」，只是反映了「由於環境的改變而強調之點有所不同」。[35]所謂「環境的改變」，顯然是指在德里達的理論影響之下美國大學裡學術氛圍的變化。劉若愚先生專門研究中國語言和古典文學，對於美國漢學研究曾作出不少貢獻，他當然知道就中文的理解而言，費諾羅薩和龐德頂多是一知半解，他們把漢字視為意象和圖畫，也完全出於誤讀和一廂情願的幻想。可是由於德里達及其解構理論在美國大學的文學研究領域影響極大，在這種環境裡，就是劉若愚先生也感到不能不推翻自己過去經過認真研究得出的看法，順著德里達去讚揚費諾羅薩和龐德，並為中國文字爭取一種殊榮，即為西方人「提供不同於西方邏各斯中心主義的另一種選擇」。可是把中國文字視為西方邏各斯中心主義之外的另一選擇，不過是從西方的角度來判斷中文的價值，是把中國文化視為西方的他者。這與黑格爾式的東西文化對立觀念，除了在態度上不同之外，在實質上又有什麼區別呢？

　　就西方當代的情形而言，一方面固然有宣揚保存文化差異的多元文化主義，另一方面也有宣稱在冷戰後，文化衝突將是未來世界最大危險的危

---

[33] 參見David D. Buck, "Editor's Introduction to Forum on Universalism and Relativism in Asian Studies", *The Journal of Asian Studies* 50 (Feb. 1991): 29-34.

[34] James J. Y. Liu, *The Art of Chinese Poetry* (Chicago: University of Chicago Press, 1962), p. 3.

[35] James J. Y. Liu, *Language-Paradox-Poetics: A Chinese Perspective*, ed. Richard John Lynn (Princeton: Princeton University Press, 1988), p. 20.

言聳聽的論調。這就可以使我們意識到，對差異的強調本身並不一定帶來文化上更為寬容的態度。事實上，種族主義、狹隘民族主義等排他性的思想主張，也從來是以差異為起點的。在這種情形下，努力消除文化對立的偏見，認識不同文化、尤其是東西方不同文化可能有共同性，有可以互相溝通的觀念價值，就更有特別的、也許不僅止於學術的意義。意識到這一點，當然不是消除一切差異，不是說黑格爾和德里達沒有區別。但在差異得到過分強調、成為文化研究範式的時候，指出東西文化之間相通之處，力求得到跨越文化界限的理解和認識，我認為是一種負責任的態度，是值得我們去努力追求的目標。

附記：這篇文章是為「三聯・哈佛燕京學社學術系列」第一輯而寫，基本上是拙著《道與邏各斯》一書要點的簡單概述，最初發表在此學術系列第一輯《公共理性與現代學術》上，二〇〇〇年由三聯書店在北京出版。由於德里達及其解構理論在西方影響很大，使文學和文化研究都過分強調差異，所以本文主要針對德里達的解構論，提出中國所謂道與西方所謂邏各斯就語言與思維的關係而言，二者有重要的交匯點。這當然不是說道與邏各斯毫無分別。早在一九八四年，德里達先生在耶魯講學時，讀了我後來發表在《批評探索》上的「道與邏各斯」一文，就邀我和他單獨見面，討論東西方文化傳統的異同問題。他雖然承認自己不懂中文，依靠美國詩人龐德來理解中文的結構難免有誤，但他問我：難道道家思想與邏各斯中心主義是相同的嗎？我回答說它們當然不同，但以德里達之影響，過分強調二者的對立與差異，就造成西方很多人對中國傳統的誤解，我也就感到不能不指出道與邏各斯有相同之處。假設有德里達這樣重要影響的人物，過分強調二者的相同，甚至宣稱道與邏各斯完全一致，毫無差別，那我大概就會採取另一種立場，論說二者的差異了。我們討論任何問題，都是針對某種論說作出回應，所以就有一定的前提和範圍。不過就當代的學術環境而言，文化的對立和過分強調差異確實是東西方比較研究必須首先克服的障礙，因此文化對立的批判也就成為貫穿本書各篇論文的共同主題。

第三章　經典與諷寓：
文化對立的歷史淵源

　　把文化之間的差異構想成互相對立的各種實體和系統，這是古已有之的做法，既非現代，亦非後現代。埃斯庫羅斯的劇作《波斯人》和希洛多德的《歷史》就清楚表明，古希臘人已經有很強的文化差異的意識，在與波斯人的差別之中來理解自己的文化。在紀元前一世紀，哈裡卡納索斯的狄奧尼休斯想宣稱希臘或雅典的修辭與演說術堪稱天下第一，就把雅典的風格與其對手相比，說雅典的對手是「昨天或前天才剛從亞細亞的死洞裡新跑來的暴發戶」。[1]希臘和亞細亞，西方和東方，這都是些基本的範疇，是一種思想的積木塊，不同時代不同地區的人們就用它們來構想世界，建構自己的身份認同。各種各樣的差異為理解自我和構想他人提供了強有力的比喻，設置了思維的模式，而當差異特別突出的時候，每一種文化都顯得像是一種生命形式，似乎具有自己獨一無二的特性，而文化之間的差異往往變成文化的兩極分化，被視為互相之間毫無共同點之文化形式、觀念及價值的對立。

　　狄奧尼休斯所謂「亞細亞」是指我們現在所謂小亞細亞，但他那句話背後的對比原則卻有普遍的適用性，遠不止他當時所指的美西亞（Mysia）、菲利吉亞（Phrygia）和卡利亞（Caria）這樣幾個特定的地點。正如約翰·

---

[1] Dionysius of Halicarnassus, *Critical Essays I*, trans. Stephen Usher, Loeb 465 (Cambridge: Harvard University Press, 1974), p. 7.

史特曼早已指出的，這一類的對立都是形式邏輯的抽象範疇，脫離實際的「文化史」學者們常常用這類範疇來「論證文化地理的合理性，把文化歷史理想化」。當這些抽象的哲理史學家們用對立的邏輯來研究不同文化時，他們就把複雜的文化現象極力簡化，將其分為界限分明的兩組。「為了界定東方，他們就把它與西方相對比。為了闡發歐洲文明，他們就強調其與亞洲的對立。在他們手裡，這些名詞變得互相排斥，凡甲方所有者，則乙方必無」。[2]對比原則按對立邏輯的推理，不能不把相互的排他性強加給對立的兩方——歐洲和亞洲，西方和東方——而不考慮兩方自身內部可能存在的各種差異，也不考慮可能模糊兩方界限的共同點。因此，對立原則的鼓吹者往往忽略每種文化內部的差異，或把這種內部差異輕描淡寫，以便儘量突出文化之間的差異。於是一切觀念、價值和人的一切活動都在個人主體和語言的層次上失去特性，而又在集體的層次上被重新組合，變為據說互不相容的團體性範疇、普遍性特點和甚至整個的文化系統。正是靠把文化簡化成這樣全盤集體性的認同，文化差異才顯得如此絕對，而且如此互不相容。

史特曼在他書中發人深省的一段裡說，西方傳統似乎有一種根深蒂固的偏向，總是偏於把事物分為對立的二項來思考。「西方傳統是兩種極有自覺意識的文化——即希臘和希伯萊文化——在精神上的繼承者，所以西方文化幾乎從一開始就繼承了它們精神上的排他性。一種是以希臘人與野蠻人之分來考慮一切，而另一種則以猶太人與異教徒之分來考慮一切。」[3]馬丁‧亨格爾在討論希臘化時期希臘人與猶太人之關係時，也有類似的看法。他說：「以『希臘』與『野蠻』相對比表現出來那種希臘人的優越感，在猶太人那裡則有相應的被選擇的自豪感，那在古代是絕無僅有的，表現出來就是『以色列』與『世界各民族』的對比。」[4]這種彼此

---

[2] John M. Steadman, *The Myth of Asia* (New York: Simon and Schuster, 1969), p. 15.

[3] 同上，頁三〇。

[4] Martin Hengel, *Jews, Greeks and Barbarians: Aspects of the Hellenization of Judaism in the pre-Christian Period*, trans. John Bowden (Philadelphia: Fortress Press, 1980), p. 78.

的劃分乃是種族中心主義的表現，世界各地皆然，倒並非西方所獨有。大漢中心主義的中國人也歷來有華夷對立的觀念。《孟子‧梁惠王上》所載「王之大欲，」便是「莅中國，而撫四夷也。」雖然按《說文》，夷字本來指「東方之人，」其中不一定就包含文化價值高低優劣的判斷，但在語言的歷史發展中，夷和蠻很快便帶有貶義，成為對漢文化以外一切國內少數民族或國外異族帶歧視意味的稱呼。希臘人把非希臘人都稱為 *barbaros*，本意是「外國人」，但這個詞很快具有文化價值判斷的意味，帶有「野蠻」的貶義，也正是同樣的道理。

　　史特曼要討論的是東西方的對立，所以他說西方傳統是由兩種高度自覺的文化相匯合而形成統一的文明，而這一文明往往把自己區別於各種非西方的文明。然而史特曼所舉的兩種文化——希臘和希伯萊文化——歷來就被視為是互相對立的，它們在西方傳統內部形成一種對立，而這和西方與東方的對立並沒有什麼兩樣。事實上，同一套詞彙可以用來討論這兩類對立，在西方傳統上常常用「東方的」（Oriental）這個字來形容希伯萊文化。由此看來，對比原則那種精神上的排他性是無所不在的，並且也作用於西方文明本身。非西方這個概念是和西方這個概念相輔相成的，而在非西方概念變得十分明確之前，早已在西方有了希伯萊與希臘文化的對立，並表現出了後來構想出來的東西方的各種對立。希臘文化與希伯萊文化的對立如果不是西方對比原則唯一的表現，也是其最重要和最持久的表現之一，西方主要的思想家們無不以此作為互相對立的兩套概念、範疇和價值之來源和基礎。因此，考察一下對比原則在兩種情形下如何起作用，在西方傳統內部，希臘和希伯萊之對立如何構成，在西方傳統「之外」，西方和東方之對立又如何構成，應該是很有意義的。我們可以發現，在把文化差異構成二項對立這一點上，這兩種情形有許多驚人的相似之處。把文化作絕對區分的意願，將文化差異作二項對立的欲望，這都和傳統以及傳統的意識形態有複雜的聯繫，而這是許多鼓吹文化差異的人，例如主張多元文化論的人，並沒有充分認識到的。我在此要指出的是，文化差異並不一定都具有解放性，卻有其另外的一面，帶來的可能是排他性和壓抑性

的危險。我們把上面所說這兩種對立合起來考察,就可以認識到這些文化對立都是些神話,在不同文化的交往中,它們有可能會產生嚴重的、令人擔憂的後果。

第一節　奧立根與猶太聖經的解釋

希臘與希伯萊文化互相交往的歷史可以追溯到亞歷山大大帝以前的遠古時代。希伯萊文裡借用了許多希臘字,包括猶太最高長老會的名稱 Sanhedrin,也來源於希臘文的 *sunhedrion*(意為「同坐一堂」),由此可見「甚至在猶太教的核心,也隨時存在希臘化的壓力」。[5]亨格爾認為,在紀元前三世紀,希臘語廣泛應用於巴勒斯坦地區,成為聯繫希臘化各國之強有力的紐帶,希伯萊文借用了很多希臘字,很多猶太人給自己起了希臘名字,希臘的教育對巴勒斯坦和流散在巴勒斯坦之外地區的猶太教都有相當影響。[6]巴勒斯坦的猶太長老即拉比們,也許並沒有研讀過柏拉圖和蘇格拉底以前諸家的哲學著作,也沒有採用希臘的哲學術語,但他們確曾親自獲取異教法典的知識,運用過希臘和拉丁文的法律術語。[7]另一方面,希臘文翻譯的猶太聖經即所謂「七十人譯本」(the Septuagint),對希臘化文化也有一定影響,而且「可以說它幫助形成了一種新的希臘文,而福音的傳佈、《新約》的寫作以及早期基督教的儀式和神學,使用的就都是這種文字。」[8]這裡提到的三個字——希臘、希伯萊和基督教——已足以表明希臘和希伯萊文化的匯合以及其間的緊張關係,在基督教作為晚

---

[5]　Philip Carrington, *The Early Christian Church*, 2 vols. (Cambridge: Cambridge Univeristy Press, 1957), 1:14.

[6]　See Martin Hengel, *Judaism and Hellenism:Studies in Their Encounter in Palestine during the Early Hellenistic Period*, 2 vols. trans. John Bowden (Philadelphia: Fortress Press, 1974).

[7]　See Saul Lieberman, "How Much Greek Is Jewish Palestine?" in *Essays in Greco-Roman and Related Talmudic Literature*, ed. Henry A. Fischel (New York: KTAV Publishing Hose, 1977), pp. 325-43.

[8]　Carrington, *The Early Christian Church*, 1:10.

古時代一種新宗教興起的過程中，表現得最為明顯。當然，為了把自己的宗教區別於所有其它的宗教和文化，許多基督徒會以為剛剛產生的基督教是一種嶄新的信仰，一方面取代了猶太教的舊信仰，另一方面使所有異教的神祇全都陳舊過時。英國大詩人彌爾頓在一首著名的詩裡，設想基督在伯利恆誕生的那一刻，

> The Oracles are dumb,
> No voice or hideous hum
> > Runs through the arched rood in words deceiving.
> Apollo from his shrine
> Can no more divine,
> > With hollow shriek the steep of Delphos leaving.
> 神諭變得瘖啞而沉默，
> 再沒有低沉的聲音穿過
> > 那穹隆的殿堂，迷人心魄。
> 阿波羅再也不能
> 在神殿裡安然自若，
> > 只好哀號著離開德爾菲的山坡。[9]

在這首詩裡，基督的降生同時也意味著語言的轉化，因為阿波羅被奪去了「聲音」，阿波羅著名的神諭被基督教上帝真正的邏各斯壓制，變得「瘖啞而沉默」。在許多虔誠的基督徒心中，希臘的諸神被唯一的神取代了。正像詩人海涅譏諷地說道，「整個奧林珀斯現在成了一座空中地獄」。在瓦格納的歌劇裡，基督教騎士唐豪瑟居然可以當面對美神維納斯

---

[9]　John Milton, *On the Morning of Christ's Nativity*, in *Complete Poems and Major Prose*, ed. Merritt Y. Hughes (Indianapolis: Bobbs-Merrill, 1957), p. 48.

說：「啊，維納斯，可愛的女人，你不過是一個魔鬼！」[10]在古希臘被奉為神明的，現在只成了迷信，海涅認為「在較早的民族宗教這一轉化中，就最能見出基督教的性質」。[11]然而，希臘文化精神對基督教又有極廣泛的影響。亨格爾經典性的《猶太教與希臘文化》一書，最後得出的結論認為，早期基督教是在猶太教的希臘化改革失敗之後，從猶太教裡發展出來的，一方面是希臘文化普遍主義包容性的傾向，另一方面則是猶太民族墨守教法的傾向，早期基督教的興起也是對這一衝突的回應。[12]在晚古時代，各種形式的希臘文化為許多歷史事件和文化現象提供了一個大背景，所以無論用什麼理論來解釋作為一個宗教運動的基督教之興起，都必須考慮這一希臘文化的背景。[13]《新約》是用希臘文寫成的，最早期的基督徒大多是講希臘語的猶太人，這對於理解基督教與希臘化地區的語言和文化之關係，實在有很重要的意義。

在經文、儀式和神學傳統等方面，基督教與猶太教的關係就更為深遠。最早的基督徒是猶太教中相信救世主的一派，他們自信為忠誠的猶太人，而且認為他們相信耶穌正是實現猶太教中各位預言者的資訊。蒙娜·胡克的研究表明，一直要到第四部福音書寫作的時代，耶穌的信徒才變得大多數不再是猶太人，而基督教也變成一種「以種族為分界線」的新的宗教。[14]基督教的《聖經》在《新約》之外，還保存了希伯萊的經典，這不僅說明基督教在最初形成時與猶太教關係密切，而且也說明基督教繼承了希臘和希伯萊文化傳統。只要仔細考察一下希臘和希伯萊文化在早期基督教中匯合的歷史，便可以見出二者不斷互相影響，彼此融合，似乎任何非

---

[10] Heinrich Heine, *Concerning the History of Religion and Philosophy in Germany*, trans. Helen Mustard, in *The Romantic School and Other Essays*, ed. Jost Hermand and Robert Holub (New York: Continuum, 1985), p. 136.

[11] 同上，頁一三七。

[12] See Hengel, *Judaism and Hellenism*, pp. 306, 309.

[13] See Hans Dieter Betz, "The Birth of Christianity as a Hellenistic Religion: Three Theories of Origin", *Journal of Religion* 74 (Jan. 1994): 1-25.

[14] Morna D. Hooker, *Continuity and Discontinuity: Early Christianity in Its Jewish Setting* (London: Epworth Press, 1986), p. 27.

此即彼的僵硬對立都不可能成立。在《新約》研究中，有幾部著作已強調了耶穌傳道的猶太文化背景。桑德斯論證說，福音書描繪的耶穌之背景，即一種「猶太救世歷史」的理論背景和相信世界已經走到時間盡頭那種末世論（eschatological）背景，二者都是猶太文化本身具有的，「二者都指向未來，二者都設定上帝一定會在歷史中有所作為，來和他所成就的別的事情一致」。[15]胡克批評《新約》研究中所謂不類似原則，因為這一原則認定在耶穌的教導中，只有一方面不同於猶太教信仰，另一方面又區別於早期教會的東西，才有可信的真實性，而這樣一來，就把耶穌變成一個孤家寡人，「既無猶太教的根基，亦無對基督徒群體的影響」。[16]最近又有阿微麗‧卡麥隆對早期教會與希臘和希伯萊文化之「分離」提出質疑。她認為在希臘羅馬傳統「衰落」的背景上來談基督教的「興起」，只會走入歧途，這裡不是希臘和希伯萊文化對早期基督教發生影響的問題，而是它們根本有「密不可分的關聯」。[17]然而不幸的是，早期教會的神學家們為了顯示基督教教義優於任何別的意識形態，往往就忽略了現代歷史學者所見的這種「密不可分的關聯」。當然，《新約》中保羅的書信已經為帶著偏見去閱讀摩西五書奠定了基礎，保羅使用的語言已經充滿了類型論（typological）那種新與舊、精神與字面、生命與死亡等等對立（見《哥林多書》下，3:6以下各節）。[18]保羅採用傳統的猶太人的解讀策略，但又

---

[15] E. P. Sanders, *The Historical Figure of Jesus* (London: Penguin, 1993), p. 96.在《新約》研究中重視耶穌之猶太背景的著作，還可參見：Geza Vermes, *Jesus the Jew: A Historian's Reading of the Gospels* (London: Collins, 1973); and Vermes, *The Religion of Jesus the Jew* (Minneapolis: Fortress Press, 1993).

[16] Hooker, *Continuity and Discontinuity*, p. 26.

[17] Averil Cameron, *Christianity and the Rhetoric of Empire: The Development of Christian Discourse* (Berkeley: University of California Press, 1991), pp. 2, 38.

[18] 所謂諷寓（allegory）是指在字面意義之外還有另一層含義的作品，而把一部作品解釋為在字面的本義之外還另有一層含義，則是諷寓性解釋（allegorical interpretation）。基督教《聖經》解釋中的預示論或類型論（typology），是把猶太人的經典（即《舊約》）與講耶穌生平和教義的《新約》相聯繫，在《舊約》中尋找可能被解釋成預示耶穌的任何文字、人物或情節，而這些人物或情節就成為預示耶穌的「原型」或「類型。」這兩種解釋策略相結合，就把《舊

作了許多改變以適應他以基督為中心的闡釋學。正如卡爾弗裡德・弗雷利希所說，「從關於以色列歷史的敘述中讀出上帝救世的計畫來，這是諷寓式的類型論；認定這種拯救存在於超出歷史的真理領域，這是類型論的諷寓；而這兩種語言的混合正是二世紀基督教聖經闡釋的特點。」[19]早期基督教的神學家們在把基督教與古代其它宗教，尤其是猶太教尖銳對立起來的時候，就構築起帶有精神上排他性的文化差異，在後來的歷史上產生了不幸的影響和後果。

　　在早期基督教對《聖經》的解釋中，希臘與希伯萊文化的對立表現為一種很怪的形式，即常常被提到的字面與精神的對立，一方面說猶太人墨守經文的字面含義，把上帝想像成人一樣，另一方面則說只有通過基督教的諷寓解釋，才可能聽到超越塵俗的神聖邏各斯的聲音。這種帶有明顯傾向性的對立往往由雅典和耶路撒冷這兩個城市來做象徵，或者對晚古時代的文化地理說來更準確的是，用希臘化的亞歷山大城（Alexandria）和敘利亞的安提哦克城（Antioch）來做象徵。一般把亞歷山大學派描繪成在聖經經文具體字義之上，追求更高的精神意義，所以具有希臘的乃至柏拉圖式的氣質，而安提哦克學派則被描述為是希伯萊式的，強調聖經經文歷史和字面的含義。這兩派在闡釋方法上確實互相競爭，而且在論及安提哦克時，羅伯特・格蘭特曾說，「只要在教會受到猶太會堂影響的地方，聖經解釋就會有注重字面的傾向」。[20]在古代晚期，安提哦克顯然有一個活躍的猶太人社區，他們的闡釋傳統對那裡基督教的聖經解釋也有所影響。米克斯和威爾金兩人認為「最終依賴於猶太模式的解釋成了安提哦克派的特

約》解釋為在字面意義之外另有真義，其真義就在於預示《新約》的內容，而舊約本身便失去歷史的真實意義。

[19] Karlfried Froehlich, ed. and trans., *Biblical Interpretation in the Early Church* (Philadelphia: Fortress Press, 1984), intro., p. 10.

[20] Robert M. Grant with David Tracy, *A Short History of the Interpretation of the Bible*, 2nd revised ed. (Philadelphia: Fortress Press, 1984), p. 63.

色」。[21]然而，亞歷山大和安提哦克並非完全相悖而形成希臘與希伯萊文化的簡單對立。在仔細考察之下，它們之間競爭的歷史背景遠比一幅僵硬對立的圖畫所能表現的，要複雜得多。

雖然亞歷山大城確實是希臘化文化最重要的中心，但第一個把亞歷山大的諷寓法用來解釋摩西五書，並對基督教教父的闡釋學發生深刻影響的，卻是一個著述極富、名叫斐洛的猶太人。猶太拉比們認為猶太法典是上帝在西奈山上給摩西的啟示，斐洛把這種解釋與希臘人關於神賜靈感的觀念相結合，於是聖經經文便有了更深層的真理或精神意義，而且只有通過諷寓性的解釋才能重新認識這樣的真理和精神意義。斐洛堅持認為，深層的真理「總喜歡隱藏起來」。凡當「上帝靈感之言」在聖經經文裡顯得好像「鄙俗或夠不上其必有的威儀」時，就必須拋棄經文字面的意義，以諷寓的方式理解其精神的真理。[22]斐洛的諷寓解釋常常被說成是猶太人的一種辯解，即把希伯萊聖經說得與一個豐富而且高度發達的異教文化可以互相匹敵，可是斐洛說到最後豈止辯解，而根本是聲稱希臘全部的哲學、法律和智慧都最終可以追溯到古希伯萊的來源，說赫拉克利特可能「像賊那樣」從摩西那裡「偷竊」思想，而且柏拉圖也「從先知們或從摩西那裡有所借貸」。[23]大衛・道生在一部近著裡說，斐洛對聖經的諷寓解釋可以視為是「把希臘文化猶太化，而不是把猶太人的身份認同消散在希臘文化之中」，斐洛用這樣一種解釋策略來「把以前未納入經文的文化的意義重新調整，重新界定，甚至『重新書寫』」。[24]斐洛把希臘人閱讀古代經典的哲學方法，尤其是荷馬作品的諷寓解讀，與他顯然很熟悉的猶太人的闡釋傳

---

[21] Wayne A. Meeks and Robert L. Wilken, *Jews and Christians in Antioch in the First Four Centuries of the Common Era* (Decatur: Scholars Press, 1978), p. 21.

[22] Cited in Harry Austryn Wolfson, *Philo: Foundation of Religious Philosophy in Judaism, Christianity, and Islam*, 2 vols. (Cambridge, Mass.: Harvard University Press, 1948), 1:116, 123.

[23] 同上，頁一六〇。

[24] David Dawson, *Allegorical Readers and Cultural Revision in Ancient Alexandria* (Berkeley: University of California Press, 1992), pp. 74, 107.

統結合起來。正如揚‧達尼祿所說，斐洛的諷寓解釋「並非只是用聖經的意象裝點起來的希臘知識」，其靈感是「真正來自於聖經，因為他是一個虔誠信教的猶太人」。[25]在另一方面，安提哦克的評注家們固然反對亞歷山大學派過度的唯靈主義，可是他們也從希臘的古典修辭學和文本批評吸取經驗，也以理解經文的更高意義為目的，他們把這更高意義稱為*theoria*（理），這是他們採用柏拉圖的一個術語，並以此來對抗亞歷山大諷寓解釋過度的唯靈主義。由此可知，亞歷山大和安提哦克兩派都希望釋出聖經經文更高的意義，儘管兩派之間的確有些爭執，但正如弗雷利希所說，「二者的尖銳對立完全是想當然。……亞歷山大與安提哦克之間的區別似乎更多是兩派在方法和要點上的不同，而並非在救世論原則上的分歧」。[26]

　　既然兩派都想追尋《聖經》更高的意義，那麼早期教會那種希臘與希伯萊文化的「尖銳對立」又是怎樣構築起來的呢？我們可以用二世紀教父奧立根的聖經評注做一個例子。作為亞歷山大學派闡釋方法的一個代表，奧立根是早期基督教《聖經》解釋者中最多用諷寓法的，而且也是把教父的闡釋理論系統化的第一人，即他題為《論第一原則》的論文。奧立根認為聖經文字有神的靈感，含義精深，而且故意安排了用經文歷史和字面的意義來掩蓋其精神的意義。他說上帝之言「在只要與這些神秘意義不相悖的地方，都儘量用真實的歷史事件來隱蔽更深一層的意義，使一般庸眾無法察覺」。他又說聖經經文有三重意義，可以比之為肉體、靈魂和精神，而在他的聖經評注中，他的目的總是尋求精神的意義。他說：「就聖經經文的總體而言，全部經文都有精神的意義，但並不是全部經文都有肉體的意義。事實上，在很多情形下，根本不可能有肉體的意義。」[27]在所有這些方面，奧立根都深受斐洛的影響。[28]達尼祿舉出奧立根受斐洛影響

---

[25] Jean Daniélou, *From Shadow to Reality: Studies in the Biblical Typology of the Fathers*, trans. Wulstan Hubberd (Westminster: Newman Press, 1960), p. 202.

[26] Froehlich, *Biblical Interpretation in the Early Church*, p. 20.

[27] Origen, *On First Principles: Book Four* (II.9, III.5), in Froehlich, *Biblical Interpretation in the Early Church*, pp. 62, 67.

[28] See Wolfson, *Philo*, 1:158-59.

的五種因素或五條原則，而且說這些往往引向站不住腳的過度詮釋。尤其值得懷疑的是從斐洛借來的如下觀念，即以為「聖經經文中的一切都有寓意」。達尼祿認為這種過度的詮釋「成了中世紀諷寓家們各種誇張附會的出發點」。但奧立根所借助於猶太人解釋的還並不僅止於斐洛，因為他從所認識的猶太人那裡學習了希伯萊文，而且很可能是從一些猶太拉比那裡學習，在具體解釋一些章節字句時，他還常常提到一些希伯萊文的依據。達尼祿簡略討論過猶太拉比對奧立根的影響。尼可拉斯·德·朗吉用了一本書的篇幅專門討論這一問題，甚至宣稱「對拉比沒有一點瞭解，奧立根所說的話也就大半不可解，一旦把猶太拉比的著作引證出來，現代學者們提出的一些理論就會完全坍塌」。

　　然而，儘管奧立根有時以希伯萊文為依據，又頗受斐洛的影響，但他卻堅持認為猶太人根本不可能正確理解《聖經》。據德·朗吉的考察，在奧立根的著作裡，「希伯萊」（*Hebraioi*）和「猶太」（*Ioudaioi*）這兩個字有微妙的區別，顯出他有意識把《舊約》與猶太人分隔開。「如果說『希伯萊』的含義是純語言的，那麼『猶太』的含義則是辯論性的。在講到教會與猶太會堂的衝突，回憶兩派的爭執，譴責猶太人拒絕並殺害了耶穌，或在批評猶太人解釋法典太墨守字面意義時，他就使用『猶太』這個字」。[29]這就是說，在奧立根看來，雖然《舊約》是用希伯萊文寫成的，但其真正的意義卻是猶太人無法理解的。奧立根的聖經闡釋學是徹頭徹尾以基督為中心的，而且絕對以基督教類型論的解釋策略為基礎，既把希伯萊聖經據為己有，又否認猶太人可以有真正的理解。他認為《舊約》描繪的像人一樣活動的上帝以及歷史事件的記錄，都是「通過歷史敘述來象徵地指向某種玄秘，但這些歷史事件看似真實，卻並非在肉體的意義上真正發生過」。[30]這論辯性的一步不僅剝奪了希伯萊聖經的歷史真實性，而且使它的意義完全只在於預示基督的到來。奧立根說，「必須承認，只是隨

---

[29] 同上，頁三〇。

[30] Origen, *On First Principles: Book Four* (III.1), in Froehlich, *Biblical Interpretation in the Early Church*, p. 63.

著耶穌的來臨，先知預言的神聖性和摩西法典的精神性質才顯露出來。在基督降生之前，幾乎不可能清楚證明那些古老文獻受了神的靈感」。[31]換言之，只有基督教才能夠顯示希伯萊聖經的神聖性；猶太人儘管有用他們的語言寫成的聖經，可是他們只會讀經文的文字，只能照字面直解，所以他們並不知道如何真正讀懂《聖經》。

　　在爭辯之中所說的墨守字面，並不僅僅是按字面或歷史的意義來閱讀經典，而且還意味著不能達到精神的理解，意味著猶太人的蒙昧，說他們找不到隱藏在聖經字面和歷史敘述後面之精神的真理，而這正是奧立根反覆強調的一點。他說，猶太人被字面意義束縛，他們的眼光至今仍然被摩西臉上的面罩所遮掩，所以辨不清精神的光芒。只有基督教的諷寓解釋家們才能在字面之外，看清精神的光芒。他說：「現在那面罩已經取下來了，透過字面只看見一點影子的那些好的事情，現在都逐漸提升到了清楚認識的層次（參見《哥林多書》下，3:13-16，《希伯萊書》10:1）。」[32]保羅書信中字面與精神的對立為奧立根帶有偏見的解讀提供了依據，不過這類解讀的爭議性，在那對立當中也已經顯露得很清楚。奧立根以犧牲字面和歷史的本義為代價來突出《聖經》的精神意義，在後代受到不少批評，認為做得太過分，是過度的柏拉圖派，甚至近於異端的諾斯蒂派。正如傑拉德・卡斯帕裡所說，奧立根反對他眼裡所見「機械的墨守字面的危險」，但是又陷入與之相反的另一種危險，即「傲慢的唯智主義。……柏拉圖派和諾斯蒂派脫離現實的唯靈主義」。[33]我們可以清楚看出，奧立根的聖經評注實在是集各種二項對立之大成：亞歷山大學派與安提哦克學派之競爭，希臘文化與希伯萊文化之矛盾，基督教諷寓解釋與猶太教注重字面之對立。

---

[31] Origen, *On First Principles: Book Four* (I.6), in Froehlich, ibid., pp. 52-53.

[32] 同上，頁五三。

[33] Gerard E. Caspary, *Politics and Exegesis: Origen and the Two Swords* (Berkeley: University of California Press, 1979), p. 53. See also Henry Chadwick, *The Early Church* (Harmondsworth: Penguin, 1967).

　　可是所謂猶太教墨守字面的傾向，究竟指的是什麼呢？猶太拉比們解釋聖經，尤其所謂「字句評注」（midrash），確實注意經文的個別詞句。詹姆斯・庫格爾說：「字句評注家首先留意的不是整篇經文，即不是諷寓，而是即刻孤立起來的單個的字句。」[34]但這並不是說猶太人的《聖經》闡釋不留心精神的意義，也毫無諷寓的可能。沃爾夫松已指出過，midrash這個詞本來所指就是「拉比們超出字面的解釋方法」。他在討論《新約》中保羅的諷寓法之背景時，論證說保羅使用的各種非字面的解釋，「都是拉比們字句評注式的方法」。[35]猶太教所謂「口傳經文」（Oral Torah）是並不緊扣聖經字面的一種自由解釋的傳統，沃爾夫松指出斐洛正是以此傳統為基礎，建立他的諷寓解釋的方法。沃爾夫松說：「聖經經文不能總是按字面直解，而應作諷寓解釋這一原則，斐洛是從猶太教傳統得來的；他對希臘哲學的瞭解更使他給猶太教本身的諷寓解釋法以哲學的轉向。」[36]假如說猶太人「墨守字面」這句話有任何道理，那也只是因為猶太的字句評注的確以字面意義為根據，把精神意義與經文的個別字眼或具體詞句相聯繫。但是字句評注的功用卻恰好是超出文本顯而易見的本義，作出巧妙的、有時不免牽強的解釋，而其最終目的是把《聖經》的世界與字句評注者自己的世界聯繫起來。正如庫格爾所說，「在字句評注中，《聖經》自成一個世界。字句評注就是進入那個世界的途徑……《聖經》的時間重要，而當前則並不重要；所以解讀《聖經》便是設法跨越時間，進入經文的世界裡去。」[37]對字句評注家說來，進入聖經世界的路徑必須通過經文具體的詞句，通過每一章節的細枝末節。這與基督教的諷寓解釋明顯不同，因為後者常常設定整篇的精神意義，與經文字面僅略有關聯。因此，在猶太拉比的解釋中，精神意義和字面意義不像在奧立根過分的唯靈主義中那樣

---

[34] James Kugel, "Two Introductions to Midrash", *Prooftexts* 3 (May 1983): 146.

[35] Harry Austryn Wolfson, *The Philosophy of Church Fathers: Faith, Trinity and Incarnation* (Cambridge, Mass.: Harvard University Press, 1956), pp. 24, 43.

[36] Wolfson, *Philo*, 1:138.

[37] Kugel, "Two Introductions to Midrash", p. 143.

彼此排斥。此外，基督教的諷寓解釋較易發展還有一個原因，那就是基督徒使用的不是希伯萊文，而是希臘文的《聖經》，儘管他們相信這譯本曾受神的靈感，但畢竟是翻譯，也就不像猶太字句評注家那樣受原文詞句的約束。

如果說猶太拉比的解釋也有諷寓，那麼在另一方面，基督教的聖經評注也並沒有完全拋棄字面意義。奧立根過度的唯靈主義在基督教的《聖經》闡釋傳統裡，畢竟並沒有得到普遍承認。奧古斯丁認為，《聖經》既有意義顯豁的段落，也有晦澀難解的段落，但「晦澀之處所講的一切，無一不是在別處用曉暢的語言講明白的。」[38]阿奎那也說，「凡信仰所必需的一切固然包含在精神意義裡，但無不是在經文的別處又照字面意義明白說出來的」。[39]馬丁·路德便按著這一條思路，宣稱聖靈「只可能有最簡單的意思，即我們所說的書面的、或語言之字面的意義。」[40]對於路德，就像對奧古斯丁和阿奎那說來一樣，聖經本身就是自己的解釋者（scriptura sui ipsius interpres），所以弗雷利希認為，在那樣一個基督教的闡釋傳統裡，並沒有非此即彼的機械對立：「字面意義並不排斥精神意義，反之亦然。其實這二者是相輔相成的關係。」[41]以這樣一個觀點看來，奧立根大談猶太人墨守字面意義就顯得格外言過其實，其目的顯然是要把基督教的詮釋區別於猶太的闡釋傳統。刻意構築起來這猶太人墨守字面的神話，並非來源於拉比們聖經解釋的什麼猶太特色，而是來自一定要分彼此的意願，那種按種族和宗教的分野把文化差異推向極端的慾望。在死摳字面的神話下面，正是那對比原則在起作用，即那種非此即彼、精神上互相排斥的思想。奧立根遵循這一思想原則，就不能不宣稱，儘管基督

---

[38] St. Augustine, *On Christian Doctrine*, II.vi.8, trans. D. W. Robertson, Jr. (Indianapolis: Bobbs-Merrill, 1958), p. 38.

[39] Thomas Aquinas, *Basic Writings of St. Thomas Aquinas*, ed. Anton Pagis, 2 vols. (New York: Random House, 1945), 2:17.

[40] Martin Luther, *Works*, ed. Helmut T. Lehman, trans. Eric W. Gritsch and Ruth C. Gritsch, vol. 39 (Philadelphia: Fortress Press, 1970), p. 178.

[41] Karlfried Froehlich, "Problems of Lutheran Hermeneutics", in John Reumann with Samuel H. Nafzger and Harold H. Ditmanson (eds), *Studies in Lutheran Hermeneutics* (Philadelphia: Fortress Press, 1979), p. 127.

徒和猶太人讀的是同樣的經文，或者說正因為他們都讀同樣的經文，精神
的真理既然啟示給了基督徒，猶太人便完全不可能理解。所以不是基督徒
和猶太人閱讀聖經經文有什麼絕對的差別，而是奧立根必須製造一個墨守
字面意義的神話，以此來構築猶太人與基督徒的絕對差異，並譴責猶太人
對《聖經》的錯誤解釋。無論拉比們的解釋有什麼樣的精神意義成分，在
奧立根及其追隨者們看來，都算不得精神意義。德·朗吉提醒我們說，
「猶太人墨守字面」這一類的話，雖然是好幾個世紀以來一個文化神話的
餘緒，可是「甚至今天仍然可以聽到」。[42]文化神話之持久不衰正可以告
誡我們，人的思想有多麼可怕的惰性，我們的頭腦往往被一些不假思索的
簡單概括和陳規窠臼緊緊束縛，使我們不顧具體的人和現實的複雜性與獨
特性，將其機械分為集體的門類，放進一個個貼上明確標籤的盒子裡去。
因此，暴露文化神話是如何構築起來的，「墨守字面」這類偏見又有怎樣
明顯的傾向性，也許可以提醒我們注意避免排斥和壓抑他人的危險，幫助
我們擺脫僵化的二項對立和以集體性概略範疇來思考的陋習。

第二節　淀歷史看西方的漢學

　　現代是一個世俗化的時代，作為信仰體系的宗教和作為純粹追求知
識的學術是仔細分開的。在這樣的時代，也許很多人會認為西方對中國和
中國文化的看法受到基督教影響，是令人尷尬的歷史包袱，所以在學術界
的漢學研究領域裡，這種影響往往被遺忘，也大多沒有得到承認。然而，
耶穌會的傳教士們是最早認真研習中國語言文化的西方人，當時和現在的
環境固然已大為不同，但今日漢學研究中的許多爭論和問題，仍然使人想
起從前基督教傳教士各派的一些爭論，尤其是十七和十八世紀的所謂禮儀
之爭。當時所謂禮儀之爭一個關鍵問題，就是中國文化與基督教能否相
通，皈依基督教的中國人應不應該繼續祭祖先，他們能否理解精神的真理

---

[42] Nicholas de Lange, *Origen and the Jews*, p. 112.

以及神、天使、得救等概念，他們的語言又能否表達這樣的真理和概念。青木在討論這場爭執時說，禮儀之爭有兩個方面，一個是祭祖的問題，另一個則牽涉到「西方人如何把神和其它精神現實的概念翻譯成中文的問題」，也就是語言或術語的問題。[43]對到中國的早期傳教士頗有研究的美國學者孟德衛也說，除了歷史時間先後的問題之外，「原漢學（proto-sinological）第二個重要的方面便是對中國語言的吸取」，因為十七世紀對語言有入迷一般的興趣，而且常常把中國語言視為「很可能是普世語言（*lingua universalis*）的模型」。[44]由此可見，西方有關中國文化和中國語言的看法是從一開始就緊密關聯的。

　　負責中國教務的利瑪竇以及他在耶穌會教士中的追隨者們傳佈一個看法，即認為中國文化，尤其是儒家思想，已經達到自然宗教的完善狀態，因此已經準備好接受啟示的宗教，即基督教。那種看法常常被稱為耶穌會的「適應」策略，就是指利瑪竇和耶穌會教士們完全沉浸在中國語言文化之中，對儒家傳統作一些讓步以爭取文化精英，即在晚明宮廷中供職的士大夫們。利瑪竇等傳教士傳播的對中國文化正面的看法，在歐洲有相當影響，為萊布尼茲和伏爾泰等哲學家們提供了思想材料，使他們對孔子和中國文化熱烈讚賞。的確，到十七世紀末，正如亞瑟·洛弗喬伊所說，「人們普遍認為，中國人僅僅憑藉自然的光輝，就已經在統治的藝術和倫理道德方面超過了基督教的歐洲」。[45]通過耶穌會教士的解釋和介紹，古代中國的政治和倫理哲學為歐洲思想家們樹立了一個典範，而中國的聖人孔子，也如阿道夫·賴希文所說，「成了十八世紀啟蒙運動的聖人。只是通過他，啟蒙運動才得以找到與中國的聯繫」。[46]

---

[43] George Minamiki, *The Chinese Rites Controversy from Its Beginning to Modern Times* (Chicago: Loyola University Press, 1985), p. ix.

[44] David E. Mungello, *Curious Land: Jesuit Accommodation and the Origin of Sinology* (Honolulu: University of Hawaii Press, 1989), p. 355.

[45] Arthur O. Lovejoy, "The Chinese Origin of a Romanticism", *Essays in the History of Ideas* (Baltimore: Johns Hopkins University Press, 1948), p. 105.

[46] Reichwein, *China and Europe*, p. 77.

　　不過耶穌會教士提出一個正面的中國形象，認為中國文化與基督教價值可以調和一致，當然有其宗教的目的，最終是為了慢慢把中國變成一個基督教國家。耶穌會教士不直接爭辨宗教信仰問題，而是以學者、天文和曆算學家的身份出現，爭辨也往往是在科學和哲學的領域裡進行。萊昂利‧靳森提出一個頗為有趣的看法，認為Confucius（孔夫子）是耶穌會教士的發明，他們製造出這樣一個孔夫子形象，把他說成是在基督尚未誕生之前的一位先知和基督教聖者，早在遠古的中國人當中便傳播一神教的福音。他們之所以有此發明，一方面是因為他們按照適應性策略，希望通過在文化上稍作調整來使中國人信教，另一方面他們又深知凡蒂岡教廷的上層嚴密注意，不容許對異教文化作任何妥協。靳森說：「在那些義大利神父們的想像之中，中國的聖人及其關於唯一的神即上帝的學說，已經預示了他們的到來，而他們正是抱著這樣一個先入之見，來恢復他們所謂孔夫子的『真學』。」把孔子說成古代中國具有一些基督教根本思想的聖人，就使耶穌會教士們得以聲稱他們與孔子實屬一派，而且更重要的是，「他們便得以在中國人面前，以中國本土傳統的正統繼承者，即以儒者的面貌出現」。[47]利瑪竇1604年給耶穌會總長的一封信裡，就說他解釋儒家的經典和傳統注疏，是「務求使其符合上帝的觀念，所以與其說我們依從中國的思想，毋寧說我們把中國的作者解釋得是依從我們的思想」。[48]以巧妙的方式把儒家傳統變成自己的東西，不禁使人想起基督教對希伯萊《聖經》的類型論解讀，因為這兩者都是說一個古老傳統本來的繼承者們，無論是猶太人還是中國人，都已經失去了他們自己傳統的精義，只有基督教的解釋者們超越古代典籍的字面意義，也超越本土評注墨守字面的局限，才能達到真正準確的理解。

---

[47] Lionel M. Jensen, "The Invention of 'Confucius' and His Chinese Other, 'Kong Fuzi'", *positions* 1 (fall 1993): 415.

[48] Cited in Jacques Gernet, *China and the Christian Impact: A Conflict of Cultures*, trans. Janet Lloyd (Cambridge: Cambridge University Press, 1985), p. 27.

於是利瑪竇和耶穌會教士以儒家傳統合法繼承人的面目出現,似乎他們才是孔子學說真正的解釋者,他們比中國人更懂得這位中國哲人的思想。他們不僅攻擊佛教和道教對中國人有邪惡的影響,而且他們也否定宋明儒學,聲稱宋明的儒者背離了孔夫子本來的教導。一個有趣的例子是法國來的耶穌會教士白晉,萊布尼茲關於中國的知識,很多便是從他那裡得來的。白晉對中國的經典,尤其是《周易》,作出極富想像的解釋,說《易》的六十四卦是按照與萊布尼茲提出的二進位制同樣的原理排列的。他在從北京給萊布尼茲寫的信裡,說中國聖人伏羲發明的八卦包藏「古代形象文字和希伯萊神秘闡釋(cabbala)之真實觀念」。[49]他認為伏羲的八卦系統,甚至推而廣之,大多數中國的古代典籍,都顯得與基督教的觀念有深刻關聯,由是而「打開了一條自然而易行的道路,可以引導中國的精神不僅認識造物主和自然宗教,而且認識他唯一的兒子耶穌基督,以及基督教某些深奧難懂的真理」。[50]在另一封信裡,白晉引用亞歷山大的格肋孟(Clement of Alexandria)的話,說上帝給猶太人法典,而給非猶太的異族人哲學來引導他們接受耶穌基督。於是白晉說:「上帝為此目的賜給中國人而保存在中國經典裡的哲學,就並非無神論哲學,卻與基督教哲學十分相似。」[51]正如基督教諷寓解釋者在《舊約》中看出基督降臨的預兆,白晉也對萊布尼茲說:「幾乎真宗教的全部體系都隱藏在中國的經典裡,道成肉身的主要神秘,救世主的生與死,以及他的神聖教務之主要方面,都包含在中國古代這些重要的典籍裡。」總而言之一句話,中國的經典所隱含的「完全是一整套新的法典與真理的影子、

---

[49] Joachim Bouvet, letter to Leibniz (Peking, 4 Nov. 1701), in *Leibniz korrespondiert mit China: Der Briefwechsel mit den Jesuitenmissionaren (1689-1714)*, ed. Rita Widmaier (Frankfurt am Main: Vittorio Klostermann, 1990), p. 151.

[50] Bouvet, letter to Leibniz (Peking, 8 Nov. 1702), ibid., p. 174.

[51] Claudia von Collani (ed.), *Eine wissenschaftliche Adamedie für China: Briefe des Chinamissionars Joachim Bouvet S. J. an Gottfried Wilhelm Leibniz und Jean-Paul Bignon über die Erforschung der chinesischen Kultur, Sprache und Geschichte* (Stuttgart: Franz Steiner 1989), p. 111.

模型和預示」。[52]在白晉的諷寓性解讀中，中國的古書和希伯萊的經典一樣，都成了基督教教義的預兆。

這類評注最明確不過地使用了類型論的語言，也不可避免會帶來類型論解讀的後果。白晉宣稱說，中國經典與基督教這種隱蔽的聯繫，在中國是無人知曉的，那裡的「各種歷代注疏，甚至在孔夫子以前完成的，都只不過使經典更晦暗難明」。他還說中國的聖人伏羲，「面目形象根本不像中國人」，據他推論的結果，伏羲的確不是中國人，而是「我們古代的作者之一，如果不是佐羅亞斯德（Zoroaster），就是三聖赫耳墨斯（Hermes Trismegistus），或是以諾（Enoch）」。[53]這正是所謂赫耳墨斯玄秘傳統當中常見的一個名單，是把基督誕生之前一些異教的作者包括進去，稱他們為「古代的神學家」，說他們的著作含有真宗教即基督教的痕跡。正如孟德衛所說，「到一六五〇年前後，古代神學家的名單已包括：亞當、以諾、亞伯拉罕、佐羅亞斯德、摩西、三聖赫耳墨斯、婆羅門、克爾特巫師（Druids）、大衛、俄爾斐斯、畢達哥拉斯、柏拉圖和女預言家們（the Sybils）。而到了一七〇〇年，這名單就擴大到把伏羲也包括在內」。[54]一旦這些古代作者和思想家被列入「古代神學家」名單，也就被當成基督誕生之前的原始基督徒而完全脫離他們本來的傳統。於是在耶穌會教士對中國經典的解釋中，類型論解讀把他們認為與基督教相合的所謂古代真正的儒教，嚴格區別於後來的宋明理學，並且說這些理學家們誤解和背棄了孔子在遠古時代的教導。深受白晉影響的萊布尼茲就是這樣認為的。他說：「像利瑪竇那樣有眼光的歐洲人能夠看見今日中國的飽學之士並不了然的東西，而且能比他們更確切地解釋他們古代的典籍，這並沒有什麼荒謬不可思議之處。」緊接著他又說：「在今天有誰不知道，對最古的希伯萊經典，基督教學者比起猶太人來是遠為高明的

---

[52] Bouvet, letter to Leibniz (Peking, 8 Nov. 1702), in *Leibniz korrespondiert mit China*, p. 174.

[53] Bouvet, letter to Leibniz (4 Nov. 1701), ibid., pp. 150, 154.

[54] Mungello, *Curious Land*, p. 307.

解釋者？」[55]所以耶穌會教士們是以儒家傳統最具權威的解釋者的面目出現，在宗教影響方面與和尚道士們競爭，同時宣傳古代儒家與基督教教義根本相合。

　　雖然耶穌會的適應策略最終目的是要使中國人皈依基督教，但也表明耶穌會教士們認識到了一個非西方文化的強大傳統。他們充分承認這一傳統歷史悠久，重視道德，並有高度發展的哲理，即耶穌會教士們所謂「自然神學」。他們在儒家和基督教之間尋找共同點，從耶穌會教士的角度說來，也正是走向跨文化理解必然要邁出的一步。其實，早數百年的佛教徒也同樣使用了適應性策略，使佛教成功地融入中國文化和社會，同時佛教也徹底地中國化而產生了禪宗，在中國以及東亞各國發生廣泛的影響。許多中國學者都以同情和讚許的態度看待利瑪竇的適應策略，而認為中國禮儀之爭「實質上是遵循獨一性、排他性基督教義的天主教無法容忍以折衷、寬容為宗旨的中國宗教」。[56]還是萊布尼茲最懂得耶穌會適應策略的重要性，而且可以說最確切地表達了這一策略的理由和基本觀念，這些觀念與他自己關於不同民族和國家和諧一致的理想是完全符合的。萊布尼茲說：

　　　　中國是一個大帝國，其疆域不亞於文明的歐洲，而在人口和吏治方面更超過了歐洲。不僅如此，中國還有在某些方面令人贊美的公眾道德，再加上相當古老、在三千多年前早已形成的哲學學說即自然神學，這甚至比希臘人的哲學還要早，而希臘哲學，當然除了我們的《聖經》之外，在世界其餘地區則是最早的。因此，和中國人相比，我們算是剛剛脫離了野蠻狀態進入文明，如果我們僅僅因為中國人的哲學初看起來，好像不符合我們一般的推理觀念，於是就想譴責這一古老的哲學學說，那豈不是自以為是的極度愚蠢。此外，

---

[55] Leibniz, *On the Civil Cult of Confucius*, in *Writings on China*, p. 64.
[56] 朱靜，〈十六－十八世紀的西方傳教士與中西文化交流（摘要）〉，見朱維錚編《基督教與近代文化》（上海：上海人民出版社，一九九四），頁四四。

要毀滅這樣一種學說而不造成大動亂，也是根本不可能的。因此，合理的做法是，我們可以看看能否給這學說以適當的解釋。[57]

　　如果說理解一個不同的文化總是自我和他者不同眼界的融合，那麼對於耶穌會教士說來，以基督教教義來解釋和同化中國古代經典就是這一融合所必然採取的形式。然而尋求中國文化與基督教教義可能的交匯之處，也完全可以使耶穌會教士們自己面臨「歸化」中國文化的危險，即迷醉於他們自己造出來的所謂中國自然宗教的神話，而忘記了他們造這神話的本來目的。法國漢學家謝和耐研究基督教在中國的傳教史的著作裡，就一再強調基督教精神具有絕對的排他性；他責備利瑪竇及其追隨者一味適應和遷就中國文化，忽略了這種精神的排他性。謝和耐抱怨說，不錯，耶穌會教士們的最終目的是要讓中國人皈依基督教，可是「許多傳教士確實天真地相信，最古老的中國觀念與《聖經》上的觀念是完全一致的」。[58]謝和耐認為，利瑪竇和其它耶穌會教士們把中國經典當作舊約那樣來讀，似乎相信通過諷寓性解釋，就可以使這些經典符合基督教的觀念和價值，實在是誤解了非西方文化，不知道這一文化與基督教的西方毫無任何共同之處。

　　所謂中國禮儀之爭，基本上就是堅持教義純潔的正統派對文化適應策略發起的攻擊，意在糾正利瑪竇對一個異教傳統作出讓步的「錯誤」。傳教士個人和不同派別之間的相互競爭、妒忌以及原則上的分歧，構成這場爭論複雜的背景，此外還應該加上不同政治和文化因素的影響。雖然大部分耶穌會教士遵從利瑪竇的適應策略，但正如孟德衛指出的那樣，「葡萄牙和西班牙的文化因素與方濟各會、多明我會及奧古斯丁會各派的意見相結合，就在傳教士中養成了歐洲中心式的執著態度和作風」。[59]

---

[57] Gottfried Wilhelm Leibniz, *Discourse on the Natural Theology of the Chinese* (1716), in *Writings on China*, trans. Daniel J. Cook and Henry Rosemont, Jr. (Chicago: Open Court, 1994), p. 78.

[58] Gernet, *China and the Christian Impact*, p. 29.

[59] Mungello, *Curious Land*, p. 49. 參見羅光，《教廷與中國使節史》（臺北：傳記文學出版社，一九八三）。

針對利瑪竇認為中國文化與基督教教義可以相合的看法，正統派強調東西方根本的差異，重申基督教信仰在精神上的排他性。中國的經典畢竟不是舊約，所以何必費心去作曲徑通幽似的解釋，硬把它們說得似乎與基督教的價值沒有矛盾呢？方濟各會教士利安當（Antonio de Caballero, alias Sainte-Marie）就直截了當地說：「古時候的中國人認不認識上帝，又有什麼關係呢？我們到這兒來是要傳播福音，不是來做孔夫子門徒的。」他接著說，中國人，包括皈依了基督教的信徒們，對精神的真理都一無所知。「他們似乎在談論上帝和天使的那些地方，其實只是像猴子學人那樣，表面上相似，或者說他們像孔雀，雖然羽毛豔麗，一雙爪子卻相形見絀，其醜無比。」[60]繼利瑪竇之後負責中國教務的龍華民（Niccolò Longobardi），同利瑪竇關於中國的看法卻全然相反。他說，「中國人隱秘的哲學是純粹的物質主義」，因為他們「從來沒有認識過不同於物質的精神實體」。另一個教士熊三拔（Sabatino de Ursis）支持龍華民這一觀點，也說「中國人從未認識到不同於物質的精神實體。……所以他們也從未認識上帝、天使或理性的靈魂」。[61]他們很快又把這所謂中國人的物質主義歸結到中國人用以達意的語言本身，認為中國語言有不可克服的嚴重局限。如果上帝、天使等精神實體這類西方思想觀念，只能在西方語言中得到表達，那麼表達中國人思想的中國語言就只是具體的、物質的，根本不可能有什麼精神價值。所以教皇格肋孟十一世（Clement XI）在一七〇四年，本篤十四世（Benedict XIV）在一七四二年都先後發佈聖諭，禁止用中文的「天」和「上帝」等字來表示基督教神的觀念。不過這並沒有解決問題。在一九〇八年，一位在中國傳教的新教牧師還問道：「有什麼好辦法可以闡明三位一體的教義，而不引發任何粗鄙的物質主義的聯想呢？有誰能碰巧找到一個名詞來翻譯sin（罪）這個字，而不至於一方面推向刑

---

[60] Cited in Gernet, *China and the Christian Impact*, p. 33.
[61] 同上，頁二〇三。

事犯罪的意義，另一方面又引出前世作惡、今生報應的聯想呢？」[62]在基督教唯靈主義者眼裡看來，中國文化就是物質主義，中國語言也是具體的、物質的，完全不能表達精神真理、抽象概念、超越思想或形上的觀念。

在跨文化交往中，術語的翻譯，或者更推而廣之，一般性的語言問題，都相當重要，而正是在這方面，我們發現禮儀之爭當中有關中國語言的陳舊觀念，以及對文化差異和對術語之不可譯的強調，在近世漢學著作中仍然恨有影響，並且不時顯露出來。漢學家亞瑟‧賴特在《中國語言與外國思想》這篇有名的文章裡，引用了不少傳教士的話，也基本上贊同他們的意見，認為「在表達抽象概念和一般類別或性質這方面，中國人的資源是相對貧乏的。『真理』（Truth）往往變成『某個真正的事物』。『人』（Man）往往被理解為一般性但並非抽象的『人們』。『希望』（Hope）則很難擺脫以特定對象為目標的具體欲求而達於抽象。」[63]法國漢學家謝和耐引述龍華民等堅持教義純潔的強硬派論點，認為基督教與中國文化之間的衝突最終可以歸結到一個最根本的差異：「這不僅是不同知識傳統的差異，而且更是不同思想範疇和思維模式的差異。」謝和耐把語言視為「思維模式」的標識，於是把基督教傳教士在中國遇到的所有困難，歸根到底都說成是來自語言上的根本差異，歸結為中文在表達抽象概念方面的問題，即「把希臘、拉丁或梵文這類有屈折變化的語言所形成的概念翻譯成中文時」，必不可免令人尷尬的失敗。[64]大概在謝和耐看來，一切外國著作的中文翻譯都是令人尷尬的誤譯，都使印歐語系原文裡的思想變了調，走了樣。他還以專家的口氣宣稱：「在全世界所有的語言裡，中國語言格外特別，既沒有按照詞法來加以系統區分的語法範疇，也沒有任何東西來把動詞區別於形容詞，把副詞區別於補語，把主語區別於定

---

[62] Cited in Arthur F. Wright, "The Chinese Language and Foreign Ideas", in *Studies in Chinese Thought*, ed. Wright (Chicago: University of Chicago Press, 1953), p. 291.

[63] 同上，頁二八七。

[64] Gernet, *China and the Christian Impact*, pp. 3, 239.

語。」謝和耐認為中文缺少語法觀念，並由此得出結論，認為在中國哲學裡，也相應地缺少本體存在的觀念。他說：

> 此外，中文裡沒有一個字可以表達存在的意思，沒有任何詞彙可以傳達存有或本質的概念，而這在希臘文裡用名詞*ousia*或中性的*to on*就表達得很清楚。因此，存在的概念，那種超越現象而永恆不變的實在意義上的存在，也許在中國人就是比較難以構想的。

　　謝和耐帶著權威口吻宣佈中西文化之間的根本差異，拿出希臘的存在概念，即形上的本體觀念和超越性的 *ousia*，也就在中西之間樹立起了一個尖銳的、非此即彼的對立。我們就算想申辯，說中國人也有理、氣、陰、陽、有、無、仁、義、道、德等抽象和普遍的觀念，也毫無用處；因為一旦他認定了中文不能表達抽象概念，那麼中國語言裡無論什麼樣的概念，也就不可能是抽象的了。那是龍華民早就提出過的邏輯，我們今日在漢學家們有關中國語言和思維性質的討論中，還不時遇得見。龍華民曾說，中國所謂理「不過是原初的物質，」而氣則不過是「最初的空氣。」[65]謝和耐完全贊同這說法，他認為中國人既沒有語法，也沒有邏輯，因為「邏輯來自於希臘的邏各斯。」[66]他最後得出結論，認為中西語言的對比證明，「印歐語言的結構說明希臘世界——後來則幫助基督教的世界——建立起超越性永恆現實的概念，而這和那僅僅由感官感知的、瞬息即逝的現實是完全不同的。」[67]

　　像這一類的看法，在一些漢學著作裡有相當影響，它們把中國的語言、文學和文化說成在本質上與西方的語言、文學和文化相反。於是有人說，中國人把世界視為物質的累積，在中文裡用不加分析的「集體名詞」

---

[65] 見同上，頁二〇六、二〇七。
[66] 同上，頁二三九。
[67] 同上，頁二四四。

來表記這物質世界，[68]中國人用「具體的語言」來表達他們「完全內在的世界觀」；[69]又有人說，中文是一種自然符號或具體事物的語言，它不可能超出本身具體、物質和字面的意義，而在一個想像和虛構的世界中來表現事物，所以中文不可能有比喻、諷寓和虛構，所謂中國文學其實是某一特定時間和地點當中直接經驗的實錄，是實際經驗和具體現象自傳式的記述。[70]照這樣的觀點看來，中國的語言、思維和文化都牢牢植根在物質或物質主義當中，於是二、三百年前天主教教會中那些正統強硬派早已表達過的思想，便成為近代的學術觀點重新出現。這類觀點包含了宗教、哲學和文學批評等十分廣闊的領域，在動機、理論方向和具體細節上都可能極為不同，但合而觀之，它們就顯出其驚人的共同之處，那就是把中西文化的差異設想成非此即彼的絕對對立，這就不能不令人想起十七世紀禮儀之爭時，基督教正統派的觀念。

在近來的學術研究中，人們才剛剛開始注意到禮儀之爭對於理解近代學術論爭的意義。我在前面已經提到萊昂利・靳森有關「發明孔夫子」的討論，他揭示出耶穌會教士適應策略的本質，在於巧妙地把中國人的傳統拿過來，說成是他們最能理解的。蘇源熙（Haun Saussy）在《中國美學問題》一書中，則指出中國文學研究中一些當代的爭論與「歐洲漢學在傳教士著作中之發端」的關係，並由此質疑所謂中國只有內在而無形上超越性

---

[68] See Chad Hansen, *Language and Logic in Ancient China* (Ann Arbor: University of Michigan Press, 1983).

[69] See David L. Hall and Roger T. Ames, *Thinking through Confucius* (Albany: State University of New York Press, 1987).

[70] See Stephen Owen, *Traditional Chinese Poetry and Poetics: Omen of the World* (Madison: University of Wisconsin Press, 1985); Pauline Yu, *The Reading of Imagery in the Chinese Poetic Tradition* (Princeton: Princeton University Press, 1987); François Jullien, *La valeur allusive: Des catégories originales de l'interprétation poétique dans la tradition chinoise (Contribution à une réflection sur l'atérité interculturelle)* (Paris: École Française d'Extrême-Orient, 1985); and Michael Fuller, "Pursuing the Complete Bamboo in the Breast: Reflections on a Classical Chinese Image for Immediacy", *Harvard Journal of Asiatic Studies* 53 (June 1993): 5-23.

的論斷。[71]從歷史的眼光看去我們就可以明白，龍華民和一些近代學者都同樣強調中國和西方的根本差異，宣稱中國人毫無超越的觀念，也不知道如何區分精神與物質、抽象與具體、比喻意義與字面意義等等，實在都基於同一個尋求差異的意願。如果說對於一個十六世紀耶穌會教士說來，利瑪竇以基督教觀念去解釋中國文化是跨文化理解當中必然要走的一步，而且是值得讚許的一步，那麼龍華民和白晉雖然抱相反的看法，卻都是從這樣的一步倒退回去了。龍華民將中國文化完全視為物質主義而否定，其源固然可以溯於執意建立差異的慾望，白晉將伏羲和古代儒家理想化，視之為基督教的先聲和預兆，認為中國學者無法領會，只有基督教解釋者才真正懂得，又何嘗不是如此。不管是正面的理想化還是反面的否定，執意建立差異的欲望所描繪出的中國，都只能是一個文化差異的神話。在現代有關中國的論述中，這樣的神話還在以各種方式不時出現。既然把中西文化對立起來的情形是這樣普遍，我們就更有必要強調歷史的角度，因為只有從這樣一個角度，我們才可能認識到在當年傳教士們的爭論和今日的學術問題之間，常常存在被人忽略而未能深究的關係，我們也由此才可能重新審理現代漢學在理論上的一些基本設定，並對之作批判性的檢討。

第三節　程度的差異

以上我們討論了認為猶太人墨守經文字面意義的偏見，也討論了認為中國語言文化完全是具體、物質的，毫無超越概念等偏頗的看法，這二者之間有什麼共同之處呢？看來這兩種偏見似乎在強調的重點上有所不同，奧立根攻擊猶太拉比的闡釋，著重在《聖經》的閱讀，因而是文字解釋上的問題，而龍華民貶低中國語言和哲學，著眼點則在物質主義的世界觀和實際生活，而近代一些學者關於中國語言文字只能按字面意義來表達和理

---

[71] Haun Saussy, *The Problem of a Chinese Aesthetic* (Stanford: Stanford University Press, 1993), p. 36.

解的看法，也是把中國語言與所謂中國人的物質主義世界觀相聯繫，認為中國只有現象世界直接經驗的內在性，沒有西方精神世界那種超越性。這就是說，作為引起爭議的對象，猶太人的墨守字面是文字方面的問題，是對經文解釋不當，而中國人的「墨守字面」則更是實際生活及世界觀的問題。然而，文字和世界並非彼此不相干，把兩者對立起來也是一種謬誤。猶太或基督教《聖經》的解讀總是和猶太人或基督徒的宗教及社會生活緊密相關，而有關中國人的人生觀和世界觀的討論，也總是以對中國古代典籍，尤其是儒家經典的解釋為基礎。此外，無論猶太或中國的傳統，都曾被視為廣義上「墨守字面」的傳統，被認為是全然內在的，沒有辦法超越本身物質、字面和現實歷史的意義，由此也就可以反襯出基督教的精神價值。在這彼此對立的另一端，相對於字面和內在，就有理解得十分狹隘的柏拉圖式唯靈主義的超越觀念。因此，與希伯萊文化或與中國人的「絕對內在」相對立的，就不僅是希臘文化，而且是一種抽象到極點的柏拉圖主義。

　　不過人們會問，所有這些對比和對立，難道不都是建立在極度誇大了的空泛概括之上嗎？難道希臘文化就只是唯靈的柏拉圖主義嗎？柏拉圖本人是一位哲學家，難道可以把他完全簡化為一個抽象的、沒有軀幹的幽靈嗎？把柏拉圖哲學簡化為極端的唯智論或唯靈論，就會忽略了蘇格拉底關於人與社會許多精湛之論，忽略了蘇格拉底哲學深刻的道德關懷。在批評將希臘與希伯萊文化對立起來的陳舊觀念時，路易・費爾德曼就指出，「柏拉圖的《理想國》在古代著作中最有影響，它不止將美德與認識等同，而且更進一步強調美德的實際應用」。[72]柏拉圖當然和摩西不同，也和孔子不同，但這不同並不能理解為精神價值與實踐關懷之間，或者超越與內在之間的絕對差異。在所有這些不同的哲學和文化傳統中，這種種的價值、觀念和範疇都是存在的，其間的差異只是程度上的不同，而絕非種類上的區別。認識到語言和文化在不同程度上互不相同是一回事，但把這

---

[72] Louis H. Feldman, "Hebraism and Hellenism Reconsidered", *Judaism* 43 (Spring 1994):118.

類差異誇大到極端，硬把文化差異構成一個非此即彼的絕對對立，那就是另一回事了。更重要的是，當文化差異的對立和種族、宗教或其它因素聯繫起來時，這類文化對立產生的結果便往往會是荒謬或者危險的，甚至既荒謬又危險。

　　由於希臘和希伯萊傳統早已被公認為西方文明的兩大源泉，至少從邏輯和理論上說來，這二者的對立就不可能那麼絕對。相比之下，東西方之間的文化差異就更容易被誇大，構成一個機械的全盤對立。以否定的方式把中國語言、文學和文化說成缺乏西方特有的某種東西，斷言「中文裡沒有某某概念或術語，」其實就是一種歐洲中心主義的偏見。這類說法並不僅僅指出文化差異的存在，而且在這些差異中分出先後彼此，高低不同的等級。正如蘇源熙所說，「假如說中國人的想像只能死守字面本意，西方人的想像則超出字面而具比喻性，那麼它們之間就不可能是平衡對稱的關係；把兩者比較也就只會將一方歸併入另一方，成為其附庸。……比喻的一方可以有餘地容納墨守字面意義的一方，但字面意義的一方除非放棄本來的立場，就無法說明比喻的一方。」[73]換言之，既然是墨守字面，則按其本性就必然不知道什麼是比喻，也不知道字面和比喻意義之區別，於是只有比喻意義的一方才知道什麼是字面意義，而且認識到字面意義是與自己相對的、先天不足的反面。我們在此又可以認出類型論解釋那一套手法，因為設想中國人只能按字面直解，西方人才有比喻和諷寓，這二者之間就並不平衡，就意味著中國人將永遠錯把影子當成他們無法認識的超越性真實，而只有西方或西方的學者才有合適的概念、語言和分析理論及方法來理解中國語言、文學和文化的性質。這不是很容易使人想起基督教諷寓解釋中字面與精神的對立嗎？這不是很像奧立根貶低猶太拉比們的《聖經》解釋時，所採用的那種手法嗎？

　　然而字面和精神、墨守字面和諷寓解釋、希伯萊文化和希臘文化、中國的內在和西方的超越，都不過是刻意建立起來的文化對立的神話，它

---

[73] Saussy, *The Problem of a Chinese Aesthetic*, p. 34.

們並不能代表不同傳統的實際情形。當然，要確定任何身份，認識任何事物的特點，都有必要找出差異，作出區分和鑒別，所以人自然有建立差異的欲望，而且識別差異對於文化傳統和文化身份這類概念說來，也都非常要緊。這就是說，差異必然存在，而且無所不在，但也正因為如此，我們不僅在遇到別的文化傳統時發現差異，就是在我們自身的文化和日常生活中，也會發現差異，而且別的文化的因素也總是以某種形式，存在於我們自己的文化和日常生活之中。差異是到處都有的，不僅存在於不同文化和社會之間，而且也存在於同一文化環境的不同個人之間。因此，要認識差異就意味著既認識不同文化之間的差異，也要認識同一文化之內的差異，而且明確差異只是在程度上有所不同，並不是在類別上絕對不同。所謂墨守字面之論和建立文化之間絕對對立的做法，無論是希臘與希伯萊文化的對立，還是中國與西方文化的對立，其問題都在於故意只看見文化之間的差異，卻忽略文化內部的差異，也因此而忽視了這文化本身的豐富性。換言之，問題不在於認識到差異，而在於按照種族、國家、宗教信仰和文化傳統的區別，把差異構築成一個僵化的絕對對立。

　　所謂中國文化傳統並不是單一的、鐵板一塊的知識體系、信仰系統或行為準則，也不會提供一個統一的觀點看法，或統一的思維方式。僅就中國傳統思想當中最具影響的主流而言，起碼就有儒、道、釋這三種不同的哲學或宗教取向，其中釋或佛教發源於印度，在歷史上很早就開始融合到中國本土文化之中。如果說儒家關注的主要是以一套人際關係原則為基礎的倫理和政治行為，道、釋二家則往往在宗教或神秘的意義上，進入有關人與自然的形上問題的思考。這所謂三教相輔相成，涉獵的問題包括天下萬物及其根本、自然與人性、人生與社會以及冥冥中的神力等等，但它們在許多方面又各不相同。在先秦時代就有各種學派的百家爭鳴，《莊子‧齊物》就說各派之間「以是其所非，而非其所是。」《荀子‧解蔽篇》也說：「今諸侯異政，百家異說。則必或是或非，或治或亂。」講到中國古代文化中哲學思想和觀念的豐富多彩，人們常常用百花齊放、百家爭鳴的話來形容，描繪出一個色彩豐富、變化萬端、物物相成的世界。如果說我

們可以講中國文化的身份認同，那也絕不能把整個文化簡約成各種哲學派別和思想傾向中的任何一種，而應該讓它們都發揮作用，共同構成一個豐富的傳統。

同樣，在猶太拉比的宗教信仰中，保存了各種不同的觀點和對法典的不同解釋，因為他們認為這些看法都是以不同方式表達了上帝的意志。我們甚至可以說，認為不同解釋多多益善，正是猶太拉比們「字句解釋」的特點。一世紀時，法利塞猶太拉比有重要的兩個別派，一派是希勒爾家族（the House of Hillel），另一派是沙邁家族（the House of Shammai），兩派對摩西法典有不同解釋，而爭辦辯的結果，最終是以希勒爾家族的解釋為准。究其原因，卻正由於希勒爾家族尊重對手的意見，他們首先以沙邁家族的見解教人，然後才教他們自己的解釋。[74]這就是說，在中國文化和猶太文化裡，都有各種各樣關於各類事物互不相同的觀點和看法，這些觀點和看法絕不能簡化為單一的「只講字面」或「純內在」的世界觀，用來和同樣簡單化的一個希臘或基督教傳統的形象相對比。如果硬要這樣做，就必然會產生丹尼爾·邦尼瓦克所謂「外國思想的漫畫形象，用來反襯漫畫式的西方的形象。」[75]在這類漫畫形象裡，文化之間的差異被誇大到極點，而文化之內的差異和跨文化的共同點卻被完全忽略掉了。文化差異的對立就是這樣建立起來的，文化的漫畫形象很適合對立的需要，符合對比原則那種非此即彼的基本要求，但是卻並不能幫助我們理解不同文化的豐富多彩和複雜深厚，更不能幫助我們理解文化之間的互動關係。

要構成文化和身份等概念，就必須識別各種差異，因此我們應當充分認識差異的重要性，重視它們在不同語言、宗教、歷史以及社會和政治制度中的作用。我們討論文化時所使用的種種名詞概念，如希伯萊和希臘，中國和西方等等，就都有賴於差異的識別。不過在文化研究中，尤其

---

[74] See David Stern, *Midrash and Theory: Ancient Jewish Exegesis and Contemporary Literary Studies* (Evanston: Northwestern University Press, 1996), pp. 21 ff.

[75] Daniel Bonevac, "What Multiculturalism Should Not Be", *College Literature* 21 (Oct. 1994): 158.

在跨文化理解中，識別差異首先就意味著仔細、耐心地識別真正而非想當
然的差異，這就是說，識別在語言、歷史、社會和政治制度現實中實際存
在的差異，而不是在此之外憑對比原則虛構出來的差異，不是把程度不同
的差異推到極端，把文化價值想像為自家所獨有，而把異族文化的本質想
像為與自己相對的反面。也許孤立起來的文化系統都具有深刻的保守性和
種族自我中心論的本性，再加上異國文化又有異國情調的特別吸引力，所
以一切文化都趨於製造各種文化差異的神話，但唯其因為如此，辨識真正
和虛構的文化差異就更顯得重要。在這一方面，語言上的差異不僅最基
本、最明顯，而且也最有典範性，因此外語的翻譯也就可以為跨文化理解
做一個範例。外語的異已性是不難認識的，其差異的存在也是無可否認
的，因為一個外來系統的存在使理解和資訊的交流遇到了阻礙。要理解外
語，就不可能憑想像判定其意義，而必須首先承認其意義是由一個外來系
統決定的，然後再將其與自己的語言作比較，尋找對等的表達方式。語言
上的純粹主義者和文化上的純粹主義者一樣，總是堅持語言的獨特性和不
可譯性，可是自古以來，不同語言和文化之間的交往就一直存在，而這種
交往之所以可能，依靠的是尋求外來和自我之間的共同點，在這基礎之
上我們得到的當然不是完全一致的同一（identical），而是大致類同的對
等（equivalent），但有了這樣的對等，就有資訊的交流，我們的知識和
眼界也就有了擴大的可能。安托汶・伯爾曼說得很對：「翻譯的目的，即
在語言文字中打開與他人的聯繫，通過引進外來的東西而豐富自己，這和
每一文化以本民族為中心的結構恰恰相反，每一社會都有那種特別的自戀
情結，都想成為一個純粹而毫無一點雜質的整體，翻譯的目的也正好與此
背道而馳。」[76]我們由翻譯得到的不是原文，更不是純粹語言本質那種神
話；同樣，在觀念和價值的跨文化翻譯中，我們得到的也不是毫無雜質
的、純粹文化本質的神話。然而翻譯使我們在語言和文化上能夠得到的，

---

[76] Antoine Berman, *The Experience of the Foreign: Culture and Translation in Romantic Germany*, trans. S. Heyvaert (Albany: State University of New York Press, 1992), p. 4.

卻是極為寶貴的東西，那就是理解、知識，以及不同語言文化的民族之間的互相交往。那的確是值得我們去為之努力的目標，也會給我們以最為豐厚的報償。

附記：這篇論文原文用英文寫成，發表在1998年夏季《今日詩學》（*Poetics Today*）討論希臘與希伯萊傳統的專號上，也收在同一年出版的*Mighty Opposites*一書裡。這篇中文稿就依據收在那本英文書裡的定稿改寫而成。本文的目的在於從西方文化內部和從歷史的角度，揭示文化對立的由來和潛在的問題。我們知道了文化差異對立的來歷，也就可以明白看出，過分強調差異對跨文化理解和對各民族的相互往來都是無益而有害的。

第四章　漢學與中西文化的對立

　　在歐美研究中國的學問稱為漢學（Sinologie, Sinology），研究中國的學者稱為漢學家。漢學家就像中國研究歐美等國的學者，他們學習外國語，為本國人瞭解外國及其文化作出貢獻。我們尊敬把西方的思想文化介紹到中國來的學者，因為他們好像為我們打開一個窗戶，使我們的視野更開闊，見識更廣博，豐富了我們自己的知識和文化。同樣，我們也尊敬西方的漢學家們，因為他們把中國的思想文化介紹到西方，使西方人更瞭解中國傳統，促進東西方思想文化的交流。無論中國研究歐美的學者或西方研究中國的漢學家們，他們瞭解異國文化固然最終是為豐富自己，但既然是瞭解，就須以他國的實際情形為依據，獲取真知，不能預設某事某物其必有或必無，也不能預期其文化傳統與我必同或必異。有無同異之類，應當是認真研究的結果，不是也不應當是預定的結論，這似乎是做一切學問的一個基本準則。

第一節　于連先生的漢學「迂迴」論

　　然而，以為做學問不可以先有結論，這只是我們一般人尋常的看法，在這一點上，法國漢學家于連似乎就和我們的常識恰恰相反。香港中文大學中國文化研究所出版的《二十一世紀》一九九九年四月號，發表了一篇陳彥訪問于連先生的訪談錄，其中于連自謂他研究中國是為了「走出希臘」。這似乎是說，漢學研究並不是以瞭解中國為目的，而最終是為瞭解

希臘即西方的自我，所以于連自稱「通過進入中國思想世界來走出希臘哲學王國」，這是一種「『迂迴』的戰略」，使用這一戰略最後要達到的目的，乃是「『進入』我們的理性傳統之光所沒有照亮的地方」。[1]由中國反觀希臘，這本來無可非議，但把理性歸於希臘，並與希臘之外的文化相對比，這在西方卻是古已有之的一個偏見。在過去是把理性對直覺，超越對內在，並將此等對立歸結為希臘文化對希伯萊文化，在近代更把這一系列對比轉移到西方與東方文化的對立之中。關於這種文化對立的歷史淵源，我在前面一章已有詳細討論。于連認為他取道中國思想，可以「迂迴」進入「理性傳統之光所沒有照亮的地方」，那前提就已經是把理性歸希臘，而中國則在理性之外，提供一種與「理性傳統」相反的另一種選擇，因為他認為「歐洲──中國乃是兩種完全不同的思想體系，恰如兩條分途的思想大道」。[2]但在我看來，于連設定的這個前提並非無須證明的公理，卻還大有商榷的餘地。

　　也許訪談的形式太過簡短，于連先生語焉不詳，但在他所著書中，對此卻有明白的闡述。在討論中國文學批評的一本書裡，他就說西方漢學的出發點是「回到自我」，即把中國作為西方文化的他者（laltérité interculturelle）來研究，然後反觀西方文化，「重新審視其問題，其傳統及其動機」。所以他主張所謂「差異的比較研究」（comparatisme de la différence），而且認為由於有從中國反觀西方這樣一個新的視角，「西方漢學家也可以是──而且完全有理由是──西方的發現者；漢學知識於是可以成為他新的工具」。[3]按于連的理解，漢學研究的目的可以預先規定為尋找差異，論證文化系統的獨特性，在中國這個「文化間他者」的比照之下，重新認識歐洲人自己的傳統。既然于連以「回到自我」為漢學出發

---

[1]　于連，〈新世紀對中國文化的挑戰〉，《二十一世紀》（香港中文大學・中國文化研究所），一九九九年四月號，頁一八。

[2]　同上，頁一八。

[3]　François Jullien, *La valeur allusive: Des catégories originales de l'interprétation poétique dans la tradition chinoise (Contribution à une réflexion sur l'altérité interculturelle)* (Paris: Ecole française d'Extrême-Orient, 1985), pp. 8, 11-12.

點，以「差異的比較研究」為基本方法，他在中國文化中看到的就都是西方文化的反面。不錯，他在《二十一世紀》這次發表的訪談中說，「無論是將中國看成自身的一面鏡子，還是將它看成自己的反極，我們都應該走出這兩個誤區。」他還表示，他所作的研究是要「通過某種剪輯、安排一種框架，使中國思想與歐洲思想能夠相匯」。可是他安排中西思想相匯的框架，卻是「福柯在《詞與物》中所講的所謂異域（Hétérotopic）」。[4]可是我們在前面第一章已經討論過福柯所謂「異域」或「異托邦，」知道那正是把中國看成西方之「他者」一個最典型的表現。

　　正如我們已經指出過的，這「異域」概念來源於阿根廷作家博爾赫斯一段講動物如何分類的話，故意滿紙荒唐，引人發笑。博爾赫斯以小說家的筆法虛構出這段話，而且說這段話出自一部「中國百科全書」，但他也提到歐美的各種百科全書，把這些都作為一種文學的象徵，表現人類以有限的生命和知識去窮究無限的宇宙那徒勞而又不無意義的舉動。博爾赫斯那開玩笑式的所謂動物分類法，把雜亂無章的東西放在一處，毫無邏輯和理路可循，借用中國通俗小說裡常用的一句話，真叫做「丈二和尚，讓人摸不著頭腦」。可是這本是西方作家的虛構，福柯卻拿它作中國思想的代表，並且認為這段來自「中國」的瘋話會「瓦解我們自古以來對同和異的區別」，還說這表明中國人的思想方法與西方完全不同，一方面顯出「另一種思維系統具異國情調的魅力」，另一方面又反襯出「我們自己系統的局限性，顯出我們全然不可能那樣來思考」。[5]按照邏輯和理性，這些所謂「動物」互不相干，根本不可能放在同一空間來分類，而中國人竟可以如此分類，所以福柯總結說：「如此看來，在我們所居住這個地球的另一個極端，似乎有一種文化完全專注於空間次序的安排，但卻不是把一切事物歸於有可能使我們能命名、能說、能想的任何範疇裡。」於是為中國思想表露出來那個奇特不可理喻的空間，福柯新造了一個名詞，稱之為「異

---

[4] 于連，〈新世紀對中國文化的挑戰〉，頁一九。
[5] Michel Foucault, *The Order of Things*, p.xv.

域」或「異托邦」。[6]這個奇怪的概念把中國文化完全當做西方文化的反襯，以此論證不同文化各有其獨特的「認識基素」，為福柯所謂「知識考古學」建立一個框架，得以把自我區別於異已的非我，勾勒出西方文化作為一自足系統的輪廓。試問，還有什麼比這更明確是把中國當做西方的他者，「看成自己的反極」的呢？于連先生以福柯的「異域」作為漢學研究一個基本的框架，就理解中國文化而言，那結果又將如何呢？

第二節　關於創造、靈感和想像

于連在訪談中以靈感之有無為例，說明中西思想的區別。他說：

> 靈感、創作概念並非中國的概念，這是一個翻譯的概念。中國思想不是從靈感這個角度考慮問題的。中國的詩作並非來自於「靈感」，而是來自一種心靈與世界的互通、內與外的相觸、情與景的交融。中國思維乃是一種無始無終的進程。詩來自於這一過程，而絕非創作，創作意味著有一個起點，是人為的，而非自然進程，因而是不可取的。[7]

于連認為中國詩不是創作，而是「自然進程」的結果，不是「人為的」，無須詩人自我的努力就能成功，因此也不可能有靈感和想像的觀念。在討論中國詩學的專著中，他把這一點發揮得更充分。他認為在希臘，詩與自然是分隔開的，詩是從人的主觀角度出發來「模仿」自然。而在中國，詩卻與自然聯為一體，是「自然進程」的產物，「無須作為主體的人的意識之干擾，詩就已經形成了；或者說主體意識從一開始，就融入物我交融的互動過程中，而正是這種物我交融使整個人間現實充滿生

---

[6] 同上，頁xix。
[7] 于連，〈新世紀對中國文化的挑戰〉，頁二四。

氣，互相影響」。[8] 把希臘與中國、人為創作與自然進程對立起來，就完全否認中國詩人運思作文的艱辛和技巧，忽略了他們殫思極慮，苦心經營的藝術。劉勰《文心雕龍·神思》列舉「相如含筆而腐毫，揚雄輟翰而驚夢，桓譚疾感於苦思，王充氣竭於思慮，張衡研京以十年，左思練都以一紀」，這些例子都是要證明作文之苦。如果真像于連所說，中國詩文不待作者主體意識的干預早已自然形成，好比馬路邊的石塊，沙灘上的貝殼，俯拾即是，順手拈來就成，那他們又何必琢句煉字，寫得如此艱難呢？杜甫《江上值水如海勢聊短述》自謂「為人性僻耽佳句，語不驚人死不休」。李白《戲贈杜甫》曾對他這位詩友開玩笑說，「飯顆山頭逢杜甫，頭戴笠子日卓午。借問別來太瘦生，總為從前作詩苦」。賈島做詩，曾「於驢上吟哦，時時引手作推敲之勢」。[9] 這類故事很多，以于連的觀點看來，這些中國詩人豈非多此一舉？其實，在理論上提出詩非人為，無須詩人主體意識干預，正是古希臘人關於靈感的看法。柏拉圖在《伊安篇》裡說，詩人「除非受到靈感，完全失去理性而瘋狂，便不能作詩」。[10] 由此可知，認為詩與理性無關，不受人的主體意識控制，正是柏拉圖的觀點。于連先生既然通曉希臘文化，以認識希臘為指歸，不知何以把古希臘「詩非人為」這一觀念轉移到中國，而且將其視為與希臘相反的中國特色？

　　于連反對用現代漢語翻譯古典作品和古代的觀念，他認為中國詩人不僅沒有靈感，也沒有想像，因為他認為想像也是西方獨具的觀念。許多中國學者認為，陸機《文賦》「精騖八極，心游萬仞」，「觀古今於須臾，撫四海於一瞬」等語，已是對文學創作中想像活動的描繪。劉勰《文心雕龍·神思》所謂「文之思也，其神遠矣。故寂然凝慮，思接千載；悄焉動容，視通萬里；吟詠之間，吐納珠玉之聲；眉睫之前，捲舒風雲之色」，更明確肯定作文時思想可以自由馳騁，不受眼前現實的局限。王元化先生就說，「劉勰所說的『神思』也就是想像」，並解釋上面所引劉勰那幾句

---

[8] Jullien, *La valeur allusive*, p. 65.

[9] 蔡正孫《詩林廣記》引《劉公嘉話》（北京：中華書局，一九八二）頁一二九。

[10] Plato, *Ion* 53b, trans. Lane Cooper, *The Collected Dialogues*, p. 220.

話，認為那是「說明想像活動具有一種突破感覺經驗局限的性能，是一種不受身觀限制的心理現象」。[11]對中國學者把劉勰所謂「神思」稱為想像，于連頗不以為然。他提出兩點反對的理由，一是如果承認中國南北朝時已經有想像觀念，那麼「想像的概念就會比在我們那裡〔即西方〕早一千又好幾百年產生了」。第二個理由則是「神思」這兩個字和「形象」並沒有聯繫。[12]但在我看來，于連提出這兩個理由都不充足。「想像」這一名詞可以產生得晚，但並不妨礙想像活動很早就作為現象和事實存在，「神思」和「形象」在字面上沒有聯繫，更無礙這兩個詞彙所指為同一事物。其實欣賞中國古典文學的人大概也和于連一樣，不喜歡用現代白話文翻譯的古典作品，但于連反對用想像來詮釋或翻譯「神思」，還有更深一層原因，即他認為「在翻譯的過程中，原來的經典已被加進了西方的思維邏輯」。[13]他曾引海德格爾的話，說中國或日本的觀念「一旦被納入西方思想框架，一旦用西方的語言來表達，就必然被歪曲（dénaturées），變得貧乏」。然而這並不妨礙像于連這樣的漢學家們用西方的語言來著書立說，而且自信可以把握中國古代的思想。于連所謂「納入西方思想的框架」，似乎並不是指漢學家用西方語言來論述中國和中國文化，而是指中國學者用現代漢語來論述古典作品。他認為現代中國的學者都太西化了，而且現代漢語本身就有太多西方的影響，所以中國學者用現代漢語討論中國古典文學，往往就會「把從西方搬來的範疇，過於直接地投射到他們自己的文化傳統上去」。他們把古典文學觀念「翻譯」成現代漢語時，更往往「忘記其原來的本義」。[14]我想問的是：如果古代漢語表達的思想觀念用現代漢語尚且不能充分傳達，于連先生又用了什麼妙法，可以在他用法文寫成的著作裡，準確把握中國古典「原來的本義」呢？這不是讓人想起

---

[11] 王元化，《文心雕龍講疏》（上海：上海古籍，1992），105，106頁。

[12] François Jullien, "Naissance de l'«imagination»: Essai de problématique au travers de la réflexion littéraire de la Chine et de l'Occident", *Extrême-Orient—Extrême Occident* 7 (1985): 25.

[13] 于連，〈新世紀對中國文化的挑戰〉，頁二四。

[14] Jullien, *La valeur allusive*, p. 10.

白晉等傳教士用類型論方法解讀儒家經典，認為中國人認識不到他們自己經典的真義，只有傳教士們才可能得孔子的真傳嗎？

<h2>第三節　超越文化的對立</h2>

其實問題並不在古文還是現代漢語本身。錢鍾書先生討論中國古代經典的學術著作《管錐編》和《談藝錄》，雖然作於當代，卻都以典雅的文言寫成。書中不僅評論中國典籍，而且廣引西方各國著述，在中西文化的相互比照之中，深化我們對文化傳統的理解。誠如余英時先生所說，《管錐編》、《談藝錄》等著作使錢先生「已優入立言不朽之域域」；錢鍾書先生「是中國古典文化在二十世紀最高的結晶之一」。[15]然而于連從他強調中西文化差異的角度，對錢鍾書先生的著作卻頗有微辭。他認為《管錐編》談論中國著作又涉及西方，是沒有什麼意義的比較，是「把一切都看得多多少少是相同的」（Tout et toujours plus ou moins pareil）。[16]不過錢鍾書先生從不發空疏的議論，他的任何論斷都以極其豐富的材料為基礎，以具體文字為依據，旁徵博引，辨析精微，有很強的說服力。于連先生如果使不出同樣的功夫，拿不出同樣豐富的具體文字材料作根據，只泛泛而談，說《管錐編》把一切都視為大致相同，我們有理由懷疑他是否真把錢鍾書的著作看過一遍，或者說看懂了幾分。

于連先生作為法國知識界精英，十分擔心東方會被西方同化，呼籲「不要將多姿多采的世界各種文化思想都套入西方思想框架中解讀，以致令它們失去獨特的光彩，」那態度之懇切真是令人感動得不得了。[17]在這一點上，我十分尊重于連先生在學術上的努力和成就，不過在我看來，把文化視為各自孤立的自足系統，尤其把東西方文化對立起來，把中國看成西方傳統的反面，卻正是西方思想一個相當結實牢固的框架。因此對我說

[15] 余英時，〈我所認識的錢鍾書先生〉，一九九八年十二月二十四日《中國時報》。
[16] Jullien, *La valeur allusive*, p. 126, no. 1.
[17] 于連，〈新世紀對中國文化的挑戰〉，頁二四。

來，不要盲從西方，避免被完全納入西方思想的框架，也就恰好意味著要消除把中國和西方文化對立起來的偏頗看法。其實不同文化有巨大差異，本是不言而喻的。中國不在歐洲，漢語不是法語，中國在政治、經濟、社會制度等等方面都與西方國家不同，這都是明擺著的事實，無須大學問家來教導，一般人早已懂得。但唯其如此，像于連先生那樣指出「一切都多多少少是不同的，」就鮮有學術的價值。能夠熟讀中西典籍，超越語言文化的障礙，以具體的材料和合理的分析論證同中之異，異中之同，那才是真學問，也才真是對新世紀的挑戰作最好和最有力的回答。所以在我看來，在東西方文學和文化的比較研究方面，錢鍾書先生的《管錐編》和《談藝錄》等著作才是我們最佳的典範。

附記：香港《二十一世紀》1999年4月號發表了陳彥對法國學者于連的訪談錄，本文是那篇訪談錄的讀後感。于連先生把中國和希臘（或東方和西方）對立起來的觀點，在西方漢學家中不能說很普遍，但也的確有一定的代表性。近來中國學界對西方漢學著作頗為重視，譯介得也不少，而對這些著作的得失卻似乎缺少認真的討論和評價，所以我認為對于連先生所代表的某些看法作出回應，在目前是有必要也有意義的。本文曾發表在《二十一世紀》1999年6月號，收進本書時對原文略有增改。

第五章　無咎者言

　　陳彥採訪法國漢學家于連先生的談話錄在《二十一世紀》發表之後（見一九九九年四月號），我寫了〈漢學與中西文化的對立〉一文略作評論（見一九九九年六月號）。我很高興于連先生對拙文作出回應，因為我相信，只要抱著誠懇的態度，對話和辯難將會有助於厘清思想，推進學術的發展。所以我對于連的回應再作回應，並希望就中西文化及西方漢學研究等問題，與于連先生和其它感興趣的讀者、專家們繼續討論切磋。

　　于連對我的回應一共談了六個問題，我想在此不必一一作答，而只想指出重要的幾點。第一點是于連一連串的否認：他說他「並沒有說研究中國僅僅是為了認識西方或希臘」，「從來沒有講過理性僅僅屬於西方」，也「不認為中國思想同西方思想一定截然不同」。[1]可是于連在陳彥的訪談錄中明明說：「歐洲——中國乃是兩種完全不同的思想體系，恰如兩條分途的思想大道。正如巴斯卡所言：『要麼莫西，要麼中國。』莫西代表歐洲這一條象徵主義的、一神教的、超越的傳統思想，而中國則完全不同。」[2]于連還否認說：他「並不是」說現代的中國人太西化，「當然不是批評我的中國同事將中國經典譯成現代中文的工作」，「完全不認為中國文化是在一種孤立的狀態下發展起來的」，也「從來沒有說過中國是一

[1] 于連：〈答張隆溪〉，《二十一世紀》（香港中文大學・中國文化研究所），一九九九年十月號，頁一一九。
[2] 于連：〈新世紀對中國文化的挑戰〉，《二十一世紀》（香港中文大學・中國文化研究所），一九九九年四月號，頁一八－一九。

個他者」。[3]對這一連串的否認，我用不著一一辨析。于連有不少著作，陳彥的訪談錄也在，白紙黑字，有興趣的讀者只要取來對照一下，就不難作出自己的判斷。我覺得有趣的是，于連的否認實際上表明，他也承認把中國和西方文化對立起來是錯誤的。中西文化對立的觀念在西方漢學中影響頗深，也是于連著作中一個占主導地位的思想。也許過去他很少聽到對這種文化對立的批評意見，現在聽到了，便取防禦或辯解的態度，否認自己過去並不以為有什麼問題的觀念和說法。讀于連這篇回應文章，的確感到其語氣已經和他過去的文章以及陳彥那篇訪談錄大不一樣。他過去說歐洲和中國的思想體系「完全不同」，現在則改口說兩者「不一定截然不同」。這種改變令人鼓舞，因為于連先生否定東西方文化的僵硬對立，我們就有進一步討論，求同存異的基礎。我希望他今後作漢學研究，談中國文化時，不會再偏向於文化對立的觀念。

　　與此相關的第二點，是于連批評我引用他十五年前發表的第一本書，而他認為「不能以一本書作為判斷的根據」。[4]問題是我讀到陳彥的訪談錄時，便立即想起他十五年前發表那本書的觀點，二者之間雖有十五年的距離，但觀念和說法卻十分相近。例如訪談錄中于連提出以研究中國來反觀希臘，這一所謂「迂迴」戰略在他十五年前那本書裡，就早已經大講而特講過了。于連先生現在認為那本書不足為據，是不是承認他那本書將中西文化和文學相對立的觀念，現在看來很成問題而應該拋棄了呢？于連在二〇〇〇年發表的一本近著，標題就叫做《從外部（即中國）來思考》（*Penser d'un Dehors (la Chine): Entretiens d'Extrême-Occident* [Paris: Éditions du Seuil, 2000]），其中仍然重複他十多二十年前的老話，認為研究中國是認識希臘和西方的最佳途徑，是為西方人提供一個從外面反觀自己的角度。這就證明他數十年來連篇累牘的論說，都貫穿了中西文化對立的觀念。

---

[3]　于連：〈答張隆溪〉，頁一二一、一二二。

[4]　同上，頁一二〇。

　　第三點是關於東西方兩位著名作者：福柯和錢鍾書。于連質問我說：「將『異托邦』作為概念來進行思想的是福柯，怎麼可以談博爾赫斯？」[5]其實這個問題，他應該去問他的法國同胞福柯，因為正是福柯從博爾赫斯的一段話發揮開來，提出了「異托邦」概念。我在本書開頭已對此作過詳細討論，在〈漢學與中西文化的對立〉一文也有扼要論述，在此就不必重複了。

　　于連先生對錢鍾書的著作頗有微詞，說《管錐編》「把一切都看得多多少少是相同的」。于連回應說這已經是舊話，我「引用的也是十五年前的材料」。[6]這是否又意味著于連先生現在已經改變觀點，早已拋棄了他自己十五年前的老看法呢？我看恐怕未必。于連把錢鍾書做學問的方法描述成「某種尋同的比較主義」，而他自己當然主張「求異的比較主義」，並強調他的研究「總是從文本、從注釋、從文本對照出發的」。[7]讀過《管錐編》的人大概都知道，錢鍾書的學術著作才真是從具體文本和字句出發，旁徵博引，從來不發空疏的議論。于連把錢鍾書的研究方法概括為「尋同的比較主義」，就只是一空泛的結論。錢鍾書固然引用中西各類典籍來論證他的觀點，可是他又常常指出，許多看似相類的觀念只是「貌同心異，」我們不能不細察深研。《管錐編》論《左傳》昭公二十年有一段十分重要精彩的文字，把同與異的關係講得十分圓滿，不妨引其中數語如下：

　　齊景公曰：「和與同異乎？」晏子對曰：「異！和如羹焉，水火醯醢鹽梅，以烹魚肉，燀之以薪，宰夫和之，齊之以味，濟其不及，以泄其過。……聲亦如味，一氣、二體、三類、四物、五聲、六律、七音、八風、九歌以相成也，清濁、大小、短長、疾徐、哀樂、剛柔、遲速、高下、出入周疏以相濟也。……若以水濟水，誰能食之？若琴

---

[5]　同上，頁一一九。
[6]　同上，頁一二一。
[7]　同上，頁一二二。

瑟之專壹，誰能聽之？同之不可也如是！」按《國語‧鄭語》史伯對鄭桓公曰：「夫和實生物，同則不繼。以他平他謂之和，故能豐長而物歸之；若以同裨同，盡乃棄矣。……聲一無聽，物一無文，味一無果，物一無講。」《論語‧子路》章「君子和而不同」句，劉寶楠《正義》引《左傳》、《國語》之文釋之，當矣。[8]

　　錢鍾書接下去引了《管子》、《孔叢子》、《淮南子》、《樂記》以及希臘哲人赫拉克利特、柏拉圖、亞里士多德等諸家論述，進一步闡明統一與雜多之相反相成。由此可見，錢鍾書尋求的是理一分殊、多樣統一的「和」，而不是千篇一律、單調一致的「同」。同和異本來就相輔相成，而世間事理如果說像《易‧繫辭》下所謂「天下同歸而殊塗，一致而百慮」，那也是因為「心之同然，本乎理之當然，而理之當然，本乎物之必然，亦即合乎物之本然也」。[9]錢鍾書的《管錐編》是用文言寫成的，上面所引的這些話都赫然在目，而于連先生卻似乎視而不見，聽而不聞，所以我還是那句話：我們有理由懷疑他是否真把錢鍾書的著作看過一遍，或者說看懂了幾分。

　　于連先生這次的回應文章，用了大部分篇幅來否認他自己曾經明確表述過的一些觀點，或者辯解說那已經是十五年前的舊看法，而對我在〈漢學與中西文化的對立〉一文中提出的批評，基本上沒有作正面回答。不過讀完他這篇文章，我還是頗為滿意，因為他否認把中西文化對立起來的極端看法，就說明在原則上同意我的看法，說明我們之間可以互相切磋，進一步探討，也有可能達成共識。其實人非聖賢，孰能無過？無論十五年前或十五分鐘以前的看法，只要現在看出有錯誤或不足，都可以糾正而改進。這個道理適用於于連先生，也適用於我自己。《易‧繫辭》不是早已言之：「無咎者，善補過者也。」願以此句與于連先生共勉。

---

[8] 錢鍾書：《管錐編》（北京：中華書局，一九七九），頁二三六。

[9] 同上，頁五〇。

附記：我在《二十一世紀》一九九九年六月號發表〈漢學與中西文化的對立〉之後，于連先生在一九九九年十月號發表〈答張隆溪〉一文作出回應，此文則是我對其回應再作的回應。因為于連的文章直接針對我所作的批評，而此文又是回應他的反批評，所以我決定將于連的文章附在本章之後，使讀者能看到辯論雙方的全文，不僅可以比較詳細地瞭解辯論的情形，而且能參加到對話之中，形成自己的判斷和看法。本篇最初發表於《二十一世紀》二〇〇〇年二月號。

第六章　自然、文字與中國詩研究

　　近代西方學術可以說特別注重語言問題。二十世紀從形式主義到結構主義再到後結構主義，語言學和符號學都起了重要作用，思想學術各個領域大多有所謂語言學轉向（linguistic turn），認為語言絕不僅是表情達意的工具，而是與人的思維活動密切相關，密不可分。[1]在不同文化和傳統的研究中，語言學都顯得十分重要，從人類學到社會政治理論，到處可以見到語言學轉向的影響，當然也影響到西方對中國語言文化的研究。早在十七、十八世紀，西方教會和思想界有一場關於中國思想文化的所謂禮儀之爭，涉及中西語言文化的差異問題。[2]正如南木（George Minamiki）所說，禮儀之爭有兩個方面，一個是皈依基督教的中國人是否還能參加祭孔祭祖等儀式，另一個則牽涉到「西方人如何把神和其它精神現實的概念翻

---

[1]　參見Jürgen Habermas, "Hermeneutic and Analytic Philosophy. Two Complementary Versions of the Linguistic Turn?", in Anthony O'Hear (ed.), *German philosophy since Kant* (Cambridge: Cambridge University Press, 1999); Richard M. Rorty (ed.), *The Linguistic Turn: Essays in Philosophical Method* (Chicago: University of Chicago Press, 1992); Cristina Lafont, *The Linguistic Turn in Hermeneutic Philosophy*, trans. José Medina (Cambridge, Mass.: MIT Press, 一九九九).

[2]　羅光《教廷與中國使節史》（臺北：傳記文學，一九六九）記敘了禮儀之爭的歷史，尤其對康熙與羅馬教廷的關係討論甚詳。李天綱《中國禮儀之爭》（上海：上海古籍，一九九八）發掘國內外保存的有關漢語文獻，對羅光所著多有補充，是目前以中文論述禮儀之爭最有分量的著作。

譯成中文的問題」，也就是語言或術語問題。[3]由此可見，西方有關中國文化和中國語言的看法，從一開始就是緊密關聯的。

　　十七、十八世紀那場爭論不僅在當時促進了西方對中國的瞭解，其中一些重要問題直到今天，仍然是西方人談論東方文化一些基本觀念的來源，對西方漢學有深刻的影響。當時傳教士各派中反對利瑪竇和耶穌會「適應策略」的人，認為這種策略有失基督教教義的純潔，模糊了基督教與中國異教文化之間的根本差別。他們區別中西文化，認為天主、上帝等中文字不可能表達基督教神的精神觀念，從而建立起中西文化非此即彼的對立。例如龍華民就說：「中國人隱秘的哲學是純粹的物質主義」，因為他們「從來沒有認識過不同於物質的精神實體」。另一個教士熊三拔也說：「中國人從未認識到不同於物質的精神實體。……所以他們也從未認識上帝、天使或理性的靈魂。」[4]法國漢學家謝和耐在他研究基督教中國傳教史的著作中，也基本贊同這類看法。他批評利瑪竇和其它耶穌會教士在中國儒家經典裡尋找符合基督教觀念的成分，實在是誤解非西方文化，不知道儒家文化影響下的中國與基督教的西方完全不同。謝和耐進一步把基督教與中國文化之間的差異推到最根本的語言和思維方式的層次，認為「這不僅是不同知識傳統的差異，而且更是不同思想範疇和思維模式的差異」。[5]「思維模式」是由語言表現出來的，所以中西文化的差異歸根到底便是中西語言上的差異，尤其可以歸結為中文在表達抽象概念以及超越性和精神性範疇的困難。謝和耐宣稱說：「全世界所有語言裡，中國語言格外特別，既沒有按照詞法來加以系統區分的語法範疇，也沒有任何東西來把動詞區別於形容詞，把副詞區別於補語，把主語區別於定語。」他認為，中文缺少語法觀念正體現出中國思維模式缺乏超越和精神的範疇，所

---

[3]　George Minamiki, *The Chinese Rites Controversy from Its Beginning to Modern Times* (Chicago: Loyola University Press, 1985), p. ix.

[4]　引自Jacques Gernet, *China and the Christian Impact: A Conflict of Cultures*, trans. Janet Lloyd (Cambridge: Cambridge University Press, 1985), p. 203.

[5]　同上，頁三。

以中國哲學也相應缺少本體存在的觀念。於是他總結說：「存在的概念，那種超越現象而永恆不變的實在意義上的存在，也許在中國人就是比較難以構想的。」[6]

在《中國語言與外國思想》一文裡，另一位漢學家賴特討論了傳教士在語言和翻譯方面遇到的困難，認為究其原因，乃是「在表達抽象概念和一般類別或性質這方面，中國人的資源相對貧乏」。[7]謝和耐則認為基督教在中國不可能成功，在最根本的意義上，正可以歸結為中文在表達抽象概念上的困難，即「把希臘、拉丁或梵文這類有屈折變化的語言所形成的概念翻譯成中文時」，必不可免令人尷尬的失敗。謝和耐往往把中國與希臘思想相比較，作出二者彼此對立的結論。他認為不僅中文沒有語法，而且中國思維也缺少邏輯，因為「邏輯來自於希臘的邏各斯」。[8]他最後得出結論，認為中西語言的對比證明，「印歐語言的結構說明希臘世界——後來則幫助基督教的世界——建立起超越性永恆現實的概念，而這和那僅僅由感官感知的、瞬息即逝的現實是完全不同的」。[9]

對中國思維和語言的這類看法，在一些漢學著作裡頗為常見。如果中國語言確實不能通過符號和意象表達抽象概念，那由此就只能得出一個結論，即中文只能指向其語言符號所指的東西，只能按照字面去理解其含義，而不可能超出字面而指向另一層意義，即抽象的、精神的和超越性的意義。這一基本預設產生了一些意義重大的結果，在西方形成了有關中國文學的一種獨特觀念，即認為中國文學與西方憑想像虛構出來的文學恰恰相反。要能超越，就必須先有一定的距離或差異，而所謂中國文學沒有超越性，其原因據說是從中國人的觀點看來，宇宙間一切自然現象都天衣無縫地連在一起，中國的文字和文學正是這宇宙的一個有機部分，而不是與

---

[6] 同上，頁二四一。

[7] Arthur F. Wright, "The Chinese Language and Foreign Ideas", in *Studies in Chinese Thought*, ed. Wright (Chicago: University of Chicago Press, 1953), p. 287.

[8] Gernet, *China and the Christian Impact*, p. 239.

[9] 同上，頁二四四。

之分隔開來的人為任意的創造，不是從外面隔著一定本體和審美的距離來模仿自然。漢學家史蒂芬・歐文（Stephen Owen，或譯宇文所安）對中國傳統中文學與現實世界之關係，正是抱這樣的看法。他在討論中國詩和詩學理論的一本書裡說：「在這秩序井然的宇宙之中，為文學定位的術語是文。」[10]他把劉勰《文心雕龍》開篇一段話加以發揮，認為文或者「審美圖形」是自然萬物的最終實現或「顯現」，萬物都是通過文才具有形體，變得可見而且可知。歐文接下去說：

> 一切現象都有在「文」當中顯現的內在趨勢，而其顯現是為了變得可知、可感；只有人心才具有知與感的能力，而在那過程中，文乃是外在的形式。因此，文學是一個普遍顯現過程的最終體現，是其充分實現了的形式。……只要視覺藝術僅僅模仿自然的「文」，它們就要受到柏拉圖的批判，認為藝術是二等（甚至三等）的現象。可是在這一表述中，文學並不真是模仿，而是一顯現過程的最後階段；作者也不是在「再現」外部世界，而不過是世界自我實現過程最後階段的仲介而已。[11]

在歐文這一表述中，作為中國文字或文學的文並不是人類模仿自然的一種發明，因為文本身就是自然或宇宙的一部分。這樣一來，中國文學立即就和作為模仿和再現的西方文學區別開了，中國文學成了自然顯現過程的最終產物，成了萬物得以可知可見的形式，而且這整個過程純乎自然，就像水凝結為冰那樣。中國詩人作為「世界自我實現過程最後階段的仲介」，就成了自然或世界在文或「審美圖形」中達於自我實現的手段或管道。按歐文的說法，不僅文學作品無須詩人有意識的努力就可以自然形成，而且構成文學本文的基本成分即中國的文字，也「本身就是自然

---

[10] Stephen Owen, *Traditional Chinese Poetry and Poetics: Omen of the World* (Madison: University of Wisconsin Press, 1985), p. 18.

[11] 同上，頁二〇。

的」。[12]西方詩人模仿造物者上帝，可以從無到有憑空創造出一個虛構的世界，中國詩人則只是「參加到現存的自然中」，他們關注的不是虛構出美而不真的事物，而是「把內在的經驗或外在的感受真實地呈現出來」。因此，中國詩乃是一「非創造的世界」，中國詩人也都像孔子那樣「述而不作」。[13]

余寶琳討論中國詩的意象，也把類似觀念作為立論的基礎。她認為西方文學是行動的模仿，中國文學則是「詩人對周圍世界直接反應的記錄，而且詩人自己就是那個世界不可分離的一部分」。中國詩人並不辨識「真的現實和具體現實之區別，或者具體現實和文學作品之區別，這類區別固然曾引起某些責難，但也使創造和虛構得以可能，使詩人有可能重複上天造物主的創造活動」。[14]換言之，中國文化既沒有也無法識別「斷層」或「基本的、本體意義上的二元論」，由這樣一個傳統產生出來的詩，也就和現實世界完全緊密相聯，毫無間隙。然而中國詩雖說不受柏拉圖式的批判，不會被指責為與真理隔了三層，但同時也不能不承認自己沒有創造力，沒有虛構和想像的經營。

比喻和虛構是西方文學的基本特點，而一旦認為中國傳統完全是一元的，語言和語言所指涉的東西完全不可分，那麼中國文學裡也就不可能有比喻和虛構。如果中國語言或者文本身就是自然，中國詩人又怎麼能創作出虛構的、不真實的、與自然保持一定距離的作品呢？以這種「一元論」的觀點看來，中國詩只是對現實世界的「直接反應」，其意義只能指向當時當地，而不能指向任何超越性的、富有寓意的「其它東西」。歐文由此提出有關中國文學的一系列「命題，」其中首要的一條便是：

---

[12] 同上。

[13] 同上，頁八四。

[14] Pauline R. Yu, *The Reading of Imagery in the Chinese Poetic Tradition* (Princeton: Princeton University Press, 1987), p. 35.

> 中國文學傳統往往不把一首詩看成是虛構的，它的陳述也被認為是
> 完全真實的。詩的意義不通過比喻表達，即文本語言不指向超越字
> 面的其它東西。相反，展現在詩人面前的是一個經驗的世界，而他
> 所做的就是把它顯現出來。[15]

　　這樣的命題對具體的文學批評頗能產生引導作用，歐文就以此為基
礎，對比西方讀者閱讀華滋華斯（William Wordsworth）一首詩和中國讀
者讀一首杜詩的感受，認為他們對詩歌體裁本身就有根本不同的預設。華
滋華斯有一首十四行詩描繪他在一八〇二年九月三日黎明時分，在威斯敏
斯特橋上看到的倫敦城景色，但歐文認為，不管華滋華斯如何具體描繪倫
敦，他所寫是否真是他在那特定時間地點所見的實景，卻並不重要。歐文
說：「詩的語言並不指向歷史現實中那個有無窮具體性的倫敦」，而是
「引我們到別的某種東西，曉示某種意義，而泰晤士河上究竟有幾條船，
與這些意義是完全不相干的」。[16]西方詩人關心的不是歷史的具體性，而
是超越歷史之外的普遍意義，西方讀者身受同樣的教化，也把詩歌看成一
種虛構，於是詩中的倫敦與真實歷史中的倫敦，就完全是不同的東西。再
看杜甫的《旅夜書懷》詩：「細草微風岸，危檣獨夜舟。星垂平野闊，月
湧大江流。名豈文章著，官應老病休。飄零何所似？天地一沙鷗。」在歐
文看來，這樣的詩「並非虛構：這是記敘某一歷史時刻中的經歷，是一種
獨特的事實陳述，記錄一個人的意識如何與現實世界相遇，又如何對之作
出理解與反應」。[17]歐文通過以上例子想要證明，中國與西方傳統的文化
差異最終表現為一系列的二元對立：西方虛構，中國真實；西方具創造

---

[15] Owen, *Traditional Chinese Poetry and Poetics: Omen of the World*，頁三四。歐
　文在堅持中國詩歌之非虛構性的同時，也承認在某些下屬的分類中，尤其在樂
　府詩中，存在一定程度的比喻性或虛構性。見頁五三及頁二九二－二九三一段
　長注。

[16] 同上，頁一四。

[17] 同上，頁一五。

性，中國具自然性；西方關注普遍性，中國關注具體性；西方有比喻、超越的意義，中國有字面、歷史的意義，如此等等。

這種對文化差異的強調不能不使人想起十七世紀時利瑪竇與其在天主教會中對手的爭論，儘管現在的歷史環境和強調文化差異的動機與當時已經全然不同。在十七世紀有關宗教禮儀的爭辯中，堅持教義純潔的正統派認定中國人為異教徒，所以中國語言不可能表達西方啟示宗教中上帝及神聖超越性的觀念；但現代強調東西文化差異的人，卻往往把他們認為具有中國特色的東西視為獨特，加以珍視。但無論是歷史上的宗教禮儀之爭還是今天的文化差異說，其立論基礎都是一系列的二元對立：自然對文明、具體對普遍、具象對抽象等等。正如對中西比較頗有研究的美國學者蘇源熙所言，這些二元對立無非是「始自傳教士時代歐洲漢學所爭執的一個老問題在現代新的翻版，是把那種爭執翻譯成了文學批評的語言而已。」[18] 當年那些天主教正統派為了突出文化差異，曾設立過類似的二元對立，他們似乎早已經「預示了我們在前面所見這些文學評論的方法和術語。」[19]

把文即中國書寫文字視為「自然，」在西方乃是一根深蒂固的謬見。在傳教士時代歐洲漢學發端之時，這一謬見已初現端倪，可是現在漢學家們大多不願直面這一點。在現代使這謬見名聲廣遠者，乃是費諾羅薩（Ernest Fenollosa）《作為詩歌媒介的中國文字》那本小冊子，經過龐德（Ezra Pound）編輯出版，那小冊子的影響卻並不小。此書出於一個外行人之手，有很多猜測的成分，但也極富創意。費諾羅薩在書中盛讚中國文字的具體物質性，說它可以喚起自然事物的意象，是一種圖畫式文字，因此作為詩歌媒介，中國文字比西方抽象的字母文字要優越得多。他還聲稱，用方塊漢字寫成的中國詩其實是「關於自然運作的速記式圖畫」，我們讀這種圖畫文字時，「似乎並不在數弄概念，而是在觀看事物如何實現

---

[18] Haun Saussy, *The Problem of a Chinese Aesthetic* (Stanford: Stanford University Press, 1993), p.36.
[19] 同上，頁三九。

自己的命運」。[20]這種說法充分表達了那個由來已久的觀念，認為西方文字是抽象的，是在人的頭腦裡任意創造的，而中國文字卻是自然的，由事物本身構成。龐德以這富有創意的誤讀為基礎，建立起他的意象派詩學，費諾羅薩對中國文字的看法，也由此對現代英美詩歌發生了巨大影響。龐德一面讀費諾羅薩的論文，一面重譯其中的一些中國詩，他意識到這種中國文字觀隱含了一種全新的詩學方法。正如拉斯洛・格芬所說，費諾羅薩的文章為一種新的美學，即龐德所謂意象法奠定了基礎，這方法就是「把表面上毫不相關的具體事物並列起來，由它們的相互關係暗示出思想觀念」。[21]大衛・珀金斯更用短短幾句話，道出了費諾羅薩對龐德的影響：

> 看來中國文字從來是具體的。每一個字都是一個意象；一行字就是一連串的意象。龐德一定在想，他怎樣才可能在英語中達到同樣的效果。一行中國詩無須句法的指引而直接展現意象。費諾羅薩在他的手稿《論中國文字》中指出，自然本身就無須乎語法或句法，因此可以說中國詩就像自然那樣進入人的頭腦。不管我們怎樣解釋其方法，中國詩無非是一連串的意象，而且去掉了平常用來連接或解釋這類意象那些比較抽象也比較缺乏生氣的語言成分，所以中國詩能給人迅捷、簡約和無窮的意味。[22]

　　這段話強調的又是中國文字的具體性和自然性，稱讚它擺脫語法句法的抽象邏輯，達到完全自然的效果，而費諾羅薩和龐德認為，詩本來就正該如此。就中國文字究竟如何運作而言，費諾羅薩和龐德的理解無疑是大

---

[20] Ernest Fenollosa, *The Chinese Written Character as a Medium for Poetry*, ed. Ezra Pound (San Francisco: City Lights, 1969), pp.8, 9.

[21] Laszlo Géfin, *Ideogram: History of a Poetic Method* (Austin: University of Texas Press, 1982), p.27.

[22] David Perkins, *A History of Modern Poetry: From the 1890s to the High Modernist Mode* (Cambridge, Mass.: Harvard University Press, 1976), p.463.

謬不然，但正如格芬所言，那「可能是英語文學中最富成果的誤解」。[23]
龐德在現代詩中的重要性當然是無庸置疑的，如果我們從漢學的角度指責
他的意象方法，反而顯得迂腐了。我要說的不是費諾羅薩和龐德誤解了中
文，而是說這種誤解不僅僅表現外行人的觀念，也更是他們把自己對中國
語言和中國詩的意願投射出來的結果，而把中文視為具體自然的文字，不
過是西方人的幻想，是一種詩意的理想化。正如喬治・斯坦納所言，龐德
的《中華集》（*Cathay*）之所以吸引人，正在於它吻合並加強了西方人眼
中的中國形象，即休・肯納所謂西方人「發明的中國。」斯坦納更進一步
指出，龐德能成功創造頗有魅力的《中華集》，「並非他或他的讀者對中
國知之甚多，而恰恰因為他們都同樣知之極少」。[24]

　　費諾羅薩和龐德認為中國文字具有揭示自然與藝術之迷的能力，正
是繼承了西方一個悠長的批評傳統。有學者指出，費諾羅薩出自「美國文
藝復興」的文學背景，尤其深受愛默生影響。他對中文的癡迷「堪與愛默
生對埃及象形文字的熱衷相提並論：兩種文字都是自然的符號，在它們可
見的面紗之下，都隱藏著一般人無法解讀也不可思議的隱秘寶藏」。[25]幾
個世紀以前，利瑪竇早說過中國人「採用類似古埃及象形文字那樣的表意
符號。」[26]視中文為象形文字，看來在西方相當普遍。維柯就說過，中國
人「象古埃及人一樣使用象形文字。」[27]恩斯特・羅伯特・柯帝士（Ernst
Robert Curtius）告訴我們，十五世紀初以來，西方人文學者就無時不在思

---

[23] Géfin, *Ideogram*, p. 31.

[24] George Steiner, *After Babel: Aspects of Language and Translation* (Oxford: Oxford University Press, 1975), p.359.約瑟夫・利德爾也稱費諾羅薩對中國文字的解讀是「純粹西方式的理想化」。見Joseph Riddel, "'Neo-Nietzschean Clatter'—Speculation and/on Pound's Poetic Image", in Ian E. A. Bell (ed.), *Ezra Pound: Tactics for reading* (London: Vision, 1982), p. 211.

[25] Hwa Yol Jung, "Misreading the Ideogram: From Fenollosa to Derrida and McLuhan", *Paideuma* 13:2 (1984): 212.

[26] Matteo Ricci, *China in the Sixteenth Century: The Journals of Matthew Ricci: 1583-1610*, trans. Louis J. Gallagher (New York: Random House, 1953), p.26.

[27] Giambattista Vico, *The New Science*, ed. and trans. Thomas G. Bergin and Max H. Fisch (Ithaca: Cornell University Press, 1976), p.32.

索有關象形文字、紋章圖案或「無字圖畫」的問題。[28]但是直到一八二〇年代，揚-弗朗索瓦・香坡里昂（Jean-François Champollion）憑藉羅塞塔石刻的雙語對照銘文，才成功解讀了埃及象形文字，也才使近代人能破解象形文字。香坡里昂的突破標誌著近代埃及學的開始，並深深影響到愛默生及其同時代人，但正如約翰・爾汶（John Irwin）所說，這並沒有結束幾世紀來人們對象形文字隨意幻想式的誤讀。香坡里昂的發現以科學力量消除了古埃及文字的神秘性，但「仍然無法推翻解讀上的玄學派」，這種玄學派繼續從基督教的觀點出發，追尋人類墮落以前的語言，繼續把象形文字視為「自然的語言或自然的符號，即上帝創造出來作精神實體表徵那個現象世界的符號」。[29]

　　儘管愛默生對香坡里昂的著作有濃厚興趣，但由於受斯維登堡神秘主義影響，他對象形文字的理解仍然沿襲了玄學派的觀點。他在文章裡寫道，詩人「應該把自然用作他的象形文字」，自然「把她所有的造物都作為圖畫式語言提供給詩人」。[30]費諾羅薩論中國文字的小冊子顯然重複了這類觀點，他曾把中文稱為「可見的象形文」。[31]中國文字和埃及的象形文一樣，都成為「象徵性的圖畫」，用費諾羅薩的話說則是自然事物的「速記式圖畫」，這種關於象形文字的看法可以一直追溯到中世紀時的象徵觀念，這種觀念把自然看作聖維克多・休（Hugh of St. Victor）所謂「上帝用他的手指寫成的一部書」。[32]由此看來，費諾羅薩把中文視為速

---

[28] Ernest Robert Curtius, *European Literature and the Latin Middle Ages*, trans. Willard R. Trask (Princeton: Princeton University Press, 1973), p.346.

[29] John T. Irwin, *American Hieroglyphics: The Symbol of the Egyptian Hieroglyphics in the American Renaissance* (New Haven: Yale University Press, 1980), p.7.十七世紀時，早有人試圖證明中文是人類墮落之前最早的自然宗教的語言，參見John Webb, *An Historical Essay Endeavoring a Probability That the Language of the Empire of China is the Primitive Language* (London: Printed for Nath. Brook, 1669)；我對此曾有簡略討論，參見本書第一章。

[30] Cited in Irwin, *American Hieroglyphics*, p. 11.

[31] Fenollosa, *The Chinese Written Character as a Medium for Poetry*, p. 6.

[32] Umberto Eco, *Art and Beauty in the Middle Ages*, trans. Hugh Bredin (New Haven: Yale University Press, 1973), p.57.柯帝士也強調這種象徵觀念起源於中世紀：「說文藝

記式圖畫，完全可以和基督教諷寓解釋的傳統相聯繫，這一傳統「把世界的創造看作一套普遍適用的象徵詞彙之建立」。[33]因此，從十七世紀天主教會中的語言純粹派到二十世紀初的費諾羅薩，把中文或「文」視為自然符號的觀點可以說走了一大圈而首尾相接了，因為把中文作為沒有語法的速記式圖畫來欣賞和把中文視為沒有邏輯與精神性而貶責，二者之間實在只有一步之遙。就其立論而言，費諾羅薩與天主教語言純粹派實無大的區別，唯一不同是他們採取的態度，因為語言純粹派斷定中文缺乏精神性而鄙棄之，費諾羅薩則以為中文具有象形的圖畫性而讚美之。

漢學家們自然明白其中的是非曲直。劉若愚在他那本簡明有用的《中國詩歌藝術》一書中，開門見山就駁斥了費諾羅薩所謂「所有中文字都是象形文字或表意文字」的說法，指明這是一種有「嚴重誤導作用」的「謬見」。[34]劉若愚闡明中文造字的六書，指出大部分漢字都不是象形文字，而「包含一個語音成份」。[35]這就是說，把中文視為「自然運作的速記式圖畫」只是一種誤讀，而由於大部分漢字都包含表音的成份，證明中西語言文字的情形相當複雜，我們便不能用自然符號與人為符號、拼音文字與非拼音文字這樣簡單的對立來談論二者的差別。不過《中國詩歌藝術》初版於一九六二年，二十五年後在他最後的一本書裡，劉若愚卻改變了看法，並像歐文那樣引用劉勰的話，認為「人文（文字或文學）對應於自然之文（圖紋或結構，如星座、地形構造、動物的皮毛花紋等），兩者

復興是抖落了發黃的羊皮紙上的灰塵，重新閱讀自然或世界之書，這已成為一般人歷史觀念中一種頗為流行的陳詞濫調。但這一比喻本身卻來自於中世紀」（見 Curtius, *European Literature and the Latin Middle Ages*, p. 319）。關於象形文字的玄學解讀與「自然之書」觀點之間的密切關係，參見Irwin, *American Hieroglyphics*, pp. 20, 25, 28.

[33] Angus Fletcher, *Allegory: The Theory of a Symbolic Mode* (Ithaca: Cornell University Press, 1964), p.130.弗萊切爾進一步說，「十七世紀當埃及象形文字的解讀成為一個眾人關心的問題時，人們都普遍認定自然界本身構造出一套宇宙的象徵詞彙」（頁一三〇，注一〇五）。

[34] James J. Y. Liu, *The Art of Chinese Poetry* (Chicago: University of Chicago Press, 1962), p.3.

[35] 同上，頁六。

都是宇宙之道的顯現」。[36]在這本書裡，他把中文與西方語言截然分開，並讚許費諾羅薩和龐德「直覺到中國的文字在西方邏各斯中心主義之外，提供了另一種選擇。」劉若愚當然意識到這一評價與他從前對費諾羅薩和龐德的批評大相徑庭，但他堅稱這與他在《中國詩歌藝術》中所說的話「並無矛盾」，只不過「由於環境的改變，在強調重點上有所不同而已」。[37]這樣的不同確實反映了他寫作環境的改變，這寫作環境深受現代文學理論、尤其是解構主義的影響。德里達宣稱非拼音的中文或日文提供了「在一切邏各斯中心主義之外發展起來的文明的有力證據」，更高度讚揚費諾羅薩和龐德創立了注重意象的詩學，認為那「與馬拉美的詩學一起，是對根深蒂固的西方傳統的第一次突破」。[38]正是這種環境使文化相對主義及其對文化差異的強調，對跨文化理解的懷疑，成為當前占主導地位的模式。連劉若愚這樣精明的學者也擋不住誘惑，不禁要為中文贏得差異（différance）的象徵這個榮譽，足見相對主義模式影響之巨。中文或「文」就這樣被說成一個由事物本身構成的自然符號系統，相對於約定性的、抽象的、語音中心主義和邏各斯中心主義的西方文字，中文代表著在文化上具有異國情調的「他者」；這就為文學與文化研究中各種各樣的二元對立奠定了基礎，使人們把文化看作完全自我封閉的整體，具有獨特的個性色彩，可以與其它文化清楚地區別開來。

法國學者弗朗索瓦・于連在《含蓄的價值》一書中，以大量篇幅談論中國詩學，這是把中國文學視為他所謂「文化間異者」，即相對於西方傳統之文化上他者的又一個例子。于連提倡「求異的比較主義」，認為西方漢學的出發點，即把中國傳統視為他者來研究的出發點，從來就是「回到自我」，即通過區別於中國這個他者來認識西方的自我，好像變一個角

---

[36] James J. Y. Liu, *Language-Paradox-Poetics: A Chinese Perspective*, ed. Richard John Lynn (Princeton: Princeton University Press, 1988), p.18.

[37] 同上，頁二〇。

[38] Jacques Derrida, *Of Grammatology*, trans. Gayatri Chakravorty Spivak (Baltimore: Johns Hopkins University Press, 1976), pp.90, 92.我對此曾作過較詳細的討論，參見拙著《道與邏各斯》，馮川譯（成都：四川人民，一九九八）。

度，從外部來觀察自我。雖然西方意識在這樣的「角度變換」中可能脫離開中心，但也由此得以「用新的眼光看待自身的問題、自身的傳統及其動力」。于連進一步宣稱：「西方漢學家完全有資格做一個西方的發現者；他的漢學知識也因此可以成為他新的工具。」[39]於是漢學研究還沒有開始就已預先設定了目的，那就是尋求差異，肯定文化的獨特性，突出「文化間異者」，以便在對立比照之中確認自身的定位。

　　于連把中國的文視為自然符號，拿它來與西方作為自然之模仿的文學相對比，並且也在劉勰的《文心雕龍》中尋找依據。于連認為，劉勰能成功地把文字和文學的發端融合在整個宇宙生成或顯現的過程中，全在他利用了文這個字豐富的多義性：文不獨指人為的設計，而首先指在自然中展現的形狀與圖案。劉勰的討論「充分肯定了文學之文的具體性，但也很自覺地敘述了天文與人文先後生成的關係，並由此突顯出把文學作品與宇宙生成聯繫起來那種有效的互補性」。[40]這樣強調中國的文與宇宙自然的關聯，不禁使我們想起前面討論過的類似觀念。于連把劉勰闡發的中國「文」的觀念與希臘的再現或模仿觀念相對比，認為這兩個傳統各自做出了不同的選擇：「要麼是詩歌『模仿』自然（古典西方便是如此），通過模仿『回歸』那個與獨特的藝術相對立的世界（藝術將自然秩序作為客體，於是藝術一出現就與自然分離開來）；要麼是自然秩序本身已經是『藝術，』並由此為文學作品的獨特發展提供先例。」[41]中國傳統做的是第二種選擇，所以人與自然融合成一個完整的象徵網路，文學作品也就不是人為的獨創而與自然秩序相分離。於是「詩在沒有人的意識作為主體干預之下，就早已經編織就緒；或者說，主體意識從一開始便已溶入與自然交相作用的過程，使全部世俗現實頓時生動起來，互相影響」。[42]于連最

---

[39] François Jullien, *La Valeur allusive: Des catégories originales de l'interprétation poétique dans la tradition chinoise (Contribution à une réflexion sur l'altérité interculturelle)* (Paris: École française d'Extrême-Orient, 1985), p.8, see also pp. 11-12.

[40] 同上，頁三五。

[41] 同上，頁五二。

[42] 同上，頁六五。

後的結論和歐文對劉勰的解讀差不多，也是宣稱文或中國文學與西方的模仿截然不同，不是人的創造，而是自然或自然顯現過程不可分割的一部分，中國詩早已存在於大自然之中，就好像海邊的一粒卵石或一扇貝殼，詩人無須什麼主體意識的干擾，只要把它輕輕拾起來就可以了。

于連在他的另幾本書裡，繼續論證中國文化根本的相異性。他在《迂迴與進入》中又一次宣稱，由於中國在語言和歷史上都與西方根本不同，所以它可以「提供一個案例，使我們得以從外部來考慮西方思想，並使我們擺脫我們的返祖現象」。于連繼續道：「我並不是說中國完全不同，但至少是非我的他者。」[43]他詳細討論中國人對含蓄的偏好，尤其討論詩之興，指明用興這種手法時，「由於情感的作用，言之此與意之彼相隔甚遙，因為動機強烈，言辭便產生出無盡的言外之意，這也是興之所以為含蓄的緣故。」[44]所以于連完全承認在中國文學及其閱讀中，言與意、本文與評注、語言與解釋之間是有距離的。就像荷馬史詩的評注者一樣，中國注《詩》的儒者經生也要利用作品和意義之間的距離，來證明一些看來淫奔之詩其實完全合乎仁義道德。然而于連立即嚴格區分希臘的諷寓解釋和中國的評注傳統：「雖然希臘和中國的評注者基本上面臨同樣的問題，即由於意識變化，文本含義顯得不重要甚至令人難以接受時，如何證明其經典意義？」但是于連認為他們解決問題的方式卻根本不同：「希臘人挽救此含義的辦法，是把它投射到一個精神的層面，而中國人卻是在其中看出歷史的例證。」[45]這種說法不禁使人想起我們上面討論過在禮儀之爭中，龍華民等人所見的中西之別，因為于連所作的區分也是物質與精神、具體與抽象、內在與超越等分別。

于連近年的一部著作，*Penser d'un Dehors (la Chine)*，即《從外部（中國）來思考》，全面闡發了他對中國和中國文化各方面的看法。此書

---

[43] Jullien, *Detour and Access: Strategies of Meaning in China and Greece*, trans. Sophie Hawkes (New York: Zone Books, 2000), p. 9.

[44] 同上，頁一五五。

[45] 同上，頁一六九。

的形式是由蒂厄里‧瑪歇斯（Thierry Marchaisse）發問，于連作答，這一系列問答的確重新提出了我們在禮儀之爭當中見到的一些老問題，例如「中國人對存在、對上帝和對自由三者無所謂的態度」。[46]此書標題《從外部（中國）來思考》已經道破了于連持論之大概，即中國在地理和文化上都與歐洲相距遙遠，可以為觀察歐洲人的自我提供一面有魔力的鏡子。于連說：「如果我們真要『走出希臘』，要尋求適當的支援和角度，那麼除了所謂『走向中國』而外，我還真看不出有什麼別的航道可走。大致說來，既要有大量文字記載，又要在語言和歷史承傳方面與歐洲根本不同的文明，中國便是唯一的例子。」于連發揮福科以遠東為非歐洲的想法，認為「嚴格說來，非歐洲就是中國，而不可能是其它任何地方」。[47]所以從《含蓄的價值》到《從外部（中國）來思考》，于連一直在論證中西文學和文化的基本差異，而他的論證往往建立在他對文之性質，即對中國語言和中國文學基本特色的理解之上。

但究竟什麼是中國的文？我們究竟該怎樣理解劉勰《文心雕龍》開篇的論述？[48]作於一千五百年前這部批評名著，體大而慮周，系統討論了中國古代各種不同文體，而且不局限於狹義的文學範圍。劉勰為了儘量突出文的地位和重要性，便充分利用文這個字的多義性，把文學寫作與現象世界中各種各樣的圖案和造型相聯繫，從而使人造之文與宇宙之道的自然顯現神秘地聯在一起，而道乃萬物之源和統率一切之理。劉勰開宗明義便說：

> 文之為德也大矣，與天地並生者何哉？夫玄黃色雜，方圓體分，日月迭璧，以垂麗天之象；山川煥綺，以鋪理地之形：此蓋道之文也。仰觀吐曜，俯察含章，高卑定位，故兩儀既生矣。惟人參之，

---

[46] Jullien et Thierry Marchaisse, *Penser d'un Dehors: Entretiens d'Extrême-Occident* (Paris: Éditions du Seuil, 2000), p. 264.

[47] 同上，頁三九。

[48] 許慎《說文解字》釋文為「錯畫也。」王筠《說文句讀》進一步說：「錯者，交錯也。交錯而畫之，乃成文也。《易‧繫辭》：『物相雜，故曰文。』錯斯雜矣。」見四卷本《說文句讀》（上海：上海古籍，一九八三），二：一二一〇。

性靈所鍾，是謂三才。為五行之秀，實天地之心。心生而言立，言
立而文明，自然之道也。[49]

視天地為兩極，人與之並稱三才，這一說法源自漢儒對《易經》的評
注。劉勰的宇宙觀和文學起源論吸取這些漢儒評注，把文字之文和自然事
物的圖形結構或任何可見形狀之文，都並為一談，所以王元化在《文心雕
龍講疏》中批評劉勰說：「他的宇宙構成論和文學起源論都採取了極其混
亂的形式。」[50]劉勰此處之所以混亂，是因為他把人文與自然混為一談，
不過我們也可以說這種混亂是作者有意為之，因為他賦予文以宇宙的起源
時，就不僅使文具有從自然借來的權威，大大拓寬文的概念範圍，而且也
把自然萬物都歸在人類創造的規律與秩序之下，遵從由古代聖賢之文為範
例的**人為**的形式與構造。劉勰討論道，也混合了兩種不同的觀點，一種是
來自《老子》那種無為之道，完全不管人的悲歡而自在自為之道，另一種
則來自《易經》評注，更多強調天意以及聖人的仲介作用，強調天意是通
過聖人的功業來實現。劉勰將老莊的道家思想與《易經》評注中的儒家思
想融為一體，這種做法正是他那個時代綜合不同傳統不同觀念的風氣。許
多學者都指出，雖然劉勰曾長期奉佛，但《文心》之作卻是受儒家思想指
導。[51]這就是說，劉勰心中的天平最後仍然傾向於人文而非自然之文，而
萬物能夠顯現為人所認識的圖像，也正是因為它們體現了大道生成之宇宙
作為一整體秩序的意義。於是天地、山河、花草、鳥獸以及整個自然萬物
都成了一個巨大的文本，上面好像刻著天然形成的銘文。

然而，如果說劉勰視自然為文之起源，視文為自然顯現之形式，如果
說他把自然形狀視為一種文字和精心構造的圖案，那麼他這種觀點在一定

---

[49] 劉勰著，周振甫注《文心雕龍注釋‧原道》（北京：北京人民文學，一九八一），
頁一。

[50] 王元化《文心雕龍講疏》（上海：上海古籍，一九九二），頁六〇。

[51] 參見王運熙，楊明《魏晉南北朝文學批評史》（上海：上海古籍，一九九二），
頁三四四。

程度上說來，不是正可以與中世紀和文藝復興時代西方著述中常見的所謂
「自然之書」的觀念（Book of Nature）相比嗎？西方文學中常見的這個
主題，柯帝士曾舉出過大量例證，並有十分精闢的評論，我想引用幾句他
對西班牙戲劇家和詩人卡爾德隆（Calderón de la Barca）的評論：「這裡
也是每樣事物都在書寫：太陽在宇宙空間書寫，船寫在海的波濤上，鳥兒
在風做成的紙卷上書寫，遭遇船難的人有時寫在天空蔚藍的紙面上，有時
又寫在海邊的沙灘上。彩虹由鵝毛筆一揮而就，睡眠是一幅速寫，死亡則
是生命的簽名。」整個宇宙在卡爾德隆筆下就是一本大書：「天穹是由十
一頁寶藍石書頁（指星球）裝訂起來的一部書。」[52]假如柯帝士知道中國
的劉勰，他也許不會反對我們從《文心雕龍》裡再摘引幾個例子吧。劉勰
說：「傍及萬品，動植皆文；龍鳳以藻繪呈瑞，虎豹以炳蔚凝姿。雲霞雕
色，有踰畫工之妙；草木賁華，無待錦匠之奇。」[53]從這種宇宙之文的觀
點看來，誠如歐文所言，文或曰中國文字的確「本身就是自然的。文字不
是神靈創造或歷史演變而來，不是人為任意的符號，而是由觀察世界得來
的。」[54]

　　然而自然文字或自然即為文字的觀念，很難說是西方所無而中國獨
具的特點，因為至少在近代語文學和語言學建立起來之前，西方文字本身
也曾被視為自然符號系統。福柯討論文藝復興時期自然之書的觀念，就說
「語言在十六世紀其粗糙的狀態中，尚未形成一個人為的系統；它存在在
世界裡，形成世界的一部分」。自然之書的比喻把自然與文字的關係顛倒
了過來，把一個文化概念轉變為一種自然現象，「迫使語言居住在世界之
中，住在草木蟲石和鳥獸之中」。[55]福柯把自然之書描述成一種心像，但
見「世界的表面佈滿了各種文飾、符號、密碼和奧秘莫測的詞句——寫滿

---

[52] Curtius, *European Literature and the Latin Middle Ages*, p. 344.

[53] 周振甫注《文心雕龍注釋‧原道》，頁一。

[54] Owen, *Traditional Chinese Poetry and Poetics*, p.20.

[55] Michel Foucault, *The Order of Things: An Archaeology of the Human Sciences* (New York: Vintage, 1973), p.35.

了『象形文字』」，宇宙就像「一本攤開的大書，上面有密密層層書寫的
符號，每一頁都滿是糾結在一起的奇怪圖形，有時還互相重複」。[56]福柯
認為從這一角度看來，西方語言也應該「作為自然之物來研究。像動物、
植物或星辰一樣，語言的成分也有它們的近似、便利的法則，它們必然的
模擬性」，這倒使人想起歐文對中國之文的評論。[57]由此可見，儘管有中
西文化背景的差異，中國古人和十八世紀以前的西方人都曾把語言的起源
追溯到一個遙遠、模糊、被神話傳說包裹著的遠古時代，都把語言的創造
歸功於一種超自然或者神靈的力量，它或者是神秘的道，或者是作為邏各
斯的人格化的上帝，它們都賦予自然以意義。正如恩斯特·凱西列所說，
「神話、語言和藝術一開始是個具體的、渾然不分的整體，以後才漸漸分
裂成這樣三種獨立的精神創造模式」。[58]

　　但是，以為自然之書以及處於粗糙狀態中歷史和物質性的語言代表一
種前現代神話式的認識要素，以為這種認識要素是十六世紀以前的思想狀
態，與十七世紀以後的科學思想完全不同，似乎到十七世紀這舊傳統就突
然斷裂，被笛卡爾理性主義和牛頓世界觀所代表的全新的認識要素、全新
的文化符號取而代之，那就實在是過度誇張的誤解了。肯·羅賓遜（Ken
Robinson）以詼諧的語調說：「西方人感知世界的方式並沒有在1619年11
月10日突然改變，那一天笛卡爾意識到了數學對人類認識自然世界的重大
意義；也沒有在1665年秋天在伍爾索普牛頓的花園裡突然改變，據說牛頓
在那一刻從落下的一隻蘋果中認識到了特別的天意。」[59]不僅科學與哲學
的新思想可以追溯到中世紀和希臘遠古，追溯到原子論者和自然哲學家們

---

[56] 同上，頁二七。

[57] 同上，頁三五。我們可以把這種語言觀——即語言是自然的擴展，語言通過近似和
類比來達意——與歐文對模擬和中文類（他翻譯為「自然分類」natural category）
的討論相比較。參見Owen, *Traditional Chinese Poetry and Poetics*, pp.18, 61, 294.

[58] Ernst Cassirer, *Language and Myth*, trans. Susanne K. Langer (New York: Harper, 1946),
p.98.

[59] T. G. A. Cain and Ken Robinson (eds.), *Into Another Mould: Change and Continuity
in English Culture 1625-1700* (London: Routledge, 1992), pp.86-7.

的思辯推想，追溯到煉丹家和星占學家的技術實驗，而且舊的世界觀也繼續存在並融入新的世界觀之中。羅賓遜認為，自然之書是當時很多人都採用的「一個普通意象，」但從兩種不同的角度可以得到兩種不同的書：

> 一種從中世紀延續到文藝復興時期的觀點認為,這本書是一整套感應或類似事物的關聯網，必須用諷寓式和宗教神秘式的方法去解讀它；另一種觀點則認為，這本書是用數學的語言寫成的，但那不是畢達哥拉斯派和新柏拉圖主義數位象徵的語言（文藝復興時代的建築師們已經以空間形式把那種數字象徵具體化，在他們所建造的宮室樓宇中體現天體音樂純粹的和諧），而是新的數學語言，這種新數學嚴格區分質與量，並以量為其領域。[60]

換言之，自然之書不必一定屬於宗教神秘的範疇或詞彙，不一定是以語言為創世之初上帝鑄造的自然符號那種過時的觀念。中國的文的概念也同樣如此，其內涵遠遠超出劉勰在《文心雕龍》開篇所作的宇宙起源論的理解，並且在劉勰之前的魏晉時期，就早已被用來特指作為寫作藝術的文學。

　　儘管弗朗索瓦・于連一直強調文化差異，他也承認「西方傳統對文本與自然秩序之間的模擬聯繫並不陌生」。他列舉柯帝士論及自然之書的一些例子，發現這一觀念與劉勰對文的論述頗有可比之處，但他接著就指出兩個重大差異：其一是自然符號與人為符號兩種觀念建立的先後「軌跡」，因為「西方的模擬是從書（《聖經》）開始，再推想到自然，而在中國，文的概念無疑首先指自然圖形，然後才有『圖解符號』和『書寫文本』的含義」。[61]差異之二與文化或宗教有點關係，因為于連認為西方的自然之書只是一種「修辭上的同化」，其意義「完全在閱讀和解釋」，而

---

[60] 同上，頁八九。

[61] Jullien, *La Valeur allusive*, p. 52.

在中國，則因為「從來沒有天啟的神學，所以自然之文可以被看作是一個符號（於是可以對之作占卜式的解讀），同時又更多是自然構形一個單純的效果，具有純粹審美的價值」。[62]于連言之鑿鑿的所謂「軌跡」，我很有些懷疑，因為西方觀念是否真是從書本推及自然，而在中國，這「軌跡」是否就「顛倒」了過來，從自然構形推演到人為寫作，我覺得都很成問題。如果我們把一切詞的含義追溯到最早的詞根，那麼很可能它們都會是具體和「自然」的。就以book（書）為例，據《牛津大辭典》的解釋，這是屬條頓語系的一個普通詞彙，「在詞源上通常認為與山毛櫸樹之名（beech-tree）有關」。如果就詞源意義而言，book乃是人們寫字用的山毛櫸木板，完全是自然物體，那麼「文」的詞源意義是「錯畫」即兩筆劃交叉起來的符號，就和那些寫在樹皮上的字一樣，都是人為創造的符號。無論劉勰對文有何論述，其為「錯畫」的基本定義早已見於《說文》，而《說文》不僅早於《文心》，而且就字義的考訂而言，也更具權威性。

　　至於于連提到的第二個差異，如果他所謂「天啟的神學」指的就是基督教神學，我當然同意傳統中國的確沒有這樣一種東西，中文的符號當然也不同於基督教的符號。然而我們似乎無需有高深學養和知識的漢學家來告訴我們，中國在亞洲而不在泰西，中國人用的是中文而不是法文或英文，中國人更不是基督教徒（我們可以不必考慮那些皈依基督教的中國教徒，因為十七世紀天主教純粹派早已斷言，他們「只是像猴子那樣模仿真理」）。[63]于連引海德格爾「與一個日本人的談話」，認為東方的思想觀念「一旦轉換到西方思想的框架裡，一旦用西方語言來表達，就必然被歪曲（_dénaturées_原意是「失去其自然狀態」），變得貧乏」。果真如此，像于連這樣的漢學家們著書立說都用法文、德文或英文，而不用中國的古文，豈不是自我否定，極具諷刺意味嗎？當然，于連會辯解說現代的中國

---

[62] 同上，頁五二－五三。

[63] Antonio de Caballero, alias Sainte-Marie, _Traité sur quelques points importants de la mission de Chine_ (Pairs, 1701), p. 105; cited in Gernet, _China and the Christian Impact_, p. 33.

人或日本人也並不比這強，因為現代中國和日本的學者們都已經西化了，而一旦他們「進入了西方概念系統」，他們就往往「過於直接地把從西方借來的範疇套用到自己的文化傳統上去」。當他們試圖把他們自己文學批評傳統中的觀念「翻譯」成西方影響之下的現代語言時，也往往會「忘記其確切、原來的本意」。[64]但那些古漢語概念如果真如于連所說，雖同為中文，卻無法從古文翻譯成現代漢語，那麼作為二十世紀「用西方語言」寫作的一位漢學家，他又怎麼記得連現代中國人自己都忘記了的那些古代觀念「確切、原來的本意」呢？憑什麼他可以肯定，他那法國人的記憶倒保留了中國傳統的本質呢？我們在這裡好像看到那個關於人類喪失天真的著名聖經故事又一個新的版本，純潔的古漢語似乎是人類尚未墮落之前在伊甸園裡亞當使用過那種最初的語言，但這語言不幸在墮落的現代中國人之間已經喪失了，而西方的漢學家正徒勞無益地想要把它找回來。這一幅故事畫難道不是令人覺得，太明顯地帶有基督教色彩了嗎？

　　可以肯定的是，天意不是人意，而且在劉勰看來，自然之書那些絢麗的色彩、形象和圖案背後，也並沒有一個具人形的神或上帝。然而劉勰畢竟也有他宗教神秘主義的一面，例如他說「人文之元，肇自太極」，又說「河圖孕乎八卦，洛書韞乎九疇，玉版金鏤之實，丹文綠牒之華，誰其屍之，神理而已。」[65]也許帶中國特色的是，劉勰強調聖人的中心角色，他們亦凡亦聖，只有他們可以洞悉神秘的道，而道的意義也通過他們的文體現出來。所以劉勰說：「道沿聖以垂文，聖因文而明道。」[66]于連也承認，人文一旦產生，就變得極為重要，而文學創作的產生取決於「三個基本條件：作為宇宙和道德整體之道，作為原創作者的聖人（同時也是最典型的作者），以及作為原創文本的經典（同時也是最典型的文本）」。[67]人文的中心地位使劉勰得以詳細討論各種不同的文學體裁，而儒家經典的

---

[64] Jullien, *La Valeur allusive*, p. 10.
[65] 周振甫注《文心雕龍注釋・原道》，頁一。
[66] 同上，頁二。
[67] Jullien, *La Valeur allusive*, p. 40.

典範性使他得以把文視為明道的一種手段，而不是從文學或詩歌的角度來展開討論。由此我們就能理解，何以在第二章《徵聖》中，劉勰要發揮在聖人之文中尋求典範的觀點，而在第三章《宗經》中，又闡述如何忠實效法儒家經典。

許多評論家敏銳地指出，劉勰提倡自然，尊崇經典，是對他所處齊梁時代文壇繁麗縟華之風的回應，是為匡正過分講究聲律、雕琢成病的偏向。他宣稱「文章之用，實經典枝條」。接著又批評自己的時代「去聖久遠，文體解散，辭人愛奇，言貴浮詭，飾羽尚畫，文繡鞶帨，離本彌甚，將遂訛濫」。[68]多數批評家認為劉勰「本乎道、師乎聖」的呼喚，實在是針對虛浮誇張的形式主義的一劑良藥。劉勰使寫作為明道服務，號召作家追隨經典，就加強了中國批評傳統中講求教化和道德化的傾向，在中國文學批評史的研究中，劉勰在這方面的影響尚待引起充分的重視。

儘管劉勰在《文心雕龍》開篇那簡短而故作驚人之論的文字中，提出文章的宇宙起源，但他書中主要關心的畢竟是寫作的藝術，其中最著名的篇章也是對文學寫作的創造過程提出他的洞見。如《神思》就生動描述了作家如何超越時空限制，想見不在眼前的事物：

> 古人云：「形在江海之上，心存魏闕之下。」神思之謂也。文之思也，其神遠矣。故寂然凝慮，思接千載，悄焉動容，視通萬里；吟詠之間，吐納珠玉之聲；眉睫之前，捲舒風雲之色：其思理之致乎？[69]

劉勰在此引用《莊子·讓王》名句，用來說明人的思想不同於身體，其活動不受時空限制。[70]王元化因此認為，這是劉勰藉莊子之言，「對想

---

[68] 周振甫注《文心雕龍注釋·序志》，頁五三四。

[69] 同上，《神思》，頁二九五。

[70] 郭慶藩《莊子集釋》，見八卷本《諸子集成》（北京：中華書局，一九五四），頁三：四二一。

像所作的定義」。[71]劉勰把想像稱為「神思」，認為作家的思想和目光可以超越現時現地的局限，就表明「想像活動具有一種突破感覺經驗局限的性能，是一種不受身觀限制的心理現象」。[72]由此可見，中國詩人借助於想像，能在腦海中描繪出很久以前或千里之外的事物，甚至根本不存在的虛幻事物，從而創造並非眼前所見的實景。這就是說，中國詩人並不是在自然中撿起早已做好的現成的詩，也並不是只對具體現實作出直接反應，作「完全真實」的陳述。認為中國詩是親身經驗的事實陳述，實在是站不住腳也經不起推敲的看法。我們只要舉出中國詩使用誇張的例子，就可以輕而易舉推翻這種說法，而中國詩和別的任何詩一樣，都常會使用誇張的修辭手法。由於這類基本修辭手法的運用，詩的語言就不可能是事實的陳述，也不可能完全真實，正如劉勰在《誇飾》一章裡所說：「是以言峻則嵩高極天，論狹則河不容舠，說多則子孫千億，稱少則民靡孑遺。」劉勰引用《詩經》和其它經典作品中這些例句，然後總結道：「辭雖已甚，其義無害也。」[73]他還說，詩人既能「為情而造文，」也可能「為文而造情」，他肯定前者而不贊同後者，但不管他個人的好惡如何，他明明是把寫作視為創作即所謂「造」。[74]換言之，劉勰認識到詩是不能按字面直解的，它表現的是人間境況中感情的真實，而不同於紀事性的真實。

---

[71] 王元化《文心雕龍講疏》，頁一〇五。

[72] 同上，頁一〇六。多數中國評論家都把「神思」理解為想像。如王運熙認為，劉勰在討論文學構思時，說作者「沉浸在想像的世界中，與他想像中的事物緊密相連」（王運熙、楊明《魏晉南北朝文學批評史》，頁四三三）。于連一方面承認「神思」的概念「就人的身體局限而言，喚起一種在時間和空間方面思想自發的超越能力」，但他又反對中國批評家們把劉勰這個概念提升為「一個關於『想像』的完整理論」，因為這樣一來，「想像這個概念在中國就會比在我們西方早出一千多年」，又因為「神思」這個詞本身「與意象並沒有一點語義上的聯繫」（Jullien, "Naissance de l'imagination: Essai de problématique au travers de la réflexion littéraire de la Chine et de l'Occident", *Extrême-Orient—Extrême-Occident* 7 [1985]: 25）。我在前面已經說過，當我們把劉勰的神思翻譯為想像時，這兩個詞只是對應，不是完全相等；而無可否認的是，劉勰在此所談正是一種思想能力，即為文學的表現創造不在眼前的事物和意象，而這也正是想像的含義。

[73] 周振甫注《文心雕龍注釋·誇飾》，頁四〇四。

[74] 同上，頁三四七。

　　如果我們超出劉勰著述之外，在中國文學傳統中去檢視真實與虛構的問題，所謂中文作品須照字面直解的論調，就更值得懷疑了。文學批評中有一種老生常談，認為悲哀與痛苦比之快樂更適於詩歌的表現。孔子「詩可以怨」一語，就精煉地表達了這個意思。[75]然而詩人一旦意識到哀怨比快樂更容易打動讀者，表現哀怨就往往成了詩的常見主題，詩人很可能為文造情，發出怨恨之聲來打動人，卻不一定是表達真實的哀怨。並不是每個詩人都願意親身受苦，以求寫出動人的詩篇。錢鍾書先生對此曾有精闢的論述，他說：「於是長期存在一個情況：詩人企圖不出代價或希望減價而能寫出好詩。小夥子作詩『歎老』，大闊佬作詩『嗟窮』，好端端過著閒適日子的人作詩『傷春』、『悲秋』。」[76]錢鍾書文章裡引用的眾多例子中，最讓人發笑的是叫李廷彥的一個名不見經傳的作家，寫了一首詩呈給他的上司，其中有悲慟欲絕的一聯：「舍弟江南沒，家兄塞北亡！」他的上司大為感動，向他深表同情，不料他卻恭恭敬敬老實交代說：「實無此事，但圖屬對親切耳。」這個人當然很快成了眾人的笑柄，有人還給他的句子續了一聯：「只求詩對好，不怕兩重喪。」錢鍾書一針見血地嘲諷道：

　　　　顯然，姓李的人根據「窮苦之言易好」的原理寫詩，而且很懂詩要
　　　　寫得具體有形象，心情該在實際事物裡體現（objective correlative）。
　　　　假如那位上司沒有關心下屬、當場詢問，我們這些深受實證主義
　　　　（positivism）影響的後世研究者，未必想到姓李的在那裡「無憂而
　　　　為憂者之辭」。[77]

---

[75] 劉寶楠《論語正義‧陽貨》，見《諸子集成》，頁一：三七四。
[76] 錢鍾書《七綴集》（上海：上海古籍，一九八五），頁一一一。錢鍾書文章就以孔子那句名言「詩可以怨」為題目，但他自擬的英譯題目則是「Our Sweetest Songs，」那是雪萊名詩《致雲雀》中的句子：「Our sweetest songs are those that tell of saddest thought」，所言正是錢文的基本觀點：「我們最甜美的歌乃是那些傾訴最憂傷的思緒的」。錢鍾書的文章引用了中外文學中大量例證，說明哀怨作為一個文學批評概念與詩歌主題，的確具有普遍的意義。
[77] 同上，頁一一二。

　　看來讀詩要有批評的眼光，不僅讀姓李的這種劣詩，就是讀經典也應該如此。劉勰在《誇飾》一章引用過《詩經》裡的一首詩，把浩瀚的黃河描繪成一條細小的河流：「誰謂河廣，曾不容刀。」[78]但同一部《詩經》又有另一首詩，以完全不同的手法描寫漢水：「漢之廣矣，不可泳思。」[79]這裡所寫的差別不是兩條河實際大小之別，而是詩中說話的人面對這兩條河時，心中感受的不同。前一首詩裡那個人為了強調故鄉就在河對面的南岸上，就極言黃河之小。後一首詩裡的人卻極言漢水之寬廣，因為彼岸那位伊人實在遙不可及。詩歌表達的真實是有關情感的心理真實，而不是關於河流的事實陳述。錢鍾書開玩笑地說：「苟有人焉，據詩語以考定方輿，丈量幅面，益舉漢廣於河之證，則癡人耳，不可向之說夢者也。」[80]當然，沒有人會那麼死心眼地把詩裡說的河漢之寬窄信以為真。這樣誇張的詩句不僅不能信以為真，而且作為虛構的詩歌，還可以與具體事件或歷史真實在字面上完全相反，而照樣表達出一種心理的真實。范成大《州橋》一詩，就可以作一個很好的例證：

　　　州橋南北是天街，父老年年等駕回；
　　　忍淚失聲詢使者：幾時真有六軍來？

此詩寫於一一七〇年，范成大出使到金，其時金已佔領宋朝北方大片國土，而詩中所寫州橋便是北宋舊都汴梁一座有名的橋。汴梁在一一二六年便被金人佔領，此時早已是敵國的地頭。錢鍾書在評論此詩時指出，范成大把他眼中所見的汴梁，描繪成兩幅完全不同的圖畫。他在《攬轡錄》裡寫汴梁是「民亦久習胡俗，態度嗜好與之俱化」。據出使金國其他官員的記載看來，即使宋朝遺民懷念故國，他們也斷不敢在金國領地上大膽攔住

---

[78] 《毛詩正義・河廣》，見阮元《十三經注疏》，二卷本（北京：中華書局，一九八〇），一：三二六頁。

[79] 同上，《漢廣》，頁二八二。

[80] 錢鍾書《管錐編》（北京：中華書局，一九七九），頁九五。

宋朝使臣，公然詢問他們的「六軍」何時來收復故土。可是，范成大的詩
寫的卻恰好是這樣一副景象。詩中這一場景顯然不可能是詩人親眼所見，
但它卻表達了詩人見到這些故人父老時的內心感觸，而且很可能揭示了詩
人敏感到的東西，或者他想像中這些父老們內心隱秘的意願。正如錢鍾書
所說，范成大的詩與他日記的差別「足以說明文藝作品裡的寫實不就等於
埋沒在瑣碎的表面現象裡」。[81]即便詩歌取材於詩人生活中的一段經歷，
涉及一個具體的歷史時刻，作為文學創作的詩卻可以有虛構，這種詩真實
表達詩中表現的情感，卻不必真實傳達詩人親歷的具體事件或情景。范成
大寫汴梁所見而完全不同，他的日記和詩有很大差距，就為我們提供了一
個有趣的例子，說明在一特定歷史時刻親身經歷的事情，可以如何經過轉
化與虛構而變成詩的表述。

　　然而有些漢學家卻要我們相信，中國詩沒有虛構，都是對事物的直接
反應和真實記錄，要我們相信中國詩人寫詩，只是記錄眼前的實景。他們
把西方文學視為模仿的、虛構的、富創造性的，而中國文學則是非模仿
的、寫實的、非創造性的。這樣的觀念在漢學研究中頗有些影響，可見
文化相對主義這種模式「在亞洲研究者中的流行程度遠遠高於」普遍主義
觀點。[82]我不同意把劉勰視為自然主義的代表，不僅是質疑站不住腳的中
西文化二元對立論，也更要質疑這種文化相對論的模式，因為這種模式使
跨文化溝通變得完全不可能，甚至使任何學術追求失去意義。從這一具體
事例出發，我希望我們的漢學家和亞洲學家們能採取一種自省的態度，反
思一下我們學術研究中普遍和根本的問題，以及我們應該如何去探討這類
問題。

---

[81] 錢鍾書《宋詩選注》（北京：人民文學，一九八二），頁二二四。
[82] David D. Buck, "Forum on Universalism and Relativism in Asian Studies, Editor's
Introduction", *The Journal of Asian studies* 50:1 (1991): p.32.

附記：這篇文章原文為英文，是我討論諷寓解釋的一本英文書導論的一小部分，此書題為《諷寓解釋：論東西方經典作品的解讀》（*Allegoresis: Reading Canonical Literature East and West*），二〇〇五年秋季在美國由康乃爾大學出版社印行。這部分文字也曾作為單篇論文，最初發表在美國《大學文學》（*College Literature*）一九九六年二月號，後來由王曉路譯成中文，發表在四川大學出版的《中外文化與文論》一九九七年四月號。這次是我依據《大學文學》發表的英文論文重新用中文改寫而成，曾在《文景》二〇〇四年九月和十月號連載發表。

第七章　經典在闡釋學上的意義

　　縱觀世界各民族的文化，凡有較強生命力而且在世界上發生一定影響的傳統，都往往有文字記載的歷史，有在民族文化和社會生活中佔據特殊地位的經典及其評注。古埃及文化、古希臘羅馬文化、印度文化、猶太、伊斯蘭和基督教文化，都無不如此，中國文化亦不例外。闡釋學在德國哲學中最早產生，就與研讀希臘拉丁古典和詮釋基督教聖經的評注傳統密切相關。最先建立普通闡釋學理論的施賴爾馬赫（F. E. D. Schleiermacher）既是神學家，又是一位古典學者，曾把柏拉圖對話翻譯成德文，並討論對話形式本身在闡釋學上的意義。這一點絕非偶然，說明西方經典對於闡釋學的產生和發展有非常重要的作用。因為經典包含了一個文化傳統最基本的宗教信條、哲學思想、倫理觀念、價值標準和行為準則，而對經典的評注和闡釋則是文化傳統得以保存和發展的重要手段，所以討論經典在闡釋學上的意義，在文化研究中很有必要。

　　中國古代於文字著述有經、史、子、集之分，經為各類著作之首。《莊子・天運篇》記載孔子曾問道於老子，對老子說：「丘治《詩》、《書》、《禮》、《樂》、《易》、《春秋》六經，自以為久矣。」在古代典籍中，這大概是最早關於「六經」的提法，而六經在這裡的排列次序合乎經今文學派的意見。《漢書・藝文志》的〈六藝略〉對六藝即六經的排列次序，以《易》為首，然後是《書》、《詩》、《禮》、《樂》、《春秋》，則是經古文學派的看法。經今文學派和古文學派不僅在經典的排列次序上不同，而且所認定為經典著作的數量也不一樣，兩派在經學史

上有許多不同甚至相反的意見，我們在此不必細究。在中國傳統中，由古代認定的六經（其中《樂》本無經，實為五經）到唐初時有九經，後更增加《論語》、《爾雅》、《孝經》、《孟子》四書，一共為十三經；所有這些經典在儒家學說乃至整個中國文化中都佔有極為重要的地位。究竟什麼是經，歷來也有各種不同的解說。有人說經為官書，不同於私人著述，有人說經乃聖人所作，為萬世法程。如劉勰《文心雕龍·宗經篇》就說：「經也者，恆久之至道，不刊之鴻教也。」但這類說法顯然是在已經有了經典概念以後，再反過來界定「經」字的意義，所以並不能告訴我們所謂經的原始含義。近人章炳麟的解釋似乎更切實一些，他說：「經者，編絲連綴之稱，猶印度梵語之稱『修多羅』也。」中國古代用絲把竹簡連綴起來，編為書卷，所以「經」本來指編織書簡的絲帶，後來就用以代稱書卷。佛教的書梵文稱修多羅（sutra），也是用絲把貝葉編綴成書，譯為漢語也稱經。所以蔣伯潛在《十三經概論》中認為，章炳麟此說「最為明通」，「經」本來只是「書籍之通稱；後世尊經，乃特成一專門部類之名稱也」。[1]這裡值得注意的是，無論經字本來的含義如何，古代的文字著述一旦成為經典，就立即歸入一個「專門部類」，具有特殊的意義和價值。

　　什麼是經典，其在文化闡釋上的意義如何，的確是人們常常討論的一個問題。在當代闡釋學最重要的著作《真理與方法》中，伽達默特別提出經典的概念來說明過去與現在的歷史聯繫，並說明理解的歷史性。在我們思考中國文化中的經典與詮釋問題時，伽達默提出的這個概念應當引起我們注意，也值得我們進一步去討論。伽達默提出經典概念的理論背景，是希望人文學科能擺脫自然科學的認識模式。他認為自然科學把研究對象作為外在客體來看待，是一種客觀主義的模式，但人文學科的自我意識所關注的對象並不是自然客體，卻與理解者自身有密切的歷史的聯繫。在伽達默看來，傳統並不是外在於我們的死的過去，而是與我們的現在緊密相聯的。事實上，現在正是從過去當中產生，現在也就是傳統在目前的存在。

---

[1] 蔣伯潛：《十三經概論》（上海：上海古籍出版社，一九八三），頁三。

歷史意識因此是對過去與現在乃至將來之間關係的認識，歷史意識的主體
處於所認識的對象即歷史過程本身之中，因此完全不是自然科學那種主體
與外在客體的關係。在伽達默的闡釋學理論中，歷史和文化傳統都不是與
理解者隔絕的純粹過去，而對現在仍然有積極意義，對我們現在各種觀念
意識的形成，起著塑造的作用。所謂經典就最能顯示這種歷史和文化傳統
的作用。經典體現一種規範性和基本價值，而且這種規範和價值總是超越
時間的限制。伽達默說：「所謂經典是超乎不斷變化的時代及其趣味之變
遷的。」[2]他反覆強調這一點，說明經典一方面超越時間的局限，另一方
面又不斷處在歷史理解之中，這兩者之間顯然有一種張力，形成一種辯證
關係。他說：

> 經典體現歷史存在的一個普遍特徵，即在時間將一切銷毀的當中得
> 到保存。在過去的事物中，只有並沒有成為過去的那部分才為歷史
> 認識提供可能，而這正是傳統的一般性質。正如黑格爾所說，經典
> 是「自身有意義的（selbst bedeutende），因而可以自我解釋（selbst
> Deutende）」。但那歸根到底就意味著，經典能夠自我保存正是由
> 於它自身有意義並能自我解釋；也就是說，它所說的話並不是關於
> 已經過去的事物的陳述，即並不是仍需解釋的文獻式證明，相反，
> 它似乎是特別針對著現在來說話。我們所謂「經典」並不需要首先
> 克服歷史的距離，因為在不斷與人們的聯繫之中，它已經自己克服
> 了這種距離。因此經典無疑是「沒有時間性」的，然而這種無時間
> 性本身正是歷史存在的一種模式。[3]

所謂經典「自身有意義」而且「可以自我解釋」，這不僅是黑格爾
的看法，而且是西方《聖經》闡釋傳統中一個重要的觀念。這一觀念最早

---

[2] Hans-George Gadamer, *Truth and Method*, 2nd revised ed., translation revised by Joel Weinsheimer and Donald G. Marshall (New York: Crossroad, 1989), p. 288.

[3] 同前注，頁289-290。

由奧古斯丁提出，認為《聖經》是一部意義明確的書。他認為《聖經》既有意義顯豁的段落，也有晦澀難解的段落，但「晦澀之處所講的一切，無一不是在別處已經用曉暢的語言講明白了的」。[4]托瑪斯‧阿奎那也說：「凡信仰所必需的一切固然包含在精神意義裡，但無不是在經文的別處又照字面意義明白說出來的。」[5]後來在新教改革中，馬丁‧路德繼承了這一觀念，宣稱聖靈「只可能有最簡單的意思，即我們所說的書面的、或語言之字面的意義」。[6]這一傳統強調基督教經典文字本身的意義，而反對把《聖經》的字面意義與精神的解釋對立起來。在路德看來，就像在奧古斯丁和阿奎那看來一樣，《聖經》本身就是自己的解釋者，所以在討論路德的《聖經》闡釋時，卡爾弗里德‧弗雷利希認為，在那樣一個基督教的闡釋傳統裡，「字面意義並不排斥精神意義，反之亦然。其實這二者之間是相輔相成的關係」。[7]黑格爾的經典概念顯然以從奧古斯丁到路德這一闡釋傳統為背景，而伽達默又在當代的闡釋學中作了進一步的發揮。

上面所引伽達默那段話的最後一句，大概最能表明他所理解的經典概念本身包含的張力和辯證關係。在最一般的意義上，經典之所以是經典，就在於它不僅屬於某一特定的時間和空間，而且能克服歷史距離，對不同時代甚至不同地點的人說話。經典因此「沒有時間性」，然而按伽達默的意見，這種超越歷史的特性本身正是歷史存在的一種模式，這就值得我們進一步去探討其含義。在中國歷史相當長的時期內，嚴格意義上的經典曾在文化和社會生活中發生重要作用，尤其通過科舉考試制度，成為讀書人入仕的基本途徑，因而在文化和政治生活中影響極大。然而就是較寬泛意

---

[4] St. Augustine, *On Christian Doctrine*, II. vi. 8, trans. D. W. Robertson, Jr. (Indianapolis: Bobbs-Merrill, 1958), p. 338.

[5] Thomas Aquinas, *Basic Writings of St. Thomas Aquinas*, ed. Anton Pagis, 2 vols. (New York: Random House, 1945), 2: 17.

[6] Martin Luther, *Works*, ed. Helmut T. Lehman, trans. Eric W. Gritsch and Ruth C. Gritsch, vol. 39 (Philadelphia: Fortress Press, 1970), p. 178.

[7] Karlfried Froehlich, "Problems of Lutheran Hermeneutics", in John Reumann with Samuel H. Nafzger and Harold H. Ditmanson (eds.), *Studies in Lutheran Hermeneutics* (Philadelphia: Fortress Press, 1979).

義上的經典，即儒家四書五經之外的經典，無論道家的《道德經》、《南華真經》或各種佛教的經書，也同樣有持久的生命力。更廣義的文藝作品中的經典，無論漢魏樂府、唐宋詩詞、元明以來的戲曲和小說，都一直有許多讀者，對無數代人產生影響。因此，我們可以說經典的「無時間性」是不難理解的。但說這種無時間性本身「正是歷史存在的一種模式」，又應當作何理解呢？

在論及我們上面所引伽達默那段話時，傑拉德・布朗斯認為伽達默的經典概念「很容易被人誤解」。人們也許會以為經典之所以能超越時間，是由於經典表現普遍人性或普遍真理，而在當代西方的各種後現代批評理論中，普遍人性已經成為可疑的或虛假的概念，被很多人拋棄了。所以布朗斯覺得有必要辯解說，「對伽達默說來，經典的真理性卻並非如此」。[8]他進一步闡述伽達默的概念，認為經典不是被動接受我們的閱讀，而是主動影響我們。我們閱讀一部經典著作時，就好像在與蘇格拉底對話：「每部著作對於要來解釋它的人說來，都佔據著蘇格拉底的位置，所以當我們力圖通過分析和詮釋，在形式上化解這著作的文本時，不管我們是否意識到，我們其實都總是像蘇格拉底的對話者那樣，處在被詢問並將自己打開和暴露出來的地位上。」[9]這裡強調的不是解釋者基於共同普遍的人性來理解經典包含的內容，而是經典對我們的教化作用，就像蘇格拉底對他周圍的對話者發生影響一樣。這也就是經典的「規範性」所在，因此經典概念本身必然帶有價值判斷的成分，或者說經典本身就意味著肯定性的或正面的價值。

不過這種規範和價值並非完全外在於解釋者的現在。正如威因顯默在闡述伽達默的思想時所說：「經典的價值不是現在已經過去而且消失了的時代的價值，也不是一個完美得超脫歷史而永恆的時代之價值。經典與其

---

[8] Gerald L. Bruns, *Hermeneutics Ancient and Modern* (New Haven: Yale University Press, 1992), p. 155.

[9] 同前注，頁一五六。

說代表某種歷史現象的特色，毋寧說代表歷史存在的某一特定方式。」[10]
這一特定方式說到底，就是過去與現在的融合，就是意識到現在與過去在
文化傳統和思想意識上既連續又變化的關係。威因顯默說得很清楚：「在
解釋中，當經典從它的世界對我們說話時，我們便意識到我們自己的世
界仍然是屬於它的世界，而同時它的世界也屬於我們。」[11]換言之，經典
並不是靜態不變的，並非存在於純粹的過去，不是與解釋者無關的外在客
體。因此，經典的所謂「無時間性」不意味著它超脫歷史而永恆，而是說
它超越特定時間空間的局限，在長期的歷史理解中幾乎隨時存在於當前，
即隨時作為當前有意義的事物而存在。當我們閱讀一部經典著作時，我們
不是去接觸一個來自過去、屬於過去的東西，而是把我們自己與經典所能
給予我們的東西融合在一起。如果說自然科學是日新月異，過去的東西往
往很快失去價值和意義，體現人文傳統的經典則恰恰相反，代表著文化積
累的價值而對現在起積極作用。經典是文化傳統的體現，經典的文本是超
越時代及其趣味的變化的，所以成為現在與過去聯繫的最佳途徑。這的確
是自然科學與人文學科一個根本的區別。因此伽達默堅持把闡釋學與自然
科學的客觀主義相區別，認為解釋者與經典不是主體與客體的關係，而是
相互對話的參與式關係。他說：

> 浪漫闡釋學把人性普遍類同作為其解釋理論之非歷史的基礎，從而
> 使氣質相合的理解者擺脫一切的歷史條件，而歷史意識的自我批判
> 則最終使我們認識到，歷史的運作不僅存在於事件之中，而且也存
> 在於理解過程本身。理解不應當被構想成是一種主體的行動，而應
> 當被構想成是參與到傳統的事件中去，是一個傳播的過程，在此過
> 程中過去與現在不斷匯合。[12]

---

[10] Joel C. Weinsheimer, *Gadamer's Hermeneutics: A Reading of Truth and Method* (New
Haven: Yale University Press, 1985), p. 174.
[11] 同前注，頁一七五。
[12] 同前注，頁二九〇。

　　由此可見，伽達默擯棄了十九世紀浪漫闡釋學奉為根本的普遍人性觀念，認為那種永恆不變的普遍人性缺乏對歷史的理解。他的闡釋理論則用理解過程本身的歷史性和參與的觀念來取代普遍人性的觀念。因此在伽達默看來，研習經典乃是與經典對話，而在這種柏拉圖式的對話中，經典代表了傳統的智慧，可以給我們教益，就好像蘇格拉底之於他的對話者們。正是在與經典的這種對話或闡釋中，文化作為傳統對一代代人發生影響，形成一種具有強大生命力的文明。在這個意義上說來，經典之所以重要，還在於研讀經典可以為一般的理解和解釋過程提供最具典型意義的範例。

　　然而無可否認的是，當代世界無論東方或西方都發生了很大變化，在這劇烈的變化中，各種文化傳統及其經典都受到挑戰。中國自清末以來，儒家經典的權威地位就急劇下降，辛亥革命之前幾年就已廢除科舉考試，建立新式學堂，經典的地位被根本動搖。五四以後，對儒家傳統的批判更使正統儒學的經典失去原來的意義。這當然與近代中國的整個歷史有關，但傳統經典地位的衰落卻並非中國或東方所獨有。在西方，固然基督教的《聖經》仍然有一定影響，但文藝復興和宗教改革以來，世俗化的發展已經使教會的權威無法與中世紀以前相比，對《聖經》的闡釋也愈來愈採用歷史的、語言的、人類學等等的方法，而減少了神秘的和非理性的成分。神學本身由服務於宗教教會而愈來愈成為獨立的宗教研究，於是宗教研究和宗教信仰分道揚鑣。《聖經》固然仍舊處於經典的地位，但對很多人說來，它已經失去中世紀那種絕對權威，而和其它世俗的經典一樣，應當對之作合於理性的解釋。闡釋學本身就正是以理性解釋為出發點。正像康德的批判哲學希圖在討論各種具體的理解之前，首先探討人的理性本身那樣，施賴爾馬赫也是想在各種具體的理解和解釋之上，建立探討理解和解釋本身規律的普通闡釋學。因此，我們可以說闡釋學對於經典，是取理性探討的態度，而非宗教信仰式的盲從。

　　在近代中國，顧頡剛等人所作的《古史辨》對於古史和典籍，雖然以激烈批判的態度為主，其實也是以理性的理解為歸依。他們對儒家傳統經典的討論，往往以理解經的本文為出發點，由此而攻擊傳統評注，尤

其是評注中明顯歪曲本文的地方。如顧頡剛在《古史辨》第三冊自序開頭所說：

> 於《易》則破壞其伏羲神農的聖經的地位而建設其卜筮的地位；於《詩》則破壞其文武周公的聖經的地位而建設其樂歌的地位。但此處說建設，請讀者莫誤會為我們自己的創造。《易》本來是卜筮，《詩》本來是樂歌，我們不過為它們洗刷出原來的面目而已；所以這裡所云建設的意義只是「恢復」，而所謂破壞，也只等於掃除塵障。[13]

這種理性的態度正是使《古史辨》在中國近代學術和思想上，發生極大影響的原因。不過古史辨派在疑古辨偽當中，也有一些具體的判斷錯誤，由於以對古代典籍的懷疑為出發點，往往得出現在看來過於急切輕率的結論。近來有不少學者根據新近考古發現的材料，指出《古史辨》的某些錯誤，這也是必要的。不過我們不能因此而全盤否定《古史辨》的成績及其理性的態度，因為我們現在對歷史和經典的態度，已絕不可能回復到上古或中古時代，不可能是盲從式的信仰，而只能是理性的理解和判斷。而這在根本上，與顧頡剛等人當年的態度，並無不同。王元化先生對此有明通之論，一方面他認為從崔東壁到顧頡剛「以懷疑精神探究古史本無可非議」，但同時又指出「以辨偽規範古史，則未免過於簡單」。[14]他認為漢代的評注仍然值得研究，並比較漢學與宋學，指出漢代注疏在闡釋學上的意義：「就思想通豁，兼綜各家而言，宋明確優勝於兩漢。宋明儒學，融貫釋老，擅發義理，長於思辨，而漢人多墨守師說家法，但就經籍注疏來說，漢人成果亦不可廢棄。」又說：「學人多鑽研海外詮釋學，而對兩千年來前人注疏未加注意。倘將兩千年來前人注釋，爬梳整理，總結其成敗，

---

[13] 顧頡剛：《古史辨》（香港：太平書局，一九六二），第三冊，頁一。
[14] 王元化：〈與友人談古史辨書〉，見其《清園論學集》（上海：上海古籍出版社，一九九四），頁五二五。

對今後傳統文化研究定有極大幫助。」[15]這最後一點很值得我們注意，因為中國歷代的經典和評注確實有很豐富的內容，如果我們注意研究歷代對經典的注疏，就有可能從中得出一些理論性的見解，而不必僅僅從海外瞭解闡釋的理論和方法，而可以打通東西闡釋傳統，得出更具普遍性的洞見。

在此應當約略提一提西方近年來有關所謂經典（canon）和經典地位問題（canonicity）的爭論。這主要指從種族、性別、階級等角度出發，對傳統經典的質疑和批判，或者希望以另一些作品取代傳統的經典。這裡所謂經典主要是經典文學作品，而這一爭論也主要是在文學研究領域裡展開。不過對經典的懷疑和批判絕不僅止於文學批評的範圍，例如從女性主義（feminism）觀點出發對基督教《聖經》作出解釋，在當代西方的宗教研究中也頗值得注意。伽達默所謂超越時代及其趣味之變遷的、「無時間性」的經典，在許多激進的後現代主義批評家看來，就難免顯得保守落後，而關於經典的討論與其說爭論什麼是經典，毋寧說是爭論什麼作品由什麼人奉為經典，即經典形成過程中的政治與意識形態問題。在這些批評家看來，經典之為經典並不是因為經典作品本身有任何內在的價值，而是因為某些作品代表了文化的主流思想，得到社會上掌握權力的少數人的贊同，由於編輯、出版商及其所代表的利益集團的支持，才獲取了經典的地位。他們把經典的形成幾乎視為少數人的共謀或歷史的偶然，認為傳統的經典大多是白種男人的著作，排斥了女性和少數民族，而且既然經典的形成是一個政治權力和意識形態的決定，那就可以通過政治手段和意識形態的改變，推翻原來的經典，重新建立合乎某一團體利益的新的傳統和新的經典。[16]

---

[15] 同前注，頁五二八。

[16] 有關討論的文章書籍不少，我們可以隨意列出以下幾種：

　1.Robert von Hallberg (ed.), *Canons* (Chicago: University of Chicago Press, 1983).

　2.Darryl J. Gless and Barbara Herrnstein Smith (eds.), *The Politics of Liberal Education* (Durham: Duke University Press, 1992).

　3.David H. Richter (ed.), *Falling into Theory: Conflicting Views on Reading Literature* (Boston: Bedford Books of St. Martin's Press, 1994).

　　這種對傳統經典的挑戰在西方學術界，尤其在文學和文化批評理論中，頗有影響，其中某些理論通過譯介，也逐漸影響到對中國文化傳統和經典的討論。首先應該承認，經典的形成確實有許多複雜因素，包括政治和占統治地位的意識形態的因素，而時代形勢的變化的確會影響經典的權威性和對經典的接受與解釋。在近代中國，經學和傳統經典地位的衰落就可以說明這一點。然而以為經典的產生可以是一部分人的陰謀策劃，甚至以為完全可以通過權力的運作硬造一批經典出來，則實在是荒謬無稽之談。這種說法顯然不能解釋何以某些經典著作可以數百甚至數千年發生影響，為大多數人接受，而在這樣的長時間內，政治和意識形態往往改朝換代，經歷了無數次的變化。雖然經典的形成可能有許多複雜因素，但完全否認經典作品本身有任何內在因素或價值，也很難使人信服。當然，價值判斷是一個相當困難的問題，尤其在人文學科領域，價值判斷往往不可能最後訴諸純粹的邏輯概念來證明其普遍的合理性。康德在《判斷力批判》中所要討論的就是這樣一個困難的問題，即基於個人趣味的審美判斷，在什麼意義上可以說具有普遍性。也許我們在討論經典在闡釋學上的意義時，最終也避免不了要討論這樣的難題。

　　與此相關的是經典的權威性問題，即經典的「規範性」是以什麼為基礎。經典作品能超越時代和趣味的變遷，在不同時代和不同環境中都發生影響，絕非那種簡單的權力控制論或陰謀論可以解釋清楚的，因為沒有任何一種權威可以超越時代，強迫不同社會環境裡的不同讀者去閱讀和接受某一部或某些部經典。真正的權威並不是一種令人盲從的威儡力量。歐洲啟蒙時代強調理性而反對盲從權威，那主要是針對當時教會的權威和非理性的宗教信仰而言，但把權威等同於讓人屈服，則完全忽略了權威的真正意義。伽達默爾在《真理與方法》裡，檢討了歐洲啟蒙時代以來對權威的理解，認為權威和盲從毫不相干，因為權威的基礎絕不是放棄理性和判斷，而恰恰是依據自己的理性判斷，認識到別人有更合理的認識、更高明的見解，於是自覺尊重那更合理、更高的認識。因此，權威的本質絕不是非理性的盲從，而恰恰有賴於理性的判斷和認識。

　　對於今天的讀者，傳統的經典在哪些方面仍然有意義，仍然可以為我們提供文化和精神的資源，並有利於我們在將來的發展；在討論闡釋和理解的問題時，傳統經典及其注疏又可以為我們提供什麼樣的範例。所有這些問題，都確實值得我們去進一步研究和探討。

附記：本文最初發表在臺灣1999年9月出刊的《中國文哲研究通訊》，這次結集時，在文字上略有增改。

第八章　人性善惡：論評注對經文的制約

　　在世界上有悠久歷史和文字記載的文化傳統裡，經典對於整個社會價值觀念的形成和發展，都具有極重要的意義。經典詮釋在闡釋理論的建立中，也佔有中心地位。伽達默在其闡釋學名著《真理與方法》裡，特別提出經典的概念，認為「所謂經典，便總是超出不斷變化之時代和趣味的變遷之上」，而且說「經典最可以體現歷史存在的一個普遍特點，即歷經時間的腐蝕而長存不朽。在過去的一切中，只有還沒有成為過去的那部分，才會提供歷史認識的可能性，而這正是傳統的普遍特性」。[1]換言之，經典是過去流傳下來而並沒有過時的重要典籍，從中我們可以得到關於歷史和傳統的知識。所謂沒有成為過去，按伽達默的說法，就是經典不只適用於過去，而且好像是針對我們的現在說話，與現在並沒有歷史的距離。所以他說：「經典確實是『無時間性』的，然而這所謂無時間性本身，正是歷史存在的一種模式。」[2]伽達默在此強調經典跨越時代而長存的超越性，但這並不是說，經典可以完全直接對我們說話而無須理解和闡釋的仲介。恰恰相反，伽達默詳細討論經典和傳統如何通過我們今天的選擇和解釋，才繼續在當代發揮作用。所謂無時間性本身是「歷史存在的一種模式」，就意味著經典正因為在任何時代都有意義，所以不是作為過去的古董，而是作為現實中起作用的典籍存在。而這種作用的發揮，就離不開評

[1] Hans-Georg Gadamer, Truth and Method, 2nd rev. ed., rev. trans. Joel Weinsheimer and Donald Marshall (New York: Crossroad, 1989), pp. 288, 289.

[2] 同上，二九〇。

注和詮釋,這也正是經典在闡釋學上的意義。伽達默說:「甚至最純粹穩固的傳統,也不是靠曾經有過的東西的慣性力量便能自動延續下去,卻需要不斷被確認、把握和培養。」[3]經典固然受人尊崇,但它們必須通過注疏、評論和闡釋,才得以對社會發生影響,而在這當中評注所起的作用,往往不僅止於字句的訓詁,而且包含義理的闡發,以各種方式使經典符合評注者當時所要求於經典的意義。本文擬就傳統評注家對《論語》一書某些字句,尤其是「性」字的解釋,討論評注與經典原文之間這種歷史和辯證的關係。

我們在記載孔子言行的《論語》一書裡,大概得到的印象是孔子關注現實生活和社會道德,卻不大思考抽象虛玄的問題。不僅「子不語怪、力、亂、神」(〈述而〉),而且學生問及事鬼神和有關死的大問題,他都以「未能事人,焉能事鬼?」和「未知生,焉知死?」作答,根本拒絕討論這類問題(〈先進〉)。[4]在其它許多文化傳統裡,尤其在宗教信仰於民族精神生活占居主導地位的文化裡,鬼神和生死都是至關重要的終極問題,但是在孔子,這些都不是他思考關切之重心所在。他的學生子貢曾說:「夫子之文章,可得而聞也;夫子之言性與天道,不可得而聞也」(〈公冶長〉)。[5]何晏注:「性者,人之所受以生者也。天道者,元亨日新之道也。深微,故不可得而聞也。」皇侃義疏引莊子語,說子貢之所以發此感慨,乃由於他離孔子的境界甚遠,「故自說聞於典籍而已。文章者,六籍也。六籍是聖人之筌蹄,亦無關於魚兔矣。」[6]這固然是以六朝盛行的玄學思想來解釋《論語》,但他說性與天道深微不可見諸言談,即使不盡合子貢原意,卻也離其意不遠。朱熹《論語集注》說:「文章,德之見乎外者,威儀文辭皆是也。性者,人之所受之天理;天道者,天理自

[3] 同上,二八一。

[4] 劉寶楠,《論語正義》,《諸子集成》第一冊,頁一四六、二四三。

[5] 同上,頁九八。

[6] 何晏集解,皇侃義疏,《論語集解義疏》,《叢書集成初編》(北京:中華書局,一九八三),第四八一-四八四冊,頁六〇。

然之本體，其實一理也。言夫子之文章，日見乎外，固學者所共聞；至於
性與天道，則夫子罕言之，而學者有不得聞者。」[7]這是以理學之天理來
詮釋子貢的話，但朱熹說「性與天道，則夫子罕言之，而學者有不得聞
者，」確實能幫助我們理解子貢所以有此歎息的緣由。由此可見，孔子不
大談論脫離具體情事的形上問題，對何謂性，何謂天道，更沒有作任何明
確的定義。子貢此言只說他沒有聽孔子講性與天道，當然更不能肯定性與
天道的性質究竟如何。

　　這未明確定義的性或人性，在《論語》中還有別處提到，其中最重要
是〈陽貨〉篇的這句話：「子曰：性相近也，習相遠也。」[8]孔子在這裡
也沒有給人性先下定義，卻直接使用這個概念，並把這概念與習俗或習養
相對照，強調後天學習的重要。這句話本來不難理解，說人生來有大致相
同的本性，但在成長過程中由於習養不同，性情也逐漸變得越來越不同，
互相之間的差距也越來越遠。此句皇侃義疏頗長，把這句話的含義發揮得
很充分，現將全文引在下面：

> 性者，人所稟以生也。習者，謂生後有百儀，常所行習之事也。人
> 俱稟天地之氣以生，雖復厚薄有殊，而同是稟氣，故曰相近也。
> 乃至識，若值善友，則相效為善。若值惡友，則相效為惡。善惡既
> 殊，故雲相遠也。故范寧曰：人生而靜，天之性也；感於物而動，
> 性之欲也，斯相近也。習洙泗之教為君子，習申商之術為小人，斯
> 相遠也。然性情之義，說者不同。且依一家舊釋雲，性者，生也；
> 情者，成也。性是生而有之，故曰生也。情是起欲動彰事，故曰成
> 也。然性無善惡而有濃薄，情是有欲之心，而有邪正。性既是全
> 生而有，未涉乎用，非唯不可名為惡，亦不可目為善，故性無善惡
> 也。[9]

---

[7] 朱熹，《論語集注》（臺北：金楓出版社，一九九七），頁六六。

[8] 劉寶楠，《論語正義》，頁三六七。

[9] 同前引《論語集解義疏》，頁二四〇－二四一。

　　《論語》原文的八個字，皇侃用了兩百多字來闡釋，其中涉及漢以來有關氣、性情、動靜等重要觀念的理解，特別是帶心理學意義的觀察和闡釋，內容豐富，很值得探究。不過就我們所要討論的問題而言，最重要是皇侃在《論語》原文提到的「性」之外，又平添出一個「情」的概念來，並論及性情善惡的問題。據皇侃的解釋，性是人生而有之，所以是普遍和一般的，情是人觸物而動產生的欲念，而在不同境況產生的欲念也各不相同，所以是特殊和個別的。性處於靜態，只是一種潛在的可能性，尚「未涉乎用」，所以無所謂善惡；而情則為動態，一有具體行動，也就有了邪正善惡之分。皇侃既然把性和情加以區別，情可以分邪正善惡，性便只是「厚薄有殊」，又由於同是稟氣而生，所以人性都相近，「非唯不可名為惡，亦不可目為善。」

　　這最後一點，即「性無善惡」，使我們想起告子的看法。據《孟子‧告子章句上》，告子認為「人性之無分於善不善也，猶水之無分於東西也。」可是孟子持性善之論，就借用告子的比喻，把水之東西方向的平行流動，巧妙地改為上下方向的垂直流動，反問告子說：「水信無分於東西，無分於上下乎？人性之善也，猶水之就下也。人無有不善，水無有不下。」[10]值得注意的是，孟子不僅講性善，而且也講情和才，但皇侃認為情有邪正善惡之分，孟子卻認為才情即人的資質也都是善。公都子引告子的話，舉例說明「性無善不善」，「性可以為善，可以為不善」，或者「有性善，有性不善」，但孟子卻說：「乃若其情，則可以為善矣，乃所謂善也。若夫為不善，非才之罪也。」他認為人之為惡，都是後天環境條件形成，而且違背人固有之善的本性。孟子還進一步論說人人皆有惻隱、羞惡、恭敬、是非之心，於是得出結論說：「仁義禮智，非由外鑠我也，我固有之也。」[11]在當時，孟子只是先秦諸子百家中之一家，性善論並不一定是眾人接受的看法。荀子主張性惡，就明顯與孟子的意見不合。

---

[10] 焦循，《孟子正義》，《諸子集成》第一冊，頁四三三一四三四。
[11] 同上，頁四四一、四四三。

《荀子‧性惡篇》開門見山，明言「人之性惡，其善者偽也」。[12]所謂「偽」，就是非天然而須人為。荀子說：「凡性者，天之就也。不可學，不可事。禮義者，聖人之所生也，人之所學而能，所事而成者也。不可學、不可事而在人者，謂之性。可學而能、可事而成之在人者，謂之偽。是性偽之分也。」[13]荀子不僅講性惡，而且直接與孟子針鋒相對。他說：

> 孟子曰：人之性善。曰：是不然。凡古今天下之所謂善者，正理平治也。所謂惡者，偏險悖亂也。是善惡之分也已。今誠以人之性固正理平治邪，則有惡用聖王，惡用禮義矣哉？雖有聖王禮義，將曷加於正理平治也哉？今不然，人之性惡。故古者聖人以人之性惡，以為偏險而不正，悖亂而不治，故為之立君上之埶以臨之，明禮義以化之，起法正以治之，重刑罰以禁之，使天下皆出於治，合於善也。是聖王之治，而禮義之化也。[14]

由告子的性無善惡到荀子的性惡論，中國古代確曾有過關於人性本質的辯論。在這辯論中，荀子的性惡論對人性的陰暗面有充分估計，並且由此提出「禮義」、「法」（包括刑罰）和「治」等一系列觀念。不過這些觀念在中國文化後來的發展中，沒有得到進一步探究，或者偏於刑罰的一面，而孟子的性善論則逐漸成為傳統中的正統。唐代韓愈著《原性》，尚未以孟子性善論為標準。他認為性有上中下三品，「上焉者，善焉而已矣。中焉者，可導而上下也。下焉者，惡焉而已矣。」孟子言性善，荀子言性惡，揚子言善惡相混，「皆舉其中而遺其上下者也，得其一而失其二者也。」[15]他又取孔子「唯上知與下愚不移」的話，說明性之上品固善，

---

[12] 王先謙，《荀子集解》，《諸子集成》第二冊，頁二八九。
[13] 同上，頁二九〇。
[14] 同上，頁二九三。
[15] 韓愈，〈原性〉，《韓昌黎全集》（北京：中國書店，一九九一），頁一七五、一七六。

性之下品固惡，「上之性就學而愈明，下之性畏威而寡罪，是故上者可教，而下者可制也。其品則孔子謂不移也。」[16]自孟子提出性善論以來，討論人性善惡者很多，而孟子成為儒家傳統中孔子以下的重要人物，被尊為「亞聖」，就使如何調和孔孟並不一致的說法，成為一個棘手的闡釋問題。韓愈沒有接受孟子的性善論，也沒有接受荀子的性惡論，卻回到《論語》裡孔子的言談，提出人性有三品，善惡二品的兩端都固定不移，介乎二者之間的中品則可上可下。這一說法看來是取孔子而折衷孟荀，但與孔子所謂「性相近，習相遠」還是不一致，因為性既有三品，就已經不「相近」了。清代宦懋庸《論語稽》就對韓愈有比較中肯的批評。他討論《論語》裡孔子言性的話時說：

> 愚按韓氏愈言，性有三品，孟子言性善，荀子言性惡，以至朱子、陸子，其說異同，千古聚訟。蓋未即此章夫子之言而思之也。性者，生於心者也。不曰皆善，不曰有善有不善，而曰相近，蓋天以陰陽五行化生萬物，氣以成形，而理亦賦焉。雖氣稟或有不齊，而此理為人心之所同具，故曰相近也。[17]

這一解釋比較接近孔子原來的說法，卻同時也稍有增字解經之嫌，因為「陰陽五行化生萬物」以及氣、理等等，都是漢以後流行的觀念，而並非《論語》原文所有。

宋代理學家論性，往往遵從孟子而力求彌縫《論語》、《孟子》二書。錢穆曾撰「從朱子論語注論程朱孔孟思想歧點」一文，舉出許多例證，說明朱熹和二程在談及《論語》時，與孔子原意多有出入，而且其「最大相異處，乃為其關於天與性之闡釋」。他說：「程朱與孔孟，思想體系，時異代易，本有歧異，朱子以宋儒宗師解釋先秦孔孟舊義，雖盡力

---

[16] 同上，頁一七六。

[17] 宦懋庸，《論語稽》，《續修四庫全書》（上海：上海古籍，一九九五），第一五七冊，頁三九七。

彌縫，而罅隙終不能合。」[18]例如朱熹《論語集注》解釋〈陽貨〉篇「性相近，習相遠」一句說：

> 此所謂性，兼氣質而言者也。氣質之性，固有美惡之不同矣。然以其初而言，則皆不甚相遠也。但習於善則善，習於惡則惡，於是始相遠耳。程子曰：「此言氣質之性，非言性之本也。若言其本，則性即是理，理無不善，孟子之言性善是也。何相近之有哉？」[19]

朱熹本人的解釋似乎力求接近孔子原話，認為人性之初相近，後來習養不同，於是有善惡之別而逐漸相遠。可是他引程子之言，把性與氣質分開，以氣質為有善惡之分，就顯得勉強。錢穆批評《集注》此點說：

> 論語僅言性相近，孟子始言性善，後儒仍多異說，宋儒始專一尊奉孟子性善之論，又感有說不通處，乃分別為義理之性與氣質之性以為說。……此條引程子「何相近之有哉」一語，見程子意實與孔子原義相背。朱注云此言氣質之性，然朱子亦非不知氣質之說起於張程，在孔孟時實未有此分辨，今朱注云云，豈孔子僅知有氣質之性，不知有義理之性乎？[20]

由於朱熹在宋明以來影響極大，《論語集注》一直是讀《論語》者一部重要的入門書，所以儘管程朱與孔孟在思想上有不少歧異之處，後人仍深受其影響，尤其在對「性」這一觀念的理解上，往往不顧《論語》原旨，以孟子性善論來解釋孔子的言論。如清人戴望注〈陽貨〉篇同一句話說：「分於道謂之命，形於一謂之性。性者，生之質也。民含五德以生，

其形才萬有不齊，而皆可為善，是相近也。」[21]戴震《孟子字義疏證》有很長幾段討論「性」，也盡力彌縫孔孟。他說：

> 古賢聖之言至易知也。如古今之常語，凡指斥下愚者，矢口言之，每曰「此無人性」，稍舉其善端，則曰「此猶有人性」。以人性為善稱，是不言性者，其言皆協於孟子，而言性者轉失之。無人性即所謂人見其禽獸也，有人性即相近也，善也。《論語》言相近，正見「人無有不善」；若不善，與善相反，其遠已縣絕，何近之有！分別性與習，然後有不善，而不可以不善歸性。[22]

這裡不但說人性善，而且反藉孔子「性相近」一語來詮釋後出的孟子。其中說人性若有不善，則「其遠已縣絕，何近之有，」與朱熹《集注》引程子語「性即是理，理無不善，孟子之言性善是也。何相近之有哉，」如出一轍。正如錢穆批評程子時指出的，這種反詰「豈非針對《論語》原文而特加以駁正乎？」[23]

劉寶楠《論語正義》解釋「性相近，習相遠」句，就首先引戴震《孟子字義疏證》，然後引李光地《論語劄記》和焦循《性善解》，全以孟子性善論解說孔子，反覆強調孔孟之間並無差異。他肯定所引諸家論說「皆精審，足以發明孔孟言性之旨。」又說：

> 其它家言性，若荀子性惡，是就當時之人性皆不善，此有激之論，不為典要。至世碩言性有善有惡，與公都子所言性有善有不善同。又告子言性無善無不善，或說性可以為善，可以為不善，反漢後儒者之說，皆多影響，故俱略之。[24]

---

[21] 戴望，《戴氏注論語》，《續修四庫全書》第一五七冊，頁二二一。
[22] 戴震，《孟子字義疏證》（北京：中華書局，一九八二），頁三〇。
[23] 錢穆，《孔子與論語》，頁一三一—一三二。
[24] 劉寶楠，《論語正義》，頁三六七。

劉寶楠認為與孟子辯論的告子以下諸家，凡主張性無善惡或有善有惡者，都可以略而不載。這就明白顯露出，在評注傳統中孟子的性善論儘管與孔子的看法並不相同，卻占居正統，而與之不同的意見便被淹沒廢棄。

歷代注家對《論語》中孔子「性相近」一語的解釋，當然還有很多，以上所引只是極小一部分。但上面所引諸家也確實具有相當代表性；評注隨時代變遷而改變的情形，我們從中也就可以看出一點軌跡。其實從《論語》文字本身看，孔子只說人性大概相近，並未肯定其為善或為惡；只是習養形成差別，才使人日漸相遠。「性」與「習」至多可以理解為人初生和後天成長的過程，二者有先後之別，但並沒有在本質上的善惡之分。然而人性究竟是善還是惡，卻是很早就有人討論的問題。王充《論衡・本性篇》說：「周人世碩，以為人性有善有惡。舉人之善性，養而致之則善長；性惡，養而致之則惡長。如此，則性各有陰陽善惡，在所養焉。」[25]如果真是這樣，那麼性之善惡，在孔子之前已經是哲人爭論的一個問題。王充提到孟子主性善，卻舉出古史中的例子，證明「性本自然，善惡有質。孟子之言情性，未為實也」。但他又並未完全否定孟子的看法，而認為「性善之論，亦有所緣」。[26]接下去他討論了與孟子意見相左的告子、荀子，以及董仲舒和劉子政等人的意見，覺得諸家看法都各有道理，但又都未得其實。然而關於性之善惡，總不外四種立場，或同孟子主性善，或同荀子主性惡，或同告子以性無善惡，或同王充提到的世碩、公孫尼子等人，以人性為有善有惡。王充自己的看法就接近最後這種，他說：「自孟子以下，至劉子政，鴻儒博生，聞見多矣，然而論情性竟無定是。唯世碩儒公孫尼子之徒，頗得其正。」他最後的結論似乎近於後來韓愈的觀點，即認為性有三等，諸家各執一端而未全面。他說：「余固以孟軻言人性善者，中人以上者也；孫卿言人性惡者，中人以下者也；揚雄言人性善惡混者，中人也。若反經合道，則可以為教；盡性之理，則未也。」[27]

---

[25] 王充，《論衡》，《諸子集成》第七冊，頁二八。
[26] 同上，頁二九。
[27] 同上，頁三〇。

　　王充是東漢時人，韓愈是唐人，所以我們看見由漢至唐，常有近於告子性無善惡的看法，或公孫尼子性有善有不善的意見，而孟子的性善論並未成為占主導地位的正統。曹魏時何晏注《論語》，梁朝皇侃作《義疏》，都像告子一樣認為「性無善惡」。簡而言之，宋以前的評注在討論孔子「性相近」一語時，都較能依《論語》原文發揮，而不必彌縫孔孟互有歧異的說法。到程朱講求義理而又遵從孟子性善論時，強《論語》以就《孟子》就逐漸成為評注當中常常出現的情形。朱熹固然努力解說《論語》原意，但其《集注》常引二程的說法，也就終究不能擺脫當時總的趨勢。值得注意的是，宋儒關於《論語》的著作，如邢昺《論語正義》和朱熹《論語集注》通行之後，許多漢唐時代曾經流行過的舊書就被取代。例如皇侃《義疏》在南宋時失傳，直到五百多年後的康熙、乾隆年間，才從日本重新傳入中國。這也從一個側面可以看出，孟子在儒家乃至整個中國文化傳統中的地位逐漸穩定，尤其他主張性善，在中國文化中有很大的影響。

　　雖然韓愈《原性》並未取孟子性善論為說，其《原道》理出的儒家道統，卻明確提出了孔孟之道的觀念。他認為儒家道統是堯舜禹湯傳之文武周公，「文武周公傳之孔子，孔子傳之孟軻，軻之死，不得其傳焉。」[28]雖然韓愈本人在儒家道統中並不重要，宋儒往往譏其以文害道，但《原道》一篇所列的道統，所尊的孔孟，正可以反映當時和後來成為儒家正統的觀念意識。宋以後評注家往往以孟子性善論來解釋《論語・陽貨》「性相近」一語，正是孔孟正統建立之後必然出現的情形，這也可以證明韓愈所列的道統已成為大部分儒者的共識。甚至在近人的著作中，我們仍可以見到類似的說法。例如徐復觀所著《中國人性論史：先秦篇》在談及孔子對人性的看法時，就認為孔子所謂「性相近」，其實已經是人性都近於善的觀點。[29]

---

[28] 韓愈，〈原道〉，《韓昌黎全集》，頁一七四。
[29] 參閱徐復觀，《中國人性論史：先秦篇》（臺北：商務，一九六九），頁八九。

　　一旦有了正統觀念和普遍性共識，一旦性善論成為儒家乃至整個中國文化占主導地位的觀念，評注家們從這樣的觀念出發去理解經典，也就不足為奇。與此同時，經典的解釋往往離不開評注者所生活的時代和現實，而對經典的闡釋也往往是將經典所言應用於當前的實際。錢穆在討論《論語》和儒學經典時，有一段話把這個道理講得比較透徹。他說：

　　顧就本原論之，則經學實史學也。偏陷於近代，偏陷於現實，雖曰是史學之恆趨，實非史學之上乘。偏陷於古典，偏陷於舊籍，雖曰是經學之共向，亦非經學之真際。王安石自為三經新義，頒諸學宮，懸為功令，其所以必造新義者，夫亦曰經學貴通今而致用，西漢之伏董，東京之馬鄭，其義已不足以會通之於宋世，則在宋而治經學，必賦以新義無疑。新義何自來？曰新義雖仍一本於經，而亦緣起於世變。必不昧於世變，而又能會通之於舊統，以有見於古今百世之道貫者，而後經學之新義始立。[30]

　　這裡所謂「通經致用」，正是經典闡釋的一個普遍特點，即經典通過闡釋產生新義，在現實中發揮作用而長存。這也正是本文開頭所引伽達默所謂經典「無時間性」的概念。他在闡發此概念時說，經典的「無時間性本身，正是歷史存在的一種模式，」其用意也正在強調經典在當前現實中如何發揮作用。傑拉德・勃朗斯在他討論闡釋學的專著裡，提及猶太人對法典（Torah）的傳統評注（midrash），也特別強調說，我們應該把這種評注視為一種「生命形式」，而不僅僅是一種「詮釋形式。」他認為「這種猶太傳統評注所關注的不僅僅是文字背後有什麼，其原來的意圖為何，而是文字前面有什麼，經文在其中如何起作用」。[31]正因為如此，猶太經師們往往對經文字句作看來似乎隨意牽強的各種解讀，而且互相爭辯，莫

---

[30] 錢穆，《孔子與論語》，頁一一六。
[31] Gerald L. Bruns, *Hermeneutics Ancient and Modern* (New Haven: Yale University Press, 1992), p. 105.

衷一是，提出不同的看法。在一篇討論猶太經師這種傳統評注的論文裡，詹姆斯‧庫革爾（James Kugel）指出，這些評注者們「從來就毫不在意對某一章句的『同一個』問題作出不同解決，哪怕這些解決方案完全可能互相衝突」。[32]如果我們考察各種評注傳統，就會發現解釋之多樣，各家說法之不完全一致，並不僅是猶太傳統或中國傳統所特有，而是任何經典與評注必然會有的一種矛盾或緊張的關係。在很多情況下，這是一種健康和具有建設性的緊張。從「通經致用」的角度看，中國歷代評注家力求調和《論語》和《孟子》在人性看法上的歧異，也就完全可以理解。其實正是通過把孔孟和其它儒學思想家不同而又相關的思想觀念互相融和，儒家學派才得以建立起來，成為具影響力的思想文化傳統。因此討論經典和評注之間的關係，一方面可以使我們明確其中相合與不相合之處，同時也使我們認識一個傳統逐漸建立的歷史過程。

就人性善惡而言，孟子性善論在儒家乃至中國文化傳統中成為主流，對於中國思想和社會政治的發展都有不可忽視的意義。如果我們把中西社會政治思想傳統略作比較，這一層意義就會變得更加顯豁。在西方文化傳統中，尤其在中世紀基督教神學思想中，有所謂原罪觀念。據《聖經‧舊約》開篇〈創世紀〉，上帝造出最早的人亞當和夏娃，讓他們生活在伊甸園裡，他們卻違背上帝禁令，偷食知識樹的禁果，終於被上帝逐出樂園。這是人類第一次犯罪，是為原罪。聖徒奧古斯丁在《上帝之城》一書裡，認為亞當並不是單獨一個人，而是代表全體人類，因此亞當、夏娃的原罪也就不僅是個人犯罪，而是整個人性的墮落，所以全人類都因此受到痛苦和死亡的懲罰。奧古斯丁說：「在第一個人身上已有全部的人性存在，當他們的交配受到上帝判決時，那人性就由女人傳給後代；所傳下來的不是最初創造出來的人，而是犯了罪並受到懲罰的人，而這就是罪惡與死亡之來源。」[33]由於奧古斯丁在歐洲中世紀影響極大，原罪也成為基督教神學

---

[32] James Kugel, "Two Introductions to Midrash", *Prooftexts* 3 (May 1983): 146.

[33] Saint Augustine, *The City of God*, trans. Marcus Dods (New York: The Modern Library, 1993), XIII.3, p. 414.

中的正統觀念。在原罪觀念影響之下，中世紀思想帶有否定現世的趨向，將人類得救的希望寄託在來世和天堂，並希望通過教會引導有罪的世人得到精神的救贖。由這種原罪觀念看來，人人都是罪人，人性也必然墮落。歐洲中世紀思想這種原罪觀念以及對人性惡的認識，與孟子認為人性皆善，「人皆可以為堯舜」，[34]真可以說是恰恰相反，不可同日而語。

　　就西方政治思想史而言，原罪觀念與後來的發展有兩點特別值得注意。其一是否定原罪觀念與烏托邦思想之興起，二者之間有相當密切的聯繫。歐洲中世紀神學由於原罪和人性惡的觀念，認為有罪的人類不可能期望自救，而只能寄希望於基督和教會。人類不可能在人間建立理想社會，而只能寄望於神的恩惠，期待靈魂在死後進入天堂。所以奧古斯丁的「上帝之城」與世俗的「人之城」完全對立，是否定現世的神學觀念。文藝復興時代恢復了人的觀念和對人之理性的信賴，這時代產生的烏托邦思想，恰好幻想人類可以依靠自己的理性和力量，在現世建立起一個合理而美好的社會。所以烏托邦之產生，可以說從某一側面標誌了中世紀的結束和近代世界的開始。烏托邦與上帝之城恰好相反，因為烏托邦是現世的人之理想社會，而不是關於靈魂與天國的幻想。烏托邦既然相信人能通過自己的努力建立理想的社會，其思想上的前提就是人性善或人可以不斷改善的觀念。正如克利杉‧庫瑪在研究烏托邦一部出色的專著裡所說，各種烏托邦思想最終說來，「都是對激進的原罪理論發動的攻擊。烏托邦永遠是人只依靠他自然的能力，『純粹借助於自然的光芒』，而所能達到的道德高度之衡量。」[35]在文藝復興和宗教改革當中，西方在很大程度上從神學支配的世界走向世俗化的現代世界，從原罪觀念走向人性善或至少人性可以改善的觀念，而烏托邦正是在這種注重現世的時代環境中產生。我們反過來再看中國的情形，孟子以後性善論成為正統，從孔子開始，儒家文化從來注重現世的倫理和政治，所以儒家傳統與中世紀基督教神學可以說正相反

---

[34] 焦循，《孟子正義》，《諸子集成》第一冊，頁四七七。

[35] Krishan Kumar, *Utopia and Anti-Utopia in Modern Times* (Oxford: Basil Blackwell, 1987), p. 28.

對，而文藝復興之後世俗化所產生的烏托邦思想，卻又在某些方面可以與儒家思想相吻合。[36]西方基於對人性善的信賴之烏托邦思想與中國文化傳統，尤其是儒家思想之異同，的確是值得進一步探討的問題。

如果說歐洲文藝復興時代對人重新肯定，宗教改革導致西方社會普遍的世俗化，烏托邦思想也由此而產生，否定了中世紀的原罪觀念，那麼在西方政治思想傳統中，還有對原罪和人性惡觀念的另一種回應，那就是民主憲政和法制觀念的發展。原罪固然否定人性，但原罪觀念認為一切人都有罪，不承認人與人之間有善與不善之分，就消除了世俗社會的一切等級。早期基督教本身就包含了基本的平等觀念，而從中世紀晚期到文藝復興時代，在歐洲文學藝術中常常出現的「死之舞蹈」主題（danse macabre），描繪從教皇、國王到平民和乞丐，都一個個被手執長鐮刀的骷髏引向死亡，也可以表現這種在神的裁判或在死亡面前人人平等的觀念。更值得注意的是，原罪觀念包含了對人性惡的充分認識，對濫用權力的警惕，再加上基本的平等觀念，就對西方民主政治思想的發展有很大影響。在中國傳統中，荀子認為人性惡，所以「必將待師法然後正，得禮義然後治」。[37]但荀子所謂治是依靠聖主賢王，而不是依靠合理普遍的法律，因而是人治而非法治。他在〈君道〉篇開宗明義就說：「有亂君，無亂國。有治人，無治法。」又說：「法不能獨立，類不能自行。得其人則存，失其人則亡。法者治之端也，君子者，法之原也。故有君子，則法雖省，足以遍矣。無君子，則法雖具，失先後之施，不能應事之變，足以亂矣。」[38]韓非申商等法家所謂法，更多是為鉗制臣民而設的刑名之術，不是超出社會等級之上的法治。張灝在《幽暗意識與民主傳統》一書裡，特別指出由於儒家和基督教傳統對人性的基本估量不同，終於產生極不相同的中西政治思想和制度。關於儒家政治思想的基本方向，張灝說：

---

[36] 對此問題，我曾作過初步的討論。參閱張隆溪，〈烏托邦：世俗理念與中國傳統〉，《二十一世紀》第五十一號，香港，一九九九年二月，頁九五－一〇三。

[37] 王先謙，《荀子集解》，頁二三。

[38] 同上，頁一五一。

　　既然人有體現至善，成聖成賢的可能，政治權力就應該交在已經體
　　現至善的聖賢手裡。讓德性與智慧來指導和駕馭政治權力。這就是
　　所謂的「聖王」和「德治」思想，這就是先秦儒家解決政治問題的
　　基本途徑。……大致而言，這個模式是由兩個觀點所構成：一、人
　　可由成德而臻至善。二、成德的人領導與推動政治以建造一個和諧
　　的社會。而貫串這兩個觀點的是一個基本信念：政治權力可由內在
　　德性的培養去轉化，而非由外在制度的建立去防範。很顯然的，對
　　政治權力的看法，儒家和基督教是有著起足點的不同的！[39]

張灝在中國文化和儒家傳統裡，都發掘出對人性陰暗面或所謂幽暗意識的
清醒認識，但他也明確指出，由於孟子人性善觀念在儒家傳統中占居主
導，儒家政治思想中就有對人性一種基本的樂觀精神。這種樂觀精神必然
決定了「幽暗意識在儒家傳統裡所受到的限制，」而在政治思想方面，我
們也就由此可以看出「中國傳統為何開不出民主憲政的一部分癥結。」[40]
　　在討論《論語》「性相近，習相遠」一語的傳統評注這樣一篇短短的
文章裡，我們不可能深入探討人性善惡與烏托邦以及與民主政治思想和制
度的複雜關係。不過我希望，以上非常簡略的論述至少可以使我們注意到
這一關係，使我們認識到從一個具體文字評注和闡釋的問題，往往可以引
發出與我們的現實世界密切相關的更大問題。在這個意義上，我們也更可
以明確經典的現實意義，即伽達默所謂經典的「無時間性」。由此看來，
孟子明確肯定「性無不善」並成為傳統中占主導地位的看法，的確形成了
在中國討論人性問題的基本框架。在這種情形之下，孔子所謂「性相近」
所保留的那一點空間和餘地，尤其在我們可以重新審視和闡釋傳統的時
候，就顯得格外有意義。在討論儒學的闡釋傳統中，這也許是值得我們去
重新思考和重新探討的問題。

---

[39] 張灝，《幽暗意識與民主傳統》，修訂二版（臺北：聯經，一九九〇），頁二八。
[40] 同上，頁二九。

附記：本文最先於二〇〇二年五月在臺灣大學歷史系與歷史博物館合辦之「東亞文化圈的形成與發展國際學術研討會」上宣讀，然後發表在臺灣《中山人文學報》二〇〇二年十月號上。此文討論的人性問題，和下一篇討論烏托邦觀念有密切聯繫，可以說為之提供了一個論述的基礎，因此兩文可以互相參照。

第九章　烏托邦：世俗理念與中國傳統

　　在討論烏托邦一部重要的近著裡，法國學者羅蘭・夏埃爾在開篇論文裡說：「在最嚴格的意義上說來，烏托邦是在十六世紀初產生的。」他強調托瑪斯・莫爾著作的歷史意義，宣稱說「烏托邦的歷史必然從托瑪斯・莫爾開始」。[1] 然而在同一部書的另一篇文章裡，萊曼・薩金特對烏托邦的理解卻又寬泛得多，並在全部歷史中去追溯烏托邦主題的發展線索。他承認，「似乎並非每一種文化都在知道托瑪斯・莫爾的《烏托邦》之前，就已經發展出經由人力建立的烏托邦」，但是他又認為，「這樣的烏托邦的確存在於中國、印度和各種佛教和伊斯蘭教文化之中」。[2] 究竟烏托邦是十六世紀歐洲的發明，還是範圍更廣闊、早在不同文化傳統中就已經存在的東西——這就是我在此章所關注的問題。如果在最基本的層次上說來，烏托邦觀念意味著憧憬超乎現實的另一個更美好的社會，那麼烏托邦就已經表示對現狀某種程度的不滿以及對現狀的批判，因此，烏托邦的憧憬同時又是對社會現實的評論，是表現社會變革意願的一種諷寓。這種變革的意願似乎深深植根於人類生存的狀況之中，因為在任何社會裡，都沒有人會不願意生活得更好，即便不是積極進取，也至少希望以我們有限的資源和能力，取得最大限度的成功。因此烏托邦的意願無所不在，正如英

---

[1]　Roland Shaer, "Utopia, Space, Time, History", trans. Nadia Benabid, in *Utopia: The Search for the Ideal Society in the Western World*, eds. Roland Shaer, Gregory Claeys, and Lyman Tower Sargent (New York: The New York Public Library, 2000), p. 3.

[2]　Lyman Tower Sargent, "Utopian Traditions: Themes and Variations", 同上書，頁八。

國作家王爾德以他特有的風趣而典雅的語言所說那樣，「不包括烏托邦在內的世界地圖不值一瞥，因為它忽略了人類不斷去造訪那個國家。而人類一旦抵達那裡，放眼望去，看見一個更為美好的國家，便又揚帆駛去。進步就是烏托邦的不斷實現」。[3]

　　烏托邦的意願不僅在空間上普遍存在，而且在時間上也持續不斷，因為美好社會的前景總是在前頭，總是位於我們前面那不斷退縮的未來的盡頭，在一個新的千年紀的盡頭。從《聖經》中的伊甸樂園到柏拉圖的《理想國》，再到一系列文學形式的烏托邦，在西方哲學、文學和政治理論中，一直有一個想像最美好社會的豐富傳統。然而烏托邦是否在概念和語言上，都可以翻譯呢？烏托邦是否有跨越文化差異的可譯性呢？烏托邦的憧憬是否也出現在東方，例如在中國哲學和文學中，也有所展現呢？追求另一個更美好社會的意願，在中國的典籍中是否也有所表現呢？如果我們目前的學術環境不是那麼強調文化的獨特，強調概念術語的不可翻譯，這類問題本來是沒有必要提出來的。不過在我們試圖回答這些問題之前，讓我們首先考察一下西方的烏托邦。王爾德所見人類不斷造訪，又不斷揚帆離去那個國家，究竟在哪裡呢？它是在什麼條件下出現，其形狀相貌又如何呢？我們必須首先追尋烏托邦，找出其最顯著的特徵，然後才可能有一定把握去論證，其核心觀念是否能超越語言和文化傳統的特別界限。

第一節　烏托邦與世俗化

　　露絲・列維塔考察了烏托邦研究中各種定義和方法之後總結說：「烏托邦表達而且探索人們心中所嚮往的。」她認為「烏托邦關鍵的因素不是希望，而是意願——有更好生存方式的意願」。[4]列維塔檢討了許多有關烏托邦的著作，認為這些著作依據內容、形式和功用所下的定義，都往往

---

[3]　Oscar Wilde, "The Soul of Man Under Socialism", in *Plays, Prose Writings and Poems*, ed. Anthony Fothergill (London: J. M. Dent, 1996), p. 28.

[4]　Ruth Levitas, *The Concept of Utopia* (New York: Philip Allan, 1990), p. 191.

過於狹隘，而她給的寬泛定義則力求能適合各種不同的烏托邦。她企圖設立一個包容性的寬泛定義，似乎能避免狹隘，令人覺得寬慰，然而她的烏托邦觀念也並非沒有其局限，因為她極不願意把她的觀念建立在諸如人性這類概念的基礎之上，生怕這類概念有被人指責為「本質主義」或「普世主義」的嫌疑。列維塔於是強調概念的構成性。雖然「更好生存方式的意願」聽起來好像是普世主義的，但烏托邦「卻是一個社會構成的概念，其來源並不是通過社會仲介實現的一種『自然』衝動」。她認為「在某一社會的需求與這個社會可能達到而且分配到的滿足之間，有整個社會人為建構起來的距離，而烏托邦則是對此距離由社會人為建構起來的回應」。[5]可是沒有預設人性或人類心理當中某些基本的衝動，社會建構這一概念或比喻就顯得空泛而沒有根基。人們不禁要問，為什麼在那麼多不同文化和社會裡，都會有如此普遍的「更好生存方式的意願」呢？無論是烏托邦還是別的什麼社會建構，其基礎又是什麼呢？其實，人性的觀念和建構的觀念完全不必互相排斥，因為烏托邦即「更好生存方式的意願」這一觀念，正是以人性某些基本特點的概念為基礎建構起來的。

　　在討論烏托邦既全面又發人深省的一部著作裡，克利杉・庫瑪把烏托邦觀念首先與文藝復興時代人性意義的改變聯繫在一起。西方討論人性，一個基本的文本依據就是《聖經・創世紀》裡人犯罪而喪失樂園的故事，而正如伊琳・佩格爾斯所說，猶太人和大多數早期基督徒都把亞當違背神旨和由此產生的可怕後果，理解為一個有關選擇和人類自由的故事。猶太人和早期的基督徒固然承認，亞當犯罪給人類帶來痛苦和死亡，但「他們又都認為，亞當讓他後代的每個人對善惡作出自己的選擇。大多數基督徒都會認為，亞當故事之用意正在於警告每一個聽到這個故事的人，不要濫用神賜予的自由選擇的能力」。[6]當基督教不再是一個遭受迫害的秘密教派，卻成為羅馬帝國國教時，基督教的社會和歷史處境就完全不同於以

---

[5]　同上，頁一八一一一八二。

[6]　Elaine Pagels, *Adam, Eve, and the Serpent* (New York: Vintage Books, 1988), p. 108.

前，也正是在這樣的背景之上，聖奧古斯丁根本改變了對創世紀故事較早的解釋，提出了他對人性的分析，而這一分析「無論好壞，都成為往後西方歷代基督徒的傳統觀念，並對他們的心理和政治思想發生重大影響」。[7]奧古斯丁和他影響之下的中世紀教會都把人性視為根本上是惡，由於受到亞當偷食禁果所犯原罪的影響，人性無可改變地墮落。如果說保持早期基督教看法的約翰·克利索斯托姆（John Chrysostom）強調人的自由選擇和個人的責任，認為亞當的例子是為人提出警告，讓每個人都要為自己的行為負責，奧古斯丁則認為亞當不是一個個人，而是集體的人，是全人類的象徵。他說：「在第一個人身上已有全部的人性存在，當他們的交配受到上帝判決時，那人性就由女人傳給後代；所傳下來的不是最初創造出來的人，而是犯了罪並受到懲罰的人，而這就是罪惡與死亡之來源。」[8]佩格爾斯認為，奧古斯丁對創世紀故事的解讀把一個有關自由選擇的故事，變成了一個有關人類奴役的故事，因為奧古斯丁堅持說，「每個人不僅在出生的一刻，而且從懷孕的一刻起，就已處在奴役之中了」。[9]按照奧古斯丁的看法，受原罪污染的人性就像「腐爛的根」，所以由這樣的根不可能生長出任何自由來。[10]以這種觀點看來，人類不可能自救，而只能把得救的希望寄託在基督身上；人類不可能在人間建立理想社會，而只能寄望於神的恩惠，期待靈魂在死後進入天堂。奧古斯丁所謂上帝之城與世俗的人之城正相反對，所以他說：「這兩座城由兩種愛形成：世俗之城基於自愛，甚而蔑視上帝，天上之城則基於對上帝之愛，甚而蔑視自我。簡言之，前者以自我為榮耀，後者則以主為榮耀。一個在人當中尋求光榮，而另一個最大的光榮就是上帝，是良心的見證。」[11]由此可見，奧古斯丁所謂上帝之城是精神而非物質的，其最終的實現只能在天國而非人間。

---

[7] 同上，頁xxvi。

[8] Saint Augustine, *The City of God*, trans. Marcus Dods (New York: The Modern Library, 1993), XIII.3, p. 414.

[9] Elaine Pagels, *Adam, Eve, and the Serpent*, p. 109.

[10] St. Augustine, *The City of God,* XIII.14, p. 423.

[11] 同上，XIII.二八，頁四七七。

正是在這一點上，中世紀教會的意識形態與烏托邦恰好相反，因為烏托邦是人在現世、在人間建造的理想社會，而不是關於靈魂與天國的幻想。克利杉・庫瑪說得好，「宗教與烏托邦之間有原則上根本的矛盾」，因為「宗教典型地具有來世的關懷，而烏托邦的興趣則在現世」。[12]當然，《聖經》中有伊甸樂園的故事，但我們已經看到，按奧古斯丁的解釋，這個故事的意義乃在於告訴我們罪惡和死亡的根源。正如阿蘭・圖倫所說，「只有當社會拋棄了樂園的意象時，烏托邦的歷史才開始。烏托邦是世俗化的產物之一。」[13]無論如何，由於人的原罪，聖經裡的樂園早已喪失了，以宗教的觀點看來，設想人可以不靠上帝神力而在人間創造一個樂園，無異是對神不敬，是罪惡的自傲。庫瑪認為，奧古斯丁的《上帝之城》正是要警告世人，「不要過於關注世俗之城的俗務，以至遠離了在天國的上帝之城」。如果現世只是苦難和罪惡的淵藪，人類都是罪人，那麼烏托邦的理想除了顯露人類自不量力的虛妄之外，還能有什麼意義呢？而這「似乎正是奧古斯丁在正統神學當中最具影響時，基督教中世紀對烏托邦思想的普遍態度。對塵世的輕蔑（*contemptus mundi*）極不利於烏托邦式的設想，因此在烏托邦思想史上，中世紀是一個明顯貧乏的時期」。[14]由此可見，在庫瑪看來，烏托邦觀念的核心在其根本的世俗性和反宗教性。

基督教教義中固然也含有烏托邦因素，如關於樂園的豐富幻想，關於人可以通過修行而完善的信念，以及千年紀思想等等。這類思想在基督教產生之前，在猶太教信仰中早已存在。猶太教本有末日啟示（apocalypse）的觀念和關於救世主的預言，這些觀念在基督教信仰中得到進一步發展，在《新約・啟示錄》中更以神秘的形式獲得有力的表現。在猶太人信仰中，預言者們所說的是在人類時間結束時，在末世時刻的啟示觀中，救世

---

[12] Krishan Kumar, *Utopia and Anti-Utopia in Modern Times* (Oxford: Basil Blackwell, 1987), p. 10.

[13] Alan Touraine, "Society as Utopia", trans. Susan Emanuel, in *Utopia: The Search for the Ideal Society in the Western World*, p. 29.

[14] Kumar, *Utopia and Anti-Utopia in Modern Times*, p. 11.

主將會來臨，而基督徒則相信耶穌就是救世主，他已經來臨而且死去，而耶穌的第二次來臨將會把所有善良的靈魂交給在天堂的上帝手中。〈啟示錄〉描繪基督擊敗惡魔之後，將與復活的聖徒治理人世一千年，然後有第二次的復活與第二次的審判，得救的靈魂將在神賜的和平與安寧中永生。聖徒約翰說，「我又看見一個新天新地，……我又看見聖城新耶路撒冷，由上帝那裡從天而降，預備好了，就如新婦妝飾整齊，等候丈夫。」那時上帝會到人間來與人同住，「上帝要擦去他們一切的眼淚，不再有死亡，也不再有悲哀、哭號、疼痛，因為以前的事都過去了。」[15]千年紀充滿對擺脫塵世痛苦之完美狀態的期待，因而相當類似於烏托邦的理想。雖然千年紀不是基督教教義正統，但很多世紀以來，這一觀念在基督徒當中影響深遠。中世紀有不少以千年紀思想為基礎的社會運動和組織，其成員相信基督的第二次降臨就在目前，千年紀即將開始。他們爭取像聖者那樣生活，因而往往成為獨立的群體，不受世俗法令和習慣約束，成為帶強烈宗教性和理想色彩的組織，所以在中世紀和近代初期，各種不同類型的千年紀教派都對奧古斯丁的正統，形成極為嚴重的挑戰。正如庫瑪所說，千年紀「喚起了『人間天堂』的希望，喚起了『新人間』的幻想，其樂園式的完美既可追溯到人類墮落之前的樂園，也能預示來世之天上的樂園」。於是在千年紀之中，「宗教與烏托邦互相迭和在一起。一般情形下宗教比照來世完美之承諾而不看重現世，因而也不看重烏托邦，但這種態度在此有重大的改變」。[16]所以千年紀雖是宗教觀念，但其對「新天新地」和「人間天堂」的期待，又為烏托邦的出現作出了貢獻。

　　然而烏托邦畢竟不同於千年紀。據庫瑪的說法，烏托邦是在特定的歷史條件下產生的純屬現代的觀念。烏托邦的核心是根本的世俗化，而且是針對中世紀和奧古斯丁原罪觀念來界定的世俗化；而其前提條件則是人性善或至少是人性可以達於至善的觀念。換言之，文藝復興時代的人文主義

---

[15] 《新約全書・啟示錄》，二十一章一一四節。
[16] Kumar, *Utopia and Anti-Utopia in Modern Times*, p. 17.

是產生烏托邦的一個先決條件。烏托邦這個概念得名於托瑪斯・莫爾在一五一六年發表的名著，而在撰寫《烏托邦》之前數年，莫爾曾對奧古斯丁《上帝之城》發表一系列演講，如果說《上帝之城》是奧古斯丁從宗教立場出發設想的最美好生活的觀念，莫爾的《烏托邦》則可以看成是對這一宗教觀念的回應。傑拉德・魏格麥爾論證說，莫爾使用奧古斯丁的《上帝之城》，主要是以之作為對比：「烏托邦才『不僅是最好，而且是唯一真正夠得上理想社會之名的政治秩序』；《上帝之城》否認真正公正的社會可以在人間的任何時間任何地方存在。」[17]可是在莫爾看來，烏托邦恰恰就是存在於現世人間的美好社會，因而和奧古斯丁作為超越現世之精神存在的上帝之城直接相反。儘管莫爾本人是虔誠的基督教徒，而且在死後四百年被天主教教會尊為聖徒，但如庫瑪所說，「在《烏托邦》一書中，顯然是人文主義多於宗教熱忱。在如僧侶生活這類獨特的基督教影響之外和之上，最強烈表現出來的是莫爾對柏拉圖的崇敬和他對羅馬諷刺文學的喜愛。」[18]莫爾描述的烏托邦人不是基督徒，而且對不同宗教信仰都抱相當開放寬容的態度。

　　莫爾的《烏托邦》發表之後不過一年，就有馬丁・路德把向羅馬教會挑戰的九十五條論綱，釘在威騰堡大教堂的門上，並由此引發天主教教會和新教改革之間一段激烈的宗教衝突。劇烈的爭執和宗教戰爭使歐洲分裂，但也導致激進的世俗化，使人們不再依據基督教教義，不再通過教會的調解，來尋求解決社會問題的辦法。誠如庫瑪所說，中世紀宗教世界觀的衰落是「烏托邦得以產生的必要條件」。[19]當時還有另一個歷史事件，對莫爾《烏托邦》的寫作形式發生了極大影響，那就是因地理大發現而特別流行的文體，即風靡一時的遊記文學。無論是真實還是想像當中遙遠國度的習俗制度，從來就是幻想的材料，使人去構築更美好生活的幻夢。庫

---

[17] Gerard Wegemer, "*The City of God* in Thomas More's *Utopia*", *Renascence* 44 (Winter 1992): 118.

[18] Kumar, *Utopia and Anti-Utopia in Modern Times*, p. 22.

[19] 同上。

瑪指出，這些遊記故事都是「烏托邦的原始材料——幾乎就是烏托邦的雛型」。[20]因此我們可以說，美洲新大陸的發現及其在歐洲激發出的無窮想像，為產生《烏托邦》提供了另一個條件。

庫瑪把烏托邦的形式和內容都放在歐洲文藝復興、宗教改革以及地理大發現等特殊的歷史環境中來討論，便由此斷定「烏托邦並沒有普遍性。它只能出現在有古典和基督教傳統的社會之中，也就是說，只能出現在西方。別的社會可能有相對豐富的有關樂園的傳說，有關於公正平等的黃金時代的原始神話，有關於遍地酒肉的幻想，甚至有千年紀的信仰；但它們都沒有烏托邦」。[21]有趣的是，庫瑪認為中國可能是唯一的例外。他說：「在所有非西方文明中，中國的確最接近於發展出某種烏托邦的概念。」然而他根據法國學者歐斯諾一篇討論中國可能有烏托邦的文章，最後得出結論認為，歐斯諾所強調的「大同」、「太平」等各種思想，「雖然有類似的烏托邦式的宗教和神話的『史前史』，卻都沒有像在西方那樣形成一個真正的烏托邦。在中國，也從來沒有形成一個烏托邦文學的傳統」。[22]在較近出版的《烏托邦主義》一書中，庫瑪對此有進一步討論，但不幸他仍然以歐斯諾六十年代那篇文章為依據，因而很受局限，而歐斯諾文章的目的，和庫瑪所關切的問題相去甚遠。歐斯諾追溯「大同」、「太平」、「平均」、「均田」等傳統的平均主義思想，其目的在由此說明社會主義何以在中國會這麼成功。他希望描述一個文化和歷史的背景，在那之上，當代中國的政治局勢就顯得更容易理解。歐斯諾說，社會主義雖是西方的外來思想，但「它能夠實行和實現人們世世代代抱有的混亂的夢想。在這個意義上，社會主義對於東方說來，並不像人們有時以為的那麼『外來』」。[23]他討論的思想觀念大多是道教和佛教的思想，也提到少數幾部

---

[20] 同上，頁二三。

[21] 同上，頁一九。

[22] 同上，頁四二八注二九。

[23] Jean Chesneaux, "Egalitarian and Utopian Traditions in the East", *Diogenes* 62 (Summer 1968): 78.

文學作品，包括陶淵明的《桃花源記》和李汝珍的《鏡花緣》，後者有對女兒國的描寫，歐斯諾稱之為一個「女權主義的烏托邦」。[24]

　　然而就討論烏托邦而言，歐斯諾的文章並不能做全面的指引，因為那篇文章追尋中國傳統中烏托邦思想的主要來源，走得並不夠遠，而且基本上忽略了儒家思想中的社會和政治哲學傳統。因此，庫瑪在其影響之下，也就不可能窺見中國烏托邦思想的全貌，反而得出一個並不可靠的結論，認為把所有中國烏托邦思想的成分合在一起，「仍然與真正的烏托邦主義相去甚遠」。庫瑪繼續說，在中國傳統裡，烏托邦觀念「幾乎總是聯繫著和佛教的彌勒佛有關的救世觀念和千年紀的期待」。[25]據庫瑪的看法，在非西方文化裡，宗教信仰使烏托邦很難存在。他認為，「在非西方社會裡難以找到烏托邦的原因之一，是由於這些社會大多受到宗教思想體系的控制」。[26]我想要證明，這一描述恰好不能適用於中國傳統。可是我要強調的並不是庫瑪論證錯誤，或他的資訊來源有誤，因為他並非中國文化專家，中國是否存在烏托邦傳統，也不是他論述的重點。遠為重要的是庫瑪關於烏托邦性質及其與世俗思想之緊密關係的精闢論述。在那一論述的基礎之上，我們可以明顯見出，恰好在中國存在著烏托邦思想。對庫瑪說來，世俗化是烏托邦的必要條件，而他在東方沒有看到那種條件。可是我們可以論證，在儒家思想影響之下，傳統中國社會恰好是一個沒有受任何宗教體系控制的社會，而且總的說來，中國文化傳統具有明顯的世俗性質。這裡我們又碰到術語的可譯性問題：究竟烏托邦是否可以跨越東西方文化差異而翻譯呢？烏托邦的意願是否在中國傳統中也有所表現呢？

---

[24] 同上，頁八二—八四。

[25] Kumar, *Utopianism* (Minneapolis: University of Minnesota Press, 1991), p. 34.

[26] 同上，頁三五。

第二節　儒家思想中的烏托邦傾向

　　如果世俗化是烏托邦的前提條件，那麼儒家影響下的中國傳統就可以提供一個迥然不同於中世紀歐洲的世俗文化模式。《論語》中體現的孔子思想，關切的是現實的人生，而非來世或天堂。〈述而〉篇載「子不語怪、力、亂、神」，最明確表露了孔子的理性態度。在涉及鬼神與信仰問題時，孔子的態度似乎是模棱兩可的，因為〈八佾〉篇記孔子論及祭祀，說「祭如在，祭神如神在」。〈先進〉篇也表現孔子這種懷疑態度：「季路問事鬼神。子曰：『未能事人，焉能事鬼？』『敢問死。』曰：『未知生，焉知死？』」死亡本來是一切宗教所關切的中心問題之一，在孔子卻認為不必深究，而應當首先考慮現實的生存問題。孔子這種入世而理性的態度，論者多已指出。如馮友蘭《中國哲學史》論及孔子時代的宗教和哲學思想，就認為「孔子對於鬼神之存在，已持懷疑之態度」。[27]周予同認為孔子一方面對鬼神表示懷疑甚至否定，另一方面又不廢祭祀，實際上是利用宗教祭祀「以為自己道德哲學的輔助。所以孔子以及後代儒家的祭祖先、郊天地等舉動，只是想由外部的儀式，引起內心的『反古復始』『慎始追遠』的敬意，以完成其個己與社會的倫理。所以孔子的祭祀論已脫了『有鬼論』的舊見，而入於宗教心理的應用。」[28]西方漢學家也大多注意到儒家這種入世的取向。如雷蒙‧道生說，「孔子最為關切的是給人以道德的指引，而孔子認為最主要的美德乃是仁。」他繼續說：「如果他的目的是要在這個人世間恢復樂園，那就很少有宗教的餘地。」[29]這裡所謂樂園當然不是指《聖經》裡的伊甸園，而是經孔子理想化的上古三代之太平盛世。〈述而〉篇載孔子自謂「述而不作，信而好古。」〈八佾〉篇又

---

[27] 馮友蘭，《中國哲學史》（香港：太平洋圖書公司，一九五六），頁四九。

[28] 周予同，《孔子》，戴朱維錚編，《周予同經學史論著選集》（上海：上海人民出版社，一九八三），頁三八五。

[29] Raymond Dawson, *Confucius* (Oxford: Oxford University Press, 1981), p. 44.

說：「周監於二代，郁郁乎文哉。吾從周。」這種對上古三代的理想化以及對文王、周公的稱頌讚美，的確在中國傳統中形成一種懷古的傾向，在某種程度上，可以說類似西方伊甸園或往古黃金時代的幻想。然而中國這種往古的樂園並非由原罪而喪失，也沒有基督教傳統中那種宗教的含義。

對孔子說來，回到上古時代的完美不是通過信仰或神恩的干預，不是等待末世的啟示或救世主的第二次來臨，而是通過人在目前和現世的努力，依靠每個有道德的君子去恢復那失去了的黃金時代的文化。而恢復過去時代文化的最終目的，乃是為了在將來可以實現完美。因此儒家設立的過去時代的例子，並不僅僅是往古的黃金時代，讓人只能留戀緬懷，卻永不可能重新達到。恰恰相反，理想的過去在社會生活中起相當重要的作用，它可以成為，而且確實常常成為衡量現在、批判現在的一個尺度。換言之，訴說古代的完美無可避免會成為一種社會諷寓，具有社會批判的功能。我們由此可以明白，何以孔子和學生們對話之間，常有一種急於經世致用的緊迫感。《論語·顏淵》載顏淵問仁，孔子回答說：「克己復禮為仁。一日克己復禮，天下歸仁焉。為仁由己，而由人乎哉？」這說明在孔子看來，回到古代樂園之路是通過個人自身的努力，不能靠別人，更不用說靠鬼神之助。這種依靠個人努力之積極而理性的態度，與宗教精神以及期待救世主來臨的神秘理想，與千年紀所希求的樂園之再現，顯然有本質的區別。值得注意的是，孔子主張「克己復禮」，目的並非回到往古，而是以現在的努力達於仁，以期成功於未來，最終還是著眼於現在。這就有別於西方關於樂園的幻想或對往古黃金時代的緬懷。當然，孔子常常提到天或天命，所以在他的思想中，並非沒有宗教和超越的觀念，但總的說來，儒家思想無疑對現世和人倫有更多的關懷。在儒家思想影響下，中國人大多對不同宗教信仰持寬容開放的態度，也沒有哪一種宗教能在中國定於一尊，這在世界文化中，可以說是相當獨特的現象。

庫瑪總結古典烏托邦概念，認為它們「都是對激進的原罪理論發動的攻擊。烏托邦永遠是人只依靠他自然的能力，『純粹借助於自然的光芒』，而

所能達到的道德高度之衡量」。[30]這句話頗可以用來描述孔子所說「為仁由己」而不由人的君子，因為「由己」也就正是「純粹借助於自然的光芒」。這裡重要的是對人之本性、對其道德力量和可完善性的信念。而那一種信念在儒家傳統中，恰好是一個牢固的觀念。《論語‧陽貨》載孔子說：「性相近也，習相遠也。」在這裡孔子並未明確肯定人性是善或是惡，但他確實肯定人性是可塑而可變的。總的說來，他所關切的不是人性本身，而是社會現實中的人生。所以〈公冶長〉篇載他的學生子貢說：「夫子之文章，可得而聞也。夫子之言性與天道，不可得而聞也。」然而傳統的評注家們力求孔孟一致，便肯定孔子已經持性善之說。劉寶楠《論語正義》注〈公冶長〉此句，就認為「性善之議，孔子發之。而又言性相近者，言人性不同，皆近於善也」。同書注〈陽貨〉「性相近」句，甚至直接引孟子的話為依據以注孔子，認為「孟子之時，因告子諸人紛紛各立異說，故直以性善斷之。孔子但言善相近，意在於警人慎習，非因論性而發，故不必直斷以善與」。[31]近人徐復觀討論先秦關於人性的意見，也持類似看法，認為孔子所說「性相近的『性』，只能是善，而不能是惡的；……孔子實際是在善的方面來說性相近」。[32]所有這些評注未必能成功論證孔子真的相信人性善，可是傳統評注對中國人如何理解孔子的話，卻有極大影響。

　　在儒家傳統中，是孟子在辯論中明確提出著名的性善論。誠如劉寶楠所說，孟子的看法是在和告子諸人的異說辯論中產生的。據《孟子‧告子上》，告子認為人性就像流水，「決諸東方則東流，決諸西方則西流。人性之無分於善不善也，猶水之無分於東西也」。可是孟子接過告子流水的比喻，把橫向之比巧妙地換成豎向之比，指出水的本性總是向下，所以「人性之善也，猶水之就下也。人無有不善，水無有不下」。人世間當然

[30] Kumar, *Utopia and Anti-Utopia in Modern Times*, p. 28.

[31] 劉寶楠，《論語正義》，見《諸子集成》第一冊（北京：中華書局，一九五四），久久，頁三六七。

[32] 徐復觀，《中國人性論史‧先秦篇》（臺北：臺灣商務印書館，一九六九），頁八九。

有各種惡存在，但孟子堅持認為，那不是人性本身的問題，而是惡劣的社會環境造成的結果。正如使用機械手段可以使水違背其本性向上，惡劣的環境也可能把人推行各種罪惡。孟子認為人心本能地具有四種善端，由此論證人性本善。〈公孫丑上〉：「惻隱之心，仁之端也。羞惡之心，義之端也。辭讓之心，禮之端也。是非之心，智之端也。人之有是四端也，猶其有四體也。」趙岐注：「端者，首也。」焦循《正義》更進一步引《說文》釋端為「物初生之題也。題亦頭也。」[33]這就是說，孟子認為人性有善的開頭或根源，若加以正確引導和培養，就可以使人成為完人。這與奧古斯丁認為被原罪污染的人性像已「腐爛的根，」正所謂南轅北轍。奧古斯丁認為亞當的原罪影響一切人，所以人皆有罪，只有神特別恩寵的少數可望成為聖徒。孟子則認為聖人與常人並無本質差別，「人皆可以為堯舜」（〈告子下〉）。由此可見，儒家和基督教對於人性持截然相反的看法。

　　對於烏托邦而言，重要的不是相信人性善或人可以逐漸完善，而是由此引出的社會理想和政治理論。孟子的政治思想以性善為基礎，主張仁政。〈梁惠王上〉約略描述了仁政的結果，是人人豐衣足食的小康理想。然而在戰國時代，簡單的小康理想也難以實現，孟子所見的現實，是「庖有肥肉，廄有肥馬。民有饑色，野有餓莩。此率獸而食人也。」可見孟子所謂仁政並非現實，而只能提供一個理想的對照，以此來批評現狀。所謂「率獸而食人」，不能不使人想起莫爾《烏托邦》裡有名的「羊吃人」的比喻。《烏托邦》第一部並非理想社會的描述，而是假希斯洛蒂之口，對英國當時現狀作尖銳的批判。那是英國毛紡織業剛剛開始發展的時代，大量耕地被圈起來作養羊的牧場，農民失去土地，成為流民和乞丐。他們饑渴難奈，不得溫飽而被迫行竊時，又被酷刑絞死。莫爾以尖刻諷刺的筆法寫道，羊本是最溫馴的動物，只需一點草就可以餵飽，現在卻到處橫行，胃口越來越大，「聽說已變成了吃人的怪物」。[34]所以在莫爾的《烏托

---

[33] 焦循，《孟子正義》，見《諸子集成》第一冊，頁一三九。

[34] Sir Thomas More, *Utopia*, trans. Robert M. Adams (New York: W. W. Norton, 1975), p. 14.

邦》裡，對現狀的批判和對理想社會的描述相輔相成，烏托邦從一開始，就在提供理想社會藍圖的同時，更兼有社會批判的功能。

孟子的仁政只能是一種理想甚至幻想，其烏托邦性質也就不難想見。孔子希望將其倫理和政治理論化為現實的意願，也同樣是未能實現的理想。他有眾多出色的弟子，經過儒家教養的嚴格訓練，本應該為王者之師，在中國各地實行道德的完善和政治的和諧。這一希望和柏拉圖所謂哲學家為王的觀念，可以說相當接近，可是正如柏拉圖清楚意識到此一觀念極不現實，孔子也深知其道難行。柏拉圖自己承認，哲學家為王或者王者研習哲學這一想法，很可以「比為令人難解的吊詭大浪」，這種大浪「很可能在人們嘲弄取笑的浪潮之中，把我們沖到不知何處去」。[35]孔子的情形也頗相似，他周遊列國，卻未見其用。《論語・憲問》記載一位守城門的人描述孔子的話，就說他是「知其不可而為之者」。經過一再的失望和挫折，大概就是聖人也未免會失去耐性了，所以連孔老夫子也忍不住偶爾要抱怨幾聲。我們可以想像，孔子不能在他的時代實現道德理想和政治抱負，不斷遭到各種困難和挫折，至少在某些特別令人氣餒的時刻，也就難免產生一些不實際的幻想、難以實現的企望、對一個想像中國土的渴求，那應該是個陌生遙遠的地方，在那裡去實行孔子設想的理想社會，也許就顯得不是那麼完全不可能。

那恰好就是《論語・公冶長》孔子那句牢騷話的意思——孔子說：「道不行，乘桴浮於海。」孔子本人並沒有說明他浮海要去哪裡，可是歷來的注家卻說得很清楚，都認定孔子想往渤海以東，要到「東夷」居住的朝鮮去。他們說：「東夷天性柔順，異於三方之外，」所以孔子「欲乘桴浮而適東夷，以其國有仁賢之化，可以行道也」。[36]〈子罕〉篇又有「子欲居九夷」的話，劉寶楠《正義》就說這「與乘桴浮海，皆謂朝鮮。夫子

---

[35] Plato, *Republic*, trans. Paul Shorey, in *The Collected Dialogues, including the Letters,* eds. Edith Hamilton and Huntington Cairns (Princeton: Princeton University Press, 1963), 5.473c, p. 712.

[36] 劉寶楠，《論語正義》，頁九一。

不見用於中夏，乃欲行道於外域，則以其國有仁賢之化故也。」[37]評注家們力求使讀者明白，孔子「浮於海」的願望，絕非「遁世幽隱，但為世外之想，」而是要達到「仍為行道」的目的。雖然孔子想「乘桴浮於海，」而且「欲居九夷」，他最終想望的仍然是可以「行道」，如果不能行道於中國，也至少可以「行道於外域」。這些評論當然都是些推測之辭，然而是相當有意思的推測。在孔子時代，朝鮮無疑是具有神秘色彩和異國情調的「外域」，就像莫爾設想的烏托邦，或培根（Francis Bacon）描繪的新大西島（New Atlantis），可以任人馳騁想像。那裡的居民雖是原始的蠻夷，卻天性純潔，只要加以適當的教化和影響，他們或許就能實現哲人的社會理想。莫爾描繪烏托邦來歷時，就說烏托邦國王「把其地粗野未開化的居民，改造為極具文化與仁愛之人，在這一方面他們已經超過幾乎一切別的民族」。[38]這與《論語》評注中對東夷的想像，實在頗為相似。孔子和孟子的確都沒有全面描述過一個文學的烏托邦，但在他們著作的片斷裡，卻包含一些無疑為烏托邦的因素。在孔子想乘桴浮於海，想遠離中國而居九夷這些片斷裡，在評注家們對這些片斷之道德和政治意義的強調裡，我們可以說已經能找到構成烏托邦的基本要素：這裡有海上的航行，有處在虛無飄渺之中有待發現的外域，有自然純樸、天真無邪的蠻夷，他們的本性可以不斷改進而臻於完善，成為理想社會的成員。一旦文學家借助想像把這些要素組織起來，略加敘述和描繪，就可以產生出文學的烏托邦來。

第三節　文學的想像

　　中國文學裡表達對理想樂土的追求，當以《詩・魏風・碩鼠》為最早。這首詩並沒有細緻描繪樂土，所以也許算不得真正烏托邦式的作品，但我們如果同意露絲・列維塔的意見，以烏托邦的要義在最基本的「更好

---

[37] 同上，頁一八五。
[38] More, *Utopia*, p. 34.

生存方式的意願」，那麼這首遠古的詩歌就確實表達了這樣一個意願。詩曰：「碩鼠碩鼠，無食我黍。三歲貫女，莫我肯顧。逝將去汝，適彼樂土。樂土樂土，爰得我所。」這首詩有典型民歌的形式，每節字句大致相同，只略有變化。這簡略的詩句並未描述樂土是什麼樣子，但在重斂壓榨之下欲之他國，適彼樂土，就和孔子欲居九夷的話一樣，都表現了對現狀不滿和對理想社會的嚮往追求。按傳統評注的解釋，這首詩是「刺重斂也」，是諷刺君主「貪而畏人」，於是「將去汝，之彼樂土之國」。換言之，這首詩傳統上歷來被理解為一種社會和政治的諷寓，表現對美好生活的追求。因為《詩經》是儒家的重要經典，這首小詩在中國烏托邦文學想像之中，也就佔有相當高的地位。

從遠古的民歌，我們可以轉到三國時的曹操。曹操有《對酒》一首：「對酒歌，太平時，吏不呼門。王者賢且明，宰相股肱皆忠良。咸禮讓，民無所爭訟。三年耕有九年儲，倉穀滿盈。班白不負載。雨澤如此，百穀用成。」這裡暗用孟子的話，毫無疑問表現出一種烏托邦式的幻想。他描繪的社會不僅和平富裕，而且公平安定，「路無拾遺之私。囹圄空虛，冬節不斷。人耄耋，皆得以壽終。恩澤廣及草木昆蟲。」然而曹操的生活現實和他所幻想的烏托邦社會，卻實在是相差萬里，因為他一生頻頻征戰，用極嚴酷的手段為建立魏國奠定基礎。如果我們把他描繪戰爭的詩相比照，就更能領略《對酒》中表露出那種烏托邦的幻想。曹操《蒿里行》描繪戰事的情形，是「鎧甲生蟣虱，萬姓以死亡，白骨露於野，千里無雞鳴。生民百遺一，念之斷人腸」。他在現實經歷中看到的是戰亂的毀滅和痛苦，烏托邦的幻想顯然就產生於他力求擺脫嚴酷現實、尋求和平安定的願望，並在想像中給他帶來一點慰藉。

中國文學中最具烏托邦特色的作品，無疑是陶淵明在曹操之後約兩百年所作的〈桃花源詩並記〉。陶淵明此作不同於前此一切對樂土的幻想與渴求，首先在於描寫稍具規模。詩人讓我們約略窺見一個人們安居樂業的世外桃源，而這隱蔽的世外桃源是一武陵漁人通過一個極狹窄的山洞偶然發現的。這種經過山洞或其他途徑發現與現實不同的理想社會，當然是許

多烏托邦文學敘述的共同點。陶淵明以簡潔的語言，把發現桃源的過程寫得十分生動而且情趣盎然，成為中國文學傳統中著名的經典。他描述武陵漁人：

> 沿溪行，忘路之遠近，忽逢桃花林。夾岸數百步，中無雜樹，芳草鮮美，落英繽紛；漁人甚異之。復前行，欲窮其林。林盡水源，便得一山。山有小口，彷彿若有光；便捨船從口入。初極狹，才通人；復行數十步，豁然開朗。土地平曠，屋舍儼然，有良田美池桑竹之屬；阡陌交通，雞犬相聞。其中往來種作，男女衣著，悉如外人；黃髮垂髫，並怡然自樂。

這世外桃源與世隔絕，漁人經過極狹窄的洞口才得以發現。而一旦走到那裡，他立即看見一個與外面世界迥然不同的、自足自治的社會。桃源中人告訴他，說是「先世避秦時亂，率妻子邑人來此絕境，不復出焉；遂與外人間隔。問今是何世，乃不知有漢，無論魏晉」。這種沒有時間觀念的感覺對所有烏托邦說來都至為重要，因為烏托邦是不變的完美社會，其完善的社會狀態既不允許衰退，也不需要改進。武陵漁人作為一個外來者，就代表著與當時外在現實的聯繫，相對於烏托邦社會那個沒有時間變化的世界，他是來自充滿盛衰消長的另一個世界中人。桃源中人把漁人邀請到各家，待以酒食，而漁人則向主人講述外面世界的故事，那些關於戰爭、災難和改朝換代的故事。數日之後，他告辭而去，桃源人對他說，這裡的事「不足為外人道。」可是此人出來找到自己的船，卻一路上做好標記，並且把發現桃花源的事報告給了當地的太守。這不僅是背棄了漁人向桃源人的承諾，而且也代表了時間和變化的現實世界對烏托邦那永恆完善狀態的威脅。為了維護烏托邦的幻想，桃花源的故事就不能不以神秘的方式結尾：太守派人隨漁人去尋找那世外桃源，可是無論他們怎樣努力，桃花源卻消失得沒有一點蹤影，後來也再「無問津者」。從此以後，桃源也就成為中國文學傳統中一個不斷引人遐想的幻夢。

　　鍾嶸《詩品》稱陶淵明為「古今隱逸詩人之宗」，可是這篇桃源詩卻恰好不是寫遊仙或歸隱這類個人之志，而是描寫具理想色彩的社會群體及其生活，而這正是烏托邦文學的基本特點。也就是說，烏托邦所關注和強調的不是個人幸福，而是整個社會集體的安定和諧。為了這假想的樂土能有不同於周圍世界的理想制度，烏托邦總坐落在與世隔絕的地方，外人往往難以接近，更難於發現。許多寫烏托邦的作品都刻意描繪理想社會的地勢，敘述其發現過程之艱難。莫爾的烏托邦是希斯洛蒂在美洲新大陸的發現。陶淵明的桃花源也是漁人緣溪而行，無意當中的發現。在〈桃花源詩〉裡，淵明描繪的無疑是一些簡樸、忠厚的人們，是一個自足的農耕社會。詩中寫桃源人「相命肆農耕，日入從所憩。桑竹垂餘蔭，菽稷隨時藝；春蠶收長絲，秋熟靡王稅。……童孺縱行歌，班白歡遊詣」。值得注意的是陶詩中「秋熟靡王稅」一句，我們由此可知桃源裡沒有苛政重斂，所以才有「童孺縱行歌，班白歡遊詣」那樣怡然自樂的場面。對於生活在四世紀的一位詩人說來，設想一個不納王稅的農耕社會，可以說是相當獨特的想像。

　　陶淵明寫桃花源固然是想像的虛構，卻也並非毫無現實作基礎。陳寅恪在〈桃花源記旁證〉一文裡，就以史學家的眼光鉤稽史料，推論淵明所寫的桃園在歷史上實有所據，考出「真實之桃源在北方之弘農，或上洛，而不在南方之武陵，」而且桃源中人「先世所避之秦乃苻秦，而非嬴秦」。[39]不過真實的桃源與虛構有寓意之桃源並不互相衝突，文學的想像本來就總有現實作基礎，所以我們在兩者之間，不必作非此即彼的選擇。西方文學中的虛構也是如此。例如不少人指出柏拉圖撰寫《理想國》，就不僅以當時斯巴達的價值和實踐為基礎，而且受到畢達哥拉斯學派在義大利南部所建社團的影響。莫爾寫《烏托邦》，也取材於十六世紀初對南美秘魯印加帝國狀況的描述，所以並非完全向壁虛構，毫無依據。[40]〈桃花源詩並

---

[39] 陳寅恪，〈桃花源記旁證〉，《金明館叢稿初編》（上海：上海古籍，1980），178頁。

[40] 參見Kumar, *Utopianism*, p. 64.

記〉在中國文學中佔據特殊的位置，當然主要在於表現的社會理想，即所寄託的烏托邦之寓意，而這寓意之產生，又與社會現實密切相關。淵明詩結尾說：「奇蹤隱五百，一朝敞神界。淳薄既異源，旋復還幽蔽。」似乎有一點超越凡間的意味，也常被誤解為描寫神仙境界。可是他接下去又說：「借問游方士，焉測塵囂外。願言躡輕風，高舉尋吾契。」既然桃源不必由四處雲遊的方士在塵囂之外去尋找，陶淵明設想的那個理想社會就在人間，是依據於現實也著眼於現實的想像，而非純粹耽於高人夢幻的空想。

　　我們說陶淵明的桃花源具有烏托邦特色，其重要原因就在於他設想的是一個理想和睦的人間社會，而不是超凡的仙境。但陶淵明之後有不少寫桃源的詩，卻恰恰把陶詩中理想的人間社會變成一個虛無縹緲的仙境，因而失去原詩中烏托邦理想社會的意義。例如王維〈桃源行〉寫桃源中人道：「初因避地去人間，乃至成仙遂不還。」最後寫漁人再去找尋桃花源，卻只見「春來遍是桃花水，不辨仙源何處尋。」於是在王維詩中，那位武陵漁人相當於一個求長生不老的道士，而其桃源也就是一處仙境，漁人在那裡和仙人們有短暫一刻的相遇。另一位唐人孟浩然有〈武陵泛舟〉一詩，可是他強調的又是超乎現世的神仙世界：「武陵川路狹，前棹入花林。莫測幽源裡，仙家信幾深。山回青嶂合，雲渡綠溪陰。坐聽閒猿嘯，彌清塵外心。」劉禹錫〈桃源行〉是又一首寫桃源的詩，他把陶詩中樸實的村民變成神仙，而漁人發現桃源，也寫得更帶一點神秘和戲劇性的色彩：「洞門蒼黑煙霧生，暗行數步逢虛明。俗人毛骨驚仙子，爭來致詞何至此？須臾皆破冰雪顏，笑言委曲問人間。」最後，劉禹錫把飄渺清朗的仙境和渾濁污穢的人間對比，以這樣的詩句結尾：「桃花滿溪水似鏡，塵心如垢洗不去。仙家一出尋無蹤，至今流水山重重。」詩中「似鏡」的流水和「如垢」的「塵心」，都是取自佛家的比喻，這就把陶詩中那個人間社會的桃花源，變為人世之外虛無飄渺的神仙世界。因此，劉禹錫詩中的桃源，就完全不同於陶淵明詩中那個純樸的農耕社會的烏托邦。

　　到宋代，大詩人蘇軾才指出歷來對陶淵明詩的曲解。據《詩林廣記》，蘇東坡云：「世傳桃源事多過其實。考淵明所記，止言『先世避秦

亂來此。」則漢人所見,似是其子孫,非秦人不死者也。」此處重要的是,桃花源是人間社會,不是長生不死的神仙居住的仙境。在中國傳統中,王安石是把陶詩中的烏托邦主題真正有所發展的少數詩人之一。王安石〈桃源行〉一開始描寫暴秦的苛政:「望夷宮中鹿為馬,秦人半死長城下。避時不獨商山翁,亦有桃源種桃者。」秦始皇強徵壯丁修築長城,造成大量人死亡,成為秦政暴虐的證明。王安石依據陶淵明詩意,說桃源人的祖先像漢初的商山四皓一樣,為逃避暴政躲到山裡去。接下去他就描寫隱蔽在桃源中人的生活:「此來種桃經幾春,採花食實枝為薪。兒孫生長與世隔,雖有父子無君臣。」在陶淵明詩中,「秋熟靡王稅」一句,已可謂是大膽的想像,王安石詩中那個想像中的社會,可以說有更為激進的建構原則,因為他們只知道父子之間的親緣關係,卻沒有君臣之間的尊卑等級。桃源和外面世界的分別,在詩中表現為記憶和知識的不同:「世上哪知古有秦,山中豈料今為晉?聞道長安吹戰塵,春風回首一沾巾。」長安是漢和西晉的首都,在此代表了整個中國。王安石詩的政治用意在結尾兩句中更顯突出,他指出一個嚴峻的事實,那就是歷史上多的是秦始皇那樣的暴君,而像舜那樣的聖君明主不過是傳說,是虛妄的幻想,是不可能實現的美夢:「重華一去寧複得,天下紛紛經幾秦?」的確,陶淵明和王安石詩中描寫的桃源,是一個人人勤勞耕種,日出而作,日入而息的農業社會,與西方現代城市型的烏托邦絕然不同。然而陶淵明畢竟生在莫爾一千二百多年前,他們各自的時代和社會不能不影響他們所描繪的理想。然而使陶淵明和王安石詩中的桃源無可否認成為烏托邦的,是那個隱蔽社會之現世人生的性質,那是一個想像中人類的社會,而不是超然世外的仙境。

不過在中國文學中,的確沒有詳盡描述桃源社會各方面情形的作品。由此看來,中國雖然在西方傳統之外,提供了另一種烏托邦觀念,但並未形成一個烏托邦文學的傳統,沒有像莫爾以來西方的烏托邦作品那樣,對理想社會作細緻入微的具體描述。在這一點上,庫瑪懷疑中國有真正的烏托邦,並非沒有道理。然而烏托邦儘管有文學虛構的形式,更重要的特點卻在於其寓意和內容。庫瑪在討論烏托邦傳統時,除文學形式而外,強調

的也正是社會和政治思想。莫爾的烏托邦極具影響的一點，是廢除私有財產，實行人人平等的共產主義制度。《烏托邦》第一部討論歐洲社會貧富懸殊的狀況，最後藉希斯洛蒂之口說，「只要私有財產沒有完全廢除，就不可能有公平合理的物質分配，也就不可能有令人滿意的政府。只要私有財產還繼續存在，人類最優秀的最大多數就逃不掉憂患困苦的重負。」[41]《烏托邦》第二部描繪的理想社會就廢除了私有財產，那裡的人們共同創造社會財富，也共同分享社會財富。在莫爾之後，這不僅是許多烏托邦文學作品的虛構，而且成為歐洲社會運動的一個主導思想。庫瑪指出十九世紀浪漫主義時代亟具烏托邦氣質，卻很少烏托邦文學創作，因為烏托邦從文學虛構逐漸轉變為社會思想和政治實踐。如果我們以歷史的眼光來觀察，就可以看出莫爾以來烏托邦傳統儘管有許多不同表現形式，但也有根本的一點貫穿始終，那就是廢除私有制、人人平均的集體主義觀念。既然如此，我們就可以重新考慮中國文化傳統中烏托邦的問題，因為中國的烏托邦不應在文學中去尋找，卻應在社會政治理論中去尋找。在中國文化傳統中，平均主義思想和對集體共同利益的強調，歷來在社會生活中有極大影響，更深入一般人的意識當中。庫瑪所依據的法國學者歐斯諾討論中國傳統的烏托邦思想，正著眼於這一點。他的討論沒有論及對中國文化傳統最有影響的儒家，卻提出道教中一些平均主義思想，認為那是烏托邦在中國最具代表性的體現。這固然使他的論證不夠全面，但其基本論點還是有道理的。他說：「古典中國社會總的氛圍，不是像西方那樣把個人與集體相對立，而是更傾向於把個人融合在集體之中。個人總是其家庭、行業、家族和鄰里的一部分。」[42]他由此論證，社會主義能在東方成為政治現實，並不是沒有文化和歷史的緣由。從文學創作方面看來，中國也許不能說有一個豐富的烏托邦文學傳統，然而如果烏托邦的要義並不在文學的想像，而在理想社會的觀念，其核心並不是個人理想的追求，而是整個社會

---

[41] More, *Utopia*, p. 31.
[42] Chesneaux, "Egalitarian and Utopian Traditions in the East", p. 87.

的幸福,是財富的平均分配和集體的和諧與平衡,那麼中國文化傳統正是在政治理論和社會生活實踐中,有許多因素毫無疑問具有烏托邦思想的特點。也正是在這一點上,我們可以審視東西方不同的烏托邦思想,補充庫瑪關於烏托邦的論述。

附記:這篇文章原文為英文,是《諷寓解釋:論東西方經典作品的解讀》(*Allegoresis: Reading Canonical Literature East and West*)書稿的一部分,同時也曾作為單篇論文,發表在美國《烏托邦研究》(*Utopian Studies*)二〇〇二年十三卷第一期。另有較簡短的中文稿,發表在香港中文大學出版的《二十一世紀》一九九九年二月號。這次我依據《烏托邦研究》發表的英文稿加以增刪,重新用中文改寫而成。

第十章　歷史與虛構：
文學理論的啓示和局限

　　在西方學術界，二十世紀七十和八十年代是文學理論擴展到其它學科領域的時期，而文學理論擴展到歷史研究的一個重要結果，就是學術界特別注意到歷史的敘事結構，認識到歷史是對過往事件的敘述。在二十世紀人文學科發展的更大範圍內來理解這一現象，我們就可以看出，這是二十世紀學術思想擺脫十九世紀唯科學主義和實證主義偏見必然要邁出的一步，尤其是擺脫關於真理的僵化觀念，即以為真理就是發現自然和社會不以人的意志為轉移的客觀規律，與人的主觀意願和想像完全沒有任何關聯。歷史既是過去發生過的事件，又是敘述過去這些事件的故事，在法文裡，histoire這個字就既有「歷史」、又有「故事」這兩種含義，由此可見，真實和想像之間、客觀敘述和主觀推測之間、現實和虛構之間，從來就有一種緊張而又密切的關係。在西方傳統的早期，希洛多德和修昔底斯的歷史著作已經提供了歷史敘述的兩種不同模式。希洛多德所著歷史敘述生動有趣，但正如其英譯者大衛·格林所說，他不大注重明確區分「可證實的真情實況之真實和想像出來的真實」。[1]修昔底斯撰寫他的歷史著作時，就儘量剔除文字的浮華而力求符合事實，顯然要把自己和史學前輩區別開來。在他看來，希洛多德那種注重文字生動的歷史算不得可靠的歷

---

[1]　Herodotus, *The History*, trans. David Green (Chicago: University of Chicago Press, 1987), p. 6.

史，而只是注重修辭的文字。修昔底斯自謂其歷史「因為缺少虛構成份，也許朗讀出來不是那麼討人喜歡」。可是他要寫的當然不是討人喜歡的虛構故事，所以他又說：「我的著作不是寫來參加演說比賽獲獎的，不是讓人聽完之後就忘記的，而是有永恆價值的作品。」[2]修昔底斯在此把自己的歷史著作說成是書寫的記錄，而把前輩史學家的著作說成是口述歷史，以此兩相對比，一面是用固定不變的符號把過去永遠保存下來的書寫文字，另一面則是像聲音一樣飄拂不定的口頭語言，剛剛聽見，卻轉瞬即逝，很快被人忘卻了。

　　不過在古代希臘思想裡，認為有永恆價值的卻不是修昔底斯想寫那種歷史。大致說來，希臘思想注重的不是歷史事實的真實記錄，而是超越真實、短暫，揭示具有永恆和普遍性質的事物。希臘人對永恆性認識對象的強調，就構成英國史家科林伍德所謂希臘人「極力反歷史的形上哲學」。[3]這的確是哲學與歷史之爭，而在古代希臘，獲勝的是哲學。這一觀念在亞里士多德區分詩和歷史一段著名的話裡，也講得很清楚。他認為「歷史講述的是已經發生的事，詩講述的是可能發生的事。由於這個原因，詩比歷史更帶哲學性，更嚴肅；詩所說的是普遍的事物，歷史所說的則是個別的事物」。[4]柏拉圖曾攻擊詩所摹仿的不是真實，而是真實的影子，因此「和真理隔了三層」。[5]亞里士多德從哲學的角度為詩辯護，實在就是針對柏拉圖所作的回答。在西方文學批評為詩辯護的傳統中，亞里士多德的話常常被引用，被用來論證詩比歷史有更高的價值，可是在古代和中世紀的歐洲，亞里士多德《詩學》並不是廣為人知的名著，一直要到十六世紀下半葉，它才成為西方文學批評中的一部偉大經典。研究希臘文

---

[2]　Thucydides, *The Peloponnesian War*, trans. Walter Blanco (New York: W. W. Norton, 1998), p. 11.

[3]　R. G. Collingwood, *The Idea of History*, ed. Jan van der Dussen (Oxford: Clarendon Press, 1993), p. 20.

[4]　Aristotle, *Poetics*, trans. Richard Janko (Indianapolis: Hackett Publishing, 1987), p. 12.

[5]　Plato, *Republic*, trans. Paul Shorey, in *The Collected Dialogues, Including the Letters*, eds. E. Hamilton and H. Cairns (Princeton: Princeton University Press, 1963), p. 827.

學批評的專家哈利維爾就說：「在古代批評傳統中得到傳播的亞里士多德有關詩的想法，其實就只有三卷《論詩人》和六、七卷《荷馬問題》（這或許還不是用對話形式寫成的）；而《詩學》本來是為在教授哲學的課堂裡使用的，從來就沒有變得隨處可得，也從來不是那麼有名。」[6]無論如何，我們不能過於機械理解亞里士多德對詩和歷史的區分，因為歷史也要力求從過去個別特殊的事件中，吸取可以普遍適用的教訓，或者獲得一點洞見，從一時一地流行的見解和看法中，獲取具有認識價值的歷史知識。如果修昔底斯意在撰寫一部具有永恆價值的著作，希洛多德又何嘗不是如此，他所著《歷史》也是要從流逝的時刻中，救出有價值的東西，使之得以永存，於是「時間才不至使人們創造的一切失色黯淡，希臘人和野蠻人都有的那些壯烈偉大的事功，才不至無人傳述。」[7]

撰寫歷史是與時間抗爭這一觀念，和司馬遷著史記的目的其實很相近。《太史公自序》認為對史家而言：「廢明聖盛德不載，滅功臣世家賢大夫之業不述，墮先人所言，罪莫大焉。」在這個意義上說來，寫作是在人生有限的前提下，對抗死和遺忘的最好辦法；歷史和詩一樣，都像詩人葉慈（W. B. Yeats）在其名作《駛向拜占庭》裡所說，把人類及其過去都收集在「永恆的工藝品」裡，永遠講述關於「過去、現在和未來」那些無窮無盡的故事。

在實際的歷史寫作當中，無論希洛多德還是修昔底斯，都採用敘事技巧來再現永遠消失在過去的深淵裡的人和事，用書寫文字的記錄保存曾經發生過的事件、歷史人物曾經說過的話，而讀者在閱讀這種記錄的時候，都可以獲得一種同時性的經驗感受。我這裡所謂同時性（contemporaneity, Gleichzeitigkeit），來源於德國哲學家伽達默所著《真理與方法》討論的一個概念，他在那本書裡談到神學家凱克伽德（Kierkegaard）對這一概

---

[6]　Stephen Halliwell, "Aristotle's Poetics", in G. A. Kennedy (ed..), *The Cambridge History of Literary Criticism*, vol. 1, *Classical Criticism* (Cambridge: Cambridge University Press, 1989), p. 149.

[7]　Herodotus, *The History*, p. 33.

念的宗教理解，並進一步發揮其闡釋學的意義。作為宗教概念，同時性的
意思是指信徒必須「把兩個並不相同的時刻合併在一起，一個是自己目
前所處的時刻，另一個則是基督救贖人類的那一刻，然而這兩個時刻完
全合一，以至後者是認真作為現在來體驗（而不是在遙遠的過去發生的
事）」。[8]伽達默把這一宗教性概念發展為理解歷史的一個重要的闡釋學
概念，也就是說，把過去發生的歷史事件作為現在來理解。伽達默認為，
同時性概念是特別「屬於藝術存在」的範疇，因為他解釋說，在我們對藝
術品的體驗中，「這一特殊的物品在其展現中，不管其來源離我們有多
遠，卻完全呈現在我們面前」。[9]在這個意義上說來，閱讀歷史完全可以
像觀賞一件藝術品那樣，達到一種同時性的體驗，因為好的歷史敘述完
全可能把過去的事件栩栩如生地呈現給讀者，歷歷如在目前，而在這種
「同時性」的體驗中，我們確實能夠欣賞歷史著作美文的價值。無論中
國還是西方，無論希洛多德、修昔底斯，或司馬遷、司馬光，或者吉朋
（Gibbon）、屈維廉（Trevelyan），史學大師們的著作總是不僅有永久保
存過去歷史的價值，而且以其高超的文學性吸引我們，其文學價值也總是
得到一代又一代讀者的讚賞。因此，歷史可以作為文學來讀，這絕不是當
代文學理論的發現，只不過歷史和文學一直有所區別，而這一區別在近年
後現代主義理論興起之前，也一直沒有在根本上受到過任何懷疑。

　　海頓・懷特認為，在法國革命之前，「史學一般被視為一種文字的
技藝。更確切地說，歷史被視為修辭學的一支，而其『虛構性』都得到普
遍承認」。但到了十九世紀，歷史家們便「把真理等同於事實，而視虛構
為真理的反面，於是認為虛構不僅無助於瞭解現實，反而是理解現實的
障礙」。十九世紀的歷史學家們好像倒過來接受了亞里士多德關於詩和
歷史的區別：「歷史被抬高到虛構之上，尤其高於小說，認為歷史表現

8　Hans-Georg Gadamer, *Truth and Method*, 2nd ed., trans. and rev. J. Weinsheimer and D.
　　G. Marshall (New York: Crossroad, 1989), pp. 127-28.
9　同上，頁一二七。

『真實，』而小說只表現『可能，』甚至只表現『可想像的事物』。」[10]然而歷史家寫歷史，當然使用小說家寫小說同類型的敘述技巧，只是這一簡單事實就足以破壞歷史和虛構之間黑白分明的界限。不過確實像懷特所強調的，正是由於當代批評理論激進的趨勢，人們才可能拒絕浪漫主義之後那種信念，即「以為虛構是事實的對立面（正如迷信和魔法是科學的對立面），或者以為我們不依靠那些提供理解的可能性、但基本上是虛構的模式，就可以把孤立的事實聯貫起來」。[11]不過早在一七四二年，德國學者克拉登琉斯已經指出，我們感覺和理解事物，都取決於一個特定的「觀點」，就歷史著作而言，「如果是從另一個觀點看待事物的人講述出來，我們就不會相信那是真正發生過的事情，於是在我們看來，那似乎就是一種虛構」。[12]換句話說，如果歷史敘述看來荒誕不經，令人難以置信，那很可能是對同一歷史事件感受不同的敘述，而且是從不同的觀點來加以解釋。不過，歷史事件本身的真實性是不容質疑的。克拉登琉斯認為，「事件本身只有一個，但關於這個事件的概念卻有許多而且不同。事件本身沒有什麼矛盾，矛盾都是由同一事件有不同概念理解而產生」。[13]威廉・洪堡1821年在柏林科學院的一次演講中，看法更進一步。他認為歷史事件或者說「發生了的事件」只是「局部呈現在感覺世界裡」，於是歷史家必須補足沒有呈現出來的那些部分，因為「其餘部分必須通過感覺、推測和猜想來添加上去」。[14]洪堡說，過去發生過的純粹事實只是「提供事件的骨架」，而那不過是「歷史必要的基礎，歷史的材料，但卻不是歷史本身」。歷史家的任務，就是要去發現「建立在因果關係基礎之上那本質和

---

[10] Hayden White, *Tropics of Discourse: Essays in Cultural Criticism* (Baltimore: Johns Hopkins University Press, 1978), p. 123.

[11] 同上，頁一二六。

[12] J. M. Chladenius, "On the Interpretation of Historical Books and Accounts", in Kurt Mueller-Vollmer (ed.), *The Hermeneutic Reader: Texts of the German Tradition from the Enlightenment to the Present* (New York: Continuum, 1990), p. 68.

[13] 同上，頁六九。

[14] Wilhelm von Humboldt, "On the Task of the Historian", in K. Mueller-Vollmer (ed.), *The Hermeneutics Reader*, p. 105.

內在的真理」，而在此過程當中，歷史家就和詩人一樣，「必須把他收集的零散片斷集中起來，使之成為一個整體」。[15]洪堡充分承認想像在歷史寫作中的作用，並認為詩和歷史非常相似。他說：「歷史的描述和藝術的描述一樣，都是對自然的摹仿。兩者的基礎都是認識真實的形象，發現必然，去掉偶然的成份。」[16]因此我們可以說，即便在十九世紀，歷史寫作的文學性質也已經得到了充分的認識。

　　在我們這個時代，當實證主義喪失了主導思想的地位，不再能影響我們如何理解現實和接近現實的時候，歷史和虛構之間僵硬的對立就被打破了，我們也更能欣賞小說敘事的表現力。美國著名學者丹尼爾·艾倫討論小說敘事的一篇文章，令人想起洪堡的看法，即認為歷史是在「事件的骨架」基礎上，建立那種不可見的內在聯繫。艾倫認為，既然「歷史家在事件發生之後寫作，永遠不可能補足已經失去的聯繫，」通過創造性想像來建立聯繫就變得必要而且重要，而小說家應該最善於運用想像。因此，戈爾·維達（Gore Vidal）的小說《林肯》儘管不完全符合歷史家所謂可靠敘述的嚴格定義，其中以文學手法描繪的林肯，卻比歷史檔案中毫無生氣的林肯形象更逼真、更有說服力。艾倫說：「因此，我們可以說真實就是想像得最合乎情理，而小說家顯然比歷史家更有資格找出並恢復那不可見的歷史聯繫。」[17]實證主義的「歷史監護人」也許自以為他們那些枯燥乏味的、「冷靜客觀的專題研究」最能再現歷史的真實，可是小說家們以其充滿想像的、虛構的重建，才真正使我們感受到過去的歷史。[18]艾倫自己曾嘗試敘述二十世紀二十和三十年代文學左翼的歷史，他在談到為此搜集各種材料所遇到的困難時，就提到「回憶的不可靠」，因為許多人「有意無意之間作有選擇性的記憶或遺忘，或者他們自己就是所描述

---

[15] 同上，頁一〇六。

[16] 同上，頁一〇九。

[17] Daniel Aaron, "What Can You Learn from a Historical Novel?", *American Heritage* 43, 1992, p. 56.

[18] 同上，頁六二。

事件的當事人，他們對過去的看法由於不知情、心懷不滿或有眷戀之情
而相當模糊」，所以對過去發生的事情，都在有意無意之間有所歪曲。[19]
如果較近的歷史是如此難以把握，以為過去的歷史都那麼可靠，就更是自
欺欺人了。於是艾倫問道：「歷史敘述無論是當時人所作，還是數百年之
後由歷史家們所寫，有多少其實是由被誤導的作者、依靠不完全的資料寫
成出來的作品呢？」[20]然而艾倫並沒有抹煞歷史和虛構的界限，在最後的
總結中，他重新肯定了歷史家的用處，認為歷史可以提供「大致精確的摹
本」，其中歷史和虛構並非格格不入、互不相容，而歷史家們也學會分享
「亨利・詹姆斯的快樂，重建他所謂『可以觸摸到、可以想像、可以身臨
其境的過去』」。[21]在西方當代的學術界，許多歷史家們都不會再堅持簡
單區分歷史和文學，認為歷史是事實的陳述，文學只是想像的虛構，而承
認歷史敘述是用語言表現現實，因此適用於敘事文學的那一類分析方法，
也就可以適用於分析歷史的敘述。

　　我們回頭來看中國的史學傳統，無論紀年體或紀傳體的歷史寫作，
都揉合了真實事件的陳述和想像的虛構。《春秋》三傳中最具文學性的
《左傳》，其中如何記言就是特別可以注意的文學技巧。例如僖公二十四
年載「晉侯賞從亡者，介之推不言祿」一段，寫介之推打算到山中歸隱，
但先和他母親商量。母親要他向晉侯表白心意，可是他說：「言，身之文
也。身將隱，焉用文之？是求顯也。其母曰：能如是乎，與女偕隱。遂隱
而死。」另外如宣公二年載晉靈公使力士鉏麑去暗殺趙盾，那段描寫的文
字也極為生動：「晨往。寢門辟矣。盛服將朝。尚早，坐而假寐。麑退而
歎曰：不忘恭敬，民之主也。賊民之主，不忠。棄君之命，不信。有一於
此，不如死也。觸槐而死。」像這類戲劇性的描述讀來固然引人入勝，但
其可靠性卻並不是沒有人表示過懷疑和非議。錢鍾書先生舉出《左傳》中

---

[19] Daniel Aaron, *American Notes: Selected Essays* (Boston: Northeastern University Press, 1994), p. 12.
[20] 同上，頁一六。
[21] 同上，頁一七。

這兩個例子，說這兩者「皆生無傍證，死無對證者」，並引紀昀《閱微草堂筆記》卷一一、李元度《天岳山房文鈔》卷一《鉬麑論》、李伯元《文明小史》第二五回等處文字，說明歷來都有人懷疑這種記載的真實性。對《左傳》記鉬麑自殺前的獨白，李元度問得最直截了當：「又誰聞而誰述之耶？」錢鍾書明確說，此處「蓋非記言也，乃代言也，如後世小說、劇本中之對話獨白也。」然而他並不認為這類構想出來的對話或獨白，不應該在歷史敘述中出現，卻反而讚賞《左傳》工於記言，並明確把正史和小說相比，認為「正史稗史之意匠經營，同貫共規，泯町畦而通騎驛。」又說：「史家追敘真人實事，每須遙體人情，懸想事勢，設身局中，潛心腔內，忖之度之，以揣以摩，庶幾入情合理。蓋與小說、院本之臆造人物、虛構境地，不盡同而可相通；記言特其一端。」又進一步指出西方傳統中也有類似情形：「古羅馬修詞學大師昆體靈（Quintilian）稱李威（Livy）史紀中記言之妙，無不適如其人、適合其事（ita quae dicuntur omnia cum rebus tum personis accomodata sunt）；黑格爾稱蘇錫狄德士史紀中記言即出作者增飾，亦復切當言者為人（Wären nun solche Reden, wie z. B. die des Perikles .auch von Thukydides ausgearbeitet, so sind sie dem Perikles doch nicht fremd）。鄰壁之光，堪借照焉。」[22]的確，甚至修昔底斯也曾借助於想像來虛擬人物對話，而且充分意識到這些對話的虛構性質。說起他著作中記言的部分，他完全承認「無論我自己或是給我提供資訊的人，都很難準確記得那些說過的話。因此，我就按照我相信說話人在特定環境下必定會說的話來寫，同時儘量接近他們確實說過的話的大概意思」。[23]有些漢學家認為中國詩都是實錄，都基於真實的歷史境況，而錢鍾書卻提醒我們，不要「流風結習，於詩則概信為徵獻之實錄，於史則不識有梢空之巧詞，祇知詩具史筆，不解史蘊詩心。」[24]所以我們不僅應該認識到文學虛

---

[22] 錢鍾書，《管錐編》（北京：中華書局，一九八六），頁一六五、一六六。

[23] Thucydides, *The Peloponnesian War*, p. 11.

[24] 錢鍾書，《談藝錄（補訂本）》（北京：中華書局，一九八六），頁三六三。

構有歷史境況為基礎，而且也應該學會欣賞優秀的歷史著作的文學價值，懂得歷史著作在一定程度上，以某種方式，可以當成想像的文學來閱讀。

　　歷史除了有想像虛構的對話和獨白之外，還有歷史寫作佈局結構的問題。歷史家面對似乎雜亂無章堆砌起來的一大堆零散材料，要把這些材料整理成形，發現某種「內在真理，」或要從中得出一點道德教訓，就不能不作選擇取捨，把材料整理編排，以便從中理出一點脈絡和頭緒來。希洛多德在他的歷史中就寫道：「當特洛伊人遭受覆滅之災時，他們大概使世人都明白認識到，作大惡者，必定會受眾神的大懲罰。」[25]他在此顯然希望從特洛伊的毀滅中，得出道德的教訓。《左傳》敘事明顯有一種道德的結構，其目的就在為讀者提供歷史的教訓。早在七十年代，研究中國文學的美國學者艾朗諾（Ronald Egan）就討論過《左傳》這種敘事結構，認為這種敘述的輪廓完全由其道德和說教的目的來決定。如寫晉楚之戰，實際戰況只有寥寥數語，一帶而過，完全不記參戰將士人數、訓練、裝備或陣容，卻把更多注意力放在戰前一些事件上，而這類事件已經在道德的意義上預先決定了戰爭的結果。全部敘述通篇都在強調分辨是非，分辨賢明或暴戾的君主，而「一旦這一步完成之後，戰果就已經預定了，也就顯然再沒有興趣去描述主要的事件」。[26]按傳統的說法，這就是所謂春秋筆法，微言大義。余國藩討論到中國傳統小說和歷史敘述的關係，也認為中國傳統的歷史解釋任何事件發展或局勢變化，都會找出一種「道德原因，」總是把事件「放在一個絕對道德秩序的框架裡」。[27]他又說，尤其在《左傳》裡，我們可以發現其敘述「力求形成一種道德的模式，不僅明確區分善惡，而且給人懲惡勸善的教訓」。[28]中國歷史像中國許多傳統小說一樣，其敘述都明顯有道德模式和說教的目的，其事件情節的發展企圖

---

[25] Herodotus, *The History*, p. 181.

[26] Ronald Egan, "Narratives in *Tso chuan*", *Harvard Journal of Asiatic Studies* 37 (1977), p. 335.

[27] Anthony C. Yu, *Rereading the Stone: Desire and the Making of Fiction in Dream of the Red Chamber* (Princeton: Princeton University Press, 1997), p. 39.

[28] 同上，頁四〇。

在人們的言語行動及其後果之間，揭示某種因果關係。司馬光著史，題名為《資治通鑑》，就明確透露了此中消息。只要歷史的目的在於從雜亂無章的材料中，理出合乎情理的脈絡頭緒來，給人以道德的教訓，那麼作為敘述的歷史，其結構就和詩或小說一樣，都有起承轉合的演進，從開頭說起，經過中間的發展，達到一個有意義的結尾，其中貫串一種類似善惡報應的觀念，即所謂詩性的正義。

　　當代西方學術界強調歷史寫作與各種文學形式、尤其是小說，在結構上十分類似，而在這方面，海頓・懷特也許是最有影響的學者。歷史家自認為他建構的各種事態，即事件發展的開頭、中段和結尾，都是「真實」、「事實」，他只不過記錄了從頭至尾「確實發生」過的情形，懷特稱之為「歷史家的虛構」，因為從開頭到結尾的行動過程都「無可避免是詩性的建構，因而有賴於比喻性語言的模式，而只有這種比喻性的語言，才可能使這一建構顯得圓滿一致，有條有理」。[29]懷特說，我們應該關注的不是去區分作為事實的歷史和作為虛構的詩，而是他所謂「表現事實的虛構」。哪怕我們承認小說家處理的是想像中的事件，歷史家處理的是真實的事件，我們也應該認識到，「把想像或真實的事件揉合為一個可以理解的整體，成為表現的對象，這整個是一詩性的過程。在這裡，歷史家與詩人或小說家一樣，都必須使用同樣的修辭手法，使用同樣用文字來表現事物關係的方法和技巧」。[30]總而言之，懷特強調的是：歷史可以作為文學來讀。

　　這種理論當然有合理之處，因為我們完全可以承認歷史敘述也是一種敘述，而且只要我們希望在歷史中追尋意義，圓滿的意義就總是在一個詩性想像的結構中建立起來的。不過我在前面已經說明，認識到歷史寫作的文學性並不是什麼新發現，現在新的一點，也是後現代主義理論對歷史研究產生衝擊作用的一點，乃是把歷史完全作為文學來重新構想一條激進的思路，是把歷史完全視為建立在某一特定意識形態基礎上的一種文本。

---

[29] White, *Tropics of Discourse: Essays in Cultural Criticism*, p. 98.
[30] 同上，頁一二五。

懷特說：「這裡的問題不是：什麼是事實？而是事實是如何描述出來以附和解釋這些事實的某一種方式，而不附和另一種方式？」[31]在這句話裡，我覺得他好像把鐘擺擺到另一個極端去了。認識到歷史家寫歷史也運用想像和文學的技巧，這是一回事，但全然抹煞歷史和虛構的區別，可又是另一回事，而抹煞歷史和虛構的區別引發一系列別的問題，是文學理論家不願意去理會，或者沒有能力去解決的。史學理論家安凱斯密特在討論歷史再現的一本近著裡，給文學理論和歷史哲學劃了一條重要的界限。他完全無意貶低文學理論對理解歷史所作的貢獻，但他覺察到文學理論有一個嚴重問題，就是暗中推行一種與社會歷史現實完全脫節的語言哲學。安凱斯密特說：「在文學理論的語言哲學裡，核實和意義都不幸只是一些無足輕重、遭人鄙棄的次要東西。這對於文學理論主要在於闡明文學的目的說來，並沒有什麼災難性的後果，因為真理和核實在那裡本來就不會起什麼特別重要的作用。可是歷史寫作的情形顯然與此不同，在歷史寫作中，作為語言哲學的文學理論就可能變成一種嚴重的障礙，令史學理論家完全割斷歷史敘述及其所關切的歷史之間的聯繫。」[32]在安凱斯密特看來，「關切」（being about）正是歷史再現的關鍵因素，不同於對現實的簡單描述，而再現的這種「關切性」（aboutness）就保證了歷史再現與其所再現的現實之間，或者說與其所關切的現實之間，總有一定的聯繫或者關聯。這一講法充分承認在「關於言說的言說」那個層次上，即在考察歷史再現的性質和複雜性上，文學理論的洞見和啟發性，但歷史理論家也並不忽略「言說」本身的問題，也就是「歷史家作為個人對歷史事件、歷史狀況、因果關係等等作出陳述，以此來描述歷史那個層次」。[33]這樣一來，在思考歷史再現時，有關真理的問題就十分重要，也就是說，我們必須考慮，是否存在一套標準，可以使我們在互相競爭的歷史敘述中辨別真偽，確定

---

[31] 同上，頁一三四。

[32] F. R. Ankersmit, *Historical Representation* (Stanford: Stanford University Press, 2001), p. 21.

[33] 同上，頁四一一四二。

哪一種敘述比別的敘述更可靠、更可信，即更接近歷史的真實。如果完全無法知道什麼是事實，或者什麼是事實成為毫不相干的問題，如果互相競爭的歷史敘述都不過是互不相同的所謂話語建構，目的都在「附和解釋這些事實的某一種方式，而不附和另一種方式」，那麼我們怎麼可能判斷這些歷史敘述有什麼價值，其可信程度如何呢？沒有衡量真理和真實的尺度，我們又怎樣堅持真理而且譴責對真理的歪曲呢？我們怎麼可能爭取公理和正義，反對歷史上和現實中的非正義和欺詐矇騙呢？

可是什麼叫真理？持懷疑態度的相對論者大概會譏笑著問，而把什麼都看穿了的相對論者可能會回答說：還不就是權力控制嗎？很有諷刺意義的是，相對論者往往持絕對的立場，要麼絕對的有，要麼絕對的無。正如瑪莎‧努斯鮑姆所說，相對論者往往「首先提出一個根本無法滿足的要求，例如，完全無須仲介而直接接觸原原本本的現實，或者在價值問題上，達到真正普遍一致的看法。然後一步，就是宣佈這樣的要求不可能滿足。再後一步，就直截了當作出結論說，一切都不可定，在價值判斷問題上，沒有什麼標準可以給我們指引」。[34]然而人的認識和我們所能認識的真理，都從來不是那種意義上的絕對。我們的認識可以更進一步完善，變得更準確，而且我們也的確不斷學習，加強自我修養，即德國人所謂Bildung，通過學習更邁進一步，更接近於真理，這就已經把我們的認識追求定位在一個中間地帶，其兩端一個是聲稱獲得絕對的真理，另一個則是絕對否認有真理的可能。人的認識和人的存在本身一樣，都總是處在中間，這實在是人類生存的一個基本狀況。

就歷史而言，否認真實與虛構的區別就必然導致確定性的徹底瓦解，而這種確定性是以語言可以指涉事物、人們可以獲得真理等基本觀念為基礎。沒有這種確定性，我們甚至不可能區分大致符合事實的真理和明顯不符合事實的虛假。這當然是後現代主義理論一個總的趨勢，即趨於把一切

---

[34] Martha Nussbaum, "Human Functioning and Social Justice: In Defense of Aristotelian Essentialism", *Political Theory* 20 (1992), p. 209.

都視為能指或者文本，有所謂「語言學的轉向，」即把語言視為一個封閉的符號系統，其意義取決於那個系統，也局限在那個系統之內，而不是決定於語言之外的現實。安凱斯密特試圖把語言學轉向區別於文學理論，認為「語言學轉向完全沒有懷疑真理，而只集中在質疑經驗主義者對經驗性真理和分析性真理那種標準的區分」。[35]但是別的許多學者對此問題看法不同，他們在語言學轉向中看到的是現實的徹底消失，如法國史學家羅傑・夏迪厄就說，在語言學轉向中，「現實不再被認為是存在於話語之外一個客觀的指涉物，因為它是語言構成的，而且只存在於語言之中」。[36]針對這一觀點，夏迪厄認為歷史家們「都必須考慮到經驗並不能簡約成話語，都需要警惕無限制地濫用『文本』這個範疇，這個術語常常不恰當地用於（普通的和儀式化的）實踐，而實踐的手法和程式與話語的策略完全不相同」。其實，話語本身也不是憑空形成，而是由一定的社會條件所決定。「因此，話語的建構也必然回過去指向話語之外客觀的社會立場和特性，那就是構成此社會的各個團體、社群和階級的立場和特性」。[37]夏迪厄特別針對懷特提出幾個問題，指責懷特宣揚「一種絕對的（而且相當危險的）相對主義」，使歷史「完全喪失了辨別真偽、陳述事實、揭露虛假、譴責作偽者的能力」。[38]在面對屠殺猶太人和吉普賽人的事實和納粹政權提出的「競爭性敘述」這樣真正的歷史問題時，畢竟懷特也不得不承認，的確有所謂歷史事實這樣一個東西。夏迪厄說，在這個時候，懷特重新引進「可以證實的、確實而且可以認定的歷史事件這類徹底傳統的概念，例如毒氣室的存在」，就完全自相矛盾了，因為歷史事實這樣一個傳統概念和懷特的總體看法和理論立場，根本是不相容的。「懷特在其《形式的內容》一書卷首題詞中，引用了羅蘭・巴特的一句話：『事實只在語

---

[35] Ankersmit, *Historical Representation*, pp.36.

[36] Roger Chartier, *On the Edge of the Cliff: History, Language, and Practices*, trans. Lydia G. Cochrane (Baltimore: Johns Hopkins University Press, 1997), p. 18.

[37] 同上，頁二〇。

[38] 同上，頁三四。

言中存在』，我們怎麼可能把事實的證明與他引用這句話相調和呢？歷史家在什麼基礎之上，從什麼行動開始，用什麼技術，可以確立事實的現實性，可以證明某一歷史敘述忠實於『事實的記錄』呢？」[39]也許懷特自己從來沒有想把現實和歷史敘述絕對地對立起來，只是有些人從他那裡得到一些想法，並且把這些想法推到極端。然而我們重新思考歷史與再現的關係時，的確不能不正視這一對立趨勢的問題。儘管關於一切話語的文本性或語言性，有各種各樣複雜深刻的理論闡述，作為過去事件的歷史對於我們卻有一種直接的關聯，其性質完全不是語言或語言學的。此外，如有人否認發生過屠殺猶太人這件事所證明的，否認歷史的真理性還可能有語言之外的動機。日本右翼政客和堅持軍國主義意識形態的人否認有南京屠殺這件事，並且力圖修改日本的歷史教科書，可以提供又一個例子。這種修改歷史的做法經常為日本及其亞洲鄰國，尤其是中韓兩國，製造出緊張的局勢，也由此提出一些值得思考的問題，使我們認識到我們的現在和過去有無法割斷的聯繫。

　　這就引導我們考慮另一個問題，那就是否認了歷史和虛構之間的區別，歷史家就完全忽略了為不能說話的人代言、為永遠的沉默發出聲音來的道德責任。這就是伊蒂絲・維索戈洛德所謂「記憶的倫理」。她充分意識到當代批評理論的挑戰，而她主張的所謂「多元的歷史家」（heterological historian）是處於兩難之間的歷史家，一方面是為死去的人說出真理來的承諾，另一方面則是意識到再現之不可能這一哲學上不可解決的困難。歷史家於是面臨兩難，「一方面是沒有直截了當的辦法，可以使我們關於歷史事件的陳述與事件本身重合，而在另一方面，歷史家又完全有理由宣稱自己可以說出真理。」[40]維索戈洛德為解決這一兩難的困境，作出了可謂勇敢的努力，從不同方面、不同學科、不同的理論觀點探討這一問題，並且通過與好幾位哲學家的作品對話——包括康得、黑格爾、尼采、海德格

---

[39] 同上，頁三七。

[40] Edith Wyschogrod, *An Ethics of Remembering: History, Heterology, and the Nameless Others* (Chicago: University of Chicago Press, 1998), p. 3.

爾、德里達——為她的「多元歷史家」確定一個相當困難的立場。不過在
我看來，關於事實和虛構、敘述、再現和歷史中的真理等等問題，比起理
論的抽象辯論來，勞倫斯·朗格爾的一番話講得更有雄辯的力量。朗格爾
採訪了許多經歷過猶太大屠殺的倖存者，把他們回憶往事的敘述作為見證
搜集起來，這當中真實和可靠性就成為真正的問題出現了。朗格爾自問
道：「在事情發生數十年之後，重新喚起記憶把這些往事恢復過來，這樣
的記憶有多可靠呢？」但是他認為，這裡的問題不在於重新建構起來的敘
述是否是可靠的見證，而是提問的方式有問題。朗格爾接下去說：

> 我認為在這裡，我們談論問題所用的術語本身有問題。從來就沒有死
> 去的東西，是用不著去重新喚起的。此外，雖然沉睡的記憶也許渴望
> 著被喚醒，但在這些敘述中有一點極為清楚，那就是大屠殺的記憶是
> 一種讓人失眠的力量，它在心靈中的眼睛是重來沒有閉上過的。不僅
> 如此，因為這些見證是人寫成的文獻，而不僅僅是歷史的文獻，過去
> 和現在之間令人不安的互動形成一種重力，遠遠超過了對準確性的關
> 懷。事實的錯誤的確經常會發生，也不時會有純粹誤記之處；但是比
> 較起複雜多層的記憶來，這些都顯得微不足道，而正是這種複雜多層
> 的記憶，產生出我們在本書裡將要去研究的各種類型的自我。[41]

我認為，這才是我們看待歷史敘述應該採取的態度。歷史並不僅僅
是歷史文獻的簡單彙集，而是包含人的因素在內的一種敘述，歷史的敘述
提出某些問題，而且在可能的範圍之內，作出對問題的回答。作為人的敘
述，歷史很可能有不少錯誤和紕漏，更不用說意識形態的偏見和盲點，但
是在層層的關係網絡下面，在描述和假想的對話或動機下面，總是有一個
可以驗證的事實的核心，可以作為一切敘述的基礎。這個事實的核心再加

---

[41] Lawrence Langer, *Holocaust Testimonies: The Ruins of Memory* (New Haven: Yale University Press, 1991), p. xv.

上非語言的人造器具、遺物和考古發掘出來的物品，就構成判斷歷史敘述真實程度的堅實基礎。人類觀念上的真實有我們的感覺信念為根基，這就是哲學家唐納德・大衛森所謂「直接由我們所見、所視和其它感覺經驗形成的信念」。他接著又說：「我認為這些基本上是真實的，因為它們的內容簡單說來，是由產生它們的東西所決定的。」這可並不是一種簡單幼稚的信念，因為正如大衛森繼續論證的那樣，「我們的觀念是屬於我們自己的，但這並不意味著這些觀念不可能真實，或不可能有用地描述一個客觀的實在。」[42]一旦我們承認歷史著作中重新發現的關於過去的真理，都不是終極絕對的真理，而只是接近真理，並且是需要研究的歷史之一部分，我們就既可以接受歷史敘述宣稱的真理，又對那種宣稱的真理做進一步的研究和調查。與此同時，我們也就不必把歷史和文學絕對對立起來，可以一方面欣賞歷史寫作的文學性質，接受歷史敘述的審美價值，另一方面又可以在虛構的文學敘述中，在偉大的小說和詩歌作品裡，見出歷史的意義，認識到事物的真理。在這個意義上，也許我可以引用英國詩人濟慈（John Keats）《希臘古瓶頌》著名的詩句來做結尾，而且從歷史與虛構的辯證關係中來理解這些詩句：

> 「美即是真，真即為美，」──那就是
> 你在世間知道、而且需要知道的一切。

附記：這篇文章原是用英文寫成，二〇〇三年十月應邀在美國麻省理工學院「歷史、文學工作坊」上宣讀，接著發表在《反思歷史》（*Rethinking History*）二〇〇四年秋季號。這是根據發表後的英文本用中文改寫而成，二〇〇四年十二月中曾在北京清華大學歷史系演講，並發表在《文景》二〇〇五年一月號。

---

[42] Donald Davidson, ''Is Truth a Goal of Inquiry: Discussion with Rorty'', in U. M. Zeglén (ed.), *Donald Davidson: Truth, Meaning and Knowledge* (London: Routledge, 1999), pp.18-19.

附錄：答張隆溪

于連（François Jullien）

　　《二十一世紀》一九九九年六月號發表張隆溪的〈漢學與中西文化的
對立〉，對本人的訪談〈新世紀對中國文化的挑戰〉（《二十一世紀》一
九九九年四月號）提出批評。對此，本人就以下六個問題回答。

　　第一個問題：能否通過研究中國來認識希臘或西方？我是否像張先生
所指，將理性看作是西方的專利？中國與歐洲是否屬於兩個截然不同的思
想體系？

　　就此我談三點：第一，我並沒有說研究中國僅僅是為了認識西方或希
臘，除了研究中國本身的意義之外，認識西方乃是研究中國的另一意義。
它使西方有一個參照系，使西方進行自我反省。

　　第二，我從來沒有講過理性僅僅屬於西方。我強調理性有不同的形
式，有不同形式的釋解模式（intelligibilité），因而也有不同的思維局限。

　　第三，我不認為中國思想同西方思想一定截然不同。我感興趣的是：
中國思想與西方思想在起源上的不相干性。印度、阿拉伯及猶太文化均同
歐洲歷史有聯繫，中國文化則是獨立發展起來的。對我來說，研究並非一
定要找出二者的相異性，而是企圖超越這種起源的不相干性，使兩種文化
進行對話。

第二個問題：關於「異托邦」概念問題。

將「異托邦」作為概念來進行思想的是福柯（Michel Foucault），怎麼可以談博爾赫斯（Jorge L. Borges）？為甚麼此概念在福柯那裡獲得了意義呢？完全不是福柯對他者的輕視。福柯以此概念來對應烏托邦。中國長期是西方人的烏托邦之地域：十八世紀歐洲的中國觀如此，福柯的毛時代的中國也如此。「異托邦」要表明的是中國是一個異域，西方人對其無知，但卻不應該理想化。

我以為張先生沒有讀我的其它書，他引用我一九八五年出版的論文，即是第一本書，是初版和準備階段的書，我們不能以一本書作為判斷的根據。一本書正如我的研究工作的一章，應該看其上下的邏輯。

第三個問題：關於創作、靈感、想像。

我以為這一問題也屬於一個沒有理解的問題。我所講的西方關於創作的概念是一種同上帝創世相連的概念，這是同靈感相聯繫的西方的想像（fantasme）。這一概念來自於上帝創造世界。上帝創世是從無到有（ex nihilo）。《聖經》講創世，柏拉圖的《梯邁烏斯篇》（Le Timée）也講創世，這兩種創世的傳統是不同的，內容也是不同的，但二者有機會重合。中世紀夏特學派（Chartes）將二者接合起來了。這種歐洲創世觀念（réprésentation）使得人們在思想詩學時，將詩的形成看成是一個並非完全理性的產物。

我在這裡正是要表明，在詩歌創作上有一個跳躍、一個斷裂，而不是人們所說的我將理性說成是西方的專利。這就是蘭波（Rimband）所說：在我之中有另一個我，我乃是他者。

在中國思想中，使我感興趣的正是這個內外主動、性情交融、我與物的這種互動創作過程。這種自然天成的、他者與自我交匯的創作過程，沒有人為的斷裂，由靈感所造成的斷裂。

想像（imagination）有兩重意涵。一種是遊的意涵，在《文心雕龍》、《莊子》等著作中，我們可以看到這種所謂神思、神與物遊。但還

有另一種意思，一種變幻（transfiguration）的意義。中國文化中似乎對此有某種抗拒。《文心雕龍》中講虛，但虛是某種消極的，必須有實，即是說，故事是不能離開實的。僅僅是在一些小說的前言中我們看到這一層面的想像。這一意涵經常以「幻」來表示，但「幻」卻很少有積極意義。中國詩人中，李賀是一個具有這種想像的詩人，但在中國傳統詩學中，李賀不太被重視。唐詩三百首中，李賀的詩一首都沒有收。為甚麼？人稱李白為天才，李賀是鬼才。在一些談李賀的文字中，我們可以注意到李賀的這種想像實際上是受到貶抑的。在傳統詩學中，宋代談李賀的還有，明代就少了，清代就更少了。中國人在十九世紀末二十世紀初經西方的影響開始重新發現李賀。

從這一角度看，李賀是一個例子，一個代表中國「反文化」的傳人，如佛經、《離騷》。這一傳統的開創者，自然是屈原。我感興趣的是，由於缺乏這樣一個想像的概念，這種虛幻而不是神思的想像概念，使得這一傳統得不到發揚，以致被遮掩，甚至被淘汰。近代梁啟超等所講的想像概念是從西方浪漫主義那裡重新構築的。

我還想說的是，要細緻而不要簡化。在張隆溪的這篇文章中，由於將我的分析簡單化了，因而就完全變了樣。我的著述注重文本、經典，我總是要引文本的，強調的是局部而不是整體。

第四個問題：現代中國學者是否太西方化？由於西方的影響，現代漢語能否傳達古典的精義？我怎樣以法語掌握古典的本意？

我自然不能以法語把握中國古典的準確意義，正是因此，我才很少翻譯。我的《過程或創造》（*Procès ou création*）一書就很少翻譯，有人甚至批評我翻譯太少。而我正是認為這本書是一種翻譯的前導，是翻譯前的解釋過程，我儘量以某種速讀的解釋過程來接近中國古典的意義。

以「中庸」為例。在法文或英文中，「中庸」一般被譯成「不變的中」（invariable milieu）或者「正中」（juste milieu），我將「中庸」譯成「日常調適」（régulation à usage ordinaire），這差不多是一句話。「中」

在中國文化中沒有不變的意思，所謂「時中」、「持中」、「守中」，「中」是在不斷變化中的，「庸」是用，徐復觀對此有很多論述。

中國人是否太西化了呢？我並不是這個意思。我所講的是中國思想在吸收歐洲範疇時，為了運用概念的方便，有時會遮掩了古典的意義。比如說，我們如果用客觀／主觀這一對範疇來談中國文學思想的話，我們可能會失掉一些東西。在這一範疇問題上，現象學，尤其是海德格爾（Martin Heidegger），再重新思考，使我們看到客觀／主觀是不能完全反應我們的存在的，我們的Dasein，而不是In-Sein。西方思想經過了客觀／主觀這樣的分類，現在又回過頭來反思，中國是否一定也要經過這一條路？當我讀海德格爾時，我覺得在中國一些思想家那裡有著某些相似和神通。

我當然不是批評我的中國同事將中國經典譯成現代中文的工作，我僅僅是說，這是不夠的。我自己在翻譯遇到的就是這種問題，我所儘量避免的是不要將古典通過翻譯而程式化。我以法文翻譯，首先是要能夠使法語在表述中國經典時獲得它在一般情況下不擬表述的意思。我試著使這種表述更為靈活一些。

第五個問題：關於錢鍾書教授。

張文在這個問題上引用的也是十五年前的材料。我想表達的是，有各種治學方法。錢鍾書的方法是一種，我的方法是另一種，我看不出來為甚麼一種須排除另一種。錢鍾書教授是一個有廣泛文化修養的人，他的方法是某種尋同的比較主義（comparatisme de la ressemblance）。他有一種使各種思想相碰撞的興趣，這是一種選擇，我尊重這種選擇；但這是一種可能，而我尋找的卻是另一種可能。我將中國與歐洲思想放在同一框架內使它們能夠相匯，尋找它們各自所沒有的思想，使它們能夠對話。這種安排，完全不是為使這兩種思想相對比；相反，是要凸現它們各自的多產性格。

　　第六個問題：能否將文化視為各自孤立的自足系統？將中西文化對立起來是否西方的思想方式？

　　對這個問題的回答自然是否定的。我所講的是，中國思想在歷史上和語言上是在歐洲系統以外發展起來的，這是一個事實。兩者當然不是完全沒有交流，如羅馬時代中國的絲傳入歐洲。但直到十六世紀，中西尚沒有真正的交流。正是這個不交流的歷史事實使我覺得有思考的意義。這一思考（Réflexion），是這個字本意上的思考，是一種映照，一方對另一方的映照。

　　我完全不認為中國文化是在一種孤立的狀態下發展起來的，但歐亞大陸兩端的交流卻是十分晚近的事，尤其是相對於各自文化發展的水準看。中國人學習歐洲語言僅僅是十九世紀的事，歐洲人學中國語言，如果從耶穌會士算起的話，也是十七世紀的事。這是歷史，並不存在中西文化對立的問題。

　　我從來沒有說過中國是一個他者。我避免將自己禁錮在「自我」（même）與他者（autre）這一範疇內，應該使這一範疇互動起來，而不應該將此看成固定不變的。否則，我們就容易溶入文化「性」問題上去，中國有中國的國民性，歐洲有歐洲的心態。我完全不尋找這些將文化分成不同性質、不同精神的路向；我尋找的是文化的自洽、文化的釋解模式，這些屬於可以釋解的層面。正如我將我的一本書《迂迴與進入》（*Le déour et l'accés*）的副題定為〈中國與希臘的意義戰略〉，而戰略是可以釋解的。

　　我談到中國文化的特點，並不是說於歐洲完全不存在，我僅僅是指出這些特點在歐洲思想中並不彰顯。

　　因而，通過在中國思想與歐洲思想二者間的穿行，我們加深了對二者的理解。如關於兵法，中國思想中這個傳統就比歐洲要深厚。為甚麼呢？正如克勞茨維茨（Closewitz）所指出的，原因是兵法思想要求變數（variable）思想的傳統。戰略思想在中國思想中發展得很早、很自洽、很輝煌，希臘思想中則沒有可與其匹比的思想。原因是希臘人更多的是通過形式、程式、幾何來思考戰術。

　　我所關注的是，在我們這個文化互匯、思想世界一體化的時代，應該
將普世與同一化區分開來。普世是理性的領域，同一則屬於生產領域。要
提倡普世，但要避免思想產品在規格、尺度上的同一。整體說來，應該謹
慎、細緻、定位。對這些批評我想說的是：它們都是一般性的，而我的研
究總是從文本、從注釋、從文本對照出發的。

陳彥　譯

于連（François Jullien），
法國巴黎第七大學教授、國際哲學研究院院長。

文學視界30　AG0154

張隆溪文集第一卷

作　　者/張隆溪
主　　編/蔡登山
責任編輯/王奕文
圖文排版/楊家齊
封面設計/王嵩賀

發 行 人/宋政坤
法律顧問/毛國樑　律師
出版發行/秀威資訊科技股份有限公司
　　　　114台北市內湖區瑞光路76巷65號1樓
　　　　電話：+886-2-2796-3638　傳真：+886-2-2796-1377
　　　　http://www.showwe.com.tw
劃撥帳號/19563868　戶名：秀威資訊科技股份有限公司
　　　　讀者服務信箱：service@showwe.com.tw
展售門市/國家書店（松江門市）
　　　　104台北市中山區松江路209號1樓
　　　　電話：+886-2-2518-0207　傳真：+886-2-2518-0778
網路訂購/秀威網路書店：http://www.bodbooks.com.tw
　　　　國家網路書店：http://www.govbooks.com.tw

2013年5月BOD一版
定價：400元

國家圖書館出版品預行編目

張隆溪文集 / 張隆溪著. -- 初版. -- 臺北市 : 秀威資訊科
技, 2013.05
　　冊 ； 公分
　　ISBN 978-986-326-092-9(第1卷 : 平裝)

1. 文學　2. 比較文學　3. 文集

810.7　　　　　　　　　　　　　　　102004315

讀者回函卡

感謝您購買本書，為提升服務品質，請填妥以下資料，將讀者回函卡直接寄
回或傳真本公司，收到您的寶貴意見後，我們會收藏記錄及檢討，謝謝！
如您需要了解本公司最新出版書目、購書優惠或企劃活動，歡迎您上網查詢
或下載相關資料：http:// www.showwe.com.tw

您購買的書名：_____

出生日期：_____年_____月_____日

學歷：□高中 (含) 以下　　□大專　　□研究所 (含) 以上

職業：□製造業　□金融業　□資訊業　□軍警　□傳播業　□自由業
　　　□服務業　□公務員　□教職　　□學生　□家管　　□其它_____

購書地點：□網路書店　□實體書店　□書展　□郵購　□贈閱　□其他

您從何得知本書的消息？

　□網路書店　□實體書店　□網路搜尋　□電子報　□書訊　□雜誌

　□傳播媒體　□親友推薦　□網站推薦　□部落格　□其他_____

您對本書的評價：（請填代號　1.非常滿意　2.滿意　3.尚可　4.再改進）

　封面設計____　版面編排____　內容____　文／譯筆____　價格____

讀完書後您覺得：

　□很有收穫　□有收穫　□收穫不多　□沒收穫

對我們的建議：_____

_____

_____

_____

11466

台北市內湖區瑞光路 76 巷 65 號 1 樓

秀威資訊科技股份有限公司　　收

BOD 數位出版事業部

....

（請沿線對折寄回，謝謝！）

姓　　名：＿＿＿＿＿＿＿＿＿　年齡：＿＿＿＿　性別：□女　□男

郵遞區號：□□□□□

地　　址：＿＿＿＿＿＿＿＿＿＿＿＿＿＿＿＿＿＿＿＿＿

聯絡電話：(日) ＿＿＿＿＿＿＿＿＿　(夜) ＿＿＿＿＿＿＿＿＿

E-mail：＿＿＿＿＿＿＿＿＿＿＿＿＿＿＿＿＿＿＿＿＿